MICHEL BUSSI

Michel Bussi, géographe et professeur à l'université de Rouen, a publié aux Presses de la Cité *Nymphéas noirs*, polar français le plus primé en 2011. *Un avion sans elle* s'est vendu à plus d'un million d'exemplaires en France. Ses ouvrages, qui rencontrent un grand succès international, notamment en Allemagne, en Angleterre, en Italie et en Chine, sont traduits dans 35 pays. Les droits de plusieurs d'entre eux ont été cédés en vue d'adaptations télévisuelles : France 2 a notamment diffusé les six épisodes de *Maman a tort* en mai et juin 2018. Il est l'auteur, toujours aux Presses de la Cité, de *Ne lâche pas ma main* (2013), *N'oublier jamais* (2014), *Maman a tort* (2015), *Le temps est assassin* (2016) et *On la trouvait plutôt jolie* (2017). *Gravé dans le sable*, paru en 2014, est la réédition du premier roman qu'il a écrit, *Omaha Crimes*, et le deuxième publié après *Code Lupin* (2006). En 2017, il est le troisième auteur français le plus vendu en France selon le palmarès du *Figaro-GFK*. En 2018, il publie un recueil de nouvelles chez Pocket, *T'en souviens-tu, mon Anaïs ?* et réédite l'un de ses premiers romans, *Sang famille* (paru en 2009), aux Presses de la Cité, ainsi qu'une version enrichie et illustrée de *Code Lupin* aux Éditions des Falaises.

Retrouvez toute l'actualité de l'auteur sur :
www.michel-bussi.fr

ON LA TROUVAIT
PLUTÔT JOLIE

MICHEL BUSSI

ON LA TROUVAIT PLUTÔT JOLIE

PRESSES
DE LA CITÉ

Page 284, extrait du *Monde d'hier – Souvenirs d'un Européen* de Stefan Zweig traduit par Serge Niémetz © Belfond, un département de Place des Editeurs, 1982, 1993, pour la traduction française.

Extrait de *L'Impasse* (page 220), paroles de Gilles Duarte, musique de Liam Farrell © 1996 EMI Music Publishing France / DELABEL Editions. Avec l'aimable autorisation d'EMI Music Publishing France & Delabel Editions. Droits protégés.

Extrait de *Dès que le vent soufflera* (page 385), paroles et musique de Renaud Séchan © Warner Chappell Music France – 1983.

Extraits de *Idje Idje* (pages 387 et 388), paroles d'Angélique Kidjo, musique d'Angélique Kidjo et Jean Hébrail © Warner Chappell Music France – 1993.

Extraits de *Let's Go to Bamako* (page 391), paroles d'Inna Modja et Loïc Le Dévéhat, musique d'Inna Modja et Loïc Le Dévéhat © Warner Chappell Music France – 2009.

© Michel Bussi et Presses de la Cité, un département place des éditeurs, 2017
ISBN 978-2-266-28629-9
Dépôt légal : octobre 2018

Par les quatre horizons,
Qui crucifient le monde

La Prière, Georges BRASSENS
(paroles de Francis JAMMES)

Tu vas dire que je rêve,
Mais je ne suis pas tout seul
Demain j'espère, tu nous rejoins
Et le monde ne sera qu'un

d'après *Imagine*, John LENNON

Aux géographes, amis, collègues,
qui explorent le monde

— *Qu'est-ce qui ne va pas, Leyli ? Vous êtes jolie. Vous avez trois jolis enfants. Bamby, Alpha, Tidiane. Vous vous en êtes bien sortie.*

— *Bien sortie ? Ce sont les apparences, tout ça. Du vent. Non, oh non, nous ne formons pas une jolie famille. Il nous manque l'essentiel.*

— *Un papa ?*

Leyli lâcha un petit rire.

— *Non, non. Un papa, ou même plusieurs, on peut bien s'en passer, tous les quatre.*

— *Qu'est-ce qu'il vous manque, alors ?*

Les yeux de Leyli s'entrouvrirent, comme un store qui laisse filtrer un rayon de soleil et éclaire une chambre sombre, transforme en étoiles la poussière.

— *Vous êtes bien indiscret, cher monsieur. On se connaît à peine, et vous croyez que je vais vous révéler mon plus grand secret ?*

Il ne répondit rien. Le store des yeux de Leyli s'était déjà refermé, replongeant l'alcôve dans l'obscurité. Elle se tourna vers la mer, cracha sa fumée pour noircir les nuages.

— *C'est davantage qu'un secret, monsieur le petit curieux. C'est une malédiction. Je suis une mauvaise mère. Mes trois enfants sont condamnés. Mon seul espoir est que l'un d'eux, l'un d'eux peut-être, échappe au sortilège.*

Elle ferma les yeux. Il demanda encore :

— Qui l'a lancé, ce sortilège ?

Derrière le volet clos de ses paupières gronda l'éclair.

— Vous. Moi. La terre entière. Personne n'est innocent dans cette affaire.

*
* *

Jour de peine

6 h 48

Silencieuse, la péniche glissait sous l'autobus 22.

Leyli, le front collé à la vitre, deux rangées derrière le chauffeur, observait s'éloigner les immenses pyramides de sable blanc charriées par le bateau à fond plat, imaginant qu'on leur volait leur sable, qu'après leur avoir pris tout le reste, on leur prenait aussi la plage, grain après grain.

L'autobus 22 franchit le canal d'Arles à Bouc et continua de remonter l'avenue Maurice-Thorez. Les pensées de Leyli traînaient au rythme de la péniche. Elle s'était toujours représenté ce canal comme une couture qui se déchirait, et la ville de Port-de-Bouc comme un bout de terre qui, lentement, dérivait vers la mer, séparée aujourd'hui du reste du continent par un détroit large de vingt mètres. Par un océan demain.

C'est idiot, se raisonna Leyli alors que l'autobus rejoignait la rocade, les quatre voies de la nationale 568 et leur flux ininterrompu de voitures isolaient bien davantage Port-de-Bouc du reste du monde que le sage canal boisé où serpentaient quelques péniches

15

paresseuses. Il n'était pas encore 7 heures du matin. Le jour s'était levé mais n'avait encore ouvert qu'un œil sombre. A travers la vitre du bus, les phares pâles des véhicules traversaient le reflet de son visage. Pour une fois, Leyli se trouvait jolie. Elle avait fait des efforts. Elle s'était réveillée il y a plus d'une heure pour tresser un à un ses cheveux de perles multicolores, comme sa mère, Marème, le faisait à Ségou, près du fleuve, pendant ces mois d'été où le soleil brûlait tout ; pendant ces mois où pourtant elle en avait été privée.

Elle voulait être séduisante. C'était important. Patrice, enfin monsieur Pellegrin, l'employé qui s'occupait de son dossier pour la FOS-IMMO, n'était pas insensible à ses couleurs. A son sourire. A sa joie de vivre. A ses origines peules. A sa famille métissée.

L'autobus 22 longeait l'avenue du Groupe-Manouchian, passait devant la cité Agache.

Sa famille. Leyli releva ses lunettes de soleil et étala doucement les photos sur ses genoux. Pour émouvoir Patrice Pellegrin, ces clichés étaient une arme aussi importante que son charme. Elle les avait choisies avec précaution, celles de Tidiane, Alpha, Bamby, ainsi que celles de l'appartement. Patrice était-il marié ? Avait-il des enfants ? Etait-il influençable ? Et s'il l'était, avait-il de l'influence ?

Elle approchait. L'autobus 22 traversait le centre commercial, slalomait entre un immense Carrefour, un Quick, un Starbucks. En quelques mois, depuis son dernier rendez-vous à la FOS-IMMO, une dizaine de nouvelles enseignes avaient poussé. Autant de cubes de tôle identiques et pourtant identifiables au premier coup d'œil, les cornes blanches d'un Buffalo Grill,

16

la fleur orangée d'un Jardiland, le toit pyramidal du Red Corner. Sur la façade de fer et de verre du multiplexe, la gigantesque silhouette de Johnny Depp en Jack Sparrow la fixait ; le reflet lui offrit un instant l'illusion que Johnny portait les mêmes tresses perlées.

Tout se ressemblait ici, tout ressemblait à ailleurs.

Le bus redescendait vers le canal de Caronte, entre deux mers, la Méditerranée et l'étang de Berre, puis s'engagea rue Urdy-Milou, siège des locaux de la FOS-IMMO. Leyli observa une dernière fois son reflet. La timide clarté du jour effaçait petit à petit son fantôme dans le miroir de verre. Elle devait convaincre Patrice Pellegrin qu'elle n'était pas comme tous ces endroits sans âme, ces lieux de partout et de nulle part, elle qui, tout comme eux, était d'ici et de là-bas.

Elle devait convaincre Patrice qu'elle était unique, c'était aussi simple que ça. D'ailleurs, plus elle y pensait et moins elle était certaine que ce type de la FOS-IMMO se prénommait Patrice.

– 2 –

6 h 49

Bamby se tenait face à François.

L'habile jeu de miroirs de la chambre Shéhérazade du Red Corner multipliait les angles de vue, comme si une dizaine de caméras la filmaient et projetaient son image sur les murs, au plafond, de dos, de face, en contre-plongée.

17

François n'avait jamais vu une aussi belle fille.

Pas depuis vingt ans au moins. Pas depuis qu'il avait cessé de parcourir le monde et de s'offrir pour quelques dollars des prostituées thaïlandaises ou nigérianes qui auraient pu finir Miss Monde si le hasard de la vie les avait fait naître de l'autre côté du trottoir. Pas depuis qu'il s'était rangé, avec Solène, Hugo et Mélanie, qu'il avait fait construire son pavillon d'Aubagne, qu'il nouait sa cravate chaque matin pour aller vérifier les comptes de Vogelzug et qu'il partait moins de deux fois par an en mission à l'étranger. Jamais plus loin que le Maroc ou la Tunisie, désormais.

François calcula les mois dans sa tête, cela faisait près d'un an qu'il n'avait pas trompé Solène. Il était devenu fidèle presque sans s'en rendre compte. A Vogelzug, parmi les pasionarias de la cause des clandestins, il avait rarement l'occasion de voir des filles s'habiller en cagole, afficher leurs courbes et laisser deviner leurs seins.

Et encore moins de les tenir entre ses mains.

La fille qui ondulait devant lui se prénommait Bamby. Un prénom peul. Elle avait vingt-quatre ans, possédait un corps de princesse africaine et rédigeait une thèse d'anthropologie sur les circulations migratoires. Elle l'avait contacté par hasard, il faisait partie du panel de cinquante professionnels de la régulation des immigrés qui constituaient son corpus de recherche. Cinquante heures d'entretiens enregistrés sur dictaphone... dont le sien, une heure de monologue à l'exception de quelques relances, dans les bureaux de Vogelzug.

Bamby avait semblé passionnée par son parcours, François en avait rajouté, les convictions, l'action, ses états d'âme depuis que le temps de l'insouciance des voyages sans bagages avait laissé place à celui de l'expérience, de la force de l'âge, de la réussite, de la séduction. Elle lui avait fait relire son texte, par mail, avant qu'ils se revoient quinze jours plus tard, une sage soirée de discussion, sans dictaphone cette fois, mais en s'autorisant une longue étreinte avant de se séparer. *Appelez-moi si vous voulez...*

La ravissante doctorante l'avait rappelé. Elle était débordée de boulot. La thèse, les TD à préparer pour la fac, pas le temps pour un petit copain, pas le moment, alors gagnons du temps.

Ça tombait bien : François partageait plutôt la même philosophie.

Gagnons du temps.

Rendez-vous ici, au Red Corner du coin.

A peine entré dans la chambre, François s'allongea sur le lit, simulant une brusque fatigue imputable aux trois mignonnettes de vodka vidées dans le bar au-dessous des chambres à thème. Gagner du temps ? La belle avait mis plusieurs heures à se laisser apprivoiser.

Bamby s'accroupit près de lui, sans fausse pudeur mais avec une désarmante tendresse. Elle se contenta de le caresser, entre la nuque et le cou, là où les cheveux deviennent duvet. Elle portait un pagne wax couleur soleil, cintré, descendant jusqu'aux chevilles mais laissant le haut de sa gorge et ses épaules brunes dénudés. Un petit pendentif d'argent se perdait sous l'élastique du tissu d'or.

— C'est un oiseau ?

— Une chouette. Vous voulez la voir ?

La jolie doctorante fit glisser le tissu africain, avec lenteur, comme un voile descend, ralentit un instant sur ses courbes, puis tombe jusqu'à sa taille. D'un coup.

Elle ne portait rien dessous…

Sa poitrine jaillit, splendide, presque irréelle ; la petite chouette tremblait dans la vallée.

La robe soleil flottait sur ses reins, chatouillant son nombril, s'accrochant à ses hanches. Bamby se releva, laissant son doigt parcourir le cou de François, buter contre le premier bouton de sa chemise, descendre, descendre jusqu'à la braguette de son jean. Cette gamine avait décidé de le rendre dingue !

Elle devait juste être un peu plus jeune que sa fille. Ça ne le choquait pas. François se savait encore séduisant, grisonnant, sécurisant. Il connaissait le charme de l'argent, aussi.

Est-ce que l'argent avait à voir là-dedans ?

Bamby ondulait devant lui. Souriait. Jouant comme un papillon qui risque à tout instant de s'envoler. François se força à se perdre dans ses pensées, pour se calmer, ne pas se jeter trop vite sur cette fille, suivre son rythme. Bamby accepterait-elle de l'argent ? Non, bien sûr que non. Le plus simple serait de la revoir. De temps en temps. De la traiter en princesse. Un cadeau. Un resto. Un plus bel hôtel que ce Red Corner de banlieue. Il adorait ces filles qui possèdent le double privilège d'être belle et intelligente. Il avait remarqué que contrairement aux apparences, ça les rendait plus gentilles que les autres, parce qu'elles suscitent tellement de jalousie qu'elles se sentent obligées de devenir l'irréprochable bonne copine pour ne pas finir lapidées, d'apprendre la modestie comme une survie.

Des anges, que peu d'hommes ont le privilège de toucher.

Il a une voix douce, il aime parler. Il aime surtout s'écouter parler.

Sa femme s'appelle Solène. Il a une petite fille d'un an. Mélanie.

Une petite cicatrice forme une virgule sous son téton gauche.

L'excitation de François grimpa encore lorsque Bamby se rapprocha et passa ses doigts sous sa chemise, dégrafa deux boutons, s'attarda sur ses tétons. Elle le caressa longuement et, pour la première fois, l'autorisa à poser ses mains sur ses seins, quelques secondes, avant qu'elle n'esquisse un mouvement de recul, comme si le contact l'avait brûlée.

Ou qu'elle veuille encore jouer, préféra interpréter François. Bamby le défia du regard, puis se retourna avec une lenteur calculée.

— Je vais chercher un verre d'eau.

Les mains de François se sentirent orphelines, mais c'était au tour de ses yeux de s'éblouir. Patience, arbitrait-il silencieusement, il y en aura pour chaque sens. Celui de la vue fut le premier privilégié. Tout en marchant dans la chambre, Bamby laissa avec sensualité glisser la robe soleil jusqu'à ses pieds.

Elle ne portait rien dessous.

Ni en haut, ni en bas.

Elle s'éloigna, passant devant la fenêtre vitrail, déclenchant une cascade de couleurs sur sa peau.

Un instant plus tard, Bamby revenait, un verre d'eau à la main, offrant à François un irrespirable full frontal.

— Vous aimez ? susurra Bamby d'une voix candide.

François se redressa contre l'oreiller. C'était son secret avec les femmes. Ne jamais jouer les conquérants. Encore moins lorsqu'il avait la certitude d'avoir gagné.

Il la fixa avec un regard d'adoration, comme on reçoit un cadeau tellement espéré qu'on feint de ne pas le mériter.

— Ma belle, ma si belle, mon hirondelle, qu'est-ce que tu fabriques avec un vieux comme moi ?

— Taisez-vous, François.

Bamby s'avança vers lui. Elle n'était plus vêtue que du voile qui enveloppait ses cheveux. Lors de leur première rencontre, ce foulard avait surpris François, il détonnait avec le reste de la personnalité de cette étudiante libérée. Ça ajoutait à son ambiguïté. Bamby avait noyé la question dans un éclat de rire.

— Vous ne me trouvez pas plus jolie ainsi ?

Bien entendu, cette divine allumeuse avait raison. Le voile masquait l'ovale de son visage, tapissait d'ombre ses pommettes rondes tel un cadre permettant de mieux concentrer le regard vers le chef-d'œuvre du tableau, deux yeux effilés en feuilles d'olivier, deux barques nacrées emportant dans la nuit de mascara, entre les cils de roseaux, deux perles noires aux reflets de miel.

Un parfum d'ambiance épicé embaumait la chambre. De discrets haut-parleurs diffusaient en continu des ritournelles orientales. François s'inquiéta, peut-être y avait-il des caméras ?

Bamby esquissait au rythme de la musique de lents mouvements de hanches, laissant François imaginer que dès qu'elle le déciderait, ce serait à lui de faire vibrer ce corps dénudé. Qu'elle ne serait plus qu'un instrument entre ses mains, un instrument exceptionnel dont seuls de rares virtuoses sont autorisés à jouer.

— Vous m'aimez parce que je suis belle.

Bamby possédait une voix presque enfantine. Pas celle, rauque, des chanteuses de gospel.

— Pour le reste, je ne te connais pas encore.

— Alors fermez les yeux.

François les garda grands ouverts.

Lentement, Bamby détacha le foulard de ses cheveux. Ils étaient longs, noirs, tressés.

— Je veux que vous m'aimiez les yeux fermés.

La jeune fille monta sur le lit. Balayant d'un coup toute distance pudique, elle entoura le torse de François entre ses cuisses, hissa ses seins à la hauteur de ses yeux, puis son sexe à quelques centimètres de sa barbe naissante. Toute la peau de Bamby exhalait le wusulan, cet encens dont les Maliennes parfument leurs vêtements et leurs cheveux, dont elles s'huilent la peau pour ensorceler leur amoureux.

— Je veux que vous m'aimiez à tâtons.

D'accord, François acceptait le jeu. Ce ne serait pas la première fois qu'il ferait l'amour les yeux bandés. Ça lui arrivait souvent, avec Solène, au début. Puis plus. C'est pour cela qu'il était là, uniquement pour cela. Il ferma les paupières. Bamby noua le foulard autour de ses yeux, alors que François tentait maladroitement, en aveugle, d'atteindre l'aréole de ses seins du bout de sa langue, de les soupeser dans le creux de sa paume.

— Soyez sage, monsieur l'administrateur, fit Bamby de son irrésistible voix de petite fille.

Sa fine main se referma sur son poignet, comme on éloigne les doigts d'un garçon polisson de la boîte à bonbons.

Clac.

D'abord, François ne comprit pas. Son premier réflexe fut d'esquisser un geste pour retirer le bandeau qui couvrait ses yeux. Impossible, son premier poignet, puis son second étaient entravés. Il saisit en une fraction de seconde qu'après avoir noué le foulard, Bamby, en simulant un jeu coquin, l'avait menotté. Il en déduisit que les menottes avaient été préparées, attachées aux barres du lit, derrière l'oreiller.

Cette fille avait tout programmé. Bordel... qu'est-ce qu'elle lui voulait ?

— Soyez sage, mon aventurier, continua Bamby, le jeu ne fait que commencer.

Il rêve de vivre dans une maison au-dessus de Marseille, à Aubagne. Il a repéré un terrain, au pied du parc de la Coueste.

Il aime appeler les femmes mon papillon, mon hirondelle, ma libellule.

Il adore le wusulan, il refuse de me toucher si mon corps n'en est pas parfumé.

Il est exigeant, parfois même violent.

François garda espoir quand Bamby acheva de déboutonner sa chemise, quand elle frôla son corps avec son corps, quand elle l'effleura de son odeur. Ce n'était qu'un jeu. Plus excitant encore !

Qu'est-ce que pouvait lui vouloir cette petite ? Il n'avait rien à se reprocher. Il ne possédait pas plus de 200 euros sur lui. Le faire chanter ? Elle pouvait bien courir ! Maintenant que Mélanie et Hugo étaient majeurs, ça lui fournirait plutôt un prétexte pour quitter Solène. Il était presque parvenu à se rassurer, à apprécier de se retrouver ainsi à la merci de cette fille sublime. A quarante-neuf ans, il ne se mettait plus jamais en danger, il avait atteint ce si sécurisant point d'équilibre... quand il ressentit la douleur dans son bras.

Une piqûre ! Dans une veine. Cette salope lui avait injecté quelque chose dans le sang !

François paniqua, tira sur les menottes, hésita à hurler, même s'il savait que ces foutues chambres étaient capitonnées, isolées pour que les amants puissent cohabiter sans comparer l'intensité de leurs jouissances. Et à la réflexion, Bamby ne lui avait rien injecté. Il avait simplement ressenti... une aspiration. Cette fille lui avait fait une prise de sang !

— Ça ne sera pas long, murmura la voix calme de Bamby. Quelques instants seulement.

François attendit. Longtemps.

— Bamby ?

Plus personne ne lui répondait. Il lui semblait juste entendre pleurer.

— Bamby ?

Il commençait à perdre la notion du temps. Depuis combien de minutes était-il là ? Etait-il seul dans cette chambre ? Cette fois, il devait appeler à l'aide, tant pis si on le trouvait ainsi. Tant pis pour la honte. Tant pis pour les explications qu'il devrait fournir. Tant pis si le petit univers bien tranquille de Solène s'effondrait. Tant pis si Mélanie apprenait que papa couchait avec une fille de son âge. Une fille dont il ne savait rien, au fond. Peut-être l'avait-elle manipulé depuis le début avec son histoire de doctorat, de panel et d'entretien ? A bien y réfléchir, cette fille était beaucoup trop sexy pour être en thèse...

Il allait crier quand il sentit une présence à ses côtés.

Il chercha à se concentrer, à reconnaître l'odeur de wusulan de Bamby, mais les effluves épicés de cette foutue chambre Shéhérazade recouvraient tout ; à écouter le bruit des pas, une respiration, le frottement d'un pendentif sur une peau nue, mais les interminables solos d'oud empêchaient d'entendre quoi que ce soit.

— Bamby ?

François ne ressentit rien de plus qu'une petite douleur au poignet, à peine une écorchure, moins douloureuse que s'il s'était coupé en se rasant. Il ne comprit que lorsqu'il sentit le liquide chaud couler le long de son bras droit.

Avec la précision d'un barbier, on lui avait coupé les veines des poignets.

– 3 –

8 h 30

Dans le long couloir, les chaises installées devant chaque porte rappelaient à Leyli les interminables séances d'attente lors des rencontres parents-profs à l'école puis au collège. Souvent, elle arrivait la dernière, prenait le rendez-vous le plus tard, se retrouvait seule à attendre, plus d'une heure, avant d'être expédiée en deux minutes par un prof d'anglais ou de maths pressé lui aussi de rentrer chez lui. Bamby, Alpha, l'histoire s'était répétée. Seule dans le couloir, comme ce matin.

Les bureaux de la FOS-IMMO n'ouvraient que dans une demi-heure, mais on l'avait laissée entrer sans lui poser de questions. Avant 9 heures et après 18 heures, dans les bureaux de verre des quartiers d'affaires, les femmes noires sont des fantômes interchangeables. Leyli tenait à être la première. Il était à peine 8 h 30 quand, assise sur l'une des chaises, elle vit apparaître Patrice Pellegrin derrière les portes de l'ascenseur.

— Madame Maal ?

Le conseiller de la FOS-IMMO avança dans le couloir qui menait à son bureau, surpris, comme s'il l'empruntait pour la première fois.

— Madame Maal ? Mais je n'ouvre pas avant trente minutes !

Le regard de Leyli lui fit comprendre que ce n'était pas grave, qu'elle avait tout son temps, que ce n'était pas à lui de s'excuser.

Patrice Pellegrin bafouilla pourtant.

— Heu, bon, désolé, je reviens, je vais me chercher un café.

Leyli lui adressa son plus joli sourire.

— Vous m'apportez les croissants ?

Pellegrin revint dix minutes plus tard, portant un plateau encombré de deux expressos, d'un sachet de viennoiseries, de deux bouteilles de jus de fruits et d'une corbeille garnie : beurre, confiture et pain frais.

— Puisque vous êtes là, entrez. Vous allez partager avec moi mon petit déjeuner.

Visiblement le sourire de Leyli, les couleurs chaudes de sa tunique africaine et de ses tresses perlées avaient fait leur effet. Elle n'osa pas révéler à Patrice qu'elle buvait des litres de thé mais jamais de café, l'impertinence était une arme à manipuler avec parcimonie.

Elle trempa son croissant dans le liquide noir en espérant que la mie éponge l'intégralité du contenu. Par la grande baie vitrée du bureau, ils disposaient d'une vue imprenable sur Port-de-Bouc, les immeubles entassés sur la presqu'île, les centres commerciaux les reliant au continent, les tentacules des digues flottant sur la mer. Des réverbères s'éteignaient, des feux tricolores clignotaient, des fenêtres d'appartement s'allumaient.

— J'aime bien être debout avant les autres, murmura Leyli. En arrivant en France, j'ai fait mes premiers ménages en haut de la tour CMA CGM dans le quartier Euroméditerranée, toutes les nuits. J'adorais. J'avais l'impression de surveiller la ville, de la voir se réveiller, premières fenêtres allumées, premiers piétons, premières voitures, premiers passants, premiers bus, toutes ces vies qui recommençaient et moi qui allais me coucher, à l'envers du monde.

Pellegrin resta un moment à rêver devant le panorama.

— Moi j'habite de l'autre côté, vers Martigues, un pavillon au ras du sol. Je ne vois pas plus loin que le thuya qui entoure la maison.

— Au moins vous avez un jardin.

— Oui... Et pour en profiter, je pars tôt le matin, avant que tout soit bouché sur Marseille. J'arrive en avance pour bosser les dossiers.

— Sauf quand une locataire vient vous casser les pieds.

— Me tenir compagnie !

Patrice Pellegrin avait la quarantaine grassouillette et une assurance rassurante de type marié, de type que la fille qui l'a déniché n'est pas prête à lâcher, lui a vite fait un ou deux gosses pour être certaine de l'agripper pour l'éternité. De type qui quand il parle gentiment à une fille n'est pas forcément en train de la draguer.

— Moi j'habite là-bas, fit Leyli en désignant les huit tours blanches du quartier des Aigues Douces alignées face à la Méditerranée comme des dominos de sucre.

— Je sais, répondit le conseiller.

Ils continuèrent de discuter quelques minutes en achevant le petit déjeuner, avant que Pellegrin s'installe derrière son bureau. Il sortit un dossier et invita Leyli à s'asseoir de l'autre côté. Un affreux bureau de pin clair verni les séparait. La récréation est terminée.

— Alors, madame Maal, que puis-je pour vous ?

Leyli avait, elle aussi, prévu ses dossiers. Elle étala devant l'employé de la FOS-IMMO une série de photographies de son appartement, tout en les commentant.

— Je ne vous apprends rien, monsieur Pellegrin, vous connaissez aussi bien que moi les F1, ce sont tous les mêmes quel que soit le numéro de la tour :

vingt-cinq mètres carrés, une salle-cuisine, une chambre. Comment voulez-vous qu'on tienne à quatre dedans ?

Elle colla sous le nez de Pellegrin la photo de son canapé transformé chaque soir en lit, celle de la chambre des enfants où dormaient Bamby, Alpha et Tidiane. Les affaires éparpillées ou empilées, les habits, les cahiers de cours, les livres et les jouets. Leyli avait mis des heures à composer ces photos qui paraissaient improvisées, à faire en sorte qu'il y ait assez de bazar pour que Patrice Pellegrin prenne conscience de l'urgence de la situation, et suffisamment peu pour lui prouver qu'elle était une bonne mère, organisée, affaires d'école triées, habits pliés, intérieur impeccable question propreté. Un seul souci, Patrice, la promiscuité.

Patrice semblait sincèrement concerné.

Par la baie vitrée, le soleil avait brusquement enjambé la grande silhouette en tôle ondulée du multiplexe et inonda la pièce de ses rayons, telle une horloge solaire annonçant que les bureaux étaient ouverts. Leyli, presque par réflexe, tira de son sac des lunettes noires. Des lunettes en forme de chouette, deux verres tout ronds reliés par un bec orange et surmontés de deux petites oreilles roses pointues. Elles amusèrent Patrice.

— Le soleil vous gêne ?

Il alla baisser les stores, sans demander d'explication supplémentaire. Leyli apprécia. Souvent, lorsqu'elle portait sous un soleil discret une de ces paires de lunettes dont elle faisait collection, cinq euros maximum, elle percevait les réactions embarrassées ; les agressifs la prenaient pour une fille frimeuse, les dépressifs pour

30

une femme malheureuse. Leyli ne leur en voulait pas. Qui aurait pu soupçonner la vérité ?

Pellegrin, lui, ne semblait y voir qu'une distrayante excentricité. Dès que le bureau fut plongé dans une semi-pénombre, Leyli releva ses lunettes sombres.

— Je comprends, madame Maal. Mais… (Ses yeux se posèrent sur la haute colonne de dossiers multicolores empilés, uniquement des demandes de logements HLM.) Mais des familles en attente comme la vôtre, j'en ai des centaines.

— J'ai trouvé un travail, fit Leyli.

Patrice Pellegrin sembla sincèrement ravi.

— Un CDI, à l'Ibis de Port-de-Bouc, précisa-t-elle. Entretien des chambres et de la salle à manger, tout ce que j'adore ! Je commence cet après-midi. Si vous me trouvez un appartement plus grand, je pourrai payer. J'ai un contrat de travail, vous voulez le voir ?

Elle tendit la feuille, Pellegrin sortit quelques secondes faire une photocopie, la lui rendit.

— Je ne suis pas sûr que cela suffise, madame Maal. C'est un bon point mais… (Il fixa à nouveau la pile de dossiers.) Je… je vous envoie un mail dès que j'ai du nouveau.

— Vous m'avez déjà dit ça la dernière fois. Et je l'attends toujours !

— Je sais… heu… dans l'idéal, vous auriez besoin de quelle surface ?

— Au moins cinquante mètres carrés…

Il inscrivait tout sur un papier. Sans sourciller.

— Aux Aigues Douces ?

— Ou ailleurs, je m'en fiche, du moment que c'est plus grand.

Pellegrin continuait de noter. Impossible pour Leyli de savoir si sa demande semblait surréaliste au conseiller. Il lui faisait penser à un papa qui inscrit avec sérieux la liste des cadeaux de Noël délirants demandés par son enfant. Pellegrin leva enfin les yeux.

— Pas trop dur, les Aigues Douces ?

— On a la plage, on a la mer. Ça aide à supporter le reste.

— Je comprends.

Patrice semblait sincèrement touché. Il hésita à encore regarder la pile de dossiers, ça devenait un tic. Peut-être qu'il faisait le coup à chaque locataire et qu'il n'y avait que des feuilles blanches dans ses foutues chemises.

Il comprenait, il comprenait. On aurait dit un Malaussène muté aux HLM. Leyli agaça ses tresses perlées en les tordant autour de ses doigts.

— Merci. Vous êtes un gentil, Patrice.

— Heu... je m'appelle Patrick. Mais ce n'est pas grave... Vous aussi, Leyli, vous êtes...

Leyli ne le laissa pas finir.

— Vous êtes gentil, mais à tout prendre, j'aurais préféré tomber sur un salaud ! Je lui aurais sorti le même numéro de charme, mais lui aurait osé faire grimper mon dossier au-dessus de la pile, aurait secoué les secrétaires, tenu tête à son chef. Vous, vous êtes trop honnête. Au fond, c'est con que je sois tombée sur vous.

Leyli avait balancé sa tirade avec un désarmant sourire. Patrick Pellegrin demeura un moment le stylo en l'air, se demandant si elle plaisantait, puis éclata de rire.

— Je vais faire le maximum. Je vous promets.

Patrick semblait au moins aussi sincère que Patrice. Il se leva et Leyli comprit qu'elle devait faire de même. Il fixa un moment les lunettes chouette posées sur le front de la locataire.

— C'est tout vous ce bijou, madame Maal. Vous arrivez avant l'aube. Vous détestez le soleil. Vous êtes un oiseau de nuit ?

— Je l'étais. Je l'ai longtemps été.

Il vit passer devant ses yeux un voile de mélancolie. Alors que Patrick Pellegrin relevait le store de son bureau pour accueillir sous le soleil de la Méditerranée la longue file journalière des locataires, Leyli baissa ses lunettes chouette sur ses yeux et sortit.

*
* *

Au moment où Patrick Pellegrin referma le dossier *Leyli Maal* et s'apprêtait à le poser sur la pile des cent et quelques autres dossiers qui seraient examinés dans trois jours par la commission paritaire, pour tout au plus une dizaine d'appartements disponibles, son bras resta en suspens.

Le dossier de Leyli Maal n'avait aucune chance d'être accepté avant des mois, même avec ce nouvel emploi ! Pourtant, Patrick rechignait à le classer parmi les autres. Comme si cela revenait à ranger Leyli Maal dans l'anonymat des centaines d'autres mères célibataires d'origine africaine qui galéraient à élever leur famille, trouver un toit, un job, boucler les fins de mois.

Leyli Maal était unique.

Patrick demeura un instant pensif en baissant les yeux vers sa tasse de café vide et celle de Leyli, où flottait une éponge grise immonde entourée de miettes molles.

Leyli Maal était inclassable.

Pour commencer, s'interrogea Patrick, Leyli Maal était-elle belle ?

Oui, incontestablement. Elle était pétillante, vive, désarmante de fantaisie, mais Patrick percevait sous les paillettes de ses yeux le poids des ans parsemés d'accidents, sous sa tunique arc-en-ciel un corps fatigué qui ne se dévoilait plus à aucun homme.

Se faisait-il des idées ? Impossible de trancher, mais une autre question le hantait. *Leyli Maal était-elle sincère ?*

Par la fenêtre, il la vit s'installer sous l'arrêt de bus Urdy-Milou, attendre, debout, quelques minutes, puis monter dans l'autobus 22, aussi bondé qu'une batterie où l'on entasse les poulets. Il la suivit du regard jusqu'à ce que le bus disparaisse à l'angle du boulevard Maritime, troublé par la confusion de ses sentiments. Il ressentait une inattendue complicité envers cette femme simple et naturelle, il serait même facilement tombé amoureux d'elle, et pourtant, sans qu'il sache pourquoi, il était persuadé que Leyli ne lui avait pas dit la vérité.

Patrick resta un moment à regarder les camions longer le canal de Caronte, puis referma le dossier *Maal*. Un dossier sur lequel quatre-vingt-dix-neuf autres s'empileraient avant la fin de la journée.

9 h 01

Le commandant Petar Velika observait chaque détail de la chambre Shéhérazade avec un mélange de consternation et de dégoût. L'homme nu allongé sur le lit, raide, froid, exsangue, semblait sculpté dans une pierre aussi blanche qu'étaient rouges les draps du lit, les tapis aux motifs persans, les tentures mordorées accrochées aux murs. Ses yeux s'attardèrent sur les bras menottés au montant du baldaquin.

— Nom de Dieu…

Petar Velika en avait pourtant vu d'autres, des scènes de crime, et plus encore des crimes sans mise en scène. Après avoir fui la Yougoslavie de Tito à quinze ans et laissé la moitié de sa famille à Bjelovar, il était entré à l'école de police alors qu'il n'avait que vingt ans et n'avait mis que quelques mois à se forger une réputation de dur à cuire et de pur en cuir. Trente années plus tard, dont la plupart passées à ramasser des cadavres aux quatre coins de la métropole marseillaise, ça ne s'était pas arrangé.

— Il s'est vidé de son sang pendant plus d'une heure, précisa Julo à côté de lui.

— Ah ?

— D'après les entailles à ses poignets, je dirais qu'il a perdu entre cinquante et soixante millilitres de sang par minute. Si on ramène ça à une heure, le calcul est vite fait, trois mille six cents millilitres, soit près de la moitié de son volume sanguin total, le moment où les organes commencent à s'arrêter les uns après les autres.

Velika n'écoutait déjà plus que d'une oreille l'adjoint qu'on lui avait collé dans les pattes. Un brave garçon de vingt-trois ans tout frais sorti de l'école de police. Il se demandait ce qui avait pu pousser un gosse aussi brillant à demander d'être affecté dans un service aussi minable que celui qu'il dirigeait. *Julo Flores*. Un lieutenant de police gentil, poli, rapide, savant, presque impossible à vexer et même doté d'un certain sens de l'humour. Tout pour l'agacer !

Tout en hochant la tête de temps à autre devant son adjoint, le commandant Velika observait les deux autres flics s'affairer dans la chambre Shéhérazade. L'illusion d'avoir été téléporté hors du temps était parfaite : une sorte de crime rituel commis dans le palais du calife, le châtiment d'un eunuque ayant posé les mains sur la favorite du vizir. Le parfum d'encens épicé saturait ses narines. Personne n'avait eu le réflexe d'arrêter la musique orientale qui sortait d'invisibles enceintes. Les bottes des flics écrasaient les tapis de laine, les lampes LumiLight rasaient les vasques en porcelaine et les fioles d'huile d'argan. La chambre Shéhérazade n'usurpait pas son nom, on aurait cru se trouver au cœur du souk de Bagdad. Il s'adressa à Mehdi et Ryan, occupés à relever les empreintes.

— Je peux ouvrir la fenêtre ?

— Ouais…

Velika tira les rideaux et poussa les battants.

La magie d'un coup s'évapora.

La fenêtre donnait sur une cour de béton, un local à poubelles, la musique exotique fut couverte par le bruit des mouettes, des camions et des bus qui défilaient sans discontinuer sur la nationale. Il tourna la tête et s'attarda sur les enseignes voisines du centre commercial : le Starbucks, le Carrefour, le multiplexe. Les dreadlocks de Johnny Depp s'affichaient en cinq mètres sur quatre. L'orientalisme s'était évaporé dans les vapeurs de pots d'échappement. Pas de minarets en face, juste les tours d'immeubles et les silos du port. Le palais du califat n'était qu'un cube de tôle ondulée. Miracle de la modernité.

— Patron, osa timidement Julo derrière lui. C'est Serge Tisserant, le gérant.

Devant le commandant se tenait un type d'une quarantaine d'années, cravaté, un profil de vendeur de canapés ou de cheminées ; genre catalogue qui parle.

— Vous tombez bien, fit Petar en jetant un regard circulaire sur les tentures pourpres. Vous allez m'expliquer le principe de ces Red Corner, il paraît que ça pousse comme les champignons depuis quelques années.

Le commandant sourit en observant derrière eux Julo prendre des notes sur une tablette rectangulaire à peine plus grande qu'un bouquin de poche, extraplate, un gadget censé remplacer les liasses de papier qu'il était habitué à semer.

— C'est un nouveau concept d'hôtel, précisa le commercial.

— Racontez-moi ça.

— Eh bien, c'est une franchise qui se développe un peu partout dans le monde. On trouve un bar au rez-de-chaussée et des chambres à l'étage. Le principe, c'est, disons, le self-service. Le client a simplement besoin d'une carte bancaire pour ouvrir la porte de sa chambre, c'est aussi facile que de payer un péage d'autoroute. Les clients sont facturés au quart d'heure, puis à la demi-heure, puis à l'heure. La carte est débitée quand vous ressortez, comme dans un parking. Dans les minutes qui suivent, une femme de ménage vient tout nettoyer et la chambre est à nouveau libre. Pas de réservation, pas de nom, pas de room service. Un hôtel classique, vous voyez, commandant, mais en plus pratique.

Petar laissa à nouveau traîner ses yeux sur le décor oriental de la pièce.

— Mouais… La déco de vos chambres, c'est tout de même pas celle des Formule 1 ?

Le visage de Tisserant exprima une fierté professionnelle parfaitement maîtrisée.

— C'est l'autre originalité de Red Corner ! Les chambres sont thématisées. Vous avez eu le temps de faire le tour ? Nous possédons la chambre Louxor, la Taj Mahal, la Montmartre, la Caravansérail, la Sérénissime…

Le gérant semblait parti pour réciter tout le dépliant. Petar le coupa, Julo devait avoir déjà téléchargé tous les documents.

— Personnalisées ? On trouve les mêmes chambres dans tous les Red Corner du monde, non ?

Monsieur Catalogue se rengorgea à nouveau.

— Exactement les mêmes ! Même voyage, même dépaysement, où que vous soyez sur la planète.

Ça avait l'air d'amuser Julo, constata Petar. Même de l'intéresser. Après tout, c'était peut-être le concept idéal pour les jeunes romantiques qui touchent des salaires de misère ? Lui, ce genre de décor en carton-pâte le sidérait. Pourquoi pas une chambre Vukovar pendant qu'on y était ? Dans la pièce, les deux flics continuaient de s'agiter. Ryan tentait de scier les menottes pour évacuer le corps.

— Il y a des caméras dans les chambres ?

— Vous plaisantez ? fit le commercial qui maîtrisait moins le rôle du petit artisan offusqué. Toutes nos chambres garantissent l'anonymat le plus strict. Sécurisées, privatisées, insonorisées...

Ah, pensa Petar, cette capacité à dire « nous » qu'ont les employés d'une boîte qui les remplacera dans moins de six mois.

— Et à l'extérieur ?

— On dispose de trois caméras sur le parking et d'une devant la porte, elles filment vingt-quatre heures sur vingt-quatre.

— OK, on va vérifier... Et s'il vous plaît (il fixa son interlocuteur dans les yeux), arrêtez-moi ce foutu crin-crin des *Mille et Une Nuits* !

— Je vais essayer, bafouilla Tisserant. Heu... L'ambiance musicale est centralisée elle aussi.

— Eh bien, demandez à Sydney, Honolulu ou Tokyo de couper la sono !

*
* *

Finalement, la musique dans la chambre s'était arrêtée, le cadavre avait été évacué, les parfums d'épices s'étaient évaporés et la plupart des flics s'étaient éclipsés. Petar s'appuyait sur le rebord de la fenêtre, le seul endroit pour s'asseoir dans la pièce à l'exception du matelas transformé en éponge gorgée de sang. Le commandant s'adressa à son adjoint.

— Je t'écoute, Julo, je suis certain que tu as déjà interrogé une dizaine de sites, piraté les réseaux sociaux, et que tu connais l'identité complète de ce pauvre type.

Le lieutenant Flores se contenta de sourire.

— Gagné, commandant ! La victime s'appelle François Valioni. Quarante-neuf ans. Marié. Deux enfants. Hugo et Mélanie. Il habite Aubagne, chemin de la Coueste.

Petar avait allumé une cigarette, il cracha la fumée vers le centre commercial.

— T'es sacrément rapide, Julo. Rapide et précis. Je vais finir par croire à la vertu de ce putain de big data.

Le lieutenant rougit, hésita une seconde.

— Heu... c'est-à-dire, patron, j'ai surtout trouvé le portefeuille de la victime dans sa veste.

Petar éclata de rire.

— Excellent ! Bon, continue, quoi d'autre ?

— Un détail étrange. C'est Ryan qui s'en est aperçu, une piqûre au bras droit, mais pas n'importe laquelle. On... on lui a fait une prise de sang !

— Pardon ?

— Tant qu'il lui en restait, bien entendu. (Petar apprécia la pointe d'humour noir de son adjoint. A son contact, le gamin commençait petit à petit à se lâcher.) Selon toute vraisemblance, son assassin, avant de lui couper les veines des poignets, lui a prélevé du sang avec un kit.

Julo exhiba dans un sac plastique transparent une aiguille, une petite éprouvette et un Coton-Tige ensanglanté.

— Un truc qui coûte 15 euros, on l'a retrouvé dans la poubelle. Ça permet de connaître son groupe sanguin en moins de six minutes.

Petar lança son mégot dans le vide. Il irait rejoindre les capotes autour des conteneurs du Red Corner.

— Attends, Julo, si je résume, ce type, François Valioni, entre de son plein gré dans cette chambre Shéhérazade, vraisemblablement accompagné de son futur assassin, il se laisse menotter au lit, puis son assassin lui fait une prise de sang, attend le résultat, et ensuite, le saigne et se tire, en laissant derrière lui un cadavre halal.

— On peut résumer comme ça.

— Putain…

Petar prit le temps de réfléchir, avant de poursuivre avec ironie :

— On a peut-être affaire à un type qui recherche un donneur de sang. C'est urgent, une question de vie ou de mort. Il teste un donneur potentiel, et comme le sang ne correspond pas, ça l'énerve et il le bute. De quel groupe est le sang de Valioni ?

— O+, répondit le lieutenant Flores, comme plus du tiers de la population française. Ou bien c'est un remake de *Twilight*.

Petar roula des yeux étonnés.

— Une histoire de vampires, précisa Julo.

— Ah ? Et tu ne peux pas dire *Dracula* comme tout le monde ? Bon, on va commencer par demander aux caméras extérieures ce qu'elles ont vu. La personne avec laquelle François Valioni est entré dans cette chambre est sûrement une fille. Je vois mal ce brave père de famille s'aventurer ici avec un petit copain.

Julo Flores continuait de se tenir debout devant son patron. Il sortit deux nouveaux petits sacs transparents.

— On a également trouvé ça dans les poches de Valioni.

Petar se pencha pour détailler le contenu des pièces à conviction. Il découvrit d'abord un bracelet rouge, en plastique, perforé, du genre de ceux qu'on s'accroche au poignet dans les hôtels *all inclusive*, puis s'attarda davantage sur le second sachet qui contenait... six coquillages. Six coquillages quasiment identiques, ovales, blancs et nacrés, longs de trois centimètres, fendus en leur centre par une fine ouverture dentelée.

— Jamais vu ce genre de crustacés sur les plages d'ici ! commenta le commandant. Mystère n° 2. Où notre brave François a bien pu ramasser ces trucs-là ?

— Il voyageait pour son boulot, patron.

— Tu as aussi trouvé son agenda ?

— Non, mais il y avait des cartes de visite dans son portefeuille. François Valioni pilote le service financier d'une association d'aide aux réfugiés, Vogelzug.

La posture désabusée de Petar Velika laissa soudain place à un réel intérêt.

— Vogelzug, t'es certain ?

— Je peux vous montrer sa carte professionnelle, et sa photo sur sa carte, et...

— C'est bon, c'est bon... (La curiosité de Petar Velika s'était muée en un empressement inquiet.) Laisse-moi deux secondes, faut que je fasse le point... Tiens, va me chercher un café au Starbucks d'à côté.

Le lieutenant Julo Flores, d'abord surpris, hésita, puis, comprenant que son supérieur ne plaisantait pas, quitta la pièce.

Dès que son adjoint fut suffisamment éloigné, Petar Velika vérifia qu'il était seul, puis sortit son téléphone.

Sa main tremblait légèrement.

Vogelzug.

Ça ne pouvait pas être une coïncidence.

Il observa encore les immeubles, le port, la zone industrielle, et de l'autre côté, tout proche, le port de plaisance. Mélange de pure misère et d'éclaboussures de pognon.

Les emmerdes ne faisaient que commencer.

– 5 –

10 h 01

— On peut reprendre du Coca, papi ?

Jourdain Blanc-Martin acquiesça. Il n'allait pas priver ses petits-enfants de Coca ou de quoi que ce soit d'autre, surtout pas le jour de leur anniversaire. Il se tenait dans la véranda, un peu en retrait des jeux d'enfants, un expresso à la main.

Tout se déroulait bien, finalement.

Il avait un peu de mal à se l'avouer, mais il avait davantage angoissé pour l'organisation de la journée d'anniversaire d'Adam et Nathan, les jumeaux de son fils Geoffrey, seul sans sa femme partie deux semaines à Cuba, que pour celle du symposium de Frontex qui se tenait dans trois jours au palais des congrès de Marseille. Plus de mille congressistes. Quarante-trois pays participants. Chefs d'Etat, chefs d'entreprise… Comme si toute cette énergie déployée autour des migrants ne l'intéressait plus vraiment. Il était sans doute temps de passer définitivement la main à Geoffrey, l'aîné de ses trois fils, de s'asseoir sur un transat et regarder le soleil tomber sur Port-de-Bouc. De déguster un café qui ne soit pas apporté par une secrétaire. D'entendre des rires d'enfants autrement qu'à travers le haut-parleur du kit mains libres d'un taxi.

Cet anniversaire se déroulait à merveille, mais il faut dire qu'il y avait mis le prix. Cinq animateurs pour quatorze gamins. Uniquement des copains de classe issus de l'école Montessori les Oliviers. Des parents pas vraiment dans le besoin, qu'il avait pourtant épatés quand il les avait accueillis devant la piscine installée au cinquième étage de sa villa, la Lavéra, avec vue sur le golfe de Fos, de Port-Saint-Louis-du-Rhône, aux limites de la Camargue, jusqu'aux plages de la pointe du Carro. *Venez les mains vides*, indiquait le carton d'invitation, *pas de cadeaux, juste un maillot de bain*.

Fontaines de soda, pyramides de bonbons, pluie de cotillons. Une orgie pour tout-petits.

De la poche droite de Jourdain s'élevèrent les violons de l'*Adagio* de Barber : la sonnerie de son téléphone. Il ne répondit pas. Pas maintenant. Il s'étonnait de l'ingéniosité des animateurs. L'un interprétait Peter Pan, une fille plutôt mignonne la Fée Clochette, la troisième une Indienne, et tous les mômes avaient été déguisés en pirates. Au centre de la piscine était amarrée une grande île gonflable protégée par une dizaine de crocodiles en plastique. Les enfants ramaient sur des matelas entre les reptiles inoffensifs pour l'atteindre et récupérer les pièces d'or en chocolat dont le sol de l'île était tapissé. Visiblement, ils adoraient.

Jourdain se désintéressa un moment des moussaillons, pour observer la vue panoramique par la véranda. Plein sud s'élevaient les immeubles de la ZUS des Aigues Douces, le quartier où il avait grandi. Au-dessous de lui, à quelques centaines de mètres des barres, dominé par sa villa, s'étendait le port Renaissance. Vue imprenable sur l'*Escaillon*, son yacht, et sur le *Maribor*, celui, plus petit et plus féminin, de sa bru.

Quelques centaines de mètres et pourtant deux mondes que tout opposait. Etanches. Il avait mis cinquante ans à passer de l'un à l'autre. C'était sa fierté absolue, avoir fait fortune à moins d'un kilomètre de l'immeuble où il était né, avoir gravi tous les échelons sans s'exiler, pouvoir regarder de haut ces immeubles dont l'ombre avait écrasé son enfance, comme un détenu qui achèterait une maison à côté de la prison où il a été incarcéré pour mieux savourer sa liberté.

— On peut reprendre du Coca, papi ?

— Autant que tu veux, mon chéri.

Nathan en était à son quatrième gobelet. Il ne ressemblait déjà plus à son frère jumeau. Il prenait un kilo de plus par an. C'était une façon commode de les différencier, même si Geoffrey continuait de confondre ses fils une fois sur deux. Geoffrey parcourait le monde pour Vogelzug, ne rentrant qu'un dimanche sur trois pour embrasser les gosses et coucher avec sa femme,

Ivana, une très belle Slovène qui s'intéressait moins aux jouets de ses enfants qu'aux siens, son petit bateau de luxe et sa Jaguar F-Type, qui finirait par tromper son grand nigaud de fils, persuadée que lui-même ne se gênait pas dans les Hilton et les Sofitel de la planète.

Quand Jourdain avait créé son association, en 1975, la terre portait alors à peine cinquante millions de personnes déplacées pour des raisons de travail, de guerre, de misère. On avait dépassé le chiffre de cent cinquante millions en 2000, et la courbe continuait de grimper de façon exponentielle. Quelle matière première, quelle énergie, quelle richesse pouvait se vanter d'une courbe de croissance aussi régulière au cours des cinquante dernières années ? Il espérait que ce brave petit Geoffrey, avec sur ses épaules la responsabilité de l'association, avait autre chose à faire que de s'envoyer des prostituées.

L'*Adagio* de Barber insistait. Jourdain se dirigea vers la terrasse, autant pour répondre que pour s'éloigner des cris des enfants qui commençaient à l'insupporter. Peter Pan et la Fée Clochette n'avaient pas tenu les monstres de six ans plus de vingt minutes avec leur chasse au trésor aquatique. Les sages bambins nourris à la pédagogie Montessori prenaient leur rôle à cœur et s'assommaient à coups de sabres en mousse, dispersant dans l'eau des fraises Tagada comme autant de gouttes de sang et transformant les brochettes de bonbons en harpons pour crever les innocents crocodiles, ou pêcher les pièces d'or en chocolat sur l'île.

Jourdain referma la vitre de la véranda derrière lui et lut le nom sur l'écran du téléphone.

Petar Velika.

Qu'est-ce que ce...

— Blanc-Martin ?

— Lui-même.

— Velika. Je sais bien que vous n'aimez pas que je vous appelle sur votre téléphone personnel, mais...

— Mais ?

Jourdain regardait au loin la pointe de la presqu'île s'avancer dans la mer jusqu'au bout de la jetée, face au fort de Bouc, fermant quasiment la rade.

— On a un cadavre sur les bras. Vous n'allez pas aimer. Un cadre plutôt haut placé chez vous. François Valioni.

Jourdain posa les fesses sur un transat de teck, qui manqua de basculer. Des cris de mouettes se mélangeaient à ceux, étouffés, des enfants derrière la porte de verre.

— Continuez.

— Un meurtre. On a retrouvé Valioni ce matin. Yeux bandés. Menotté. Veines tailladées. Dans une chambre du Red Corner.

Par réflexe, Jourdain tourna la tête vers le centre commercial de Port-de-Bouc, même si on ne l'apercevait pas de sa terrasse. Il avait dépensé des dizaines de milliers d'euros en reboisement pour que la vue nord de sa villa se limite aux pins maritimes bordant le canal d'Arles à Bouc.

— Vous avez une piste ? demanda-t-il.

— Mieux que ça. On vient de m'apporter les films des caméras de surveillance.

A l'autre bout du téléphone, Petar Velika plissa les yeux pour détailler l'image pixélisée : un voile masquait l'essentiel du visage de la fille qui fixait la caméra

47

devant la porte du Red Corner, puis s'en détournait presque immédiatement, comme pour laisser un indice intrigant, mais insuffisant.

Il affirma pourtant à Blanc-Martin :

— On voit distinctement Valioni entrer avec une fille. Une très belle fille.

Jourdain s'éloigna encore, vérifiant que personne ne se tenait aux alentours, qu'aucun Capitaine Crochet, Monsieur Mouche ou chef indien ne sortait de son pays imaginaire sous verre.

— Alors, vous l'identifiez, vous la retrouvez et vous la coffrez. Si elle vous a laissé sa photo, ça ne devrait pas être difficile.

Petar nuança.

— Elle… elle portait un foulard, un étrange foulard avec des motifs de chouettes…

Le parapet de béton était haut de plus d'un mètre mais Jourdain Blanc-Martin se sentait attiré par le vide.

— Vous êtes certain ?

— De ça, oui.

Jourdain laissa courir son regard sur les immeubles des Aigues Douces, tous semblables, construits comme autant de tours d'une forteresse blanche face à la Méditerranée, une citadelle inachevée dont les murs n'auraient jamais été érigés.

Un foulard imprimé de chouettes, repensa Blanc-Martin. Les yeux bandés. Les veines tailladées.

Une très belle fille…

Un mauvais pressentiment lui soufflait qu'elle continuerait de frapper, de tuer, de faire couler le sang.

Tant qu'elle n'aurait pas trouvé celui qu'elle cherchait.

10 h 27

En sortant de l'escalier, de sa seule main libre, Leyli chercha à tâtons la minuterie. Sa main glissa sur la peinture écaillée avant d'atteindre l'interrupteur du palier du septième étage de la tour H9 des Aigues Douces.

Leyli grimaça devant le carrelage fissuré, la rampe rouillée, les taches d'humidité et de moisissure qui cloquaient les plinthes. La FOS-IMMO avait repeint les façades des immeubles l'été dernier, mais il faut croire qu'ils n'avaient plus assez de peinture pour les cages d'escalier. Ou bien, pensa-t-elle en observant les cœurs, les têtes de mort, les sexes tagués sur les murs, la municipalité avait créé une commission pour discuter de la sauvegarde des graffitis, témoignage du patrimoine artistique urbain en ce début de siècle. De quoi se plaignait-elle ? Dans des millénaires, on viendrait visiter son palier comme on visite aujourd'hui la grotte de Lascaux. Leyli adorait positiver ! Après tout, peut-être que son numéro de charme allait fonctionner sur Patrick Pellegrin et qu'il lui dénicherait cet appartement de rêve, que déjà un mail l'attendait... cinquante mètres carrés... rez-de-chaussée... jardinet... cuisine équi...

— Madame Maal ?

La voix, un cri aigu plutôt, provenait de l'étage du dessous. Le visage d'une fille apparut dans l'escalier, vingt marches plus bas. Kamila. Il ne manquait plus qu'elle !

— Madame Maal, répéta la fille. Est-ce que vos enfants pourraient mettre la musique moins fort ? Il y en a qui essayent de réviser dans cette tour. Histoire de pouvoir la quitter un jour.

Kamila Saadi. La voisine du dessous. Etudiante en psychologie. En troisième année, comme Bamby. D'ailleurs, Kamila faisait tout comme Bamby. Par un de ces étranges hasards de la vie, Kamila était arrivée dans l'immeuble il y a deux ans, logée par la FOS-IMMO. Le bailleur social essayait de caser aux Aigues Douces des étudiants, des retraités, des chômeurs, des gens fauchés venant d'autres quartiers qui n'avaient pas la possibilité de refuser et qui offraient un semblant de diversité. Avant de craquer et de s'en aller.

Kamila avait reconnu sa voisine du dessus parmi les six cent cinquante étudiantes qui s'entassaient avec elle dans les amphis de psycho de l'université d'Aix-Marseille. Pendant un an, elles avaient pris le même bus n° 22, révisé les mêmes cours, partagé les mêmes kebabs. Kamila et Bamby avaient tout fait ensemble, mais Kamila en un peu moins bien. Kamila et Bamby se ressemblaient, mêmes longs cheveux lissés ou tressés, mêmes yeux noirs en amande aux reflets noisette, même peau mate, mais Kamila était moins jolie. Elles avaient passé les mêmes examens, mais seule Bamby avait obtenu ses semestres avec mention. Elles avaient fréquenté les mêmes copains, mais c'est Bamby qui était sortie avec le plus mignon. Leur belle amitié s'était lentement transformée en une vilaine jalousie. Et dire qu'au début de leur relation, Leyli avait eu peur que Bamby n'aille emménager chez Kamila, que son plancher ne devienne leur plafond.

— Keen'V, insista Kamila. Canardo, Soprano, c'est bon, j'ai passé l'âge.

Et Gaël Faye, ajouta Leyli dans sa tête. Bamby aimait beaucoup Gaël Faye. Et Maître Gims, que Tidiane adorait, Seth Gueko pour Alpha, ou selon les heures Goldman, Balavoine, Renaud, Leyli écoutait à fond Nostalgie quand elle repassait. Chez les patrons, la nuit, elle travaillait avec les écouteurs dans les oreilles, mais chez elle, elle n'allait pas se priver ! Quand on habite vingt-cinq mètres carrés, la musique est le seul moyen d'agrandir les pièces.

Sur le palier de Kamila, la porte d'en face s'ouvrit sur un homme d'une cinquantaine d'années que Leyli avait quelquefois croisé dans l'escalier. Il semblait se réveiller et portait un tee-shirt froissé, celui qu'on enfile le matin pour aller travailler et qu'on garde quand on s'écroule dans le lit au milieu de l'après-midi. Son visage était aussi fripé que son tee-shirt, et ses deux yeux bleus, très clairs, semblaient encore perdus dans leurs rêves. Une barbe lui dévorait le menton et le cou, alors que de rares cheveux gris luttaient contre sa calvitie. Le tee-shirt épousait la courbe ronde de son ventre.

— Moi, fit le voisin, je n'ai rien entendu.

Il lâcha un sourire complice. Décidément, se dit Leyli en repensant à celui de Patrick Pellegrin, les hommes rayonnaient ce matin.

Il adressa le même sourire à Kamila.

— Je pars au taf à 6 heures le matin, je dors ici tout l'après-midi. Si la musique était trop forte, ma belle, je l'entendrais.

Il possédait une voix étrange, éraillée, comme quand on a trop crié. Ça ne donnait pas envie de le contredire, et encore moins de lui faire répéter. Kamila haussa les épaules et claqua la porte de son appartement. L'inconnu monta les marches et tendit la main à Leyli.

— Guy. Guy Lerat.

Et dans le même geste, il attrapa les deux sacs de courses qu'elle tenait à bout de mains. Des yaourts, des gâteaux premier prix, du faux Nutella, toute une série de cochonneries achetées au Lidl pour remplir le frigo. Guy se tenait sur le seuil, gêné, pendant que Leyli cherchait ses clés, puis ouvrit. Elle trouva très émouvante cette grande carcasse timide n'osant pas s'aventurer chez elle.

— Eh bien entrez.

Il hésitait.

— Au moins jusqu'au frigo...

Il posa un pied en terre inconnue.

— C'est vrai, fit Leyli en lui prenant les sacs des mains, la musique ne vous gêne pas ?

— J'en sais rien, répondit-il de sa voix cassée, je dors avec des boules Quies !

Les yeux de Guy brillèrent de malice et Leyli éclata de rire en pensant au dépit de Kamila. Cette peste trouverait bien un moyen de se venger.

— Vous savez, je bosse sur les machines, à la raffinerie, sur le port pétrolier. Ils ont mesuré qu'on se prend plus de cent décibels dans les oreilles toute la journée. On a beau avoir un casque, faut bien qu'on se parle quand même. On a tous la voix foutue. Ils disent que c'est à cause du bruit, on les croit, ils nous assurent que c'est pas l'amiante, c'est déjà ça, mais d'ici à ce qu'ils nous découvrent un truc encore plus dégueulasse avant la retraite...

Leyli hocha la tête, compréhensive, avança dans la cuisine et commença à ranger les courses pendant que Guy détaillait l'appartement, qui se résumait à deux pièces. Il jeta d'abord un œil à la petite chambre dont la porte s'ouvrait sur quatre lits superposés. La pièce donnait l'impression d'une chambre étrange où l'enfant aurait changé de lit tous les cinq ans sans se séparer du précédent. Sur le premier étaient éparpillés des peluches, un Buzz l'Eclair, une maquette de *Faucon Millenium*, des bandes dessinées, des albums de foot et des livres de mythologie grecque ; sur celui du dessus, recouvert d'une couette vert-jaune-rouge, trônaient des posters de chanteurs de reggae africains, des baskets, une cartouche de cigarettes ; sur celui d'à côté étaient accrochés deux sacs où on devinait en transparence des dentelles, des tops fuchsia, des paires de chaussures à paillettes. Le dernier lit était vide. Sans même de couette sur le matelas. Nu et sale. Comme s'il était réservé à un enfant pas encore né. Guy se demanda pourquoi, dans une telle promiscuité, les trois autres enfants n'avaient pas investi le quatrième matelas.

— Vous voulez un thé ? demanda Leyli.

Guy ne répondit pas mais détourna le regard de la chambre, comme pris en faute.

— Faites pas attention au bazar, continua Leyli. Trois gosses là-dedans, vous imaginez ? Tidiane a dix ans, vous avez vu la pile de livres qu'il ramène chaque semaine de la bibliothèque ? Tout l'inverse de son frère, Alpha.

Son regard s'arrêta sur le lit du dessus.

— L'école et Alpha... Une histoire compliquée... J'ai tenu comme j'ai pu pour qu'il y aille jusqu'à ses seize ans, mais depuis deux ans, à part la musique, les potes et le sport... Je ne m'en fais pas pour lui, remarquez, Alpha est un débrouillard, il trouvera toujours un passage pour se faufiler. Faut juste qu'il reste sur le bon chemin.

Leyli était émue, sa voix se troublait. Guy écoutait.

— Quant à Bamby, elle va prendre vingt-deux ans. Elle vient de décrocher sa licence de psychologie. Elle hésite entre chercher du boulot et continuer, mais du boulot en psycho... Elle m'aide avec des jobs à droite à gauche. (Son regard glissa vers le portrait de ses trois enfants accroché dans la salle. Tidiane pouffant de rire, Alpha dominant les deux autres d'une tête, et Bamby, fixant l'objectif de ses grands yeux de biche.) Elle n'a pas trop de mal à se faire embaucher comme serveuse dans les bars sur la plage. Alors, ce thé ?

Guy hésitait encore. Il fit un pas vers la pièce principale. Un canapé était impeccablement rangé et il devina que Leyli y dormait en le transformant en clic-clac. Une petite table, quatre chaises, un ordinateur, un cendrier, mais surtout, il était impossible de manquer deux détails insolites. Une grande corbeille en osier d'abord, dans laquelle étaient entassées des lunettes de soleil, de toutes les couleurs et de toutes les formes. Des figurines ensuite, des dizaines de chouettes posées un peu partout dans la pièce. En bois, en verre, en terre.

— Ma petite collection personnelle, fit Leyli fièrement. Il y en a cent vingt-neuf exactement.

— Pourquoi des chouettes ?

— Ça vous intéresse ? Vous êtes un oiseau de nuit vous aussi ?

— De l'aube, plutôt.

Leyli sourit encore et se dirigea vers la bouilloire qui fumait.

— Alors, ce thé ?

— Une autre fois.

Guy fit un pas vers la porte. Leyli singea la contrariété.

— Vous savez que c'est terriblement offensant de refuser l'hospitalité d'une Peule ! On a retrouvé dans le désert des explorateurs découpés à la machette pour moins que ça.

Guy se tortillait. Il semblait de plus en plus mal à l'aise. Ses yeux s'étaient arrêtés sur le cadre au-dessus de l'ordinateur. Un coucher de soleil sur un fleuve, africain sans doute à en juger par les ombres noires des pirogues et des cases.

— Je plaisante, précisa Leyli. Qu'est-ce qui vous gêne ?

— Rien... c'est juste que... Je ne suis pas habitué.

— A quoi ? Au bordel ? Aux gamins ? Aux chouettes ? A ce qu'une jeune fille aussi sexy et riche que moi vous aborde et vous invite dans son palace à partager une coupe de champagne ?

— A l'Afrique, lâcha Guy.

Il était presque sorti de l'appartement et se tenait debout, soulevant nerveusement avec son pied un

55

morceau de carrelage décollé. Leyli demeura sa bouilloire à la main.

— Hou là, je ne m'y attendais pas, à celle-là. Précisez donc, mon gentil voisin.

Guy sembla rassembler tout son courage d'un coup. Son flux de paroles se fit presque agressif.

— Je vais pas vous faire un dessin ! J'ai passé ma jeunesse entre Vitrolles et Gardanne, je bosse depuis trente ans comme ouvrier sur les docks de Port-de-Bouc, les trois quarts de mes potes sont pieds-noirs ou fils de pieds-noirs, on occupe les week-ends à chasser le canard dans l'étang de Berre, on vote tous pour le même parti et il est plutôt couleur bleu marine, vous m'avez compris, quoi… Vous avez l'air gentille, j'ai rien contre vous et encore moins contre vos gamins, mais, putain, comment vous dire… Je suis pas vraiment du genre qui fréquente les Arabes…

— Les Peuls ne sont pas arabes.

— Les Noirs, les bougnoules, les bicots, les barbus, tout ce que vous voulez.

— Vous trouvez que je suis barbue ? Allez zou, asseyez-vous sur le pouf, prenez une tasse et faites gaffe à ne pas vous brûler.

Guy haussa les épaules de dépit, mais ne put résister à l'énergie communicative de Leyli.

— Vous m'avez sauvé la mise contre cette garce de Kamila, vous ne pouvez pas me refuser un thé. En plus je fête mon nouveau boulot. Mon premier CDI depuis trois ans. Je commence cet après-midi.

De sa main libre, alors que Guy s'installait, elle décrocha le tableau du coucher de soleil sur le fleuve.

Elle jeta un dernier regard vers la cuisine, la salle, puis s'attarda sur la chambre des enfants. Rassurée.

Elle n'avait laissé traîner aucun indice, elle n'avait commis aucune faute. Cette hantise la tiraillait toujours lorsqu'elle laissait quelqu'un entrer chez elle. Elle devait en permanence penser à tout, chaque détail, ne rien laisser au hasard, tout agencer exactement comme il le fallait. Inviter un inconnu à entrer lui permettait de vérifier qu'on ne pouvait rien remarquer. Apparemment, ce voisin timide, ce gros nounours s'excusant d'être raciste, n'avait rien deviné.

Leyli tira une chaise et s'installa devant Guy.

— C'est Ségou, précisa-t-elle. Au Mali. C'est là où je suis née. Ecoutez...

Le récit de Leyli
Premier chapitre

<◦>)<<◦>)<<◦>)<<◦>)<<◦>

Ségou, puisque je me doute, mon cher voisin, que vous n'en avez jamais entendu parler, c'est une petite ville à deux cents kilomètres de Bamako, mais à plus de cinq heures en autocar, une grande route de goudron qui semble ne jamais devoir quitter Bamako, comme si la ville poussait plus vite que les voitures avancent, même si elles finissent par gagner et se retrouver perdues dans le désert. Mais Ségou, avant tout, c'est le fleuve, le grand fleuve Niger, presque plus large que la ville, presque une mer. Nous habitions une case dans le quartier des potiers, près du fleuve. Mon père et ma mère fabriquaient des pots, des vases, des jarres, avec l'argile des berges. On en vendait aux touristes, dans les hôtels. Mais avant la révolution de 1991, les touristes n'étaient pas nombreux, alors le plus souvent, il fallait les vendre aux voyageurs.

La grande activité de Ségou, Guy, ce sont les pirogues. Celles des pêcheurs, celles qui partent sur le fleuve vers Mopti ou Koulikoro. Mais surtout, à Ségou, elles le traversent. Il n'y a pas de pont sur le Niger, pas de pont pendant des milliers de kilomètres. Du coup, les gens passent d'une rive à l'autre avec leur nourriture, leur argent, du bois, des pierres, des briques, des animaux, et de chaque côté du fleuve, surtout du côté de Ségou, c'est un immense marché permanent avec des ânes, des chiens, des gens qui vendent de tout, des chameaux parfois quand un Touareg s'aventure jusque-là, et les enfants s'agglutinent autour comme s'ils n'en avaient jamais vu.

Quand une pirogue arrive, c'est au plus rapide à proposer un bijou, une poterie, des cigarettes, des préservatifs, n'importe quoi…

La plus rapide, c'est moi ! Les garçons courent peut-être plus vite avec un ballon, mais pour se jeter dans l'eau et patauger jusqu'à en avoir jusqu'aux tétons, en portant mon sac au-dessus et en souriant, en riant, en criant, oui, Guy, c'était moi la plus rapide, la plus intrépide. Je vendais plus de poteries que tous mes cousins réunis. Les passants du fleuve me connaissaient, s'amusaient à me voir plonger, barboter, les remercier, attraper les francs CFA qu'ils me lançaient à la volée et les glisser dans mon porte-monnaie accroché à mon cou. De six à onze ans, j'étais la petite princesse de la plage de Ségou, la petite chérie des piroguiers, la petite amoureuse des pêcheurs qui leur tendait des bouteilles d'eau fraîche, des dattes à sucer et des noix de cola à croquer, leur soleil comme ils disaient, la petite vendeuse aux pieds nus, déjà dans l'eau alors qu'on me croyait sur la berge, déjà ressortie alors que les autres osaient à peine se tremper les genoux. Mi-fillette, mi-poisson, plus infatigable que la marée.

Les plaques rouges sont apparues un matin d'avril, quinze jours avant mes onze ans. D'abord j'ai remarqué des petits boutons sur mon ventre, comme des morsures de sangsues, puis des plaques plus grandes, sur mes jambes, mon dos, mes fesses, elles s'arrêtaient à la hauteur de mes petits seins naissants. Puis les plaques ont commencé à se rejoindre, comme des taches qui grignotent un tissu. Papa m'a emmenée au dispensaire, derrière la cathédrale de Ségou. Le médecin, un Français habillé d'un pantalon et d'une veste de la même matière que les toiles de tente, qui vivait là depuis trente ans et n'avait toujours pas l'air de s'habituer à la chaleur, m'a regardée et m'a rassurée. Ce n'était pas grave, une simple allergie, pas étonnant à cause de toutes les saletés qui traînent dans le fleuve, on devrait interdire aux enfants de s'y baigner, aux femmes d'y laver le linge, aux bêtes d'y faire pipi. Une simple réaction de la peau à cette pourriture d'eau polluée, mais il préférait que j'aille à Bamako, à l'hôpital Touré.

Là-bas, j'ai passé des examens et une femme est venue me voir dans ma chambre blanche avec un sourire tout gentil qui m'a fait peur. De la fenêtre de ma chambre, je voyais juste en face le palais présidentiel de Koulouba, puis l'université où je n'irais jamais. La dame, après avoir longtemps parlé avec mon papa, est venue m'expliquer que j'avais attrapé une maladie à force de patauger dans le fleuve, une maladie de la peau. Ce n'était pas grave, elle se guérissait facilement, les plaques rouges disparaîtraient toutes seules, mais à condition de ne pas retourner nager dans le Niger, et surtout, de ne pas m'exposer au soleil. L'allergie avait fragilisé mon épiderme, je souffrais d'une crise d'urticaire aiguë et le soleil par-dessus risquait de me laisser des cicatrices à vie. « Il faut juste attendre que ta peau se soigne toute seule, m'a dit l'infirmière tout en me tendant une petite feuille quadrillée à l'encre bleue, il faut attendre au moins trois mois. » Et elle m'a glissé entre les doigts le petit calendrier de carton ainsi qu'un crayon à papier gris, pour que chaque soir je colorie chaque jour passé.

Au début, je n'ai pas bien compris, ni ce que représentaient trois mois, et encore moins ce que pouvait bien vouloir dire « ne pas s'exposer au soleil ». Je n'ai réalisé qu'en revenant à la case. Papa, qui avait essayé de me faire rire pendant toute la route du retour en me chatouillant avec les feuilles de baobab que des femmes vendent à chaque arrêt, avait téléphoné à Ségou. Maman et mes cousins m'avaient préparé une case pour moi toute seule, avec des coussins, des grands draps et des meubles en fibre de bois tressée. Mon père avait caché une poupée achetée au marché de Bamako, qu'il ne m'a offerte qu'à mon entrée dans la case, avec de la dînette en argile qu'il avait sculptée lui-même.

— Tu vas devoir rester ici presque cent jours, ma petite princesse.

A part la porte, la case n'était ouverte sur l'extérieur que par une grande lucarne ronde. Tous mes jouets et tissus étaient disposés dans le coin opposé. A l'ombre.

— On va s'occuper de toi, Leyli, on va tous s'occuper de toi. Cent jours, c'est vite passé. Tu pourras très vite recommencer à courir, t'amuser avec tes amies, courir plus vite que les ciwaras[1].

Cela signifiait que je devais rester enfermée ici ?

Tout le monde a fini par partir et je me suis retrouvée seule dans la case, avec pour toute consigne d'éviter le trait de lumière qui passait par la lucarne pour former un rond de lumière sur le sol de terre. Je déplaçais mes petites affaires au rythme lent du soleil brûlant.

C'était le premier jour. Au bout de quelques heures, je m'ennuyais déjà à en mourir.

Comment, alors, aurais-je pu imaginer que ces trois mois à rester enfermée dans ma prison d'argile allaient devenir les trois plus beaux mois de ma vie ?

Mais comme la vie ne vous offre jamais rien sans vous demander de rembourser, comment aurais-je pu me douter que ces trois mois seraient aussi la cause de mon malheur, pour tout le reste de ma vie ? Ma malédiction d'avoir voulu approcher le bonheur.

1. Masques bambaras en forme d'antilope-cheval.

10 h 29

— Vous voulez boire quoi, boss ?

Le lieutenant Julo Flores se tenait dans la file d'attente du Starbucks, téléphone collé à l'oreille. Le commandant Petar Velika lui répondit d'une voix mi-étonnée, mi-agacée.

— J'ai pas changé d'avis depuis que t'es parti, mon petit. Un café, je t'ai dit !

— OK, patron, mais ça m'avance pas beaucoup.

Un silence gêné remplaça la réponse que Julo attendait, le lieutenant eut l'impression d'être un prof qui vient de poser une question enfantine à un élève qui n'en comprend pourtant même pas le sens. Il s'efforça de préciser avec diplomatie.

— Je suis au Starbucks, patron, ils ont, disons, du choix. Vous préférez un Guatemala Antigua ? Un Organic Ethiopia ? Un Kati Blend ? Un…

Raté pour la conciliation, le commandant explosa avant la fin de l'énumération.

— Démerde-toi ! Nom de Dieu, quand j'ai envie d'un café, je vais dans un bar et je commande un petit noir sans demander au patron s'il a été cueilli au Mozambique ou moulu au Népal !

— OK, concéda pacifiquement Julo en raccrochant, je fais au mieux !

Julo n'était pas entré dans un bar depuis des années, mais par contre adorait les Starbucks, ce mélange de générations qui patientaient sagement, les étudiants pour qui un repas ne se concevait que servi sur un plateau, les cadres cravatés avalant leur petit déjeuner d'une main sans cesser de pianoter, les grand-mères choisissant avec une lenteur exquise leur muffin et leur thé. La file progressait lentement. Julo détailla la liste des cafés sans aucune idée de celui qu'il rapporterait à son patron. Petar Velika le fascinait. Julo avait toujours du mal à faire des choix, avait toujours besoin de preuves, de compulser des sommes de données avant d'échafauder des hypothèses ; il se sentait comme un ordinateur puissant et efficace, mais seulement capable de raisonnements programmés.

Petar, à l'inverse, fonctionnait à l'instinct, se fichant des constats objectifs mais capable de repérer en un coup d'œil le bon indice, se moquant des théories psychologiques mais capable de percer en trois mots la personnalité d'un suspect. Julo aurait adoré pouvoir, comme Petar, aborder une enquête en dilettante, en flic bourru plutôt qu'en petite fourmi affairée, se cogner aux mystères avec nonchalance, se planter sans sourciller et faire preuve d'une mauvaise foi absolue pour retomber sur ses pieds.

Enfin, une fille dont la queue de cheval dépassait de la casquette verte nota sa commande avec un grand sourire.

Stéphanie. C'était écrit sur son tablier, en haut de son sein gauche.

— C'est le rush. Va y avoir un peu d'attente.

Autant que leur Banana Nut Cake, Julo adorait les serveuses des Starbucks.

— Pas grave, Stéphanie, répondit-il en lui rendant son sourire.

Jamais ailleurs que dans un Starbucks Julo ne se serait permis d'appeler une serveuse par son prénom. Question de réciprocité. Il connaissait la question rituelle que la charmante serveuse allait lui poser une fois la commande passée.

— Quel est votre prénom ?

Pendant que la serveuse inscrivait *Julo* et *Petar* sur les gobelets, le lieutenant s'installa sur une chaise haute à proximité, alluma sa tablette 4G et la posa sur ses genoux. Une photo agrandie de coquillage s'afficha en plein écran. Il disposait de quelques minutes pour commencer à s'intéresser à la vie des mollusques. Plusieurs secondes plus tard, il était déjà tellement concentré qu'il ne releva pas la tête lorsque Stéphanie appela d'une voix forte les prénoms de deux clients.

— Bamby. Bamby et Alpha. Deux cafés. Prêts !

*
* *

— Il est pas mal, le garçon avec sa tablette sur les genoux.

Bamby quitta des yeux l'homme assis sur la chaise haute près des caisses et observa son frère déposer les cafés.

— C'est un flic ! répondit Alpha.

Pour parvenir à s'asseoir, il tenta de plier son immense carcasse pour coincer ses genoux entre le tabouret et la table. Alpha mesurait plus d'un mètre quatre-vingt-dix. A quinze ans, il avait déjà atteint cette taille, il n'était alors qu'une longue liane, et avait passé toute son adolescence dans les salles de musculation, à nager en mer, à charrier des cartons dans tous les entre-pôts du coin, pour passer du statut de gringalet à celui de colosse. Mission accomplie. A dix-sept ans, Alpha était devenu un athlète impressionnant, quatre-vingt-dix kilos de muscles, deux cuisses puissantes dissimulées dans des joggings larges et des pectoraux exhibés dans un tee-shirt moulant sans manches.

— Comment tu le sais ?

— Je le sais, c'est tout. Et tu ferais bien d'arrêter de le mater.

Bamby obéit. Son frère avait raison, même si elle trouvait le jeune flic mignon et s'il n'avait pas levé la tête à l'annonce de leurs prénoms. Elle se tourna, prit les mains de son frère et le regarda droit dans les yeux.

La pression retombait.

Après un long silence, elle laissa ses doigts s'échapper et dégrafa le pendentif qu'elle portait. Elle posa sur la table le triangle d'ébène noir. La pointe vers le bas, chez les Peuls, il symbolisait la féminité et la fécondité. Alpha fit de même avec le bijou strictement identique qui pendait à son cou, mais la pointe tournée vers le haut, marque de la masculinité, les deux testicules et le phallus. Il plaça son triangle noir sur celui de sa sœur, formant une étoile à six branches.

Leur étoile noire. Leur seul but. Leur seul objectif.

— Je ne suis pas sûre d'y arriver, fit Bamby.

Alpha reprit les mains de sa grande sœur entre les siennes, énormes, chaudes d'avoir porté les deux gobe-lets de carton.

— Nous n'avons pas le choix. On est des plumes. Le vent nous porte.

Bamby tremblait. Alpha s'approcha d'elle et l'enlaça. Un poids lourd câlinant un poids mouche. Alpha savait pourtant que sa grande sœur était plus forte que lui. L'avait toujours été.

Bamby planta ses yeux dans ceux d'Alpha.

— Bien sûr, petit frère, on ne peut plus reculer. Depuis cette nuit, on a libéré le monstre. Mais… mais c'est pour toi que je m'en fais.

Du bout du doigt, Alpha rajusta son triangle noir pour qu'il forme une étoile parfaite avec celui de sa sœur. Il prit le temps de porter le café à ses lèvres, puis dit doucement :

— Nous avons discuté de chaque détail, nous avons mis toutes les chances de notre côté, comme des cosmonautes qui envoient une fusée dans une autre galaxie. Nous n'avons plus qu'à suivre notre plan à la lettre.

Les bras d'Alpha attrapèrent les épaules de Bamby, il la pressa de longues secondes contre son torse large.

— Je suis fier de toi, petite sœur.

— Nous serons maudits, murmura Bamby.

— Nous le sommes déjà.

A son tour, Bamby saisit le gobelet. Le liquide chaud coulant dans sa gorge lui fit l'effet d'une lave dévorant les herbes folles d'un champ en friche. Une douche bouillante aurait-elle le même effet sur sa peau ? Elle se força à sourire.

— Deux petites plumes condamnées ? Deux grains de sable ballottés par l'harmattan ? Deux pollens qui flottent en l'air avant de retomber au pied de leur tige ?

Alpha plaisanta.

— Pas toujours, Bamby. Pas toujours. Certains pollens parcourent des centaines de kilomètres avant de trouver leur fleur, se fichent des murs, des mers et des frontières.

Bamby connaissait le discours de son frère. Dans quelques secondes, il allait lui sortir le nom savant de la fertilisation par le vent, l'anémogamie. Bamby détestait quand son petit frère jouait aux intellectuels, comblait son complexe de rebelle à toute autorité scolaire par de grandes théories et cachait son manque de culture en se mettant à parler le wiki. C'était le défaut des mecs trop beaux et costauds. Vouloir jouer aux malins. L'éternel défaut d'Alpha, se croire plus intelligent que les autres, alors qu'il n'était que plus fort. Elle laissa échapper un imperceptible soupir qui n'échappa pas à son frère. Il se retint d'éclater de rire.

— OK, ma belle, je te fatigue avec mes histoires. Mais patiente deux secondes. J'attends quelqu'un. Quelqu'un qui va t'expliquer mieux que moi. Il faut juste que...

Il tourna les yeux vers le policier toujours penché sur son ordinateur, comme s'il constituait une menace. Bamby suivit son regard sans comprendre. Elle se sentait fatiguée. Le café lui donnait la nausée. Sa voix se fit plus sèche.

— Et si notre plan ne fonctionne pas ? Et si on finit en prison ? Et si on ne survit pas ? Maman sera seule cette fois, définitivement seule.

Elle posa la main sur le triangle noir, comme pour briser l'étoile. Alpha la retint.

— On fait tout ça pour elle, petite sœur. Pour elle. Ne l'oublie pas.

— Et Tidiane ?

— Je lui expliquerai.

Ils marquèrent un long silence. Ce fut la serveuse du Starbucks, d'une voix de camelot annonçant le gros lot, qui le rompit.

— Julo et Petar. Deux cafés ? Prêts !

D'une pression sur la main de sa sœur, Alpha lui fit signe de se taire, le temps que le flic range sa tablette, attrape ses deux cafés et se dirige vers la sortie. Lorsqu'il passa devant eux, Bamby détourna la tête, puis la releva pour détailler ses jolies fesses. A peine était-il sorti qu'un homme noir entra, plus âgé qu'Alpha mais presque aussi grand. Son crâne était rasé à l'exception d'un duvet grisonnant ses tempes.

— Bamby, je te présente Savorgnan.

En quelques mots, Alpha expliqua que Savorgnan était clandestin. Savorgnan venait du Bénin, un minuscule Etat francophone coincé contre le géant nigérian. Un des pays les plus pauvres de la planète, sans pétrole, sans route goudronnée, juste un port au sud pour fuir par la mer, et la forêt au nord pour se cacher avant de traverser le désert et parvenir jusqu'ici. Savorgnan était arrivé il y a deux mois, en compagnie de cousins de Cotonou, Bola, un informaticien, Djimon, un architecte, Whisley, un musicien d'afrozouk, Zahérine, un agronome. L'accolade entre Alpha et Savorgnan s'éternisa. Bamby la trouva forcée. Ses yeux descendirent vers leurs deux triangles noirs superposés. Pour atteindre leur étoile, Alpha allait lui aussi devoir flirter entre bien et mal. Marcher sur un fil. Perdre son âme.

— Savorgnan a laissé derrière lui sa femme et ses deux enfants, précisa Alpha comme s'il s'agissait de la marque de courage la plus absolue. Babila, Safy et Keyvann.

Bamby ne put s'empêcher de réagir. Elle fixa Savorgnan dans les yeux.

— Alors tu as abandonné ta femme et tes enfants pour devenir clandestin ? Tu trouves que cela fait de toi un héros ?

Alpha, agacé, esquissa un mouvement pour faire taire sa sœur, mais Savorgnan le retint. Il émanait de lui l'aura douce d'un marabout.

— Quel est ton rêve, ma belle ?

Bamby se tut, surprise.

— Heu...

— Moi, mon rêve, ce sont les mots. Je lis. J'écris. Je ne fais que ça toute la journée. Je ne rêve pas seulement de devenir journaliste, ou même éditeur, chroniqueur, romancier. Non, ma belle. Je veux être le premier. Le Goncourt ou rien ! (Il éclata d'un grand rire.) Whisley le guitariste, il veut devenir Presley ou Marley. Question d'homonymie ! Zahérine est plus raisonnable, il veut seulement être chercheur en agronomie pour réduire la faim dans le monde, ou en Afrique au moins, à commencer par le Bénin. Mais tu ne m'as pas répondu. Quel est ton rêve, ma princesse ? Tu en as forcément un.

Un seul ? pensa Bamby. La danse ? La musique ? La mode ? Les arts ? Rencontrer un prince charmant ? Devenir millionnaire et offrir un palais à sa mère ? Faire le tour du monde ?

— J'en ai... plusieurs...

Savorgnan chaussa des petites lunettes carrées qui lui donnèrent un air plus professoral encore.

— Tout le monde possède des rêves, Bamby. Et ce qui compte, ce n'est pas de les réaliser, c'est juste de pouvoir y croire. Qu'il existe une possibilité, une petite chance. Quand tu nais au Bénin, quand tu restes au Bénin, à Cotonou ou à Porto-Novo, tu enterres ce petit espoir. Tu le jettes définitivement dans l'océan. Sur les dix millions de Béninois, pourquoi n'y aurait-il pas de petits Zidane, de petits Mozart, de petits Einstein ? Pourquoi les Béninois ne naîtraient-ils pas eux aussi avec cette graine de talent ? Mais cite-moi un prix Nobel béninois ? Un médaillé olympique béninois ? Ou même le moindre acteur béninois ? Tu comprends, Bamby, on veut juste notre part de rêve !

Bamby bafouilla :

— Même ici. Même en France. Tu sais, ce genre de rêves…

— Je sais. Ils sont rares, les vrais rêveurs. Les chercheurs d'or. Les obstinés qui ne se résignent pas. Les dingos qui croient à leur destin. De ma ville d'Abomey, nous sommes cinq à être partis. (Il éclata encore de rire en avalant d'un trait le café qu'Alpha était allé lui chercher.) L'Occident croit que s'il ne se barricade pas, toute l'Afrique va débarquer chez lui. Quelle peur idiote ! L'immense majorité des populations veulent rester là où elles habitent, là où elles sont nées, avec leur famille et leurs amis, du moment qu'elles ont à peu près de quoi survivre. Elles s'en contentent. Il n'y a que quelques fous pour tenter l'aventure. Entre cent mille et deux cent mille migrants qui tentent de passer

70

la Méditerranée chaque année, moins d'un Africain sur dix mille, et on parle d'invasion ?

Alpha tira Savorgnan par la manche comme pour lui signifier qu'ils étaient pressés. Son frère avait chaussé ses lunettes de soleil, enfilé son blouson de cuir, toute la panoplie du petit chef de bande. Le Béninois ne bougea pas.

— Ces fous existeront toujours, dit-il en fixant Bamby, ceux prêts à tout risquer pour voir ce qui se passe de l'autre côté de l'eau. Sur l'autre versant de la montagne. Tu vois ce que je veux dire, Bamby ? Ulysse, la Toison d'or, Christophe Colomb... Ceux nés avec cette quête dans la tête. Il y a quelques années, quand des scientifiques ont cherché des candidats pour partir sur la planète Mars, avec la certitude qu'ils ne reviendraient jamais vivants sur terre, ils ont tout de même trouvé des milliers de volontaires.

Cette fois, Alpha se leva. Il regardait autour d'eux, aux aguets, comme si la survie du groupe dépendait de sa seule vigilance. Celui qui sait, qui anticipe et décide vite. Bamby sourit. Une nouvelle fois, son petit frère en faisait trop.

— Un dernier mot, l'ami. Un dernier mot. (Savorgnan planta ses yeux dans ceux de Bamby.) Contrairement à ce que chacun croit quand il croise des clandestins en haillons dans la rue, ce ne sont pas les plus démunis qui partent, pas ceux qui n'ont rien à perdre, ce sont ceux qui ont des chances de gagner, ce sont des champions, des champions que les familles choisissent, des chevaliers auxquels on a tout donné pour qu'ils reviennent en vainqueurs.

Alpha lui attrapa le bras.

71

— Bien, fit-il. Des champions, et c'est grâce à des champions comme toi que je vais gagner.

Il allait en dire plus mais Savorgnan le retint.

— Tu me parleras de ton plan plus tard, l'ami. Ton plan infaillible. Là, je n'ai pas le cœur à ça.

Il fouilla dans sa poche, serra le poing et déposa un bracelet vert perforé sur la table.

— Les flics ont pris Bola et Djimon, il y a une heure. Ils auront du mal à éviter l'expulsion. Surtout Djimon. Avec sa cicatrice qui lui barre le visage, ils pourront facilement l'identifier. Six mois d'efforts, à frôler quotidiennement la mort, pour revenir au point de départ.

Alpha en profita pour reprendre la main.

— C'est pour ça, Savorgnan, c'est pour éviter ça que l'on va s'entendre tous les deux.

Bamby regarda Savorgnan se lever à son tour, Alpha passer son bras autour de son épaule. Son frère jouait à nouveau au petit chef trop sûr de lui. La force est toujours mauvaise conseillère, pensa-t-elle. Cette assurance virile qui fabrique les costauds qu'on envoie faire le sale boulot, ces cavaliers fauchés qui chargent en premier, ces graines de héros sans peur dont on fait les kamikazes.

Alpha accrocha le triangle noir à son cou, Bamby fit de même, en tremblant.

— Bonne chance, petite sœur.

— Bonne chance, Alpha. A ce soir. Maman ne doit se douter de rien.

— Maman tient beaucoup à ce que nous ayons l'image d'une famille modèle. Ne t'en fais pas.

Il afficha un sourire confiant.

— Sois prudent, petit frère.

— Sois prudente, Bamby.

– 8 –

10 h 47

— Votre café, chef.

— Merci.

Petar Velika tendit le bras sans prendre la peine de se retourner et saisit le café que lui tendait le lieutenant Julo Flores. Quelques autres policiers s'affairaient au rez-de-chaussée du Red Corner.

— Je vous ai pris un Kati Blend, précisa Julo. Café de saison. Saveurs de citron, d'épices et de fruits rouges.

Le commandant arrêta le gobelet à quelques centimètres de ses lèvres.

— T'es sérieux ?

— Ça vient direct d'Afrique de l'Est. Un truc unique au monde !

Petar fronça les sourcils et observa avec consternation son adjoint.

— Vous préférez le mien ? proposa Julo. Café Verona. Rencontre de l'Amérique latine et de l'Indonésie avec une touche de Roast italien.

Petar baissa les yeux vers le breuvage noir.

— Le café des amoureux, insista Julo. Il se marie bien avec le chocolat et...

Il s'arrêta soudain, se rendant compte que le commandant crispait ses doigts sur le café, comme s'il hésitait à le balancer sur l'écran géant accroché au-dessus du distributeur automatique de boissons. Il jeta un regard circulaire dans la pièce. Tout semblait automatisé dans le Red Corner. Portes, caméras, distributeurs d'alcool, de préservatifs, d'huiles de massage. Petar Velika se contenta de poser le gobelet sur la table devant lui, avant de s'adresser au policier le plus proche.

— Ryan, tu peux me mettre en route le cinéma ?

Le jeune policier pianota sur un ordinateur portable connecté à l'écran géant.

— Je serais incapable de te dire comment ils ont fait, expliqua le commandant à Julo, mais les gars sont parvenus à brancher les bandes des caméras de surveillance sur cette télé. Installe-toi, mon grand. La séance va commencer.

Ils s'assirent sur deux fauteuils zébrés rose et or, entourant une table basse ronde en bois verni. Quelques instants plus tard, les images filmées par la caméra extérieure furent projetées sur l'écran. Petar avait eu le temps de caler le film au moment précis où François Valioni était passé devant la vidéosurveillance. 00 h 23. Valioni s'avançait, détendu, le bras enroulé autour de la taille d'une fille un peu plus petite que lui.

— Stop, Ryan !

L'image se figea.

— C'est le seul moment où cette fille fixe la caméra, expliqua Petar.

Julo plissa les yeux alors que son chef grimaçait en trempant ses lèvres dans le gobelet. Le seul plan permettant d'identifier la femme entrée dans le Red Corner avec Valioni ? Pas gagné, pensa le lieutenant. La fille portait un long foulard sur les cheveux, ample et lâche, qui dissimulait dans l'ombre de ses plis l'essentiel de son visage. Le foulard la rendait en partie méconnaissable, on ne distinguait d'elle que deux yeux sombres semblant défier les futurs spectateurs, une bouche très maquillée, un menton fin. La première pensée qui vint au lieutenant Flores fut que cette fille au visage d'ange ne pouvait pas être la meurtrière ! Il essaya de chasser cette intuition stupide.

— Bizarre, chef, non ? Fixer ainsi la caméra si c'est elle qui a taillé les veines de Valioni.

Le commandant n'avait pas touché à son café. Il suivait des yeux Ryan aller et venir entre les fauteuils, aussi agité qu'un serveur qui viendrait leur proposer la carte des cocktails.

— Ça ne dure qu'un quart de seconde, Julo. Et cette petite garce ne nous montre que ce qu'elle veut, elle m'a l'air de parfaitement savoir ce qu'elle fait avec son tchador.

— C'est pas un tchador, chef.

Le regard de Petar glissa sur le voile.

— Un niqab, si tu préfères, un hijab. Appelle ça comme tu veux mais…

— Regardez mieux, chef.

Le commandant se retourna vers son adjoint, agacé. Le gamin était rapide, efficace, malin. Mais un poil trop impertinent.

— Il y a des motifs imprimés sur le tissu, expliqua Julo. On dirait des chouettes. Des motifs discrets de chouettes beige et ocre.

— J'avais vu. Et alors ?

— Eh bien… Des chouettes sur un voile religieux, je ne sais pas si c'est trop…

— Si c'est trop réglementaire ? C'est ce que tu sous-entends ?

Petar Velika pivota et interpella le lieutenant El Fassi.

— Ryan ? Du point de vue du Coran, c'est toléré, des trucs dessinés sur un voile ? Des petites fleurs ? Des animaux ?

Le lieutenant El Fassi s'approcha :

— Je n'en sais strictement rien ! Mes cours de Coran remontent à la maternelle. Commandant, est-ce que parce que vous êtes croate, je vous demande de me réciter le nom des douze apôtres ?

Petar soupira.

— OK, Ryan, épargne-nous ton couplet et fais un effort.

— Si vous insistez, je dirais plutôt que ce n'est pas toléré, mais…

Le lieutenant observa plus attentivement le voile sur l'écran.

— Ça reste discret. Y aurait des Mickeys dessinés sur le voile, je dis pas. Mais là franchement, c'est pas choquant.

— Tes compétences théologiques sont bluffantes, Ryan ! Ça nous avance un maximum. Tu me sortiras des photos agrandies de ses yeux, ses lèvres, son nez, son menton, tout ce qu'on peut exploiter. Avec un peu de chance, ça suffira à identifier notre mante religieuse.

Un détail dérangeait Julo. Cette façon dont la fille défiait l'objectif. Comme si tout avait été calculé, l'infime instant où la caméra pourrait la fixer, furtivement.

Si elle n'avait pas voulu être repérée, il lui aurait suffi de ne pas lever les yeux, de rester dissimulée sous son foulard. L'inconnue semblait délibérément leur avoir laissé un indice, une trace d'elle, mais floue et trouble, insuffisante pour être identifiée. Comme ces tueurs en série dans les romans, pensa Julo, qui narguent les policiers en leur envoyant des courriers. Pour les aider quand ils pataugent trop. Ou pour les envoyer sur une fausse piste ?

— Même si on l'identifie, fit Julo, ça ne signifie pas forcément que cette fille est la meurtrière.

Le commandant Velika s'était à nouveau penché sur son gobelet. Il releva les yeux avant de répondre.

— Elle entre dans le Red Corner avec François Valioni. Ils montent dans la même chambre. Quelques heures après, Valioni est retrouvé ligoté et saigné sur son lit. Je ne sais pas ce qu'il te faut.

— Peut-être qu'elle jouait seulement le rôle de rabatteuse. On n'a aucune trace d'elle sortant du Red Corner, sur aucune caméra de surveillance. Peut-être que Valioni était encore vivant quand elle l'a quitté et que son meurtrier est venu le rejoindre ensuite.

Petar avait écouté, amusé, les hypothèses de son adjoint, avant de soudain exploser de rire.

— T'es amoureux, mon Roméo ! C'est moi l'instinctif, c'est toi le scientifique, et tu me balances toute ta théorie à la gomme parce que cette fille a de grands yeux mélancoliques, une bouche en cœur et une petite silhouette d'oiseau fragile.

Le lieutenant rougit. Ce salaud de Petar était décidément à la fois le plus fin et le plus lourd de tous les flics de la brigade. Il toussa, vida son gobelet sous le regard moqueur de Petar.

Café Verona. Le café des amoureux…

Julo chercha une diversion. Une question lui brûlait la langue.

— Au lieu de délirer, patron, parlez-moi plutôt de cette association où bossait François Valioni, *Vogelzug*. Apparemment, vous avez l'air au courant.

Effet immédiat. Le visage du commandant Velika passa d'hilare à sévère, un smiley qui inverse sa bouche-parenthèse. Il parut troublé au point de vider la moitié de son Kati Blend sans même grimacer. Il se contenta de quelques mots d'explication.

— Vogelzug est l'une des plus grosses associations européennes pour la défense des migrants. Plusieurs centaines de salariés en Europe et en Afrique. Vogelzug signifie « oiseaux migrateurs » en allemand. Il paraît que chaque année, plus de cinq milliards d'oiseaux traversent la Méditerranée sans que personne leur demande leur passeport ou un permis de séjour. Tu piges le symbole ? Le siège de Vogelzug est installé à Marseille, mais on en retrouve des antennes tout autour de la Méditerranée. Forcément, ils sont amenés à bosser avec les douanes, les policiers, les politiques. Ils ont passé des accords officiels avec Frontex, l'agence européenne pour la gestion des frontières. Ça te va, Roméo ?

— Parfait, patron ! Je vais essayer de creuser ce que notre responsable du service financier faisait au milieu de tout ça. Et sachez que Roméo n'a pas perdu son temps pendant qu'il attendait son café Verona au Starbucks.

Il alluma son portable, qu'il installa devant eux sur la table basse. Sur l'écran s'afficha le coquillage trouvé dans la poche de François Valioni.

— J'ai fait tourner un logiciel de reconnaissance d'images. Je pensais qu'il allait mouliner pendant des heures, qu'on allait trouver des millions d'images de mollusques ressemblants.

— Et ? s'impatienta Petar.

— Eh bien pas du tout. En quelques secondes, j'avais ma réponse. J'ai retrouvé les frères jumeaux de ce bigorneau ! Tenez-vous bien, chef, cette porcelaine de trois centimètres est un trésor de la nature hyper rare dans le monde. On ne la trouve que dans quelques endroits précis sur la planète.

— En Méditerranée ?

— Perdu ! Les cousins de ce coquillage se la coulent douce uniquement sur les plages des Maldives, au large de l'Inde. Uniquement là-bas ! Aucun doute, j'ai tout vérifié, forme, ouverture, coloration.

— Qu'est-ce que Valioni est allé foutre là-bas ? Ça dépasse très largement le champ d'action de Vogelzug ! Et pour la prise de sang, tu as avancé ?

— Doucement, patron. Je n'ai disposé que de quelques minutes au Starbucks, le temps qu'une charmante petite serveuse vous concocte ce philtre d'amour.

Petar sourit en baissant les yeux vers son gobelet tiède à moitié vide.

— Mais j'ai tout de même ma petite théorie. A consolider. Il n'y a que ce bracelet rouge déchiré sur lequel je n'ai aucune idée et...

Ils furent interrompus par des éclats de voix à l'entrée du Red Corner. Une fourgonnette de police venait de se garer en trombe. Deux policiers en sortirent.

— Petar, on a des invités surprise dans le camion.

Julo jeta un dernier coup d'œil, sur l'écran, à la fille au foulard, comme happé par son regard, puis suivit Petar vers la sortie du Red Corner. Un flic leur désigna deux Africains assis à l'arrière du fourgon. L'un, âgé, semblait résigné. L'autre portait une longue cicatrice du front au menton et collait sa figure déformée par la colère contre la portière.

— Deux clandestins qui traînaient près du port, précisa le policier. Sans papiers. Ils regardaient la mer comme s'ils avaient envie de la retraverser.

Petar passa ses mains dans ses cheveux en broussaille, puis laissa retomber ses bras dans un geste d'impuissance, comme pour signifier qu'il avait d'autres chats à fouetter.

— OK, concéda-t-il, ramenez-les au poste. On va essayer de trouver d'où ils viennent... Histoire de savoir où les renvoyer.

Le clandestin âgé semblait perdu dans ses pensées. L'autre, balafré, s'était mis à frapper sur les vitres blindées. Ce ne fut pas sa colère qui choqua Julo. Ni l'indifférence des policiers. Depuis un an, il s'était progressivement habitué à ne plus chercher où passait la frontière entre misère et violence.

Ce fut le poing aplati contre le verre de la portière.

Un poing d'ébène, une paume claire.

Et accroché au poignet du balafré, un bracelet bleu sanglait ses veines.

11 h 53

Le soleil se faufilait entre les platanes du quai de la Liberté. Le bus 22 prenait son temps en cette fin de matinée, dépassait les joueurs de boules sur la place, les familles qui revenaient du marché, les salariés de l'arsenal qui vidaient leur bière en terrasse sous les palmiers. Dès que l'on quittait les tours des Aigues Douces, au premier rayon de soleil, Port-de-Bouc prenait des allures de village provençal de carte postale. Leyli aimait traverser la ville assise dans le bus. Longer le port de commerce, apercevoir l'étang de Berre et les façades colorées du port de Martigues, traverser la zone commerciale. Elle l'atteindrait dans moins de dix minutes. Leyli aimait être en avance.

Elle releva ses lunettes de soleil coccinelle, en harmonie avec la robe rouge à pois noirs qu'elle avait enfilée après le départ de Guy, puis relut la convocation.

Prise de poste
12 h 30
Ibis-Port-de-Bouc
Allée des Bruyères
Zone d'activités Ecopolis

Passer une partie de la matinée avec ce voisin lui avait évité de trop penser à ce CDI dont dépendaient tant de choses : le renouvellement de son permis de travail, l'espoir d'un logement plus grand. Elle avait aimé charmer cet ours pataud qui ne devait sortir de sa tanière qu'entre deux longues siestes. Un ours glouton simplement attiré par l'odeur du miel, et qui se sur-prenait à lever le nez pour suivre la course d'un papil-lon coloré. Guy. Leyli lui trouvait un certain charme. Des yeux tendres. Des bras forts. Une façon enfantine d'écouter ses histoires. Oserait-il revenir frapper à sa porte ? Il avait oublié son briquet et son paquet de cigarettes avant de redescendre dans son appartement. Acte manqué, ruse grossière, ou simple étourderie ?

Arrêt *Ecopolis.*

Leyli relut encore une fois la convocation. Elle ne parvenait plus à contrôler cette angoisse qui l'étrei-gnait.

Prise de poste
12 h 30

Le travail ne l'effrayait pas. Faire le ménage dans un hôtel, dans des bureaux vides d'une zone industrielle ou dans une cantine scolaire, quelle différence ? Son inquiétude portait uniquement sur son futur employeur. Depuis cinq ans, elle avait enchaîné les petits contrats, les intérims, les extras au noir, les missions d'une nuit, et vu défiler des dizaines de petits chefs. Presque tous employés d'une multinationale organisée comme une poupée russe, du siège social perché à l'autre bout du monde d'où les objectifs tombaient comme des couperets à la petite antenne locale de nettoyage qu'ils manageaient. Elle avait fini par ranger les petits chefs en quatre caté-gories, du moins au plus dangereux. Les vrais gentils, serviles, mielleux, qui appliquaient avec une obsession fébrile même les pires règlements en vous expliquant qu'ils n'y étaient pour rien. Les vrais méchants, embauchés pour cela, et qui ne s'en cachaient pas. Les faux gentils, compréhensifs, arrangeants, collants, ceux qui faisaient copain-copain pour mieux masquer leur incompétence et finissaient par vous sacrifier pour mieux se protéger. Et pire que tout, les faux méchants, ceux qui ne voyaient même pas le mal, ceux qui se prenaient au sérieux, qui se croyaient justes et impartiaux, comme de petits apprentis dieux espérant chaque matin qu'on leur confie une galaxie un peu plus grande.

La lettre de convocation était signée Ruben Liberos. Dans quelle catégorie se rangerait le patron de l'Ibis ?

Le bus la laissa à l'entrée de la zone d'activités. L'Ibis avait été posé juste en face. Posé, c'est vraiment l'impression que ce cube de béton donnait, déposé là plus que construit. Puis on avait goudronné un petit parking à côté.

Ruben Liberos se tenait devant la porte. C'était forcément lui.

Leyli aperçut une longue silhouette fine corsetée dans un costume gris impeccable. En s'approchant, elle distingua des chaussures italiennes cirées, un pantalon à pinces parfaitement repassé sur le pli. Liberos possédait un visage long, un front haut couvert de fines rides presque verticales, comme étirées par des cheveux gris coiffés en arrière, mouillés, ou gominés. Une allure de danseur de tango, pensa Leyli. Une élégance incongrue par rapport à cet hôtel où l'on dormait pour 59 euros la nuit.

Faux gentil ? Vrai méchant ?

Jusqu'à quelles compromissions devrait-elle aller pour garder cet emploi ?

Leyli fit encore trois pas sur le parking désert de l'hôtel. Ici, on ne dormait qu'une nuit, on arrivait à minuit et repartait avant midi. Lorsqu'elle fut à moins de trois mètres de Ruben Liberos, elle le vit détailler ses lunettes coccinelle relevées sur sa tête, ses tresses perlées, sa robe à pois, ses sandalettes. Exigerait-il d'elle une tenue de soubrette ? Collant noir et tablier blanc. Leyli se tenait sur ses gardes, prête à promettre, les yeux baissés, qu'elle pouvait porter un foulard, enfiler un pantalon, nouer ses cheveux en chignon.

Ruben Liberos ouvrit grand les deux bras.

— Bienvenue dans mon palais, noble dame.

Leyli s'arrêta, surprise.

Ruben leva les yeux au ciel avant de les poser à nouveau sur Leyli.

— Est-ce l'astre de l'azur qui vous envoie, petite princesse du soleil ? Je m'attendais à tout sauf à accueillir une fée arc-en-ciel dans ma chaumière empoussiérée. Entrez, belle enfant, je vous en prie, je suis à vous dans un instant.

Leyli crut que le gérant de l'hôtel se moquait d'elle. Un client attendait à l'accueil. Un représentant de commerce, à en juger par les valises d'échantillons posées à ses pieds. Ruben Liberos passa derrière le comptoir pour lui tendre la note dans un geste grandiloquent.

— Bonne route, valeureux voyageur, en espérant que votre périple vous guide à nouveau dans l'une de nos oasis.

Derrière eux était punaisée une carte des hôtels Ibis dans le monde.

— D'autres humbles tenanciers tout aussi dévoués que votre serviteur vous attendent aux quatre coins du monde. (Il se mit à chuchoter, assez fort toutefois pour que Leyli entende.) Je vais vous faire une confidence, mon ami, sous cette discrète enseigne au patronyme d'échassier se dissimule un passage secret entre 1 823 gîtes tous identiques. Vous vous endormez à Port-de-Bouc et vous vous réveillez à Kuala Lumpur. Vous descendez petit-déjeuner à Valparaiso et vous retrouvez vos valises à Tegucigalpa. (Il cligna un œil vers le commercial interloqué, lui glissant un dépliant des Ibis dans la main.) Mieux encore que la poudre de cheminette d'Harry Potter. Ici ? Ailleurs ? Vous serez partout chez vous.

Le commercial s'éloignait sur le parking, sans doute convaincu que ce discours faisait partie d'un plan de communication imaginé par le service marketing du groupe Accor. Au moins, ceux de sa boîte étaient moins givrés. Ruben Liberos se tourna enfin vers Leyli.

— Excusez-moi de l'attente, charmante coccinelle. J'exagère un peu pour les besoins du commerce, j'en conviens, mais n'est-ce pas fabuleux d'imaginer que cet insignifiant cube de tôle est semblable à des milliers d'autres cubes de tôle sur la planète ? Comme si faute de pouvoir se téléporter, l'homme nomade était parvenu à multiplier ses maisons.

Leyli hésita à répliquer que ce n'était pas exactement sa conception du nomadisme, et encore moins celle des éleveurs peuls qui parcouraient l'Afrique. Une autre fois. Ruben posa une main délicate sur sa taille et l'invita à visiter l'hôtel.

Un hôtel bas de gamme. Décrépi. Mal vieilli. Lino décollé, plafond lézardé, glaces piquetées.

— Vous ferez votre possible pour faire chanter les miroirs, s'excusait presque le gérant. Reluire les toiles de maître (Liberos désigna du regard les affiches des arènes d'Arles et de Notre-Dame-de-la-Garde punaisées au mur) et…

Ruben s'arrêta. Une autre femme de ménage s'avançait dans l'étroit couloir. Une fille de l'âge de Bamby. Métisse, comme elle.

— Je vous présente Noura, avec qui vous exécuterez votre ballet de balais. Figures libres, jamais imposées.

Noura passa, indifférente. Leyli s'étonna qu'elle ne réagisse pas, avant de comprendre, en entendant un grésillement de musique électronique, que Noura travaillait avec deux écouteurs vissés dans les oreilles. Leyli resta encore un bon quart d'heure avec Ruben à visiter l'hôtel. Il comparait les petits déjeuners, livrés en barquettes et stockés dans une chambre froide, à ceux au lait de coco frais servis dans les Ibis de Bornéo ; la vue sur l'étang de Berre, des chambres 207 à 213, à celles de l'Ibis de Port-Vila s'ouvrant sur le lagon de Vanuatu. Ruben Liberos semblait avoir déjà accumulé plus de cent annuités si on additionnait toutes celles qu'il prétendait avoir passées à gérer des hôtels aux quatre coins du monde.

Leyli adorait déjà ce grand type élégant, décalé et complètement déjanté. Ils finirent par discuter dans le couloir, le long des chambres, alors que Noura passait l'aspirateur dans le hall. Lorsque Liberos lui demanda si certains horaires l'arrangeaient, elle se méfia tout de même. La catégorie « faux gentil » clignotait depuis qu'elle avait rencontré cet étonnant gérant. Les cadeaux des patrons n'étaient jamais gratuits.

— J'ai... j'ai deux grands enfants, finit par confier Leyli. Alpha et Bamby. Pour eux, pas de souci. Ils rentrent quand ils veulent. Mais j'ai un fils de dix ans. Tidiane. Quand je travaille, mes parents le gardent, mais j'essaye de vivre le moins possible à l'envers de lui. Le soir, surtout.

— Je ferai mon possible, promesse de Galicien, ou d'Haïtien, ou de Phénicien. Tous les codes d'honneur des hommes se valent, non ?

Leyli avait envie de faire confiance à Ruben. Malgré sa méfiance exacerbée, malgré les centaines d'heures passées aux côtés de filles comme elle qui lui répétaient de ne jamais baisser la garde, que les femmes de ménage étaient des fantômes et devaient le rester. Se matérialiser la nuit, disparaître au matin. Emprunter des bus et des trains monochromes.

Leyli avait envie de croire Ruben !

Rassurée, enthousiaste, charmée, Leyli posa une main sur la poignée de la chambre la plus proche. Avant de rentrer ce soir, de préparer à manger, d'aider Tidiane à faire ses devoirs, elle avait le temps d'estimer l'ampleur du travail, puis de donner un coup de main à Noura.

Ruben la retint au moment où elle allait ouvrir la porte.

— Holà, pas si vite, mon ambassadrice des tropiques.

La voix de Ruben s'était troublée, comme s'il avait été traversé d'une soudaine frayeur. Il se posta devant la porte en s'efforçant de plaisanter, mais son ton ne souffrait aucune discussion.

— Belle enfant, cette chambre est la chambre des secrets, et vous n'êtes pas encore initiée. Jamais, vous m'entendez, jamais vous ne devez l'ouvrir, pas davantage cette chambre 17 que les chambres 18 à 23.

– 10 –

14 h 25

Tidiane posa avec précision le ballon sur le petit tas de gravier, le retint un instant à l'aide de ses deux doigts pour qu'il reste en équilibre, prit deux pas d'élan, respira profondément tout en observant la distance entre le gant de Steve Mandanda et le poteau droit, jeta un faux regard vers le soupirail opposé, uniquement pour induire en erreur le gardien, puis d'une frappe sèche et soudaine, parfaitement enroulée, envoya le ballon dans la lucarne. Steve n'avait pas esquissé le moindre geste, médusé par la pureté du tir.

Tidiane exécuta une petite danse avant de célébrer le but, yeux fermés, mains ouvertes et jointes levées vers le ciel, formant une cage ronde pour y emprisonner le soleil. Une célébration que reprendraient des millions de joueurs dans le monde, quand ils auraient oublié celles de Pogba, de Benzema ou d'Usain Bolt. Le temps de saluer la foule, le ballon avait déjà roulé à l'opposé de la cour. Il ne pouvait pas aller bien loin. La cour était carrée, fermée par quatre murs, un mur longeant l'avenue Jean-Jaurès, un autre l'avenue Pasteur, le

troisième ceinturant l'annexe de l'Université. Le quatrième, c'était son immeuble. Enfin, celui de papi
Moussa et de mamie Marème.

Le bâtiment Poséidon.

Le plus souvent papi Moussa le surveillait du balcon,
au deuxième étage. Tidiane ne savait pas grand-chose sur
le quartier, simplement qu'il était surnommé la cité de
l'Olympe, que chaque entrée d'immeuble correspondait
au nom d'un dieu grec, Apollon, Zeus, Hermès, Arès,
tous ces dieux bizarres sortis des histoires que lui racontait papi. Des noms qu'il ne retenait qu'à moitié. Ses
dieux de l'Olympe, les vrais, étaient ceux peints sur les
murs de l'avenue Jean-Jaurès. Mandanda bien entendu,
mais aussi tous ces joueurs qu'il n'avait jamais vus
jouer mais dont il avait tant entendu parler : Jean-Pierre
Papin, Basile Boli, Marius Trésor, Chris Waddle… et
bien entendu, son préféré entre tous, Zizou, même s'il
n'avait jamais porté le maillot de l'OM.

Tidiane alla ramasser le ballon contre le mur opposé
et le replaça sur le tas de gravier. Avant de frapper
à nouveau, il rajusta son maillot. Celui d'Abdelaziz
Barrada. D'accord, Barrada n'avait pas encore son
portrait sur le mur, et il avait quitté Marseille pour
aller jouer à Dubaï, mais d'après son entraîneur, il
tirait mieux les coups francs que Cristiano Ronaldo !
Et puis il avait été blessé pendant les deux ans passés
à Marseille. De toute façon, un joueur préféré, ça ne
s'explique pas. Celui de Tidiane, c'était Barrada.

— Tu viens goûter, Tidy ?

Papi Moussa l'appelait du balcon.

Tidiane hésita à tirer un nouveau coup franc.
Finalement, il décida d'obéir et ramassa avec précaution

son ballon à tête de lion. *Morocco. Coupe d'Afrique des Nations 2015*. C'est Alpha qui lui avait donné. Son grand frère était malin, le plus malin de tous, il avait toujours des ruses pour dénicher des trucs introuvables, comme ce ballon incroyable. Ils ne devaient pas être plus de dix personnes au monde à le posséder, c'est ce qu'Alpha lui avait affirmé. Le Maroc devait organiser la Coupe d'Afrique des Nations en 2015, mais à cause du virus Ebola, ils avaient refusé de laisser les joueurs des autres pays entrer. Du coup, la CAN avait été organisée dans un autre pays, la Guinée quelque chose (il y a beaucoup de pays qui s'appellent Guinée en Afrique), et tout ce qui avait été préparé pour la Coupe d'Afrique des Nations au Maroc avait dû être balancé à la poubelle. Les affiches, les tee-shirts, les écharpes, les écussons… et même les ballons ! Depuis, son *Morocco CAN 2015* à tête de lion était devenu son porte-bonheur, son doudou, comme disait maman. Il jouait avec lui, dormait avec lui, mangeait avec lui.

— Tu viens, Tidy ?

— J'arrive, papi.

La cour de la cité de l'Olympe était parfaite pour s'entraîner au foot, ou même y organiser un match avec quelques copains du quartier. Pas trop grande, fermée comme un City Stade, des murs assez hauts pour que le ballon ne passe pas trop souvent par-dessus ; elle n'avait que deux inconvénients.

Les caves et les garages en dessous, d'abord. La cour, et même la cité entière, était bâtie sur des parkings, aussi grands qu'un labyrinthe d'après ce que racontait papi, comme un dédale avec le Minotaure. Si par malheur il y avait une grille d'égout ouverte, ou si on jouait avec un ballon trop petit qui passait dans le trou du caniveau, c'était foutu. Le ballon était perdu. Heureusement, ça n'arrivait presque jamais.

Mais le principal problème pour jouer au foot dans la cour, c'était le grand arbre planté au milieu. Un oranger. D'ailleurs, certains appelaient ainsi le quartier, le quartier des Orangers. A croire que les maisons, les routes, les écoles avaient été construites autour. Celui de la cour de l'Olympe mesurait près de dix mètres. Tidiane n'avait le droit de grimper dans l'oranger que jusqu'à quatre mètres, très exactement à la hauteur du balcon de l'appartement. Papi Moussa avait construit une petite cabane avec quelques planches de bois et un filet, puis tendu une corde entre le balcon et la branche la plus proche. Le plus souvent, c'est là que Tidiane prenait le goûter, dans un panier préparé par mamie Marème et que papi lui faisait passer. Papi fumait au balcon et Tidiane grignotait ses Prince.

Parfois, quand il faisait trop chaud et que le soleil tapait à en faire fondre le goudron, Tidiane restait dans l'ombre de la cabane et papi lui racontait des histoires.

Comme aujourd'hui.

— Papi, tu me racontes l'histoire du soleil ?

— La légende des dieux solaires ? Je te l'ai racontée mille fois, Tidy.

Tidiane regarda la fenêtre à droite du balcon. Celle de sa chambre chez papi et mamie. La chambre de maman, avant.

— Pas celle-là, papi. Je veux… l'histoire de maman.

Papi prit un moment de réflexion. Il avait déjà raconté cette histoire une ou deux fois à son petit-fils. Tidiane était malin, il avait entendu parler des cousins, des voisins, des copains. Les vérités des cours d'école font souvent plus de mal que les secrets de famille. Tidiane avait eu vent de cette histoire de trésor trouvé par sa mère, de trésor maudit qu'elle avait volé, qu'elle avait caché. De châtiment, avant même d'avoir commis son crime. Sa mère avait été punie à l'avance, par un dieu qui voyait tout, même l'avenir. Le dieu Soleil.

— Encore, Tidiane ?

— Oui, encore !

Tidiane savait qu'à chaque fois, papi Moussa rajoutait de nouveaux détails. Même s'il avait du mal à croire à cette histoire qui lui parlait d'un village qu'il ne connaissait pas, d'un pays qu'il ne connaissait pas, d'une petite fille qu'il ne connaissait pas et qui était sa maman, c'était sa préférée. Parce qu'elle était triste. Si triste. Avant que sa maman ne trouve le trésor et ne soit sauvée. Ce trésor que lui aussi, un jour, trouverait.

Il ouvrit grand les yeux et se laissa bercer par la voix de papi Moussa.

Le récit de Leyli
Deuxième chapitre

‹◊›‹‹◊›‹‹◊›‹‹◊›‹‹◊›

Tu te souviens, Tidiane ? Ta maman habitait Ségou, une petite ville au bord du grand fleuve Niger, à cinq heures de route de Bamako, dans une case, comme la plupart des habitants là-bas. C'est une maison normale, sauf que les toits sont en tôle, les sols en sable, les murs en torchis, un mélange de terre, d'eau, de poils et de paille. C'est très solide, le torchis, à condition qu'il ne pleuve pas. A Ségou, tu sais, il ne pleuvait jamais. Le soleil, toujours ce maudit soleil.

Il faut que tu saches, Tidiane, ta maman avait à peu près ton âge à l'époque, et elle était têtue, presque plus têtue encore que toi ! A force de se baigner dans le fleuve, elle avait attrapé une maladie de peau qui l'obligeait à se protéger pendant trois mois du soleil. Ta mamie et moi, nous avions installé ta maman dans une case. La case n'était pas bien grande, mais nous avions tout fait pour que ta maman s'ennuie le moins possible. J'avais fabriqué des poupées avec des graines de mil et de sorgho, des animaux d'argile, des petites maisons en feuilles de bananier tressées, Marème lui cousait des déguisements. Au bout d'une semaine, Leyli, ta maman, ne tenait déjà plus en place. Elle était une antilope. Elle ne vivait que pour courir pieds nus dans un nuage de poussière. Mamie et moi ne savions plus quoi faire. Nous avions l'impression d'enfermer un piapiac en cage. Un oiseau qui allait perdre son chant, la couleur de ses plumes, jusqu'à ne plus savoir voler.

Il se trouve que quelques jours plus tard, des hommes du village organisaient un voyage à Bamako pour aller porter des doléances à leur député qui ne mettait jamais les pieds jusqu'ici. Je les ai accompagnés. J'avais ma petite idée. Une fois à Bamako, je les ai laissés et je suis allé directement à l'Institut culturel français.

Chercher des livres.

Ta maman savait lire, Tidy, elle était bonne élève, curieuse de tout, même si elle préférait mille fois courir après les papillons des champs que de rester assise sur sa chaise d'école. Ils possédaient beaucoup de livres à l'Institut français, mais n'étaient pas d'accord pour que je les emprunte aussi loin. Finalement, à force de palabrer, ils m'ont laissé sortir un livre, un seul.

Contes et légendes de la mythologie grecque.

Moi qui n'avais jamais entendu parler d'Hercule, d'Ulysse ou de Zeus, j'étais loin de m'imaginer qu'un jour j'habiterais un immeuble baptisé Poséidon dans la cité de l'Olympe. Comme quoi tu vois, Tidiane, il n'y a jamais de hasard. Tout est écrit. Je suis revenu à Ségou avec mon gros livre blanc. Leyli boudait toujours. Ne voulait pas ouvrir le livre. Alors chaque matin, chaque midi, chaque soir avant que la nuit tombe, je lui lisais l'une des histoires du livre. Le recueil contenait une quinzaine d'histoires, on en avait fait le tour en moins d'une semaine. Dans le mois qui a suivi, Leyli connaissait déjà par cœur les récits.

Son préféré était le onzième travail d'Hercule, celui où Hercule doit emprunter à Hélios son char du Soleil pour aller jusqu'à l'extrémité ouest du monde et voler les fruits d'or du jardin des Hespérides, à la barbe du titan Atlas qui porte le monde sur son dos. On raconte que ces fruits d'or sont des oranges, Tidiane, que les Grecs ne connaissaient pas ces fruits, et que pour cette raison, la grande montagne marocaine porte le nom d'Atlas. Qu'Hercule a navigué jusqu'à Gibraltar, entre l'Afrique et l'Europe, là où se dressent toujours ses colonnes.

Quelques semaines plus tard, je suis retourné à Bamako. J'ai réussi à emprunter d'autres livres à l'Institut culturel français, à les déposer dans une petite étagère en bois au pied du lit de Leyli. Et ta maman s'est mise à lire. D'un coup. Beaucoup. Elle dit souvent aujourd'hui que ces deux mois où elle lisait parfois plusieurs livres par jour furent les plus beaux moments de sa vie. Désormais, tous les habitants du village étaient au courant, l'aidaient, lui rapportaient des livres de Bamako. Elle s'en faisait prêter par des coopérants français, par l'institutrice du village, par des touristes qui filaient vers le pays dogon. A l'époque, les Français pouvaient voyager librement au Mali, sans que leur président ne l'interdise par peur qu'ils se fassent enlever.

Tout allait bien, Tidiane, ta maman avait trouvé la meilleure des façons d'occuper les interminables jours où elle était condamnée à rester dans sa case-cage : voyager à travers la lecture ! Même moi, je n'aurais jamais cru cela possible. Qu'une gerboise se transforme en rat de bibliothèque. Depuis, j'ai compris. J'ai compris que c'est la même curiosité qui poussait Leyli à courir, puis à lire, la même soif, la même faim, la même flamme, mais tu es trop jeune pour comprendre cela, Tidiane.

Leyli dévorait des livres toute la journée, et pourtant, chaque matin, elle relisait la première histoire que je lui avais rapportée : le onzième des douze travaux d'Hercule. Les fruits d'or du jardin des Hespérides. Elle s'était passionnée pour le char solaire emprunté par Hercule, ce char d'Hélios qui filait d'est en ouest jusqu'au bout du monde connu, tiré par dix fabuleux chevaux, Actéon le rayon de l'aube, Astérope qui allume les premières étoiles, Erythrée le levant, Phlégon le couchant, Lampos le plus lumineux, que l'on n'aperçoit qu'au zénith, Pyrois le feu ardent du cœur du soleil… Les contes contiennent toujours une part de vérité, Tidy, du moins ta maman le pensait.

Seule dans sa case, sans autre lucarne sur le monde que la petite ouverture dans le mur de torchis, Leyli, dès qu'elle quittait ses livres, cherchait à percer le secret du soleil, à suivre la course du char et à distinguer chacun des dix chevaux du dieu Hélios. Actéon et Erythrée chaque matin, Astérope et Phlégon chaque soir, Lampos et Pyrois quand le soleil était au plus haut. Elle notait chaque jour la position exacte du char d'Hélios en suivant les rayons qui filtraient par la lucarne, puis en traçant de petites marques du bout des doigts sur les murs de torchis.

Un matin, un des premiers matins du troisième mois, pour la première fois, j'ai trouvé ta maman allongée sur son matelas, sans livre à la main, sans même qu'elle fixe la lucarne. Les yeux baissés vers les traces de doigts dans l'ombre du mur.

Elle m'a juste dit :

— Mes yeux sont fatigués, papa.

Je l'ai conduite au dispensaire, en protégeant son corps du soleil, en recouvrant ses bras, ses épaules, ses jambes de grands tissus. Idiot que j'étais. Le mal était fait. Le mal était entré. Le soleil s'était approché, déguisé, comme un diable se déguise en griot. Je n'avais pas su protéger ma petite fille. Pire même, avec ce livre, j'avais fait entrer ce démon dans sa chambre.

Le médecin du dispensaire me prit à part et mit longtemps à me convaincre.

— Elle a trop regardé le soleil.

Je ne comprenais pas. Tous les enfants du monde, tous les hommes et toutes les femmes se promènent et lèvent les yeux au ciel sans avoir peur que le soleil ne leur brûle les yeux. Le médecin m'expliqua en ouvrant un dictionnaire médical pour que je sache comment fonctionne un œil de l'intérieur.

— Les cellules optiques sont particulièrement sensibles au soleil, parce que le cristallin fait loupe, mais la rétine n'a pas de nerf de la douleur et on ne sent pas la brûlure. Exactement comme pour un coup de soleil, on ne ressent pas la chaleur immédiatement, mais les cellules sont déjà détruites.

Je ne comprenais toujours pas. Tout le monde aurait dû être touché alors, si le soleil était aussi dangereux. Tous ceux qui sortent en plein jour. Tous ceux qui ne portent pas de lunettes noires. Personne ne porte de lunettes noires en Afrique.

— Que faites-vous, monsieur Maal, si par hasard vos yeux croisent le soleil ?

Je ne répondis pas au médecin. Je ne savais plus quoi dire, Tidy. J'étais inquiet pour ta maman, seulement inquiet, pas encore désespéré.

— Vous fermez les yeux par réflexe, monsieur Maal, parce que vous êtes ébloui. Les paupières servent à cela. Comme une porte automatique qui se referme. Mais…

J'avais peur de ce qu'il allait me dire.

— Mais votre fille n'a pas voulu fermer les paupières. J'ignore pourquoi, mais elle a fait preuve d'une volonté de fer, elle a lutté contre l'éblouissement, souvent, très souvent. Longtemps.

— Et alors, docteur ? Ce sera long ? Elle pourra bientôt relire ?

Je comptais avec angoisse les trente jours qui restaient et pendant lesquels Leyli ne pourrait ni lire ni écrire. Le médecin m'a regardé comme si j'étais le dernier des imbéciles, comme si j'étais ce genre d'hommes qui déclenchent des catastrophes sans le faire exprès, qui ne comprennent rien tant qu'on ne leur a pas mis les points sur les I.

— Vous ne m'avez pas entendu, monsieur Maal ? Votre fille n'a ressenti aucune douleur, mais ses cellules sont déjà détruites. Le processus est déjà enclenché. Plus rien ne peut l'arrêter.

— Plus rien ne peut arrêter quoi ?

— La cécité.

Je ne connaissais pas ce mot, Tidy, le médecin a dû s'en rendre compte, peut-être qu'il a eu un peu de pitié à ce moment-là, alors il a précisé :

— Votre fille va devenir aveugle, monsieur Maal. Plus rien ne pourra l'empêcher.

– 11 –

16 h 17

Lorsque le commandant Petar Velika avait pris ses fonctions, on lui avait fait miroiter le soleil toute l'année, la vue sur mer, les petits escrocs et les grands mafieux pour l'occuper et, cerise sur le gâteau, une vaste pièce de quarante mètres carrés comme bureau. A peine trois ans plus tard, par un mystère dont seule l'administration française a le secret, le ministère lui avait demandé de partager son bureau avec son adjoint. Raréfier les effectifs de police tout en augmentant la promiscuité dans les commissariats, voilà un exploit dont seule l'action conjuguée et coordonnée des ministères des Finances et de l'Intérieur pouvait se vanter.

Depuis un an maintenant, Petar et Julo se faisaient face, chacun penché sur son bureau, comme dans n'importe quel open space du service courrier ou comptabilité d'une entreprise. Un truc inventé pour les femmes, pensait Petar. Une aubaine pour qu'elles puissent papoter toute la journée. Les hommes, eux, avaient besoin d'intimité. Plus encore depuis ce matin !

Le commandant Velika avait étalé sur sa table des dizaines de photos de filles plus ou moins dénudées. Plutôt plus que moins. Plus ou moins maquillées. Trop souvent jeunes. Pas toujours jolies, parfois émouvantes, toujours excitantes. Le commandant sortait les photos d'un grand classeur noir : le catalogue complet de toutes les prostituées de la ville. De l'occasionnelle à la professionnelle, des clandestines nigérianes aux escorts de luxe indépendantes. Ce fichier représentait des heures de planques, de recherches sur Internet. Une base de données que Petar actualisait avec une inaltérable conscience professionnelle.

— Vous avancez, patron ? lança Julo du bout de la pièce, caché derrière l'écran de son ordinateur.

Le commandant Velika croisa le regard moqueur de son adjoint. Le lieutenant Flores ne semblait guère convaincu par sa méthode artisanale d'identification de la fameuse fille au foulard du Red Corner. *Fous-toi de moi*, pensa Petar, *mais est-ce que je sais quelles images tu fais défiler sur ton écran ?* A côté des clichés de prostituées, le commandant avait agrandi l'image saisie par la caméra de surveillance, zoomé sur les yeux, la bouche et le menton. Petar se savait physionomiste et si la fille qui avait entraîné François Valioni au Red Corner était fichée, il la reconnaîtrait. Petar leva enfin la tête pour répondre à son adjoint.

— Je progresse, mon grand… Je te préviens dès que je trouve les tarifs de ton amoureuse.

Julo pencha sa tête ronde en dehors du cadre de son écran.

— Arrêtez avec ça, patron. En plus, comment pouvez-vous être certain que cette fille est une prostituée ?

— Tu vois que j'ai raison. Tu la défends déjà !

— En tous les cas, pendant que vous vous rincez l'œil, moi j'ai avancé.

— Dis donc, petit, fit Petar en tournant une nouvelle page du classeur noir, te moque pas du livre sacré ! Tu sais que plusieurs générations de flics se sont soulagés sur ce vieux grimoire. L'ami fidèle des soirs de garde, des nuits de veille, des semaines de planque sans revoir leur femme. Un peu de respect, gamin !

Le lieutenant Flores se retint d'exploser de rire. Parviendrait-il à atteindre un jour le détachement de son supérieur ? Ce relâchement, comme disent les sportifs de haut niveau. Cette capacité à agir sans se poser de questions, à balayer l'horreur des enquêtes par l'autodérision ?

— Alors, Bill Gates, qu'est-ce que tu as trouvé ?

— J'ai épluché l'ordinateur de François Valioni. Un jeu d'enfant, il n'utilisait pas de pseudo lorsqu'il se connectait sur les réseaux sociaux. Le plus intéressant, c'est la messagerie privée de son compte Facebook. Il a été contacté il y a six mois par une fille, une soi-disant doctorante en anthropologie travaillant sur les flux migratoires. Les premiers échanges sont tout ce qu'il y a de plus sérieux, mais après leur première rencontre, la thésarde semble avoir trouvé Valioni à son goût. Elle devient soudain beaucoup moins sage et elle multiplie les sous-entendus et les émoticônes explicites.

— Les quoi ?

— Des smileys, des petits dessins si vous voulez, des sourires, des clins d'œil, des cœurs qui battent, des lèvres rouges qui envoient des baisers…

Petar soupira. Apparemment, ça ne le faisait pas fantasmer.

— Donc, c'est cette fille qui a contacté Valioni ?

— Oui. Et ce qui est curieux, c'est qu'elle semble en savoir beaucoup sur lui. Comme si elle l'avait espionné. Plus que cela même, comme si elle était informée sur ses goûts, sa famille, son boulot, son passé. Quand on relit l'ensemble de l'historique de leurs échanges, il est évident que Valioni s'est fait piéger. Il n'a pas été choisi au hasard. La fille au foulard est venue le chercher, l'a méticuleusement ciblé, selon un timing de séduction minutieusement préparé.

Le commandant Velika laissa traîner le regard sur une grande blonde appuyée à un réverbère, vêtue d'un épais manteau de fourrure qui ne recouvrait qu'à moitié ses cuisses nues. Difficile de deviner la saison où avait été pris le cliché.

— Ça me semble un peu trop facile, mon garçon. Si le plan de cette fille était aussi bien mijoté, pourquoi laisser autant de traces derrière elle pour que le premier geek venu puisse l'identifier ?

— Elle n'est pas étudiante de thèse, patron. Tout est bidon. Le titre de son doctorat, ses recherches, son inscription à l'université.

— Tu as son nom au moins ?

— Son pseudo seulement. C'est-à-dire rien.

— Vas-y, balance toujours ?

— Bambi13.

*
* *

Petar avait fermé sa bible noire, après avoir consciencieusement rangé chaque cliché de chaque fille. D'après ce qu'avait déniché Julo, ils n'avaient pas affaire à une escort embauchée pour entraîner François Valioni dans un hôtel isolé, dans le cadre d'un règlement de compte rapide et sordide. Petar en avait pourtant vu passer quelques dizaines depuis qu'il était en poste. Le commandant Velika attrapa une chaise et vint s'asseoir à côté de son adjoint, face à l'écran.

— Pas de photos sur le profil de Bambi13, je suppose ?

— Si, des dizaines. Mais aucune sur laquelle on puisse la reconnaître. Sur sa page Facebook, elle ne poste que des photos de dos, de pieds, de bras, de cheveux, comme si elle cherchait soigneusement à dissimuler son visage. C'est fréquent, remarquez, sur

Facebook, pour les femmes, surtout les plus mignonnes qui ne veulent pas être emmerdées.

— Mouais… sauf qu'en l'occurrence, c'était elle la dragueuse.

— Les images devaient faire partie du plan pour ferrer Valioni. D'après ce qu'on devine, Bambi13 est jeune, grande, fine, une peau brune de métisse. Si c'est la fille au foulard filmée par la caméra de surveillance, elle ne se baigne pas spécialement en burkini. La moitié des photos sont prises sur des plages où elle pose en maillot, voire allongée sur le ventre sans le haut…

Petar observait avec attention les clichés qui défilaient sur le profil.

— Valioni était vraiment aussi con ? Un peu gros comme piège, non ? La fille canon qui le drague, qui a l'âge de sa fille, qui ne montre jamais son visage mais qui se balade à poil dans des coins paradisiaques aux quatre points cardinaux de la planète.

— Pas forcément, argumenta Julo. Ça collait avec son personnage dc chercheuse sur les migrations internationales. Apparemment, les photos ont été prises en Sicile, en Turquie, aux Canaries, en République dominicaine, à Mayotte, à peu près dans tous les lieux chauds où des clandestins débarquent. Je vais fouiller, patron. Peut-être qu'elle a laissé passer un détail qui permettra de l'identifier, mais… mais il y a autre chose de plus étrange encore dans le profil Facebook de Valioni.

Au grand regret de Petar, Julo quitta la page de Bambi13 pour ouvrir celle de François Valioni. Une photo de famille du cadre de Vogelzug, posant devant les calanques de Cassis, s'afficha. François serrait dans ses bras sa femme et ses deux enfants.

— Putain, commenta Petar, avec ces foutus réseaux sociaux, on finira par confier les enquêtes de police à des moteurs de recherche. On nous bassine avec les Robocop, mais les flics du futur sont de simples logiciels qui interrogeront les suspects par messagerie, les interpelleront par tweet et les coffreront simplement en leur fermant leurs foutues connexions. Plus besoin de prisons !

— Regardez, patron, fit Julo qui ne semblait même pas avoir prêté attention à la tirade du commandant. Sur sa page Facebook, François Valioni a posté cette photo hier à 16 h 11.

Petar se pencha. Il reconnut immédiatement les dizaines de barques de pêche bleues, l'écheveau de cordes les amarrant au petit port carré, la kasbah blanche et le vieux fort en arrière-plan.

— Essaouira ? Nom de Dieu, qu'est-ce qu'il faisait là-bas ? C'était moins de huit heures avant d'entrer dans le Red Corner pour se faire saigner.

— Vous avez gagné un camembert bleu, patron ! Essaouira, aucun doute là-dessus. J'ai relevé les distances entre Essaouira et les villes marocaines les plus proches disposant d'un aéroport international, Casablanca, Marrakech, Rabat. Entre trois et quatre heures, auxquelles il faut ajouter deux heures de vol pour Marseille. Sachant que François Valioni a quitté les bureaux de Vogelzug à 10 heures du matin, c'est la dernière fois que des témoins l'ont vu vivant, ça laisse 14 heures d'amplitude avant qu'il ne passe devant la caméra de surveillance du Red Corner, à minuit.

Ça le fait… C'est serré pour un aller-retour jusqu'à Essaouira, mais ça le fait.

Petar continuait de scruter les dizaines de barques bleues échouées dans le port à sec.

— Qu'est-ce qu'il est allé foutre là-bas ?

— C'était peut-être pour le boulot, patron. Un rendez-vous d'affaires avec billet d'avion en classe business payé par la boîte. Il suffira d'interroger Vogelzug. Ça me semble faire beaucoup de route pour une escapade en amoureux.

— A voir, Roméo… A voir. Si on colle le visage de la caméra de surveillance sur le corps de rêve de cette pseudo-étudiante, ça lui fait beaucoup d'atouts pour convaincre ce globe-trotteur de Valioni de l'emmener au bout du monde.

Julo Flores ne releva pas. Visiblement, le commandant Velika n'avait pas l'air pressé de creuser la piste Vogelzug.

— Aux Maldives, par exemple, ajouta-t-il. Là d'où viennent ces foutus coquillages retrouvés dans sa poche.

— Aucune trace dans son agenda d'un voyage là-bas dans les dix derniers mois. Mais vous m'excuserez, patron, je ne peux pas être sur tous les fronts. Je m'occuperai plus tard des fruits de mer exotiques. J'ai mis Ryan sur le coup. Sans oublier cette histoire de prise de sang.

Petar Velika se leva. Il fixa le cadre devant lui, une affiche floue tenant autant de l'impressionnisme que de la photographie, représentant des centaines de flamants roses barbotant dans l'étang de Vaccarès, en pleine Camargue, à quelques kilomètres de l'étang de Berre.

— La prise de sang. C'est vrai, mon petit génie, tu avais aussi une théorie là-dessus ?

— Ouais… Mais je me suis planté.

— Tu avais imaginé quoi ? Souviens-toi, on a écarté la piste des vampires.

— Plus simple que ça, patron. J'avais pensé à un test.

— Un test de quoi ?

— Un test de paternité !

Le commandant marqua un silence, le temps d'évaluer la différence d'âge entre François Valioni et sa supposée meurtrière. Julo continua.

— Je pensais qu'en connaissant le sang de deux individus, on pouvait en déduire un lien de filiation. Mais, après quelques recherches sur Internet, j'ai compris que ça ne fonctionne pas comme ça. Seuls les tests ADN le permettent.

— Creuse quand même, fit Petar sans quitter les flamants roses des yeux. Ça me plaît bien, l'idée que François Valioni ait semé des gosses dans chaque camp de réfugiés de la planète avant de se ranger à Aubagne.

Dans le couloir, Ryan et Mehdi passèrent. Quelques cris provenaient de l'accueil. En arabe, d'après ce que Julo en comprenait. C'était fréquent. Les flics bilingues étaient deux fois plus occupés que les autres.

— Au fait, patron, les deux clandestins que les collègues ont attrapés. Ils ont parlé ?

Petar semblait presque s'endormir devant le tableau aux flamants de l'étang. Sur une jambe. Il sortit brusquement de sa torpeur.

— Muets comme des carpes rouges. Heureusement, comme pour les copines du livre noir, les consulats possèdent des fichiers, des doubles des passeports ou des demandes de visa. Si tu veux savoir, nos deux amis s'appellent Bola et Djimon. Bola, c'est le calme, et Djimon, le balafré excité. Ils sont béninois, originaires d'Abomey, au nord de Cotonou, d'après ce qu'en disent les collègues de l'ambassade.

— Et on va les renvoyer là-bas ?

— Ouais... C'est le principe, petit. Ils mettent des semaines, des mois à arriver, en déployant une ruse et une énergie qu'on ne peut pas imaginer, pour qu'une fois sur place, on les renvoie par le premier charter venu. Cinq heures de vol et ils sont de retour à la maison. C'est pour ça que même si c'est usant, répétitif, une bagarre sans fin, les migrants ne gagneront jamais contre les pays barricadés. Parce que même s'ils s'entassent par dizaines dans des camions, par centaines dans des bateaux, on met mille fois moins de temps à les renvoyer chez eux qu'ils ne mettent à venir. Comme des fourmis qui reviennent sans cesse dans le placard à biscuits. Un coup d'éponge, une fois de temps en temps, et on les oublie. Attention, je te parle des migrants, là, pas des réfugiés.

— C'est quoi la différence, patron ?

Petar observa son adjoint, amusé. Julo devinait qu'il en avait souvent discuté à la terrasse des cafés et que son argumentaire était bien rodé.

— Rien de plus simple, gamin ! Les réfugiés sont les gentils, ils fuient la guerre dans leur pays, on doit avoir pitié d'eux, on a le devoir moral de les accueillir, la France est une terre d'asile ! Les migrants, eux, ce sont les méchants, ils veulent nous envahir, ils sont seulement pauvres, mais des pauvres, on en a déjà assez chez nous. Tu comprends ?

— Donc on laisse entrer les réfugiés mais pas les migrants ?

— Tut tut tut, pas si vite, mon garçon. Le devoir de la France est d'accueillir les réfugiés, mais la consigne est de ne pas les laisser entrer ! Du moins ceux qui n'ont pas de papiers, mais comme c'est assez rare que les dictateurs tamponnent leurs visas ou qu'ils trouvent une photocopieuse en état de marche dans les villes bombardées, ils doivent risquer leur peau pour passer illégalement. Mais une fois qu'ils ont posé un pied chez nous, jackpot, ils sont sauvés.

— On ne peut plus les renvoyer chez eux ?

— En théorie. Mais ça dépend de leur pays. On les renvoie seulement s'ils viennent d'un POS, un pays d'origine sûr, c'est-à-dire qui ne les torturera pas quand ils descendront de l'avion.

— Si je comprends bien, on ne renverra aucun Soudanais tant qu'il y a la guerre là-bas, mais on renverra tous les Béninois ?

— T'as tout compris ! Les pauvres doivent avoir la chance de vivre dans un pays en guerre pour pouvoir rester chez nous. On accueille les réfugiés politiques et on vire les migrants économiques. Et ne viens pas me demander pourquoi on a le devoir d'accueillir un gars qui crève de peur chez lui et pas un gars qui crève de faim.

Le lieutenant Julo Flores se demanda jusqu'à quel point son commandant était sincère. Concerné. Ou simplement désabusé. Il demeura un instant pensif, et ne trouva le réflexe de poser sa question qu'au moment où Petar Velika avait déjà ouvert la porte de leur bureau.

— Et les bracelets, patron. Les bracelets bleus qu'ils portaient au poignet ?

Son supérieur était déjà sorti.

Sans répondre.

Il n'avait pas entendu. Du moins, c'est ce que Julo Flores supposa.

Nuit de chouette

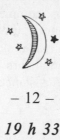

19 h 33

Leyli marcha le plus vite qu'elle put après que le bus l'eut déposée à l'arrêt *Littoral*, devant les Aigues Douces. Elle traversa l'aire de jeux déserte, l'esplanade de graviers roses aux arbres rabougris, plantés avant l'été par la mairie, et grimpa à s'en couper le souffle les sept étages de la tour H9, semant sur chaque marche des miettes de la baguette de pain qu'elle serrait sous son bras. Enfin, elle poussa la porte de son appartement.

Alpha, Bamby et Tidiane étaient déjà à table. Assiettes, verres et couverts dressés. Plats servis. Leyli lança son sac à main sur l'étagère la plus proche et posa le pain sur la table d'un geste un peu trop brusque. Les trois enfants la regardèrent sans réagir. Leyli était énervée. Pas après son nouveau patron, Ruben Liberos était parfait, au-delà même de ses espérances, un type étonnant, surprenant, apparemment bienveillant, déroutant aussi, jusqu'aux mystères des chambres secrètes qu'elle n'avait pas pu nettoyer. Non, Leyli était énervée parce qu'elle était en retard. La faute aux embouteillages qu'elle n'avait pas anticipés, au bus qui se traîne dans une agglomération où tous les bureaux ferment en même temps, comme si non seulement on obligeait les gens à habiter et travailler dans les mêmes villes géantes, mais on leur imposait en plus de sortir et rentrer tous à la même heure.

Bamby regarda avec insistance la pendule accrochée au-dessus du buffet.

19 h 37.

Sa fille avait le visage des mauvais jours. Pas un bonjour. Pas un sourire. Un masque froid d'instit face à un gosse qui rentre de récréation avec une minute de retard.

— Je bossais, s'excusa Leyli. Désolée.

Elle jeta ses lunettes de soleil dans la corbeille, s'installa à table, se servit un verre d'eau. Ceux de ses enfants étaient déjà pleins.

— Désolée, répéta-t-elle. C'était mon premier jour de boulot. A partir de 18 heures, tout est bouché. Je calculerai mieux demain, je terminerai plus tôt, mon boss est d'accord.

— Pas grave, m'an, fit Alpha tout en coupant un bon tiers de baguette de pain.

Bamby, par contre, ne quittait pas son air buté. Jolie comme un cœur, s'amusa Leyli. Le rêve de n'importe quel homme. Et pourtant, elle plaignait le pauvre garçon qui finirait par séduire pour de bon son mignon petit dragon. Celui-là aurait intérêt à être à l'heure… et à ne pas oublier le pain !

Leyli se servit une part de tajine de poulet accompagné de semoule. Comme prévu, ses enfants ne l'avaient pas attendue, mais avaient à peine entamé leur assiette.

Après tout, pensa Leyli, Bamby avait raison de lui faire la tête. C'est Leyli qui avait instauré ce rituel, cette tradition familiale inviolable : prendre tous ensemble le repas à 19 h 30 précises. Sans télévision allumée, sans radio.

Leyli avait dû lutter chaque soir avec les deux grands qui avaient toujours mieux à faire, des devoirs, des copains à voir, pas grave, m'an, je mangerai un truc plus tard, je verrai ce qu'il y a dans le frigo. Ils avaient râlé, Bamby plus encore qu'Alpha, qu'ils n'étaient plus des bébés, qu'on n'était tout de même pas à la minute près, qu'il pouvait y avoir des imprévus, mais Leyli avait tenu bon. Tant qu'aucun d'entre eux n'aurait fondé une autre famille, c'est leur mère qui décidait. Ils pouvaient faire ce qu'ils voulaient dans la journée, voir qui ils voulaient, se lever tard, sortir encore plus tard, mais on partageait le repas du soir. Leyli connaissait trop de ces familles où l'on ne se croise plus qu'entre deux portes, dans la cage d'escalier, où l'on vit côte à côte sans plus rien échanger. Y compris des familles où le papa était là ! Alors râlez si vous voulez, mes enfants, râlez, mais chaque soir, nous mangerons ensemble, et à 19 h 30, parce que le lendemain, Tidiane a école.

Leyli avait tenu bon. Avait gagné. Elle jeta un bref regard vers la chambre, au-dessus des épaules de Tidiane. Les habits de ses trois enfants étaient éparpillés. Le ballon de Tidiane avait roulé d'une étagère sous la fenêtre, sans doute à cause d'un courant d'air, et renversé le pot du ficus. Bien entendu, personne n'avait balayé. Leyli avait peut-être cédé sur le reste, tout le reste, mais personne ne pourrait lui retirer sa seule victoire. Les Maal dînaient ensemble tous les soirs ! Discutaient, riaient, parlaient.

Pas beaucoup, ce soir.

Alpha faisait grincer sa chaise en se balançant. Bamby se leva en silence pour aller remplir la carafe d'eau.

A croire que le retard de leur mère avait cassé la magie. Il régnait une gravité presque malsaine. Tout cela pour sept minutes ? Leyli n'osait pas se souvenir de ses colères pour des retards encore moins importants de ses enfants. Elle meubla seule la conversation. Raconta sa journée. Les repas en famille ont ceci de magique qu'on trouve toujours quelque chose à dire. Alpha avait l'air préoccupé. Bamby avait l'air fatiguée, même si petit à petit, son visage se déridait. Le personnage de Ruben Liberos lui plaisait.

— Il t'a vraiment appelée « petite princesse du soleil » ? demanda-t-elle entre deux bouchées picorées. Tu délires, mam !

Elle avait l'air étonnée qu'il existe autant d'hôtels Ibis dans le monde, qu'on puisse voyager simplement en sautant d'un hôtel jumeau à l'autre, pour y dormir ou pour le gérer. Plusieurs fois, Leyli remarqua que Bamby et Alpha se cherchaient du regard. C'était leur habitude. Deux inséparables. Mais ce soir, c'était davantage qu'une œillade de complicité. C'était un regard de secret. Comme si son retard n'était qu'un prétexte à la rancœur de sa fille. Trop préoccupée par les deux grands, Leyli ne s'était pas beaucoup tournée vers Tidiane. Contrairement à son frère et sa sœur, il n'avait pratiquement pas touché à son assiette. Autre réjouissance dans un repas en famille, faire manger la même chose à chacun. Leyli ne cédait pas non plus là-dessus, surtout quand le plat sur lequel Tidiane traînait était un tajine de poulet préparé par mamie Marème. Tidiane tournait sa fourchette dans la semoule déjà froide, évitant soigneusement de la faire dépasser du rebord de l'assiette pour ne pas provoquer le courroux maternel, tout en montrant ostensiblement que les graines de céréale étaient à ses yeux aussi appétissantes que des grains de sable.

— Tidiane, tu termines ton assiette ! Mamie a cuisiné pour toi tout l'après-midi.

Leyli temporisait, parla de sa matinée, sa visite dans les locaux de la FOS-IMMO, son espoir réel d'obtenir un logement plus grand par l'entremise du sympathique Patrick, ou Patrice ? elle avait déjà oublié.

— Décidément, m'an, fit Alpha, t'as rencontré que des Samaritains aujourd'hui.

Bamby leva les yeux au plafond, puis fixa derrière sa mère la chambre aux quatre lits, comme pour signifier que pourtant, ils vivaient toujours dans la même misère.

— C'est froid, maman.

La fourchette de Tidiane avait dérapé. Une constellation de semoule décorait la table sombre. Le poulet baignait dans une sauce de navets et de courgettes. Un instant, Leyli se laissa aller à l'envie de gifler Tidiane. C'était la même comédie un repas sur trois. Elle se raisonna. Gifler son enfant ? Impossible, évidemment. Elle devait faire preuve de patience, encore et encore. Un comble ! Pourquoi les mères débordées devaient-elles toujours faire davantage preuve de patience que les autres ? Tidiane n'avait pas touché à son poulet que Bamby avait déjà attrapé son dessert.

Un yaourt nature. Leyli remarqua seulement alors que sa fille était plus maquillée que d'habitude. Elle semblait plus pressée aussi ; rétrospectivement, ça expliquait peut-être son agacement face au retard de sa mère.

— Tu sors, ce soir ?

— Oui. J'ai rendez-vous avec Chérine. On fait un extra au Happy Days, y a une soirée pharma.

Bamby était habillée d'une tenue relativement sage. Une jupe country qui lui arrivait à mi-mollet, une chemise blanche, discrètement décolletée, qui mettait en valeur sa peau hâlée, un bandana dans ses cheveux, son triangle d'ébène autour du cou. Si ce n'est son maquillage un peu trop appuyé, la beauté naturelle de sa fille allait rendre jalouses à en crever toute une promotion de futures pharmaciennes.

Ils bouclèrent le repas un peu après 20 heures. Bamby quitta la table presque immédiatement. Leyli s'excusa auprès d'Alpha. Elle avait fini par céder pour le tajine et autorisé Tidiane à sortir de table lui aussi.

— Je vais coucher ton frère.

— OK, m'an, prends ton temps.

Elle prit son temps. Tidiane, à dix ans, s'accrochait encore chaque soir à un cérémonial d'enfant de six ans, une minute pour qu'il se brosse les dents, plus de dix pour l'histoire, deux pour faire un long câlin à son ballon doudou avant de le ranger dans le lit à côté de lui, et une dernière, interminable, pour multiplier les baisers, les faux au revoir, les *maman j'ai encore quelque chose à te dire*, les *maman j'ai oublié quelque chose pour mon cartable demain*, les *maman maman reviens, juste une dernière fois*.

Lorsque Leyli sortit de la chambre, un bon quart d'heure plus tard, Alpha était sorti lui aussi. Il n'avait même pas pris la peine de débarrasser sa place. Il ne restait plus de lui qu'une assiette vide, un verre plein et quelques miettes de pain.

Soudain, Leyli se sentit seule. Si seule. Presque une peur panique.

Pour la première fois de la soirée, dans son appartement, le silence s'insinuait. Leyli repoussa ce pressentiment oppressant. Ce pressentiment qui la tiraillait quotidiennement, mais jamais avec une intensité aussi forte que ce soir. Ce repas était le dernier. Le dernier qu'elle prenait avec tous ses enfants.

Elle eut envie d'allumer la radio, pour repousser le silence. Elle n'en eut pas le temps.

Etait-ce une coïncidence, mais du plancher monta un air de raï. Kamila ! La jalouse du sixième avait poussé le volume dès qu'Alpha et Bamby avaient abandonné la table. Dès qu'elle pensait son fils sur le point de s'endormir, pour assouvir sa vengeance mesquine.

Leyli hésita entre descendre cogner sur le palier, frapper du pied... ou ne rien faire.

Ne rien faire, voilà ! Après tout, elle aimait bien le raï, on ne l'entendait pas si fort dans l'appartement alors qu'il devait hurler à s'en percer les tympans chez Kamila.

Elle allait balayer la terre du ficus, avant d'attaquer la vaisselle, quand on frappa à sa porte. Instinctivement, elle jeta un œil autour d'elle. Panoramique. L'évier encombré. Les prospectus sur la table du salon. Les étagères courbées sous le poids des livres. Sa collection de lunettes. Sa collection de chouettes. La chambre.

Les habits sens dessus dessous. Rapidement, elle chercha si elle avait négligé un détail, un indice infime qui
pourrait la perdre.

Elle ignorait qui frappait. Peu importait.

A chaque fois que quelqu'un venait lui rendre visite,
elle n'avait qu'une seule idée, une seule angoisse, une
seule obsession.

Protéger son secret.

— 13 —

20 h 31

Le lieutenant Julo Flores observait les vagues venir
mourir près de ses pieds nus et menacer ses mocassins
abandonnés trente centimètres plus loin. Le soir était
tiède, le sable à peine humide, l'éclat de la lune tamisé.
Le policier se laissa bercer par la quiétude de ce début
de nuit. Il préférait travailler tard. Il était toujours le
dernier à quitter la brigade, jamais avant 19 heures.
Petar était alors déjà parti depuis près de deux heures
rejoindre Nadège, sa coiffeuse chérie, une jolie quinquagénaire aux cheveux blond-blanc. Julo avait un peu
traîné ensuite pour se rendre jusqu'à la plage, parcouru
les interminables avenues du 11-Janvier et du 2-Mars
pour trouver un kebab. Ces noms de rue indiquant une
date inconnue l'intriguaient toujours, comme celles portant le nom de héros anonymes, de ministres oubliés, de
militants fusillés, d'écrivains démodés. Il avait ensuite

longé le mur de l'avenue de la Résistance pour parvenir jusqu'à la mer. Il s'était assis sur la plage plongée dans la pénombre, profitant de la vue imprenable sur les remparts du fort, bombardés avec une régularité de métronome par le rayon du phare.

Julo aimait ces moments de solitude un peu mélancoliques. Une solitude qui n'était ni tout à fait celle des poètes contemplatifs, ni celle des jardiniers. Une sorte de mélange des deux. Le cœur artiste et le geste artisan. Julo aimait s'isoler, mais pas pour ne rien faire. Au contraire. Il s'isolait pour être calme. Pour mieux réfléchir, échafauder, vivre au rythme de ses pensées.

Après avoir avalé son kebab, enfoncé le papier gras dans la poubelle la plus proche et coincé la bouteille d'eau entre ses genoux, il alluma sa tablette.

La plage était silencieuse. Julo avait toujours imaginé qu'il rencontrerait la femme de sa vie ainsi. Au bord de la nuit. Sur un banc. Dans un parc, un livre à la main. Dans n'importe quel lieu désert. Comme lui, une solitaire. Une femme un peu vieille fille, avec toute une série de petites manies qui feraient son charme et qui seraient surtout la garantie qu'elle aussi accepte ses habitudes de vieux garçon. Par exemple le laisser prendre son petit déjeuner, son dîner, et passer presque tout le reste de la journée un ordinateur portable sur ses genoux.

Ça existait, les filles comme ça ?

Pas celle-là en tout cas.

Les photos du profil Facebook de Bambi13 s'affichaient sur son écran. Julo prenait le temps de détailler à nouveau, un par un, la trentaine de clichés, tous postés dans les mois qui venaient de s'écouler,

121

la plupart avant que Bambi13 ne contacte François Valioni. Même après un examen attentif, rien ne permettait de lever le masque sur la mystérieuse doctorante. Ni habits, ni bijoux, ni tatouage, ni aucun objet qui soit indentifiable.

En tapant *Bambi* sur un moteur de recherche, Julo avait obtenu des milliers de réponses, des centaines de pages Facebook, parfois accompagnées d'un prénom ou d'un nom de famille, parfois orthographiées *Bamby* ; rien que pour le département des Bouches-du-Rhône, *Bambi* ou *Bamby* correspondait à des dizaines d'entrées, des animaux de compagnie surtout, mais aussi des filles, des artistes, des entreprises. Que pouvait-il tirer de ce pseudo, qui d'ailleurs n'avait peut-être été choisi que pour les entraîner sur une fausse piste ?

Au loin, sur la plage, un groupe d'ados s'était approché en riant, jouant au foot au clair de lune. Les garçons du moins. Le ballon n'était qu'un prétexte pour faire tomber la chemise et roucouler les filles.

Une fausse piste ? continuait de s'interroger Julo tout en faisant défiler les photos de Bambi, plus suggestives les unes que les autres. Il essayait de réfléchir sans se laisser déconcentrer par les reflets caramel de sa peau métissée. Peine perdue ! Son regard s'attarda sur Bambi13 allongée sur le ventre, le visage dissimulé sous un chapeau de paille, dévoilant l'arrondi parfait de sa nuque, la gouttière de son dos, le cratère de ses reins. Une autre, vite… Julo plongea dans la piscine d'un grand hôtel, un mojito au premier plan, les accoudoirs d'un transat au second et deux jambes nues et bronzées rendues interminables par la perspective. Une autre encore. Julo suivit des yeux les courbes d'une fine silhouette se découpant sur la plage en ombre chinoise, les mains ouvertes en calice pour y recueillir la boule de feu qui au loin se jetait dans la mer.

Plus les photos circulaient et plus Julo éprouvait un trouble. Pas seulement provoqué par cette fille. Par le décor surtout. Quelque chose ne collait pas dans cette série de clichés !

– 14 –

20 h 33

— Je dois te laisser, ma chérie.

Eteindre Skype était plus difficile encore que de raccrocher un téléphone. Qui oserait couper en premier la caméra ? Faire le geste, devant l'autre, de se pencher pour remplacer l'absent par un écran noir.

Jean-Lou attendit que Blandine s'en charge. Comme pour lui faire porter le poids du silence, la responsabilité de la distance. Jean-Lou, instinctivement, rapprocha les cadeaux qu'il avait glissés sous la table basse pour que sa femme ne les repère pas à travers la webcam. Deux grands sacs remplis de produits haut de gamme de l'Occitane en Provence. Des soins du visage, de l'Eau essentielle, des parfums d'ambiance ; Blandine adorait les senteurs de lavande et d'angélique. Ils habitaient Strasbourg depuis près de vingt ans, mais elle avait toujours conservé cette nostalgie de leurs années passées à Marseille, du temps où il travaillait pour Vogelzug. Du temps où il voyageait autour du monde. Du temps où Jonathan n'était pas encore né.

Depuis qu'il était employé par SoliC@re, Jean-Lou n'avait presque jamais eu l'occasion de retourner à Marseille. Il s'arrangeait pour refuser au maximum les déplacements que sa fonction de directeur des ventes lui imposait, il repoussait, déléguait, télécommuniquait. Mais cette fois, il n'avait pas pu échapper au congrès des représentants de premier rang. Alors, il reviendrait à Strasbourg les valises chargées de cadeaux provençaux. Pour Jonathan, Jean-Lou avait choisi un petit avion miniature, un A380. Jonathan avait vingt et un ans. Jonathan adorait ce genre de jouets. Jonathan était trisomique 21. Avec Blandine, ils avaient hésité pendant de longues semaines à le garder. Blandine était contre l'avortement, et toute sa famille, profondément catholique, faisait bloc derrière elle. Jean-Lou était pour, anticipant qu'avec un enfant handicapé, c'en serait terminé de leur vie de bobobo comme ils le disaient, bourgeois-bougeotte-bohèmes. Deux, amoureux, libres et sans attaches.

Vingt ans plus tard, Jean-Lou n'arrivait même plus à se souvenir à quoi ressemblait sa vie d'avant, celle des hôtels et des soirées arrosées avec les collègues de Vogelzug. Jonathan l'avait métamorphosé. Comme si toute la misère du monde s'était concentrée dans ce petit bonhomme innocent de cinquante kilos et que Jean-Lou en portait tout entière la responsabilité. Plus besoin de courir la planète à la poursuite d'un sens chimérique à sa vie, on avait besoin de lui chez lui. Chaque soir. Tout simplement. Jonathan, c'était toute sa vie. Tout comme la vie de Jonathan se résumait à Blandine et lui.

Jean-Lou resta encore de longues secondes à fixer l'écran noir, puis leva enfin les yeux. Le grand salon du Radisson Blu donnait directement sur la mer. C'était la seule touche d'originalité de cet hôtel au luxe froid et anonyme dans lequel il allait devoir dormir deux nuits. Il observa un instant le ballet des bateaux sur le vieux port. Appeler, voir Blandine, parler à Jonathan lui avait fait un bien fou, une pause salutaire pour faire le plein de courage. Celui de ne pas se perdre. Il était passé si près de la plus grande connerie de sa vie.

Son fils s'appellera Jonathan.
Il est trisomique, il vient juste de l'apprendre.
Jean-Lou est gentil, plus gentil que les autres. Plus doux. Plus tendre. Différent.
Mais il paye comme les autres. Il en aime une autre comme les autres. Il se cache et me viole, comme les autres.
Il est plus fourbe. Plus lâche encore que les autres. Lui m'aime seulement parce que je ne le regarde pas.
Parce que je ne pourrai jamais le reconnaître.

A l'autre bout du salon, la fille en jupe étroite, chemisier sage et cheveux très noirs retenus en chignon, occupée à tremper ses lèvres dans la flûte de champagne, lui lança un sourire complice.

Elle descendit de la chaise haute, attrapa une autre flûte, le seau à glace, et s'approcha d'une démarche assurée.

Faline. Forcément.

Jolie, très jolie.

Fine, racée, effrontée.

Beaucoup moins timide que les messages qu'ils échangeaient depuis des semaines ne le laissaient présager. Faline était enceinte de quatre mois. On avait dépisté la trisomie 21 de son fœtus lors de sa neuvième semaine de grossesse. Jean-Lou était président de l'Association française d'aide aux enfants trisomiques : T21. Faline l'avait contacté sur sa messagerie personnelle. Ils avaient beaucoup échangé. Un petit jeu de séduction sans conséquences, jusqu'à ce que Faline lui propose qu'ils se rencontrent. Enfin. En vrai…

Ces deux nuits au Radisson Blu constituaient le seul déplacement de Jean-Lou depuis des mois. Il avait proposé à Faline de le rejoindre. Puis l'avait immédiatement regretté. Puis s'était raisonné. Il ne se passerait rien d'autre qu'un verre partagé. C'était seulement un test. Un test pour mieux prouver son amour pour Blandine. Pour éprouver la solidité du mur infranchissable qu'ils avaient construit tous les deux autour de Jonathan.

Il s'emplit les narines de l'eau de toilette Arlésienne d'Occitane, il pouvait presque sentir la présence de Blandine. Le parfum de patchouli de Faline couvrit les fragrances de Provence avec une violence qui lui déplut.

— J'ai commandé une bouteille de champagne et deux flûtes, comme on se l'était promis.

Elle les posa sur la table et s'assit sur le fauteuil bas en face de lui. Jambes croisées. Talons hauts. Cuisses satinées. Qu'est-ce qu'il lui avait pris d'inviter cette fille de trente ans plus jeune que lui ? Comment allait-il se débarrasser d'elle ? A bien la regarder, elle n'était même pas vraiment jolie. Trop maquillée. Trop sûre d'elle. Habituée sans doute à ce qu'une tenue un peu sexy, portée près du corps, suffise à faire ramper devant elle les gamins de son âge.

— Ça va ? s'inquiéta Faline.

— Ça va…

Jean-Lou était gentil, ça se voyait sur lui. Tout le monde le disait. Comme si personne n'avait conscience que la gentillesse, c'est seulement de l'hypocrisie polie.

Ils échangèrent quelques banalités, vidant lentement leur flûte entre de longs silences.

— Désolé, finit par avouer Jean-Lou, je suis moins bavard en vrai que par écrit. Je crois que je me suis un peu avancé et…

Faline s'avança et appuya un doigt sur ses lèvres.

— Chut. Ne dites rien. Ne parlons pas du passé. Parlons plutôt de l'avenir.

— De l'avenir ?

— Vous voulez que je vous le prédise ?

Jean-Lou, étonné, reposa sa flûte devant lui pendant que Faline sortait une petite bourse de toile de son sac puis, de la bourse, une dizaine de coquillages.

— Ma mère m'a enseigné la divination. C'est une tradition malienne.

Elle lança sur la table, comme on jette des dés à jouer, les dix coquillages. Tous possédaient la même forme, arrondie, n'excédant pas trois centimètres de diamètre, coupés en leur milieu comme un abricot ouvert. La plupart étaient blancs et nacrés, mais d'autres possédaient d'infimes nuances de rose, de bleu, de vert.

C'est dans ces nuances presque invisibles que Faline semblait lire le destin.

Elle voulut prendre la main de Jean-Lou, mais il l'esquiva.

— Je vois, commença-t-elle. Un travail qui vous passionne de moins en moins. Routine. Ennui. Responsabilités qui s'accumulent, telle une pile de courrier que vous n'avez pas envie d'ouvrir…

— Continuez, fit-il un peu narquois. Je vous préviens, il en faudra davantage pour m'impressionner.

Faline sourit.

— Donnez-moi votre main, Jean-Lou.

— Non…

— La prévision sera moins précise alors.

— Qui vous dit que j'ai envie qu'elle le soit ?

Elle lui adressa un clin d'œil, il trouva cela vulgaire ; elle vida son verre de champagne avant de continuer.

— Je vois une femme aussi. Votre femme. Vous l'aimez. Une évidence. (Elle observait des coquillages collés aux teintes plus rouges.) Vous êtes proches, très proches, n'avez jamais été aussi proches. Et pourtant…

Elle marqua un silence. Jean-Lou se retint d'effectuer le geste qu'elle désirait. Avancer sa main pour qu'elle la saisisse. Il attendit. Elle fixa un coquillage aux reflets verts.

— Et pourtant, Jean-Lou, vous aimeriez que quelque chose se produise. Que quelque chose tombe du ciel. Quelque chose qui vous lie à votre passé, à tout ce que vous avez laissé derrière vous. Qui vous relie à hier sans rien remettre en cause de ce que vous vivez aujourd'hui. Un petit fil de rien du tout qui fera de vous un homme entier. Pas seulement celui qui se sacrifie.

Ce fut au tour de Jean-Lou de vider sa flûte. Il hésita même à applaudir.

— Bien joué. Sincèrement. Bien joué.

Il joua du bout des doigts avec les coquillages. Puis laissa sa main sur la table. Faline s'en saisit comme d'un pourboire princier.

— Bien joué, Faline. Vous avez raison sur toute la ligne. Mais je préfère être franc avec vous. Je n'emprunterai pas ce pont. Je ne saisirai pas ce fil.

Les yeux de Faline se brouillèrent. Vexée ?

Plus Jean Lou la regardait et plus elle semblait différente de la jeune fille enceinte, inquiète et fragile, qui avait correspondu avec lui. Aucune trace de détresse. Aucun appel au secours dans ses gestes. Rien que de l'orgueil sur des talons perchés.

— Je vais faire ce que je ne fais jamais. Je vais être franc. Direct. Cruel peut-être. Je dormirai seul ce soir. Je dormirai seul demain soir. Je ne tromperai pas ma femme. Je suis désolé si nos échanges par courrier ont été équivoques. Je n'en ai aucune envie. Cela n'a rien à voir avec vous, Faline.

Faline leva des yeux amusés vers lui. Comme si toute trace de déception avait immédiatement disparu.

— Bravo, Jean-Lou. Bravo. Vous avez brillamment passé le premier test. Mais... mais je ne suis pas Faline.

— Pardon ?

La jeune fille serra doucement la main de Jean-Lou et la dirigea vers le coin du salon le plus proche du vieux port. Une fille attendait, plongée dans un livre. Elle portait une longue jupe western et une chemise blanche en dentelle. Pour seul bijou, un triangle noir ornait son cou. Ses cheveux étaient dissimulés dans un élégant foulard-bandana couleur feuille morte.

— Je… je ne suis que son amie… Faline est timide. Elle n'a pas trop confiance en elle. Et surtout, elle avait peur que vous soyez un serial dragueur.

Elle lâcha la main de Jean-Lou, qui resta suspendue dans le vide. Pointée vers la fille au foulard. Elle avait tourné le visage vers lui, le regardant par-dessus son épaule. Ce ne fut pas seulement la position de son visage qui rappela immanquablement à Jean-Lou la jeune fille à la perle, ni le foulard dissimulant ses cheveux. Ce furent ses yeux. Ses yeux immenses et dévorants.

Toute la misère du monde rassemblée dans un regard implorant.

– 15 –

20 h 45

Julo avait mis du temps à comprendre ce qui le dérangeait dans les photographies de la page Facebook de Bambi13. Il avait laissé le bruit des vagues le bercer, tout en laissant filer entre ses doigts le sable de la plage. Avant d'épousseter longuement ses mains et de retourner à son clavier.

C'est un contraste qui le contrariait.

Le plus souvent, le lieu des prises de vue était indiqué sur la page. Bodrum en Turquie. Lanzarote aux Canaries. Saint-Domingue en République dominicaine. Lampedusa en Sicile. Ngapali en Birmanie. Presque toujours des stations touristiques huppées. Des destinations hors de prix. Mais toutes ces enclaves paradisiaques se situaient à proximité immédiate des principaux camps de réfugiés de la planète. Hasard, ou piège parfaitement monté ? Bambi13 s'était prétendue étudiante droit-de-l'hommiste, baroudeuse militante, concernée par la misère la plus atroce des familles déplacées dans des camps de la mort... et s'était photographiée en jet-setteuse écervelée. Pouvait-on concilier les deux ? s'interrogea Julo. Empathie pour la misère d'ailleurs et vacances insouciantes ? Oui, bien entendu. C'était même l'attitude commune de n'importe quel touriste en quête de soleil et d'exotisme.

Julo étendit ses jambes sur le sable et s'obligea à rester concentré. A bien y réfléchir, ce n'est pas ce contraste-là qui le gênait sur ces clichés, son interrogation était beaucoup plus concrète que ces considérations philosophiques. Bambi13 n'était pas doctorante en anthropologie !

Elle avait expliqué à François Valioni que ses voyages étaient payés par son laboratoire de recherche, dans le cadre de sa thèse, qu'elle était invitée par des universités étrangères. Mais tout était faux ! Bambi13 était une fille de vingt ans issue de l'immigration. Alors comment, pendant ces six derniers mois, une fille de son âge avait-elle pu s'offrir tous ces séjours ? Aussi fréquemment ? Avec quel argent ?

Julo n'arrivait pas à s'imaginer Bambi13 comme une fille roulant sur l'or, l'enfant gâtée d'un magnat du pétrole. Peut-être son intuition était-elle liée à ce *13* accolé à son pseudo ? A ce qu'il racontait d'elle. Les Bouches-du-Rhône, Marseille, les filles de migrants africains qui nettoient les palaces plus souvent qu'elles ne les habitent. Peut-être son impression se nourrissait-elle simplement de ce regard face à la caméra de surveillance ? Ce regard de défi tout autant que de résignation, celui d'une femme déterminée à suivre un chemin qu'elle n'a pourtant pas choisi. Ce regard qui l'avait frappé en plein cœur, cet enfoiré de Petar Velika avec sa psychologie de salon de coiffure avait raison. Qui l'avait bien davantage bouleversé que les courbes bronzées de l'inconnue sans visage. Sans oublier ce voile aux discrets motifs de chouettes. Incongrues sur un voile islamique.

La mer continuait de grignoter quelques centimètres de plage. Julo se recula, sans cesser de regarder son écran. Il bascula la fenêtre sur un autre dossier. Avant de quitter la brigade, il avait rapidement effectué une recherche sur les mots associés à la chouette. L'ambivalence des regards posés sur ce rapace l'avait surpris. Selon les interprétations, la chouette était considérée comme un oiseau porte-bonheur. Ou de malheur. La chouette était présentée comme le symbole de la sagesse, de la mythologie grecque à aujourd'hui, associée à la déesse Athéna. Intelligente, clairvoyante, perspicace, rusée. Mais la chouette était aussi l'animal de compagnie des démons, des sorcières, la messagère de la mort. Et surtout, la chouette était un oiseau de nuit. Cachée le jour, aveugle, elle ne sortait que la nuit tombée pour chasser. Pour surprendre des proies perdues dans le noir alors qu'elle seule voyait, sentait, entendait. La chouette tuait ses ennemis dans l'obscurité. Son hululement annonçait la disparition d'un proche à la famille endormie. Une nouvelle coïncidence ? s'interrogea Julo. Le parallèle avec l'assassinat de Valioni était évident. Trop évident ?

Au loin les ados avaient jeté leurs vêtements pour se baigner. Leurs cris n'avaient rien de maléfique, mais empêchaient désormais Julo de réfléchir. Presque toujours, s'agaça-t-il, les filles et les garçons s'attirent en faisant du bruit, en boîte de nuit, en sifflant, en klaxonnant, en riant trop fort aux éclats. Avec son amour du silence, il n'était pas près de trouver une copine !

Ou une vieille chouette, noctambule et à lunettes, rien que pour lui ?

Tout le contraire de Bambi.

Il n'avait pas ajouté *13* dans sa tête. Bizarrement, ce prénom seul, Bambi, résonnait en lui de façon plus familière, comme s'il l'avait déjà entendu. Récemment. Très récemment.

C'était stupide. Il chassa cette idée et referma son ordinateur tout en repensant aux paroles de son patron dans leur bureau : « Si on colle le visage de la caméra de surveillance sur le corps de rêve de cette pseudo-étudiante, ça lui fait beaucoup d'atouts pour convaincre ce globe-trotter de Valioni de l'emmener au bout du monde. »

Petar avait vu juste.

Tout comme François Valioni, cette fille étrange l'avait charmé.

Même si tout indiquait qu'elle était une tueuse.

Et que pire encore, Julo en avait l'étrange intuition.

Elle allait tuer encore.

Le lieutenant se leva et jeta un dernier regard aux ados. Un peu plus loin, au-delà du phare et du fort, flottait un petit point rouge. Sans doute un bateau de pêche rentrant au port.

– 16 –

21 h 13

Alpha suivit des yeux le petit point rouge jusqu'à ce qu'il grossisse, et au fur et à mesure qu'il approchait, se divise en une constellation de sept petites lumières rouges accrochées au bastingage du bateau de pêche. Il attendit encore dix bonnes minutes pour que le chalutier passe derrière la digue, manœuvre et accoste. Le pêcheur pilotait d'une main, une longue cigarette roulée collée à ses lèvres. Il lança l'amarre à Alpha, planté sur le quai.

— Puisque Allah vous a mis là, amarrez-moi ça.

Alpha souleva le cordage, qui lui sembla incroyablement lourd. Il se releva et lut le nom du chalutier sur la coque.

Arax.

C'était le bateau qu'il cherchait.

Le pêcheur s'était adossé à la porte rouillée de la cabine et semblait savourer ce moment où il pouvait cracher sa fumée sans la reprendre dans le visage. Il n'avait pas l'air pressé de discuter. Alpha analysa les rares détails qu'il parvenait à identifier à travers le halo du seul réverbère du quai. Tatouée sur le bras droit du fumeur, il crut reconnaître une colombe. Gravé sur la proue et la cabine, une sorte de bateau perché sur une montagne. Bizarre. Peut-être l'arche de Noé ?

— Vous venez d'Arménie ? tenta Alpha.

Le pêcheur le regarda d'un air mauvais, puis cracha sa cigarette avec une précision diabolique dans les quelques centimètres séparant la coque et le quai.

— Pour moins que ça, y a des gars qui pourrissent au fond de la mer Caspienne. Je suis kurde, petit gars, ça se voit pas ?

Il ouvrit sa chemise et dévoila entre les poils de son torse une main de Fatma.

— Nés au pied du mont Ararat, on est tous les descendants de Noé ! C'est pour cela qu'on s'est exilés. Pour repeupler la planète, pour aider les hommes à se multiplier et à se disperser. Je dis ça pour t'expliquer les allers-retours que je m'inflige sur cette putain de mer.

Pendant le couplet du pêcheur, Alpha avait pris le temps de serrer l'amarre, faisant ostensiblement jouer ses muscles. Il se redressa. Sa tête arrivait à la hauteur de la cabine.

— Je viens de la part de Savorgnan.

Le Kurde avait déjà allumé une autre cigarette. Visiblement il en avait roulé un stock au large.

— Désolé. Connais pas.

— Un groupe de Béninois. Vous les avez embarqués il y a deux mois. Un musicien, un agronome bavard, un balafré…

Le pêcheur scruta le port désert autour d'eux comme s'il craignait qu'une oreille indiscrète entende l'énumération d'Alpha.

— OK, OK, je me souviens de la croisière. Qui t'a parlé de mon arche ?

— Eux… et quelques autres amis aussi.

— Et qu'est-ce qu'ils ont dit de moi ?

— Que vous étiez réglo.

Touché, le Kurde tira une plus longue bouffée.

— Que veux-tu… Si on peut rendre service… Je suis né trop tôt pour être passeur pendant la guerre. Tu vois, le berger qui aide les Gitans ou les Juifs à filer en Suisse. Alors je me rattrape comme je peux. (Il frappa du poing la porte rouillée de la cabine pour en démontrer la solidité.) Au moins sur l'*Arax*, ils sont plus en sécurité que sur un matelas pneumatique.

Savorgnan avait indiqué à Alpha combien coûtait une traversée sur l'*Arax*. Entre 2 000 et 5 000 euros. L'équivalent d'une classe affaires sur Emirates. Il se garda bien de relever ce détail mesquin.

— Je suis d'accord, admit-il. Aider nos frères à partir, c'est un devoir, pas un crime.

Le Kurde se fendit d'un sourire méfiant.

— Tes frères, tes frères. D'accord, t'es plus noir que moi, mais je connais plusieurs de tes frangins qui laisseraient sans trop de scrupules leurs petits frères du sud du Sahara crever dans le désert.

Alpha secoua la tête, lentement, en signe d'un acquiescement longuement médité.

— J'ai un plan, finit-il par lancer. Une filière pour aider nos frères. Un plan simple et sûr. J'en connais trop qui sont morts et…

Le marin ne le laissa pas terminer.

— Te fatigue pas, je connais le refrain. « Avec moi, assurance d'arriver à bon port. » Celui de tous les passeurs. Alors épargne-moi ton baratin. Te fais pas de bile, on ne sera jamais que des pilotes. On n'est pas responsables, ni de ceux qui meurent, ni de ceux qui survivent. Ni héros ni salaud. On fait juste notre boulot.

Il ricana avant de continuer, trop longtemps pour qu'on ne devine pas que sa blague devait souvent resservir.

— Je suis pas certain qu'on ait fait un procès au cheminot qui pilotait la loco pour Auschwitz.

Il y a une minute, il était résistant. Alpha en déduisit que le Kurde n'était pas très doué en histoire. Le pêcheur avait délaissé la conversation pour ranger les caisses de poissons.

— Justement, insista Alpha. Je veux voir ton patron. Celui qui gère les cargaisons.

Le descendant de Noé balançait de la glace et du sel sur les dorades et les sardines.

— J'ai mon plan, répéta Alpha. Il peut rapporter gros. Beaucoup plus que ton rafiot. Je possède un réseau en Afrique subsaharienne, je connais les bons tuyaux, et surtout, j'ai imaginé une combine à laquelle personne n'a jamais pensé.

Alpha s'était redressé. Sa carrure masquait l'unique réverbère. Le Kurde se tenait dans l'ombre, comme un prédateur effrayé un jour d'éclipse.

— Tu sais, gamin, tenta-t-il de répliquer, y a déjà beaucoup de filières. Et surtout, y a quelques gros monopoles à ne pas bousculer.

Alpha s'arrangea pour étirer encore davantage l'ombre de son double-mètre sur l'*Arax* amarré en contrebas du quai. Recouvrant les arches gravées. Donnant la chair de poule à la colombe tatouée.

— La concurrence, c'est mon problème. Contente-toi de téléphoner à ton responsable de l'approvisionnement, ton directeur logistique, ton gestionnaire des stocks, appelle-le comme tu veux, mais dis-lui que je veux le rencontrer demain. Midi. (Alpha marqua un silence.) Cité de l'Olympe, au pied de l'oranger, au carrefour de l'avenue Pasteur et de l'avenue Jaurès. Il ne pourra pas se tromper. Une affaire qui rapportera gros. S'il veut en croquer...

Le pêcheur kurde avait opté pour une prudente indifférence. Il triait ses poissons agonisant dans des caisses. Deux par deux. Comme un Noé un peu con qui chercherait à sauver aussi les poissons.

— OK, finit-il par concéder. Je vais l'appeler. Après tout, faut encourager les vocations. (Il regarda fixement Alpha puis cracha son mégot au milieu des algues qui salissaient le pont.) Et puis tout ce que je risque, c'est de te repêcher au large, ligoté comme un saucisson et servant de bouffe aux rascasses.

– 17 –

21 h 24

Tidiane se réveilla en sursaut.

En sueur. Le cœur tremblant. Etonné d'apercevoir une lueur derrière les volets.

L'instant d'avant, il était aveugle. Il courait dans le labyrinthe, à tâtons, se cognant aux murs, aux impasses, s'orientant au son de ses tibias, de ses phalanges et de son crâne se fracassant contre les parois. Il avait simplement couru après son ballon Morocco CAN 2015, l'avait suivi jusqu'au caniveau, avait manqué de le rattraper avant qu'il ne tombe dans le trou noir de l'égout, était tombé avec lui.

Vivant. Voyant.

Attiré par une lueur, tout au fond du couloir.

Les fruits d'or.

C'était le trésor. Des fruits d'or. Ceux du géant Atlas. Dans le ciel, les dix chevaux tiraient le char de feu plein comme une Mercedes-Benz un jour de marché. Des fruits d'or par cageots entiers. Des milliers de soleils. Il allait saisir l'un des fruits. Son doigt l'avait même touché, du moins il le croyait.

Et tout s'était éteint.

Il avait beau ouvrir les yeux, il ne voyait plus rien.

Il avait couru, dans les couloirs, les impasses, les culs-de-sac. Peut-être n'était-il pas aveugle. Peut-être que le soleil brillait encore dehors. Peut-être qu'il existait une lumière derrière la porte. Peut-être qu'il arrêterait de se cogner, de souffrir, de pleurer, de sentir le sang, sa chaleur, son goût, sans même savoir s'il était rouge.

Peut-être.

Il avait entendu le cri de la chouette.

Le cœur de Tidiane commençait à battre moins fort. Il avait entendu son hululement pour de vrai. Pas dans son rêve, il en était certain.

Sous sa fenêtre. C'est ce cri qui l'avait réveillé. C'est ce cri qui l'avait sauvé.

Tidiane resta immobile, longtemps, assis sur son lit. Serrant son ballon entre ses bras.

C'était un rêve, rien qu'un rêve. Son ballon était là.

Il eut envie de hurler « Maman », mais il se retint.

Il était grand maintenant.

Dans la pièce d'à côté, le salon, il entendait de la musique. Des grandes personnes qui parlaient.

Un invité ?

La chouette, elle, s'était envolée. Chassée peut-être. Ou partie sauver d'autres enfants.

Rassuré, Tidiane se rendormit.

– 18 –

21 h 28

Agenouillé sur la digue, Julo nettoyait méthodiquement les grains de sable collés à ses pieds, agrippés à ses chevilles, coincés entre ses orteils, avant d'enfiler ses mocassins. Un geste de vieux garçon ! Sur la promenade passèrent trois joggeuses qui semblaient se moquer de leur sueur, des embruns salés et des graviers sous leurs semelles.

Julo suivit distraitement leur course du regard. Son esprit vagabondait ailleurs, il savourait une toute petite victoire dont il venait d'obtenir la confirmation par texto : un rendez-vous clé pour demain matin. Il hésita un instant à transférer le message à Petar, puis décida de laisser tomber. Il ferait la surprise à son patron.

Il serait de retour à la brigade à 10 heures au plus tard, même pas sûr qu'à cette heure-là, le commandant soit déjà arrivé. Il préférait gérer cette partie de l'enquête, celle qui concernait la prise de sang, en solo pour l'instant.

Il enfila ses chaussures tout en observant la rangée d'immeubles devant lui.

Et si cette affaire se résumait à un huis clos ?

Il en revenait toujours à ce chiffre 13, accolé au pseudo « Bambi »… Les Bouches-du-Rhône comptaient deux millions d'habitants, soit presque autant que la Slovénie, la Jamaïque ou le Qatar. Un périmètre très vaste, mais tout ramenait à Port-de-Bouc, et en particulier au siège de cette association, Vogelzug, où travaillait François Valioni. Petar restait évasif sur le sujet, mais il naviguait dans la cité phocéenne comme une anguille dans l'étang de Berre, possédait une longue expérience de la métropole marseillaise, ses codes, ses réseaux, ses rapports de force.

Lui, Julo, débarqué de son Pays basque natal, s'y sentait étranger. Comme si un mur invisible le séparait de la réalité, celle de Port-de-Bouc, un théâtre où tout le monde se croisait, s'épiait, jouait tout en connaissant les répliques des autres acteurs. Lui n'était que spectateur, incapable de comprendre les silences, les non-dits, les didascalies, les liens communautaires, de voisinage, de sang.

Il marcha sur la digue en direction d'un parc de jeux pour enfants. *Les liens du sang…* Il commencerait par se concentrer sur ceux-là, demain matin.

Julo jeta un dernier regard à l'alignement de HLM devant lui, une dizaine de cubes blancs, à la fois délabrés et possédant une vue superbe sur la mer. Etrangement, le quartier lui rappela un dessin satirique aperçu dans un journal quelques mois auparavant : un promoteur immobilier essayait de louer une ruine à une famille misérable, dans un bidonville situé juste en face d'un magnifique lotissement résidentiel, seulement séparés par un grand fossé. L'agent vendait son taudis en développant ce simple argument : *Vous avez de la chance, la vue d'ici est beaucoup plus belle que de l'autre côté !*

Bien vu.

Argument imparable !

Sauf, pensa Julo tout en s'éloignant, qu'il y a toujours un moment où l'on ne se contente plus du panorama.

– 19 –

21 h 33

Leyli avait pris le temps de fumer une cigarette avec Guy sur le balcon, puis avait laissé son voisin dans le salon, compter les chouettes, les lunettes ou les boîtes de thé, et avait troqué sa robe coccinelle pour une confortable djellaba rouge ne dévoilant que ses chevilles et un sage demi-cercle dénudé autour de son cou. Elle posa le plateau de thé sur la table, avec précaution, comme si les échos de raï de l'appartement de Kamila, telles les répliques d'un séisme, pouvaient troubler la surface brûlante des tasses.

Guy était assis sur une chaise. Il regardait avec une expression inquiète le tableau de Ségou, les masques dogons accrochés, la table de repas que Leyli n'avait pas débarrassée, le ballon de Tidiane et la terre renversée, comme s'il se demandait ce qu'il pouvait bien faire dans cet appartement tellement en bordel qu'il avait peur de le déranger en touchant à quoi que ce soit. Lorsque Leyli avait ouvert à son voisin il y a un peu moins d'une heure, elle avait été touchée par son bafouillis de petit garçon timide qui formule son excuse sans même y croire.

— Je… je crois que j'ai oublié mes clopes chez vous, avait-il annoncé de sa voix de fumeur en manque.

Leyli l'avait fait entrer avec un grand sourire, avait expliqué que Bamby et Alpha étaient sortis, que Tidiane était couché, qu'il pouvait rester un peu s'il voulait, qu'elle pouvait lui réchauffer une part de tajine, ou un thé, qu'il pouvait fumer à la fenêtre le temps qu'elle aille retirer ses fringues qui puaient la poussière et la javel, qu'il ne fasse pas attention au bazar surtout.

Lorsqu'elle était revenue vêtue de sa djellaba, elle avait goûté son discret regard vertical. Sa robe était assez ample pour ne pas épouser ses formes mais marquait néanmoins sa longue et étroite taille. Leyli éprouvait cette petite fierté de la porter avec autant d'aisance aujourd'hui qu'il y a vingt ans. Son voisin du dessous, dont la chemise à carreaux rentrée dans son jean faisait office de sous-ventrière, n'avait pas cette chance. Elle s'était installée dans le canapé, Guy était resté un moment à la fenêtre avant de venir s'asseoir face à elle sur une chaise.

— Vous venez pour la suite de l'histoire ? fit Leyli en le regardant dans les yeux.

Elle se sentait rassurée. Le plus dur était passé. Ce soir, son secret était bien protégé.

— Mais moi, je ne sais rien de vous, ajouta-t-elle.

Guy se tordit les doigts.

— Oh, moi… Y a beaucoup moins à dire que vous. Je suis né à Martigues et j'ai atterri ici cinquante ans plus tard, à moins de dix kilomètres, c'est vous dire. Je bosse dans la même boîte depuis trente ans. J'ai gardé la même femme pendant vingt ans, et quand elle est partie parce qu'elle en avait assez de me faire à manger, de faire la conversation toute seule et d'entendre les chaînes de sport à longueur de journée, j'en ai cherché une autre qui lui ressemblerait, mais je n'en ai pas trouvé. Avec l'âge, elles se méfient. Vous voyez, je suis plutôt du genre à ne pas trop aimer le changement.

— Qu'est-ce que vous faites là, alors ?

— Je ne sais pas…

— Je vous fais réchauffer du tajine ?

— Et ensuite, vous ferez la conversation toute seule ? Si en prime, vous m'allumez la télé sur L'Equipe 21, je vous épouse tout de suite !

Leyli éclata de rire. Elle aimait son humour sans détour.

— Même si je suis noire ?

La djellaba de Leyli avait légèrement glissé sur son épaule, légèrement remonté le long de ses jambes. Contraste griotte et chocolat. Guy laissa davantage traîner le regard.

— Vous, c'est pas pareil…. Vous êtes là depuis combien de temps ? Quatre ou cinq ans ? Vous êtes un peu comme une gamine. On n'en veut jamais aux gamins, on en veut aux parents. Vous savez pourquoi il y a autant d'étrangers à Port-de-Bouc ?

— Non.

Elle se dirigea vers la cuisine avec le plat.

— Quand j'étais petit, dans les années 70, après la fermeture des chantiers navals, ils ont annoncé qu'on allait créer ici, sur l'étang de Berre, à Fos, la plus grande zone industrielle de France. La plus grande, je vous jure. Un truc gigantesque, des milliers et des milliers d'emplois dans la sidérurgie sur l'eau. C'était un truc nouveau. Et comme le terrain libre était sur Port-de-Bouc, on a commencé à construire des logements et faire venir les gens, des quatre coins de l'Europe et surtout d'Afrique, plus de dix mille ouvriers se sont installés, prêts à bosser dès que les usines arriveraient. Sauf qu'un type à Paris a finalement décidé que les usines ne viendraient jamais. La zone industrielle de Fos était enterrée, mais les étrangers, eux, étaient déjà là. Ils sont restés. Voilà toute l'histoire. Depuis, Port-de-Bouc n'a jamais aussi bien porté son nom… L'Aïd-el-Kébir est devenue la fête nationale, ici !

Il explosa d'un rire de disque rayé tout en observant bêtement Leyli revenir avec le tajine.

— C'est du poulet, précisa-t-elle en le dévisageant avec indulgence.

Elle décelait chez cet homme quelque chose d'attendrissant, sans qu'elle puisse le définir exactement. Ses yeux ? Sa voix ? Sa maladresse ?

Guy soutint son regard.

145

— Vous me trouvez con ? Raciste ? Macho ?

— Les trois, mon capitaine.

— Vous allez quand même me faire la conversation ?
Elle posa le plat sur la table.

— Non, je vais faire votre éducation. Ecoutez…

Le récit de Leyli
Troisième chapitre

‹◊›‹‹◊›‹‹◊›‹‹◊›‹‹◊›

Je suis devenue aveugle à treize ans.

Vous allez avoir du mal à me croire, il ne m'en reste aujourd'hui qu'une certaine gêne au soleil, l'obligation de porter des lunettes noires, ma collection de lunettes n'est pas une coquetterie, Guy, pas seulement, c'est le souvenir de cette longue période de ma vie. Ma période noire, comme Picasso a eu ses périodes rose et bleue. Comment ai-je retrouvé la vue ? C'est une longue histoire. Une autre histoire que je vous raconterai plus tard. Peut-être plus incroyable encore que celle-ci. Mais commençons par le commencement.

Encore aujourd'hui, je n'arrive pas à trancher. Savoir que j'allais devenir aveugle, comme le médecin du dispensaire l'annonça froidement à mon papa, comme mon papa me l'annonça les larmes aux yeux, la seule fois de ma vie où j'ai vu mon père pleurer, a-t-il été une chance ou une malédiction ? Un peu les deux, je crois. Devenir aveugle, bien entendu, me désespérait.

Mais pouvoir m'y préparer fut inespéré. J'ai vécu de onze à treize ans, plus de trente mois, avec cette certitude que le noir finirait par l'emporter. Mois après mois, les jours devenaient plus courts, les matins et les soirs plus sombres. Les lignes sur mes cahiers devenaient pâtés, pattes d'araignée, fleuves de goudron puis mers d'encre. Mes yeux avaient beau s'écarquiller, je m'enfonçais dans une nuit sans fin. C'est une sensation étrange, croyez-moi, de voir ainsi le monde partir dans le néant, basculer, disparaître alors que vous, vous allez rester. C'est presque l'inverse de la mort, si l'on y pense.

C'est ainsi que je me rassurais. Je jouais à un jeu de Kim géant, je me bandais les yeux et je devais me souvenir de tout. Les aveugles de naissance étaient bien plus à plaindre que moi, eux ignoraient les milliers de nuances des couleurs, la grâce du vol d'un papillon, la beauté d'un sourire sur un visage. Moi, si j'étais maligne, ma cécité serait même à peine un handicap ; seulement un jeu de concentration. Il me suffisait de développer mes quatre autres sens et ma mémoire ferait le reste. Un miaulement et je suivais les pas du chat. Une odeur de beurre de karité et je participais à la joyeuse toilette des femmes du village. Pendant ces trente mois, je suis devenue une caméra qui enregistrait tout. Je me suis gavée d'images, de paysages, de photos, de films. Tous les magazines que papa pouvait me trouver, tous les reportages qui passaient à la télé de l'hôtel Djoliba où l'on me laissait entrer. Ma maîtresse, madame Fané, me disait que je devenais intelligente, plus que tous les autres jeunes du village, que c'était ma chance, que je musclais mon cerveau quand les

147

garçons musclaient leurs cuisses à taper dans un ballon. C'est madame Fané qui la première m'a surnommée la chouette, parce qu'elle pouvait voir dans le noir, parce qu'elle était l'animal préféré de la déesse Athéna, l'animal de la sagesse. De la sagesse et de la guerre.

Puis un jour, j'avais treize ans, sept mois et onze jours, tout devint noir. Définitivement. Je m'étais endormie le soir en distinguant à peine les étoiles dans le ciel. Le matin, le soleil ne s'est pas levé. Nuit noire, même si dans ma tête, je pouvais positionner avec précision chaque constellation. J'ai oublié depuis, Guy. Aujourd'hui, je serais incapable de vous dire où se situent Orion, Véga ou la Licorne. Mais à treize ans, la carte du ciel, et tant d'autres cartes, était imprimée sous mon crâne.

Bizarrement, à partir du jour où je suis devenue aveugle, les gens autour de moi ont commencé à me dire que j'étais belle. Au début, je pensais que c'était pour me consoler. Mais maman prenait ma main pour que je touche mes jambes qui s'étiraient, mes seins qui poussaient, ma taille qui se cambrait. J'avais pour modèles les mannequins des magazines, Naomi Campbell et surtout Katoucha Niane. Maman me dessinait un portrait-robot mental, me racontait que j'étais moitié-lionne façon Tina Turner, moitié-antilope façon Whitney Houston. J'avais du mal à la croire, je pense même que je ne l'ai jamais crue, je n'étais plus aussi jolie quand j'ai retrouvé la vue, et on ne prenait pas de photographies à Ségou.

On disait de moi que j'étais belle. Intelligente. Et aveugle. Peut-être qu'être aveugle évitait aux autres filles de mon âge d'être jalouses de moi. Peut-être que ma beauté me protégeait de leur pitié. On peut toujours trouver des arguments contre la fatalité. Je ne me sentais pas plus malheureuse qu'une autre. Peut-être que je refusais de me l'avouer. J'étais déjà si prétentieuse.

Le temps a passé. Pendant des années, la rumeur a enflé. J'avais un peu plus de dix-sept ans quand elle s'est concrétisée : une douzaine d'hommes et de femmes du village avaient décidé de partir. Sept hommes et cinq femmes exactement. Ils avaient rassemblé les économies de la plupart des familles du quartier du fleuve, ils étaient les plus jeunes, les plus forts, les plus déterminés. Ils devaient d'abord traverser le désert, plein nord, pour atteindre la Tunisie. Puis embarquer à Tabarka pour passer en Europe.

J'ai dit à papa et maman que je voulais partir avec eux. J'ai mis vingt-trois jours à les convaincre. Parmi ceux qui partaient, trois étaient mes cousins. Je pouvais avoir confiance en eux. Ils seraient mes yeux, mes bras, mes jambes.

Mes guides.

Je serais leur esprit, leur traductrice (je parlais mieux français qu'eux et je connaissais un peu d'anglais et d'espagnol), leur géographe (je connaissais par cœur les villes que nous traverserions, les distances entre elles, le tracé des routes, les coordonnées des points d'eau). Tout était gravé dans mon cerveau.

Leur guide.

La traversée du désert dura onze jours ; nous nous sommes embarqués pour l'Europe, dans une barque de pêche, presque aussitôt après avoir atteint Tabarka. Les frontières n'étaient pas aussi surveillées alors. Du moins celles pour partir.

Nous avons accosté à Mazara del Vallo au petit matin. En Sicile. Je n'avais pas stocké dans ma mémoire beaucoup d'images de la Sicile, simplement celles du film *Le Parrain*, une photo de l'Etna, une gravure de Syracuse au temps d'Archimède. Pour le reste, Palerme, Marsala, les ruines d'Agrigente et de Sélinonte, l'île d'Ortygie, les balcons de Taormina, je n'ai pu que les imaginer. Nous avons effectué le dernier kilomètre de traversée escortés par trois vedettes de douaniers et, arrivés à Mazara, les carabiniers nous attendaient. Nous avons été conduits tous les treize dans une sorte de camp, en compagnie de migrants qui arrivaient de tous les pays africains. On devait attendre qu'ils examinent notre dossier. Le lendemain, on s'enfuyait. Pas bien loin. Tous les cousins de Ségou se sont fait reprendre un par un. Faut croire qu'ils n'étaient pas très doués pour le cache-cache.

Moi si.

J'étais restée recroquevillée dans un coin noir, immobile. C'est toujours ainsi qu'on gagne au cache-cache. Sans bouger. Sans parler. Sans même respirer. Les impatients se font toujours repérer. Fatia, la nièce de ma mère, m'apportait à manger et à boire tous les jours, elle se débrouillait pour nous chaparder ce qu'elle pouvait. Puis, comme les autres, elle a fini par se faire prendre.

Je suis restée.

Seule. Dans mon coin noir. Un appartement abandonné sur les hauteurs de la vieille ville d'Agrigente. Une pièce. Des toilettes. Une odeur permanente de ferraille brûlée et de soufre à cause de la fabrique de céramique en dessous. Je savais que je n'avais plus que deux solutions. Me faire prendre moi aussi. Ou mourir dans ma cachette. Affamée.

J'hésitais, mais je crois que j'ai attendu le plus longtemps possible pour me résoudre à choisir la première solution. Je crois que j'attendais un miracle.

Et il s'est produit. Croyez-moi si vous voulez, Guy, il s'est produit.

Un jour, la porte de la cachette s'est ouverte.

J'ai cru qu'il s'agissait d'un carabinier. D'un violeur (on m'avait tant répété que je plaisais aux hommes). D'un voleur (mais que pouvait-on me voler ?). D'un tueur.

S'il venait pour me tuer, il me laisserait des regrets ; il possédait une voix douce. Chantante. Presque féminine.

J'ai senti sa main se poser sur la mienne.

Il ne faut plus avoir peur, mademoiselle.

C'était une voix, des mots, qu'on avait envie de croire.

Je les ai crus, oh comme je les ai crus.

Oh comme j'ai cru à ce miracle.

Jour de sang

6 h 52

Installé sur la terrasse de teck qui dominait le port Renaissance de Port-de-Bouc, Jourdain Blanc-Martin s'apprêtait à effectuer avec une minutie millimétrée chaque geste rituel de son petit déjeuner préparé par Safietou, une perle à son service depuis près de vingt ans. Bol de café posé sur un set de table en lin, serviette et *Libération* du jour pliés en deux impeccables rectangles sans plis, coupelle de confiture de figues rouges et alignement de trois petits pains aux graines de sésame fendus dans le sens de la longueur.

Jourdain Blanc-Martin observa au loin la criée de Port-de-Bouc qui commençait à se vider. Les camions frigorifiques repartaient déjà vers Marseille alors que les chalutiers continuaient de rentrer au port, croisant quelques yachts en route vers le large. Ils annonçaient une journée très chaude. Une de ces journées caniculaires précédant le mistral, programmé pour demain.

Il consulta son téléphone alors que Safietou posait devant lui son œuf à la coque. Plongé dans l'eau bouillante très exactement 2 minutes 53 secondes. Plus sept pour aller de la cuisine à la terrasse. Il attendit que Safietou quitte la terrasse pour relire le dernier message, puis colla le téléphone à son oreille.

— Commandant Velika ?

Une voix essoufflée lui répondit.

— Oui ?

— Jourdain Blanc-Martin.

La voix s'affola, comme si le seul nom de Jourdain Blanc-Martin avait l'effet d'un réveille-matin après une nuit trop courte.

— J'allais justement vous tenir informé. On avance sur le meurtre de François Valioni, on avance bien, mais disons que…

De sa main gauche, à l'aide d'une cuillère, Blanc-Martin frappa avec un peu trop de force le petit bout de son œuf à la coque. L'empressement servile des petits chefs l'exaspérait. Petar était de ceux-là, mais on ne construit pas un empire sans serviteurs loyaux et zélés.

— Je vous appelle pour autre chose, Velika. Des amis de confiance m'ont informé cette nuit qu'un petit délinquant les a contactés. Il semble vouloir monter un réseau de migrants clandestins. Les vocations fleurissent en ce moment. Bientôt, pour les gamins de banlieue, passeur va devenir plus à la mode que dealer. Chaque gosse qui a des oncles en Afrique subsaharienne croit qu'il peut faire fortune en investissant dans un bateau gonflable.

— Vous attendez quoi de moi ? s'inquiéta Petar Velika.

— Il a fixé un rendez-vous dans le quartier nord. Je connais le lieu et l'heure. Vous l'arrêtez, vous lui foutez la trouille, vous lui faites passer l'envie de recommencer. En bref, vous faites votre boulot de prévention.

— Ce n'est pas si simple, monsieur Blanc-Martin. On ne peut pas le coffrer si on n'a rien contre lui.

La cuillère d'ivoire de Jourdain traversa le sommet arrondi de l'œuf. Trop vite. Quelques éclats de coquille tombèrent sur le blanc laiteux alors que le jaune visqueux coulait lentement le long du coquetier. Blanc-Martin détestait. Il aurait bien étranglé ce flic rien que pour cet agacement bénin. Casser à la perfection son œuf chaque matin équivalait pour lui à une séance de yoga. Relâchement dans les gestes. Précision dans l'impact. Raffinement de la dégustation. Il entreprit de récupérer un à un les éclats de coquille, tout en se forçant à relativiser. Il n'allait pas devenir cette caricature de châtelain maniaque capable de se pourrir la journée pour un œuf mal brisé.

Pas lui…

— Vous vous débrouillerez, Velika. Vous trouverez, n'importe quoi. Les pneus de son scooter seront dégonflés ou sa tête ne ressemblera pas à la photo d'identité. Tout ce que vous voulez. Un prétexte et vous lui assenez une bonne leçon de morale.

— Ça ne sera pas très légal, monsieur, si on n'a pas de preuve, pas de témoins.

Le serviteur zélé résistait. Petar Velika n'avait pas l'air décidé à jouer l'éducateur de quartier. De toute évidence, Blanc-Martin le dérangeait. Qu'est-ce que ce flic pouvait bien avoir de mieux à faire si tôt le matin ? Blanc-Martin porta le cœur jaune et chaud de l'œuf jusqu'à ses lèvres. Il prit le temps de sucer la cuillère jusqu'à ce qu'elle étincelle.

— Jusqu'à présent, Velika, je crois que vous n'avez pas à vous plaindre de mes tuyaux. Vogelzug collabore parfaitement avec la police, n'est-ce pas ? Combien de réseaux de ces salauds auriez-vous démantelés sans moi ?

— Bien entendu, monsieur. Et sans vous, ces clandestins seraient dans la rue à essayer de survivre par tous les moyens, mais...

— Je vais même vous demander d'aller plus loin, coupa Blanc-Martin. Vous allez me coller ce gamin en prison, rien que pour une nuit. Je m'arrangerai pour que là-bas, quelques grands frères repentis lui donnent une leçon.

— Je vais voir, bougonna Petar. Je vais voir.

Il semblait agacé. Blanc-Martin entendait du bruit à côté. Velika n'était pourtant pas du genre à apporter le petit déjeuner au lit à sa douce ou à dévorer des croissants avec sa progéniture sur les genoux.

— Je vous fais confiance. La prévention, Velika. N'oubliez pas. On devrait tout investir sur la prévention. Il faut arracher les racines du mal avant qu'elles poussent. Une nuit en prison évitera peut-être à ce gamin d'y passer sa vie.

Il marqua une pause, racla délicatement l'intérieur de la coquille pour que l'intégralité du blanc se détache et tombe dans sa cuillère, plus creuse et plus pointue qu'une cuillère ordinaire, en ivoire, l'argent donnant mauvais goût à l'œuf. Il se tourna et observa la piscine par les vitres de la véranda. Sa main gauche dénouait déjà la ceinture de son peignoir alors que la droite maintenait le téléphone serré contre son oreille. Blanc-Martin aimait nager un petit kilomètre, chaque matin, avant de se mettre au travail.

— Je dois vous laisser, Velika, le symposium Frontex commence dans trois jours. Je suis censé prononcer l'un des discours inauguraux, alors faites votre boulot et épargnez-moi les détails. Bouclez-moi la fille qui a assassiné François avant que ne débute ce grand raout. Vous avez sa photo, ça ne devrait pas être sorcier de la retrouver.

– 21 –

8 h 22

L'école était au bout de la rue, une longue ligne droite bordée d'oliviers, savamment plantés selon un jeu d'ombres subtil pour lutter contre le soleil du matin. Tidiane se fichait de sauter d'ombre en ombre. En sueur, en short et en maillot, il trottait, cartable au dos, ballon au pied, capable de dribbler les oliviers sans même ralentir sa course.

OK, un olivier, même s'il n'est pas centenaire, se laisse plus facilement feinter qu'un Varane ou qu'un Kanté, mais il n'en tente pas moins de vous tacler avec ses racines sournoises sur le trottoir, ou de tendre une branche crochue pour vous tirer le maillot. Tidiane essaya d'éliminer le dernier défenseur d'une magistrale roulette, mais le ballon lui échappa, roula, quelques mètres plus loin.

Le nez collé sur ses baskets, Tidiane ne vit d'abord qu'une autre paire.

Des Nike.

Rouges avec une virgule noire.

Gigantesques. Du 47 au moins. Elles soulevèrent le ballon Morocco CAN 2015 d'une jongle du pied gauche. Tidiane leva enfin les yeux.

— Alpha !

Le garçon se précipita dans les bras de son grand frère. Le géant le fit décoller de deux mètres.

— Surprise, moustique ! Dis-moi, ce ne serait pas mon ballon ?

Il avait reposé Tidiane au sol et maintenait le ballon sous son bras comme un surveillant qui viendrait de le confisquer.

— Tu sais que c'est un collector ?

— Tu parles que je le sais, Alph… Je m'en sépare jamais. Ils crèvent tous de jalousie !

— Va pas te le faire voler, Tidy ! Si quelqu'un t'emmerde, je t'ai déjà dit, tu me préviens.

Tidiane savait qu'il ne serait jamais aussi grand que son frère. Aussi fort. N'aurait jamais le même courage. Pas de chance pour lui, ils étaient frères, de sang, mais pas du même père. Lui avait hérité d'un petit prof à lunettes. Il ne l'avait jamais vu, mais c'est ce qu'il imaginait d'après ce que lui avaient raconté papi Moussa et mamie Marème. Pas maman. Elle n'en parlait jamais.

— Je sais me défendre, tu sais !

— Je me doute, microbe. D'ailleurs, j'ai besoin de toi.

Les yeux de Tidiane pétillèrent. Son grand frère avait besoin de lui ?

— Après l'école, Tidy, juste après l'école, tu vas foncer cité de l'Olympe et tu vas grimper dans l'oranger.

— Jusqu'à l'appartement de papi et mamie ?

— Plus haut, Tidy. Beaucoup plus haut. Je veux que tu montes le plus haut possible, pour voir par-dessus les immeubles. Je veux que tu sois mon aigle. Que tu puisses voir tout le quartier et me prévenir en cas de danger.

Tidiane eut soudain un peu peur. Il n'était jamais monté plus haut que quatre mètres dans l'oranger. Il ne savait même pas s'il avait le vertige. Et si papi Moussa ou mamie le voyaient ? Il n'osa pas protester. Juste interroger en faisant l'effort de ne pas trembler.

— Quelle sorte de danger ?

— Des flics. Des types louches. N'importe quoi d'anormal.

Tidiane se demandait comment il repérerait les policiers s'ils s'approchaient en civil et en voiture banalisée. Et plus encore à quoi il reconnaîtrait un type louche. Ça ne manquait pas dans le quartier. Il eut soudain une intuition, et s'étonna lui-même de son audace. Ça lui vint instinctivement. Peut-être que lui aussi, au fond, avait du sang de caïd ; ça leur venait donc de maman.

— Et je gagne quoi ?

Alpha le fixa avec étonnement, mais Tidiane devina aussi de l'admiration dans le regard de son grand frère. Il eut l'impression d'avoir pris cinq centimètres d'un coup, pas assez pour attraper le ballon sous le bras d'Alpha mais assez pour l'impressionner.

— Mon estime, Tidy... Un maillot dédicacé de Barrada ?

Tidiane ne parut pas convaincu.

— Faudra que t'ailles à Dubaï pour ça. Et toi, tu gagnes quoi ?

— De l'argent, Tidy. Beaucoup d'argent.

— On n'en a pas besoin, on a déjà celui du trésor de maman.

— Tu sais où il est ?

— Presque... Je cherche encore. Mais j'ai ma petite idée.

Cette fois, ce furent les yeux d'Alpha qui pétillèrent.

— C'est bien, Tidy, c'est bien.

Il lui lança le ballon.

— Fais gaffe à lui. Y en a que trois au monde comme ça. Les deux autres appartiennent à Messi et Ronaldo. Alors je tiens à cette boule encore plus qu'à toi.

L'instant suivant, Alpha avait disparu.

Plus tard Tidiane voulait être comme lui.

– 22 –

9 h 07

— Figurez-vous, charmantes étoiles au firmament du Matin calme, que je connais fort bien Séoul.

Face à Ruben, six étudiantes coréennes, toutes habillées avec le même uniforme de l'université de Kyungpook, attendaient pour payer leur chambre que le gérant de l'hôtel ait terminé de raconter ses souvenirs. Ruben s'exprimait dans un mélange de français et d'anglais que les étudiantes semblaient parfaitement comprendre. Elles écoutaient. Fascinées.

— A l'époque, je tenais le Grand Hôtel Myeongdong. Trente-six étages, mille cinq cents chambres, dont la suite présidentielle où Park Chung-hee venait régulièrement dormir avec l'une de ses vingt-trois maîtresses. Une différente chaque soir.

Les étudiantes pouffaient. Derrière elles, Leyli attendait, aspirateur à la main droite, que les Asiatiques libèrent les clés de leurs chambres. Plus amusée qu'agacée. Elle avait pris son service à 9 heures. Les chambres devaient être prêtes pour midi.

— Ne soyez pas choquées, mes petites princesses de l'aube. Je suis moi-même devenu l'amant de la femme du président. Elle souhaitait apprendre le taekwondo et, caprice du destin, j'avais été initié à ce noble art martial par le général Choi Hong-hi lui-même. Un contact en entraînant un autre, et me voilà contraint d'honorer à mon corps défendant la première dame de votre exquis pays qui semblait avoir autant d'appétit que les vingt-trois maîtresses de son mari réunies.

Les étudiantes coréennes, qui d'après le badge qu'elles portaient, étaient venues visiter les équipements portuaires de Port-Saint-Louis-du-Rhône, se regardaient en rougissant. Leyli essaya d'interrompre Ruben. Elle n'avait besoin que des clés ; le gérant semblait intarissable.

— Mais je vous ennuie avec mes vieilles histoires d'alcôve. Passons aux choses sérieuses, mes gourmandes, je me dois de vous poser LA question indiscrète, celle qui embarrasse mes collègues aux quatre coins de la planète. (Il laissa planer un silence inquiétant.) Avez-vous vidé le minibar ? Champagne Deutz ? Vodka Absolut ? Cognac Otard ? Hum, mes mignonnes, vous auriez eu tort de vous priver. (Il cligna vers elles un œil complice.) Je ferme les yeux et vous ne racontez rien sur mon histoire d'amour torride avec votre présidente ?

Leyli ne put s'empêcher de sourire. Bien entendu, il n'y avait aucun minibar dans les chambres standard de l'Ibis. Pas même un stylo ou des échantillons de shampooing. Elle força un peu le barrage des Coréennes pour avancer vers l'accueil.

— Même si cette idylle est de notoriété publique… Vous êtes trop jeunes, graciles gazelles, pour vous souvenir de ces frasques, mais un journaliste indélicat du *Korea Daily News* fit sa première page avec un cliché de votre humble serviteur, le pantalon de son dobok sur les chevilles et la première dame de Corée occupée à rajuster le nœud de ma ceinture noire ; aujourd'hui, la photo ferait un milliard de vues sur Twitter, mais à l'époque, le *Korea Daily News* se contenta d'un tirage de 6,7 millions d'exemplaires. Le pauvre Park Chunghee fut contraint de défendre publiquement l'honneur de son épouse officielle, s'attirant à l'occasion les foudres de ses vingt-trois concubines offensées, et me provoqua en duel au Haidong Gumdo dans la montagne du Dragon. Mes seules compétences en escrime se résumant à la lecture des *Trois Mousquetaires*, je préférai prendre la fuite pour une destination dont hélas, je n'ai pas le temps de vous parler…

Derrière lui, l'imprimante crachait enfin les factures des chambres. Les étudiantes semblaient déçues de quitter l'Ibis. Comme pour les consoler, Ruben distribuait des prospectus à chacune.

— Puisque vous devez visiter les plus grands ports de ce monde, arrêtez-vous à l'Ibis de Las Tablas au Panamá. Mon collègue Esteban Rodriguez vous racontera comment nous avons voyagé ensemble dans un conteneur en compagnie de trente jeunes filles Massaï vierges, sélectionnées dans toute l'Abyssinie pour leur beauté, et devant apprendre impérativement l'anglais pendant le voyage, afin de participer au concours de Miss Black America organisé dans le hall du Grand Hyatt de New York.

Leyli renonça à interpeller Ruben et tendit le bras pour attraper les clés posées sur le comptoir de l'accueil. Elle s'éloigna sans entendre la nouvelle anecdote de Ruben qui fit rire aux éclats les Sud-Coréennes.

Chambre 11.

Ouverte.

Chambre 13.

Ouverte.

Chambre 15.

Ouverte.

Leyli passait dans le couloir avec méthode et énergie, laissant les portes béantes, poussant son chariot à linge pour récupérer draps et serviettes à la chaîne.

Chambre 17.

Ouv...

Leyli entendit trop tard le bruit de pas essoufflé de Ruben. Se rendit compte trop tard que la chambre 17 était l'une de celles dont le gérant lui avait interdit l'accès.

Elle avait attrapé la clé avec les autres, Ruben ne s'en était pas aperçu dans l'instant.

Leyli avait déjà introduit la clé. Tourné la poignée. Poussé la porte. Peut-être aurait-elle pu encore la refermer, ou la laisser entrouverte et ne pas tenter un regard.

Oui, sans doute aurait-elle pu ne rien savoir. Ne rien voir.

Mais elle les avait entendus. A l'intérieur. Et dès lors, rien au monde n'aurait pu l'empêcher de pousser davantage la porte.

D'entrer dans la chambre 17, puisqu'elle en connaissait le secret.

– 23 –

9 h 22

— Julo n'est pas arrivé ?

Le commandant Velika accrocha avec agacement son blouson de cuir au portemanteau perroquet qui oscilla un moment, avant de rétablir in extremis son équilibre, comme pour ne pas en rajouter à la colère du patron. Les autres policiers présents dans le bureau ne bougeaient guère plus que le portemanteau. Le commandant portait particulièrement bien son prénom ce matin.

— Julo n'est pas arrivé ? répéta Petar, incrédule.

D'ordinaire, Julo était le dernier à quitter la brigade… et le premier à l'ouvrir le matin. Une aubaine pour s'autoriser quelques dernières galipettes sous les draps avec Nadège et se pointer au bureau le matin comme on rentre chez soi le soir et que votre femme vous attend. Stores levés. Cafés fumants. Ordinateurs ronronnants. Sauf que ce matin, Jourdain Blanc-Martin l'avait appelé quelques secondes avant que Nadège ne vienne grimper sur lui. Ça avait suffi à le mettre en rogne pour la journée. Il en avait de bonnes, Jourdain Blanc-Martin, du haut de sa tour d'ivoire immaculée de la villa la Lavéra, avec son armée de saint-bernard. Traiter avec humanité tous les clandestins de la terre, traquer les filières de passeurs, effrayer ceux qui pourraient le devenir et, dans le même temps, retrouver l'assassin du directeur du service financier de Vogelzug.

— Il est passé où, le gamin ? s'inquiéta Petar.

Ryan répondit enfin.

— Il a dit qu'il devait se rendre à l'hôpital.

— L'hôpital ? s'interrogea Petar.

Putain !

Il manquerait plus maintenant que son adjoint lui claque entre les mains.

*
* *

Le lieutenant Julo Flores marchait lentement dans le grand jardin de l'hôpital Avicenne, fleuri de daturas et de jasmins, dominant d'une tête le professeur Waqnine, l'hématologue le plus réputé de l'établissement. Médecin-chef. Spécialiste en maladies tropicales et en immunologie. Conférencier dans une dizaine d'universités. Un type calme, âgé, cultivé, le genre proche de la retraite mais qui n'a aucune envie de la prendre. Il parlait aussi lentement qu'il marchait. Un pédagogue ayant appris à vulgariser ses connaissances pour les profanes, des patients inquiets aux étudiants entassés. Le genre passionnant le temps d'une consultation et soporifique en amphi.

Waqnine avait accepté de le rencontrer entre deux rendez-vous, lui avait proposé de marcher cinq minutes dans le parc pour profiter du soleil radieux, se coiffant d'un petit trilby en paille sans pour autant quitter l'ombre des sentiers du jardin arboré.

— Lieutenant, avant de vous expliquer la relation entre le sang et la filiation, je dois vous préciser quelque chose d'important. Les différents groupes sanguins, les groupes A, B, O, si vous préférez, ne sont pas répartis également sur la terre. Ces groupes sanguins proviennent des relations très anciennes des hommes à leur environnement. Leur biotope pour être précis. De l'alimentation notamment, ou de la résistance à des pathologies localisées. Au départ, je vous parle des temps préhistoriques, l'humanité tout entière appartenait au groupe O. Les groupes A et B ne sont apparus qu'entre 10 000 et 15 000 ans avant Jésus-Christ, en Asie, au Moyen-Orient et sur les pentes de l'Himalaya, puis vont suivre les grandes migrations vers l'Europe, pour faire naître le groupe AB, le plus rare, il y a moins de douze siècles.

Julo n'osait pas interrompre le professeur, tout en se demandant pourquoi une question aussi simple que « Peut-on déduire une paternité à partir d'une simple prise de sang ? » nécessitait de remonter au jurassique.

— Aujourd'hui encore, malgré le mélange des populations, les groupes sanguins restent inégalement répartis sur la planète. Ainsi, si tous les Amérindiens étaient à l'origine du groupe O, on ne trouve pas, ou peu, de représentants du groupe O négatif en Chine. A l'inverse, on rencontre une plus grande diversité biologique en Afrique. Par exemple, chez les Peuls, on a repéré une plus grande présence du groupe A, et moins de représentants des groupes O et B, contrairement aux ethnies voisines.

Julo réfléchissait aux conséquences de ce que lui apprenait le professeur.

— Cela signifie qu'à partir d'une prise de sang, on peut estimer l'origine géographique d'un individu ?

Le professeur le regarda avec consternation. A se balader ainsi dans les jardins d'un centre hospitalier en compagnie d'un homme en blouse blanche, Julo avait l'impression d'être un fou qui ignore qu'il est le véritable sujet de la consultation. Le ton sarcastique de Waqnine ne le rassura pas.

— Non, lieutenant. Quelle idée ridicule ! Depuis la préhistoire, l'humanité s'est beaucoup mélangée, vous savez. Construire des murs, c'est très récent. Et même si la partie la plus développée de l'humanité se nourrit principalement de hamburgers, de kebabs et de pizzas, on n'a pas encore perçu d'adaptation du système sanguin de l'homme occidental à cette nouvelle forme d'alimentation.

Il savoura l'effet de sa blague, apparemment bien rodée, puis redevint soudain sérieux.

— Voyez-vous, lieutenant, la diversité biologique des grands carrefours migratoires est même l'un des grands défis sanitaires que nous devons gérer. On trouve désormais des hommes et des femmes de tous les groupes dans les grandes villes du monde, mais il n'en est pas de même pour les donneurs de sang. Le don de sang reste lié à des critères psychologiques, sociaux, voire religieux. Très concrètement, on manque de certains sangs à Marseille. Ou à Paris. Ou dans n'importe quelle métropole mondiale. On dépense une fortune dans des campagnes d'informations ciblées vers certaines populations.

Le professeur Waqnine ralentit encore sa marche, semblant tomber en admiration devant un bougainvillier en fleur. La recherche d'un sang rare, pensa Julo. C'était une autre piste pouvant expliquer la prise de sang au poignet de François Valioni, avant que son assassin ne lui taille les veines. Il s'entêtait pourtant sur sa première hypothèse.

— Mais, professeur, pour revenir à ma question de départ : à partir d'une analyse sanguine, on ne peut pas déduire de paternité. Seulement l'infirmer ?

— Exactement. Je vous ai apporté quelque chose qui va vous aider à comprendre.

Le professeur Waqnine sortit une feuille de la serviette qu'il portait en bandoulière.

— Le tableau complet des impossibilités. Vous détaillerez cela attentivement plus tard. Ce n'est pas sorcier, vous verrez. Même le plus idiot de mes étudiants arrive généralement à s'en sortir.

Il s'assit sur une fontaine en pierre grise et invita Julo à s'installer à côté de lui.

— Regardez, il s'agit d'un simple tableau de huit colonnes sur huit lignes, tous les types A, B, O,

AB, positifs et négatifs, en colonne le sang du père et en ligne le sang de la mère : la case représente les types de sang impossibles pour leurs enfants. Par exemple, deux parents A+, c'est-à-dire à peu près le tiers de la population mondiale, ne peuvent pas avoir d'enfants AB ou B. Deux parents O+ ne pourront avoir que des enfants O. On peut être plus précis encore pour les groupes sanguins plus rares. Deux parents AB+, soit 3 % de la population mondiale, ne peuvent pas avoir d'enfants O... De fait, rares sont les combinaisons sanguines de parents pouvant donner naissance à tous les groupes de sang possibles.

Julo gardait les yeux fixés sur le tableau.

— Donc, professeur, pour résumer, si je connais mon groupe sanguin, et celui de ma mère, je peux en déduire si mon père putatif n'est pas mon père ?

Le professeur lui lança un regard admiratif. Le premier ! Sans doute davantage censé souligner les qualités pédagogiques du médecin que celles intellectuelles de son élève.

— Bravo, lieutenant, vous avez tout saisi. Vous pourrez affirmer avec une certitude scientifique que votre père supposé ne l'est pas si vous tombez sur une impossibilité de ce tableau. Mais vous ne pourrez jamais affirmer qu'il l'est. Il n'a pas plus de chances d'être votre père que les millions d'autres hommes du même groupe sanguin qui se promènent sur terre.

*
* *

Julo arriva à la brigade un peu après 10 heures. Quelques autres flics, dont Ryan et Mehdi, allaient et venaient dans les couloirs. Le lieutenant Flores posa la photocopie du tableau des impossibilités de filiation sanguines sur son bureau et s'adressa à Petar.

— J'ai bien avancé en ce qui concerne le mystère de la prise de sang. Et vous ?

— Rien. Je suis bloqué sur ces histoires de migrants. Ça me bouffe tout mon temps. Ça me bouffe mes hommes. Pendant que tu joues les Sherlock Holmes, moi je suis cloîtré ici à faire du secrétariat entre les ministères des Affaires étrangères et de l'Intérieur, quinze ambassades et des dizaines d'associations.

Julo s'avança jusqu'au bureau de son patron.

— La seule chose que j'ai obtenue ce matin sur l'affaire Valioni, grogna Petar, c'est qu'on m'accorde de placer un homme en permanence devant le Red Corner.

Julo posa ses fesses sur le bureau et regarda son patron, étonné.

— Vous pensez qu'il pourrait y avoir un nouveau meurtre ?

— Ouais…

— Pourquoi ?

— Le flair, gamin. Toute cette mise en scène. Cette fille qui nous défie du regard. Ce type qu'elle va piéger sur Internet comme si elle avait sélectionné sa cible. Je verrais bien ta petite amoureuse en mante religieuse. T'es pas d'accord ?

Le lieutenant Flores prit le temps de la réflexion. Velika l'impressionnait. Julo, depuis le début de l'affaire, était tiraillé par la même intuition, mais jamais il n'aurait osé l'exprimer.

— Si, concéda le lieutenant. Mais pourquoi mettre un homme devant le Red Corner ? Si Bambi13 doit commettre un nouveau crime, il y a peu de chances qu'elle prenne le risque de retourner là-bas ?

Petar cliqua nerveusement sur son ordinateur.

— T'as de ces questions, gamin ! Quand une bombe explose dans une poubelle, viens pas me demander pourquoi on poste un homme devant pendant une semaine, alors qu'il faudrait tomber sur le plus con des terroristes pour qu'il choisisse deux fois la même.

— Peut-être parce que si un terroriste débile le faisait, et qu'on n'avait pas surveillé la poubelle, ça apparaîtrait comme la pire des incompétences ? C'est humain, patron. On préfère toujours être accusé de zèle plutôt que de laxisme. C'est l'ironie du principe de précaution. Plus notre folie imagine des risques absurdes et plus notre raison invente des normes pour qu'ils ne se produisent jamais.

Petar dévisagea son adjoint avec stupéfaction.

— Salopard de petit génie, tu sais que je bloque sur cette histoire de poubelle depuis des années, et que tu viens de me l'expliquer comme si j'étais un gamin de CP ?

Julo haussa les épaules, indifférent au compliment.

— Elémentaire, patron. En attendant, votre Sherlock Holmes va continuer de s'amuser. J'aimerais en savoir plus sur ces foutus bracelets, sur ce que Valioni est allé faire à Essaouira, sur ces coquillages des Maldives.

— Ça attendra, Sherlock.

Julo avait déjà ôté une manche de sa veste. Il stoppa son geste.

— Ça te dit d'aller te dégourdir les jambes ? proposa Petar.

Le lieutenant Flores avait le sentiment tenace qu'à chaque fois qu'il abordait la question de Vogelzug, son patron détournait la conversation. Une simple coïncidence ? Il laissa traîner son regard sur le ventre de Petar qui boudinait sa chemise bleue.

— Vous me proposez un jogging sur le front de mer ?

Petar se leva d'un bond.

— Mieux que ça. Arrêter un gamin qui a pour plan de carrière de faire fortune dans le trafic de clandestins.

— Il fait quoi, ce gamin ?

— Rien !

— Comment ça, rien ?

Le commandant enfilait déjà son blouson.

— Cherche pas à comprendre, c'est de la prévention. (Il orienta son regard vers l'écusson bleu-blanc-rouge accroché au-dessus de la poutre.) Une sorte de cousin germain du principe de précaution.

Julo hésitait à suivre son supérieur, même si, visiblement, Petar ne lui laisserait pas le choix. Depuis qu'il était réveillé, il enchaînait tout ce qu'il détestait dans le métier. Parler de sang toute la matinée. Procéder à une arrestation arme au poing. Assister à une petite autopsie en fin de journée et ce serait complet ! Instinctivement, ses yeux glissèrent vers l'écran de l'ordinateur de son patron. La photographie d'une ville africaine était affichée en gros plan. Une ville plate et poussiéreuse qui donnait l'impression d'avoir été construite sur le sable, sans béton ni goudron.

— C'est où, patron ?

— Cotonou. Au Bénin. C'est de là que viennent la plupart des types qu'on a coincés hier. L'ambassade nous emmerde avec les papiers et…

— Je peux regarder ?

Julo se penchait déjà sur l'écran.

— Tu comptes passer tes vacances là-bas ?

Le lieutenant Flores ne répondit pas. Un détail l'intriguait. Un détail presque surréaliste. Sur le moment, il avait cru être victime d'une hallucination. Dans le paysage de Cotonou presque uniquement constitué de maisons basses, de toits de tôles et d'échafaudages de quelques étages, une tour, une seule tour écrasait la ville. Julo se tourna vers Ryan, qui apportait deux gilets de Kevlar bleus.

— C'est quoi, Ryan, ce monument ?

Le flic jeta un regard rapide.

— La tour de la BCEAO, je crois.

— La quoi ?

— La Banque centrale des Etats d'Afrique de l'Ouest. La banque du franc CFA. Huit pays, des millions de clients, la zone euro de l'Afrique de l'Ouest, si vous voulez... et les tours de la BCEAO en sont les cathédrales. Les seuls gratte-ciel des capitales. Elles dominent le paysage à Dakar, Abidjan, Ouagadougou, Bamako, Lomé, comme pour bien rappeler la puissance de l'argent aux crève-la-faim.

Le commandant interrompit le lieutenant El Fassi et se tourna, agacé, vers Julo.

— C'est quoi, gamin, ta nouvelle lubie ?

Julo ne releva même pas la tête. Penché sur l'ordinateur, il dirigeait la souris pour zoomer sur la photo. La tour de la BCEAO de Cotonou apparut en gros plan.

— Regardez, patron.

Petar regarda. Ryan aussi.

Nom de Dieu...

Les deux flics écarquillaient les mêmes yeux incrédules.

Le long de la tour de la BCEAO à Cotonou, on distinguait quatre lignes verticales blanches.

Julo zooma encore.

Cette fois, on repérait parfaitement les éléments de décoration qui ornaient les dix-sept étages de la tour de béton. Quatre lignes. Quatre fois treize coquillages géants. Les mêmes. Strictement les mêmes que ceux trouvés dans la poche de François Valioni.

Le doute n'était pas permis. Ces coquillages de quelques centimètres, censés provenir uniquement des Maldives, étaient reproduits en une cinquantaine de sculptures d'un mètre chacune, visibles partout de Cotonou.

— Merde, bougonna Petar en se tournant vers le lieutenant, c'est quoi ce bordel ?

— J'en sais rien, répondit Ryan en lançant les gilets de Kevlar. Mais si on ne part pas tout de suite pour la cité de l'Olympe, on va rater notre rendez-vous.

– 24 –

9 h 29

La main de Ruben Liberos se posa sur l'épaule de Leyli.

Trop tard.

La porte de la chambre 17 de l'hôtel Ibis de Port-de-Bouc était déjà entrouverte. Une douzaine d'yeux se posèrent sur Leyli, presque aussi surpris qu'elle.

Douze grands yeux blancs.

Quatre hommes, une femme et un adolescent. Un homme sortant de la douche torse nu, un autre penché sur une guitare, deux autres levant les yeux de leur livre. L'ado était assis de dos, la femme coiffait ses dreadlocks. Leyli reconnut Noura. Des Africains. Subsahariens. Une théière fumait sur la table de chevet

— Ma princesse du désert, fit Ruben dans son dos, je bénis ma fortune que ce soit vous qui découvriez mes protégés.

Leyli avança dans la pièce. Elle tenta de sourire à Noura, mais le regard de sa collègue de ménage glissa sur elle sans exprimer le moindre sentiment.

— Installez-vous, belle enfant.

On lui fit de la place sur l'un des deux lits de la chambre alors que Ruben s'expliquait.

— Le taux d'occupation de mon palais est très exactement de 58 %. Je vous cite les chiffres très sérieux établis par les grands argentiers de l'empire Accor. Il monte à 87 % l'été, et descend à moins de 30 % l'hiver. Cela représente en moyenne 27 lits dans 13 chambres vides chaque soir, une goutte d'eau parmi les plus de 500 000 chambres mises à disposition dans le monde par l'Empire. Alors ma belle, pensez-vous vraiment que Ruben Liberos pourrait laisser ses portes fermées alors que dorment dans la rue des centaines de voyageurs sans toit ? J'ouvre chaque soir mes chambres libres aux passagers du vent. Gratuitement, sans aucun engagement. Pour un soir. Une semaine. Aussi simplement qu'on partage un repas trop copieux avec un voisin qui a faim.

Leyli fixa Ruben, son costume anthracite, sa cravate noire, ses cheveux gris gominés. Qui aurait pu soupçonner que sa prestance élégante, ses habits impeccables dissimulaient l'étoffe d'un résistant ? Sûrement pas ses supérieurs de la chaîne Accor en tout cas ! Le gestionnaire de l'hôtel continuait de discourir. Leyli avait compris que sa mégalomanie de pacotille masquait une vraie timidité. Mythomane, baratineur, mais cette logorrhée servait de paravent à sa véritable nature. Un héros du quotidien. Il est plus facile de noyer la vérité dans un océan de mensonges.

— Par pitié, Leyli, ne me regardez pas ainsi avec vos yeux de gazelle ou je vais devoir mettre à la porte sur-le-champ tous nos amis rien que pour partager avec vous mon palais des mille et une chambres. Votre serviteur ne fait que son travail de salarié anonyme soucieux de la réputation de l'entreprise qui l'emploie. Héberger des hommes et des femmes en quête d'aide, partout dans le monde, même si elle ignore tout de mes… disons… mes petits arrangements. En 78, j'ai logé pendant un mois cinquante-trois familles cambodgiennes dans l'Ibis d'Hanoï. En 93, dans l'Ibis de Kigali, j'ai sauvé cent vingt-sept Tutsis qui…

Un petit homme, le plus âgé de tous, qui portait d'épaisses lunettes et un pantalon de toile beige dans lequel il flottait, l'interrompit.

— Il n'y a jamais eu d'hôtel Ibis à Kigali, mon frère. Ruben éclata de rire.

— Zahérine. Vieux crabe ! Sale ingrat. Je t'héberge au péril de ma réputation et tu me fais passer pour un affabulateur devant les deux plus belles filles que la terre d'Afrique ait portées.

Leyli et Noura sourirent.

Ruben continua d'expliquer qu'il offrait l'hospitalité aux migrants en fonction de ses disponibilités, qu'il ne connaissait généralement que dans la soirée. Sans jamais entasser les clandestins. Une famille par chambre, un homme ou une femme par lit, même si, le soir venu, il était fréquent que les fratries ou familles élargies se retrouvent dans une même chambre, ou dans le hall, pour discuter, chanter, jouer de la musique.

— Ou simplement écouter les histoires interminables de Ruben Liberos, fit l'homme à lunettes dont les yeux pétillaient de malice. Ce vieux fou ne nous accueille que pour avoir un auditoire chaque soir !

Ruben éclata encore de rire.

— Je comprends que le président Kérékou ait essayé dix fois de t'assassiner, vieille vermine immortelle.

Il se tourna vers Leyli.

— Vous connaissez déjà la très jolie Noura qui partage avec vous la responsabilité de faire briller de mille feux ce château. (Noura la gratifia d'un nouveau regard glacial.) Je vous présente mon ami. Un ami cher. Savorgnan Azannaï.

Savorgnan se leva. Il émanait de lui un mélange de sagesse dans son regard bleu-noir et de force féline dans la douceur presque féminine de ses gestes. Ce magnétisme des êtres d'exception, de Mandela à Obama.

— Tu es Leyli ? fit Savorgnan. Leyli Maal ?

— Oui, répondit-elle, surprise.

— J'ai rencontré ta fille hier. Bamby. Elle a hérité de ta beauté.

Savorgnan soutint le regard de Leyli. Un regard d'amitié dans lequel elle ne lut aucune ambiguïté. Une simple fraternité. Mais elle sentit aussi se planter dans son dos les yeux de Noura, tranchants de jalousie. La jeune fille était amoureuse de Savorgnan. Une amoureuse muette qui espérait sans doute que ses gestes parlent pour elle.

— Je connais mieux ton fils, continua Savorgnan, indifférent au langage corporel de Noura. J'ai souvent rencontré Alpha. Il nous a proposé son aide. On... on y réfléchit.

Leyli hésita à l'interroger davantage. Savorgnan avait laissé traîner ses derniers mots, « on y réfléchit ». Elle crut y déceler des points de suspension, « on attend d'y voir plus clair », « on se méfie ». Elle comprenait, sans rien savoir de leurs affaires. Alpha était un garçon ambitieux et déterminé. Droit et loyal, mais ne laissant personne d'autre que lui tracer la frontière entre le bien et le mal. Peut-être parce qu'il aimait vivre en funambule sur cette ligne. Avec intelligence souvent, avec violence parfois.

Un bref silence enveloppa la pièce. Leyli en profita pour scruter chaque détail de la chambre 17. Les cigarettes écrasées dans un cendrier, les bouteilles de bière vides et les cartons de pizza ouverts, quelques coquillages dans un bol de verre. La théière continuait de fumer sur la table de chevet, une tasse était posée près de chaque homme. Un bracelet bleu ornait le poignet du guitariste. Celui au poignet de l'ado était rouge. Zahérine n'en portait aucun, pas davantage que Savorgnan. Leyli remarqua sa bague à l'annulaire.

Une alliance.

Elle réalisait qu'à part Noura et l'ado, les occupants de la pièce avaient tous plus de trente ans. Pourtant, elle ne voyait dans la pièce aucun objet pouvant rappeler la présence d'un enfant.

— Et vos familles ? demanda-t-elle.

Savorgnan porta le thé à ses lèvres.

— On tente tous de les faire passer. On vient tous d'arriver, tu sais. Assieds-toi et regarde.

Le Béninois sortit de son portefeuille une photographie. Il posait à côté d'une fille rayonnante aux longs cheveux lissés et deux enfants de moins de huit ans.

— Babila, ma femme, elle est infirmière. Keyvann, mon fils, est dingue de trains. Il rêve de conduire un jour un TGV. Safy, c'est ma petite princesse. Elle veut ouvrir une boutique de mode, un salon de coiffure, n'importe quoi pour aider à rendre les femmes plus belles.

Noura se leva brusquement. Elle semblait avoir du mal à supporter le regard attendri de Savorgnan sur sa famille. Elle attrapa le balai dans la penderie, fixa Leyli et avança vers la porte en claquant des talons, pour bien faire comprendre qu'elle n'était pas payée à regarder des photos sur un lit en buvant du thé.

Ruben intervint calmement.

— On a le temps, Noura. Tout le temps. La poussière se pose plus vite sur nos cœurs que sur les meubles.

Elle haussa les épaules et sortit. L'atmosphère parut soudain apaisée. Leyli se tourna vers Savorgnan.

— C'est dangereux, non, de les faire passer ?

181

Il sourit et s'exprima comme s'il était le porte-parole des trois autres hommes.

— Imagine, Leyli. Imagine. Même si j'obtenais des papiers. Même si j'obtenais un vrai travail, avec une carte de séjour officielle. Sais-tu combien de temps il faut pour faire venir sa famille ?

Leyli ne répondit pas.

— Une vie, peut-être. Obtenir un visa prend quelques jours pour un Canadien, un Suisse, un Japonais, mais une vie souvent n'y suffit pas pour une famille africaine. Raconte, Darius. Raconte.

L'homme assis sur le lit posa son livre. Il était âgé d'une cinquantaine d'années.

— J'accompagne mes frères ici, mais je ne suis pas clandestin. Je vis en France depuis sept ans maintenant. Ma femme et mes quatre enfants sont restés au Togo. Je travaille à l'entrepôt de la Régie des transports de Marseille, je gagne 1 200 euros par mois, c'est le salaire minimum pour effectuer une demande de regroupement familial à la préfecture. Mais il existe une seconde condition pour accueillir sa famille : posséder un logement d'au moins dix mètres carrés par personne, y compris les enfants. J'essaye depuis des années d'obtenir un logement d'au moins soixante mètres carrés, même s'il me coûte les trois quarts de ma paye. Mais qui voudrait louer un T3 à un smicard célibataire ?

Savorgnan avait tiré la théière vers le centre de la pièce. Ils étaient tous assis sur les deux lits, tels des étudiants refaisant le monde dans une chambre du Crous. L'homme le plus âgé, Zahérine, continua.

— Les Français sont malins. Ils ne refusent pas à nos femmes et nos enfants de venir, ils nous ouvrent les bras, ils nous aiment tellement qu'ils veulent nous accueillir décemment. Il suffit ensuite aux enquêteurs de décider que le nombre de pièces du logement pour notre famille n'est pas suffisant, ou la plomberie trop ancienne, la douche trop froide, le grenier trop humide, l'escalier trop raide. (Les yeux de Zahérine brillaient derrière ses lunettes.) N'est-ce pas délicieusement combiné, Leyli ? Refuser à nos familles le droit de vivre ensemble, au prétexte qu'elles mériteraient un confort qu'elles n'ont jamais connu ; un confort qu'elles n'espèrent même pas ?

Après un court silence, Savorgnan renchérit :

— Les enquêteurs sont désignés par les mairies. Quelle mairie voudrait s'encombrer de familles étrangères qui ne votent même pas ? Ils se refilent les mistigris... Trente-six mille communes... L'Etat français a explosé ses droits de l'homme en trente-six mille morceaux.

Ruben se pencha vers la table de chevet au centre de la pièce.

— Aux droits de l'homme, fit-il. Et à ceux qui y croient encore.

Il sortit de sa poche une fiole de Licor 43 et en proposa aux hommes. Savorgnan refusa mais les trois autres acceptèrent.

— Mes amis, fit Ruben, je lève mon verre à cette terre d'asile que fut la France, à cette terre d'asile qui m'accueillit en 71 quand je fuyais Franco, qui accueillit mes frères polonais en 1848, mes frères arméniens en 1915, mes frères russes en 1917, mes frères portugais, grecs et cambodgiens après moi. A cette terre qui la première au monde inscrivit dans sa constitution de 1793 le devoir d'asile aux peuples opprimés de la terre.

Il but sa tasse cul sec, puis la retourna.

Vide.

Zahérine vida lui aussi sa tasse, puis commença à se débraguetter tout en se dirigeant vers les toilettes.

— Eh bien moi je vais pisser sur cette terre qui a su se rendre si inhospitalière, même envers ses frères francophones africains qui pourtant l'aiment tant. Cette terre qui traite en hors-la-loi les trois cent mille réfugiés qui survivent en France, pendant que l'Espagne, l'Italie ou l'Allemagne en régularisent plusieurs millions. Sur cette France qui vieillit et qui n'arrive plus à payer les retraites et les soins des personnes âgées, qui demandera à ses habitants de travailler jusqu'à soixante-dix ans, alors qu'à sa porte, les pays africains ne savent pas quoi faire de leurs jeunes désœuvrés.

Zahérine disparut dans les toilettes. Savorgnan posa sa tasse de thé et prit le relais. Il s'adressa à Leyli comme si elle était responsable des lois sur l'immigration. Elle n'osa pas répondre, pourtant. C'était rare, si rare, d'évoquer ces questions. Elle les vivait mais n'en discutait jamais. Avec personne. Les travailleurs étrangers comme elle étaient isolés. Se levaient tôt. Rentraient tard. Erraient dans les bureaux déserts. S'enfermaient dans le silence des premiers et derniers RER. Avaient d'autres soucis que de philosopher. Si éloignés, pensa Leyli, des damnés de la terre de ses romans préférés, de Zola ou de Steinbeck, se serrant les coudes, se syndiquant, défilant dans les rues. Aujourd'hui, les travailleurs immigrés formaient une internationale éclatée. Tellement plus facile à exploiter. Tout cela trottait dans la tête de Leyli sans qu'elle ose l'exprimer. Elle écoutait.

— Nous ne venons pas voler les richesses des Français, expliqua Savorgnan en agitant les mains. Ni même leur demander de les partager. Nous venons les créer, travailler, consommer, nous marier, faire des enfants. Nous voulons juste la liberté. De quoi ont-ils peur ? Que tout le monde s'engouffre s'ils entrouvrent la porte ? Mais qu'est-ce qu'ils croient ? Le temps des migrations est terminé ! Presque plus personne n'a les moyens de voyager. Les miséreux, les incultes sont attachés à leur coin de terre. Prisonniers de leur solidarité de quartier. Au pire, ils traverseront une frontière vers un pays plus pauvre encore pour fuir une guerre ou une famine.

Assis sur le lit près de la fenêtre, Whisley jouait doucement de la guitare, accompagnant la longue complainte de Savorgnan.

— Les candidats au grand départ sont rares, Leyli. Ceux qui traversent la terre entière ne sont pas des hordes d'affamés jetés sur les routes, ce sont les audacieux, les ambitieux, les inconscients, les désespérés, les bannis, les fous, les rêveurs. Les libres. Presque jamais les femmes. Rarement les pères de famille. De plus en plus souvent les enfants.

Savorgnan se tut enfin, baissant des yeux embués vers la photographie de Babila, Safy et Keyvann.

— Les fous, répéta-t-il lentement.

Zahérine sortait des toilettes. Ruben en profita pour verser le reste de sa fiole dans les tasses devant lui. Tous les hommes en prirent, même Savorgnan cette fois. L'ado s'était reculé, comme indifférent à la conversation, et chantonnait en bambara au rythme de la guitare de Whisley.

— Tous les pays du monde ont signé les conventions des droits de l'enfant, fit Zahérine en prenant à nouveau Leyli à témoin, mais dès qu'il s'agit d'un mineur entré clandestinement, un gamin qui risquera d'aggraver les déficits publics parce qu'il faudra s'en occuper jusqu'à sa majorité, on s'assoit sur ses droits. On s'arrange pour lui trouver un pays dans lequel le réexpédier, une famille approximative, et à défaut, on le laisse traîner hors des foyers histoire que la rue se charge de son éducation. On l'expulse dès sa majorité, à quinze ans, en considérant qu'il ment forcément sur son âge.

Un long silence emplit la pièce. Ruben retourna sa fiole mais elle était vide. Les trois Béninois burent la dernière gorgée de leur tasse. Leyli en profita pour se lever. Aspirateur en main. Zahérine la retint.

— Tu vois, Leyli, notre seule force, c'est qu'ils ne pourront jamais se passer de nous. (Il se tourna vers Ruben.) Je ne dis pas ça pour toi, vieux fou, tu n'es qu'un tout petit exploiteur qui soulage sa conscience en nous invitant à boire sans même avoir plus d'un litre de mauvaise gnôle espagnole à nous offrir. (Ruben éclata une fois de plus de rire.) Je dis cela pour l'Homo mégapolitas, l'arpenteur radieux des grandes villes riches de la planète. L'Homo mégapolitas aura toujours besoin de nous pour faire les 3D, comme disent les Américains, *dirty, dangerous, dull*. Qui pourrait nous remplacer ? Qui en aurait envie, du moment que nous sommes invisibles ? Du moment que nous restons des fantômes mais que les rues des grandes villes sont propres au matin, les poubelles vides et que les vitres des tours brillent. Du moment que, lorsque le jour se lève, les animaux nuisibles, ceux sans qui aucun éco-système ne pourrait survivre, rentrent dans leur terrier.

Leyli fit un pas vers la porte. Ajusta son foulard. Son tablier. Le courage, elle l'avait eu. Il y a longtemps. Son stock était épuisé.

Elle sortit.

Quelques instants plus tard, un bruit d'aspirateur recouvrit celui de la guitare de Whisley. Dans le couloir, elle croisa Noura les bras chargés de draps. La jeune métisse ne leva pas la tête. Perdue dans la musique qui grésillait de ses écouteurs, elle ne sembla pas remarquer sa présence, ni même entendre le son de l'aspirateur.

Leyli la dépassa. Une expression continuait de trotter dans sa tête.

L'internationale éclatée.

– 25 –

12 h 03

Tidiane n'était pas parvenu à grimper tout en haut de l'oranger. Mais presque ! Il avait du mal à calculer en mètres, alors il se repérait aux immeubles Arès et Athéna. Il s'était hissé bien au-dessus du deuxième étage. Installé à califourchon sur une branche solide.

Comme pour s'approcher du soleil, même s'il prenait soin de rester à l'ombre des feuilles ; il n'était pas aussi stupide que cet idiot d'Icare dont maman lui avait lu l'histoire.

Le plus difficile n'avait pas été de se hisser dans l'arbre, mais de le faire sans que papi Moussa ou mamie Marème le voient. Il avait attendu l'heure exacte où ses grands-parents s'asseyaient dans le canapé pour regarder la télé. A croire qu'Alpha avait tout calculé. Alpha était rusé ! Le plus rusé de tous.

De son observatoire, Tidiane pouvait surveiller toute l'avenue Pasteur et toute l'avenue Jaurès, jusqu'à l'université, la mer beaucoup plus loin, et s'il regardait entre ses pieds, il voyait le crâne d'Alpha, au pied de l'oranger.

Tu siffleras, Tidy, lui avait demandé Alpha. *Tu siffleras si tu vois plus d'une voiture se garer dans le quartier.*

Tidiane adorait quand Alpha l'appelait Tidy.

Tu siffleras et j'entendrai.

Tidiane ne se souvenait plus s'il savait siffler.

Tidiane avait l'impression d'avoir attendu une éternité quand il aperçut les deux fourgonnettes déboucher du rond-point de l'avenue Pasteur. Il remarqua d'abord qu'elles étaient jumelles. Puis qu'elles ralentissaient. Enfin qu'elles étaient surmontées d'un gyrophare. Non allumé.

Des flics. Deux camionnettes de flics !

Heureusement, calcula Tidiane à la vitesse de la lumière, il leur faudrait deux bonnes minutes pour se garer, faire le tour des bâtiments Arès et Apollon, parvenir dans la cour de la cité de l'Olympe. Il s'efforça de ne pas paniquer. Il plaça ses doigts dans sa bouche, comme le lui avait appris Alpha l'été dernier, alors qu'ils étaient assis sur le quai du port et regardaient les filles en jupe passer. Tidiane sifflait. Les filles se retournaient, en colère. Alpha riait, Tidiane baissait les yeux. Les filles finissaient par rire aussi.

Un long sifflet, strident et puissant, retentit, au point que Tidiane eut l'impression que les branches de l'oranger en tremblaient.

Il avait réussi !

Il baissa la tête.

Alpha n'avait pas bougé.

Tout autour, les flics s'étaient déployés. Un type suant sous son blouson de cuir, plutôt petit et costaud, les commandait. Ils semblaient être six, mais Tidiane ne les avait peut-être pas tous comptés. Ils commençaient à contourner les bâtiments. S'ils pénétraient des deux côtés de la cour, ensemble, Alpha serait coincé.

Très vite, Tidiane lâcha la branche pour à nouveau coincer ses doigts entre ses lèvres. Trop vite. Il sentit ses jambes glisser, râper l'écorce rugueuse de l'oranger. Il crut tomber. Il s'était approché trop près du soleil, comme Icare.

Il se rattrapa d'un réflexe, serrant la branche à l'aide de ses deux mains en tenaille. Il rétablit son équilibre, appuya son dos fermement contre le tronc tout en maudissant la précieuse seconde perdue. La suivante, il sifflait plus fort encore, à en rendre jaloux tous les oiseaux du quartier.

Quelques voisins s'avancèrent aux balcons de l'immeuble Poséidon. A cause de son sifflement, ou à cause de l'agitation inhabituelle provoquée par les policiers ?

Alpha n'avait toujours pas bougé.

Peut-être qu'il n'avait pas entendu ?

Peut-être que Tidiane n'avait pas sifflé assez fort ?

Peut-être qu'il avait sifflé trop tard, et qu'Alpha avait compris que c'était foutu...

Tidiane allait rester de longues heures, de longs jours avec ces questions dans la tête.

Trop tard.

C'était foutu.

Les flics débarquaient à chaque angle de la cour fermée. Alpha était tout seul contre le tronc de l'oranger, comme le premier prisonnier attrapé aux gendarmes et aux voleurs, que personne ne va se fatiguer à venir délivrer.

Tidiane hésita à siffler une troisième fois, mais il savait que ça ne changerait rien maintenant. Son frère avait les flics en point de mire. S'il sifflait, les flics lèveraient les yeux, les voisins se tourneraient vers lui, papi et mamie, eux aussi, sortiraient. Peut-être.

Tidiane guettait maintenant le balcon du deuxième de l'immeuble Poséidon, à hauteur de sa cabane.

Il n'avait pas envie qu'Alpha se fasse arrêter. Il avait encore moins envie que papi et mamie voient Alpha se faire arrêter.

Pourquoi les flics arrêtaient-ils son grand frère, d'ailleurs ?

Une histoire de drogue ? Bizarre, Alpha lui avait toujours fait la morale avec ça. Mais peut-être qu'il se contentait de la vendre et n'y touchait pas.

Deux flics braquèrent Alpha, le gros trempé sous son cuir et un Arabe. Alpha ne bougea pas. Il se contenta de lever les mains en l'air.

Ça rassura un peu Tidiane.

Ils allaient embarquer Alpha, l'interroger, le garder. Son grand frère était malin. Demain, il serait sorti. S'il s'était laissé prendre, c'est qu'il n'avait rien à se reprocher.

Alors qu'Alpha traversait la cour, menotté, encadré par deux flics avec des gilets pare-balles bleus au-dessus de leurs chemises, Tidiane ne pensait plus qu'à cela. Alpha s'était laissé prendre. Il l'avait fait exprès.

L'instant d'après, il se disait que ça n'avait pas de sens, qu'il imaginait ça pour ne pas admettre qu'il n'avait pas su faire le guet, qu'il n'avait pas sifflé comme il le fallait, qu'il avait été nul pour la première mission d'homme que son grand frère lui avait confiée.

Alpha entrait dans l'une des fourgonnettes des flics. Sans résister.

Les rideaux du balcon de papi Moussa et mamie Marème n'avaient pas bougé.

Tidiane frissonnait.

Il ressentit une énorme boule au ventre lorsqu'il vit disparaître les deux véhicules jumeaux au bout de l'avenue Pasteur. Une envie de pleurer plus forte que lui. Comme lorsqu'on ne peut plus se retenir de faire pipi.

Il ne serait jamais Tidy. Juste Tidiane. Un bébé.

Il ne serait jamais comme Alpha.

Si Alpha s'était laissé prendre, c'est qu'il l'avait bien voulu. Comme dans les films. Il avait un plan. Alpha était plus malin que tous les flics réunis. Alpha lui avait dit qu'il allait gagner de l'argent, beaucoup d'argent. Plus encore qu'avec le trésor maudit, celui qu'avait caché maman.

26

14 h 52

Le soleil se levait sur les dunes de sable, le grain des courbes douces rappelait celui d'une peau dorée. On pouvait reconnaître dans les collines éphémères du désert la cambrure d'un dos, le relief d'une poitrine, l'arrondi d'une fesse. C'était sans doute l'intention de l'anonyme photographe auteur de ce poster accroché dans la salle du petit déjeuner de l'Ibis de Port-de-Bouc. Dans le ciel rouge s'envolait un nuage d'oiseaux migrateurs.

Après avoir ramassé les restes de croissants, de beurre et de confiture collés, Leyli s'attarda quelques instants sur l'affiche. Presque par réflexe, elle chaussa ses lunettes de soleil. Rondes. Jaunes. Un smiley joyeux peint sur chaque verre.

La pièce devint soudain plus sombre. Elle n'entendit pas Ruben Liberos avancer derrière elle.

— Souvenir du désert de Nubie, fit le gérant de l'hôtel. Tous les voyageurs qui festoient ici sont fascinés par la sensualité des dunes, et aucun ne remarque les oiseaux qui se confondent avec le ciel. Des ibis sacrés ! Une petite plaisanterie privée qui m'a amusé… Et aussi un petit coup de main à ces pauvres ibis, vénérés pendant l'Antiquité par les Egyptiens, et aujourd'hui accusés en France d'être une espèce invasive venant voler les nids des autres oiseaux, détruisant les pontes, tuant les poussins, en particulier ceux de nos flamants bien roses.

— C'est vrai ?

— C'est ce qu'on prétend... A deux pas d'ici, en Camargue, comme partout ailleurs en France, des agents des parcs soucieux de conserver notre patrimoine naturel abattent les ibis qui tentent de migrer dans nos marais.

Ils demeurèrent côte à côte à observer le poster, puis Ruben se tourna vers Leyli.

— Mon infatigable sultane, pourriez-vous prendre votre service plus tôt demain matin ? Vers 6 heures. Exceptionnellement. Noura m'a demandé sa matinée.

Leyli réfléchit. Elle releva ses lunettes jaune smiley sur ses cheveux.

— Je dois conduire Tidiane à l'école. Le réveiller. Lui préparer son petit déjeuner...

— Je comprends, ma princesse, je comprends.

Ruben n'était pas du genre à insister. Leyli n'avait pas une envie folle de rendre ce service à Noura, mais elle repensait à la conversation de la chambre 17. L'internationale éclatée.

— Je peux m'arranger, finit-elle par concéder. Le papi de Tidiane viendra le chercher ce soir après le dîner pour qu'il dorme chez lui, et ses grands-parents s'occuperont de lui demain matin. Je lui envoie un SMS.

— Merc... commença à balbutier Ruben.

La fin du mot se bloqua dans sa gorge.

Leyli avait pâli. Ses yeux fixaient l'écran de son portable.

— Alpha, fit-elle. Alpha, mon grand. Il s'est fait arrêter. Il y a quelques minutes. Devant l'appartement de ses grands-parents. Mon père l'a vu menotté, se faire embarquer dans un fourgon et...

Ruben posa une main sur l'épaule de Leyli.

— Ce n'est rien. Ce n'est rien.

Devant le visage décomposé de sa salariée, il tenta de plaisanter.

— Il n'a rien fait de mal. Les policiers le relâcheront. Au pire, s'il est victime d'une erreur judiciaire, il s'évadera. Vous ai-je raconté, ma Pénélope inquiète, comment, en 74, je me suis évadé de la prison de Bang Kwang à Bangkok, après un invraisemblable quiproquo qui...

— Ça suffit !

Leyli avait crié. Des larmes perlaient sous ses yeux, laissant des traces sombres sur ses joues.

— Taisez-vous, Ruben. Taisez-vous.

Le gérant de l'hôtel invita Leyli à s'asseoir. Ils demeurèrent ainsi longtemps, silencieux. Seuls résonnaient les pas de Noura, active et bruyante. Et les reniflements de Leyli, dans les serviettes en papier estampillées Ibis que Ruben lui avait tendues.

— Je suis désolé, fit enfin le gérant.

— Non, c'est moi qui le suis. Désolée d'avoir crié. Vous êtes le patron le plus gentil que j'aie jamais rencontré.

— C'est toujours ce que disent mes salariées avant que j'essaye de les embrasser.

Leyli sourit. Ruben avait vingt ans de plus qu'elle. Il n'était pas sérieux. Du moins, Leyli s'en persuadait. Ruben avait trop d'élégance pour cela, l'élégance des garçons polis et timides au lycée. La délicatesse des puceaux.

— Ensuite, lorsqu'elles ont refusé, elles se fâchent rarement. Elles sont plutôt flattées, et rassurées de constater que je ne suis pas vexé. Alors, presque à chaque fois, je deviens leur confident. En particulier pour les femmes désespérées ! Savez-vous que j'ai été le confident de Marilyn lorsque je tenais le Palomar à West Los Angeles, quelques heures avant son suicide ? Ainsi que de Jean Seberg... de Dalida... de Romy Schneider (il marqua une courte hésitation)... de Cléopâtre.

Leyli esquissa un nouveau sourire. Cette fois, Ruben lui prit la main.

— Leyli, je vous propose de sauter par-dessus l'étape où je tente de vous embrasser et où vous refusez. Vous ne m'en voulez pas si nous nous dispensons de ces préliminaires stupides entre une fille et un garçon avant qu'ils ne deviennent vraiment amis ? Confiez-vous, Leyli. Confiez-vous à moi si vous le désirez. Tout le monde croit que mon sport favori est de raconter les histoires. C'est faux. Je radote, je raconte toujours les mêmes. Ce que j'aime, plus que tout, c'est les écouter.

Leyli serra plus fort encore sa main. Elle attendit que les pas de Noura s'éloignent dans le couloir.

— Alors écoutez, mon confident. Ecoutez et ne le répétez jamais à personne.

Le récit de Leyli
Quatrième chapitre

<◦>><<◦>><<◦>><<◦>><<◦>

J'étais seule. Seule et aveugle. Cachée dans cette chambre sicilienne puante d'Agrigente. Tous mes amis, tous les cousins de Ségou avaient été repris par les carabiniers et allaient être renvoyés au Mali. J'avais le choix entre me laisser mourir ou me rendre à la police, lorsque la porte s'est ouverte et qu'une main s'est tendue.

Il ne faut plus avoir peur, mademoiselle.

Adil.

Il s'appelait Adil Zairi.

Toutes les phrases suivantes qu'il prononça contenaient les mots « trop belle ». Il parlait de moi. Trop belle pour mourir. Trop belle pour rester là. Trop belle pour qu'il ne tombe pas amoureux. Adil me le répéta par la suite des dizaines de fois. Il m'avait aimée au premier regard. Au fil des nuits, il trouva d'autres images, un petit oiseau malade, un chaton abandonné, une sirène échouée, mais il revenait toujours au point de départ. Ma beauté.

Adil avait été prévenu par des voisins, il logeait en dessous, il avait entendu la rumeur sur le palier, une femme vivait au troisième, abandonnée. Adil était monté.

Il ne s'attendait pas, évidemment, à ce que je sois aveugle. Il l'a compris dès que j'ai tourné mes yeux vides en direction de sa voix. Je crois que moi aussi, je suis très vite tombée amoureuse de lui. Pas seulement parce qu'il était mon unique bouée dans ma nuit noire. Bien au contraire, j'étais méfiante, une tigresse insensible aux promesses, une chouette qu'un chuchotement effarouchait. Je crois que je suis tombée amoureuse de lui parce qu'il a eu la force de plaisanter. J'aurais dû faire pitié, et lui se traînait à mes pieds.

— Vous êtes vraiment aveugle ? m'a-t-il très vite demandé. Vous ne voyez réellement rien ?

Quand j'ai murmuré un « Oui » craintif, il m'a répondu par le dernier des mots auquel je m'attendais.
Ouf.

Je vous jure que c'est le mot qu'il a prononcé, Ruben.

Ouf.

Il l'a répété de sa voix chantante, *Ouf*, avant d'ajouter : *Vous ne vous apercevrez jamais à quel point je suis laid !*

J'ai éclaté de rire, mais il ne plaisantait pas. Pas vraiment. Il y revint souvent dans les mois qui suivirent. Il n'était pas beau, m'affirmait-il, alors sa seule chance de coucher avec la fille de ses rêves était qu'elle soit aveugle ! Il glissait ses doigts le long de mes cuisses, de mes seins, de mon dos, en me répétant à l'infini qu'ils étaient parfaits. J'aimais. J'aimais aussi caresser son visage que je ne trouvais pas plus disgracieux qu'un autre, son ventre que je ne trouvais pas plus mou, son sexe que je ne trouvais pas moins dur.

Pourtant, il m'avait dit un soir : « Si tu retrouves la vue un jour, alors tu me quitteras. » C'était quelques semaines après notre rencontre, là encore, j'étais persuadée qu'il plaisantait.

Adil était français. Il travaillait dans une association qui aidait les réfugiés, il voyageait beaucoup autour de la Méditerranée. Je le suivais partout. Je l'attendais dans des chambres d'hôtel. Je ne faisais rien d'autre que de l'attendre, à Beyrouth, Nicosie, Athènes, Bari, Tripoli. Il me quittait au matin après m'avoir fait l'amour, sans presque toucher au petit déjeuner que je mettais la journée entière à picorer. Il revenait le soir. Il parlait peu. Curieusement, c'est moi qui lui racontais ma journée où il ne se passait rien, lui parlais de ces villes que je ne voyais pas, que je ne devinais, ne comprenais, qu'aux sons de la rue.

Il parlait peu et il m'aimait beaucoup. Du moins, il m'aimait souvent. Les femmes ont tendance à confondre les deux. Pas les hommes.

Un soir où nous dormions dans une chambre au-dessus du port d'Oran, alors qu'il était en train de lire silencieusement le journal et que j'écoutais les cris des vendeurs de fruits sur le front de mer, il s'est arrêté.

— Ecoute cela, chaton.

Jamais Adil ne me lisait quoi que ce soit. Il n'aimait pas ça. La lecture me manquait tant pourtant. Souvent, je repensais à mes contes et légendes de la case, je les récitais en boucle dans ma tête. J'aurais adoré qu'Adil me lise des histoires dans le noir, comme le faisait mon papa à Ségou. Adil préférait me faire l'amour. C'était normal, j'étais sa femme. Si nous avions un jour un enfant, peut-être les lirait-il à notre fille.

— Ecoute, chaton.

Ce soir-là, il m'a lu un long article scientifique qui parlait des opérations de la cornée, ces greffes qui permettent de retrouver la vue. D'après l'article, c'était de plus en plus courant, au nord comme au sud de la Méditerranée. On a par la suite vérifié la compatibilité de l'opération avec ma cécité. C'était possible, une opération presque bénigne. Quelques jours d'hospitalisation.

Je n'arrivais pas à y croire. C'était une sorte de miracle que je ne pouvais même pas me représenter. Comme si on venait de me proposer une potion d'immortalité. Je me suis blottie contre Adil. Le simple fait qu'il me parle de cette possibilité était la plus belle preuve d'amour qu'il m'ait jamais offerte.

— Tu n'as plus peur que je te quitte si je retrouve la vue ? ai-je dit en caressant son torse, lentement, pour qu'il comprenne à quel point je connaissais par cœur chaque centimètre de son corps.

Il m'a embrassée.

— Je t'ai menti depuis le début, mon oisillon. C'était une ruse pour te séduire. En vrai, je suis le sosie de Richard Gere !

J'ai ri. Adil me faisait souvent rire, même si je ne savais pas à quoi ressemblait cet acteur dont j'avais seulement entendu parler à la radio. Mes doigts continuaient de descendre le long de son torse. Je crois que je connaissais la disposition de chacun de ses poils et que s'il s'en était arraché un seul, je m'en serais rendu compte. Puis j'ai posé la question maudite.

— Elle coûte combien, cette opération ?

— Trente mille francs. Un peu moins au Maroc, si on paye en dirhams.

Une fortune. Des années de salaire. Moi qui n'avais jamais gagné le moindre argent de ma vie... Mes doigts avaient atteint le sexe d'Adil. Ce soir-là, il ne bandait pas.

— On oublie, chéri, ai-je murmuré, chamboulée. On oublie.

Nous n'en avons jamais reparlé. Dans les semaines qui ont suivi, de plus en plus souvent, je sortais de la chambre. La nuit tombée surtout. Je dînais avec des amis d'Adil, des collègues, ou nous allions boire un verre au bar tous les deux, fumer une cigarette face à la mer. Un soir, c'était à Sousse je crois, quand nous sommes remontés dans la chambre, Adil m'a serrée dans ses bras. Il sentait fort la boukha, cet alcool de figues tunisien. Je n'aimais pas ça, je ne buvais presque jamais, je me sentais perdue, oppressée, vulnérable dès que l'alcool anesthésiait mes sensations. Mon ouïe, mon odorat.

— Sami te trouve très belle.

Sami était un armateur franco-tunisien. Il employait des dizaines de salariés. Il était drôle, riche, sans doute séduisant.

— Il...

Adil m'a serrée plus fort encore dans ses bras avant de continuer.

— Il m'a proposé 2 000 dinars pour coucher avec toi.

Sur le moment, je n'ai pas compris qu'Adil ne plaisantait pas. J'ai ri, comme d'habitude Adil n'a pas insisté. J'ai oublié. Adil a attendu quelques semaines pour évoquer à nouveau la proposition. Nous étions toujours à Sousse. Adil avait trouvé un poste fixe dans son association, il travaillait avec le consulat sur la régularisation des réfugiés. Il ne m'en disait presque rien.

— Sami m'a reparlé de toi. Il est prêt à t'offrir 3 500 dinars.

J'étais assise sur le lit. Par la fenêtre, on entendait les mouettes voler autour des bateaux. Cette fois, j'ai compris qu'Adil était sérieux.

— Je ne peux pas t'empêcher de laisser passer cette chance, a balbutié Adil.

Sur le coup, je n'ai pas saisi. Il a fallu qu'il m'explique.

— Tu peux retrouver la vue, Leyli ! C'est aussi simple que cela. Tu peux retrouver la vue dans quelques mois, dans quelques années peut-être. L'opération de la cornée coûte une fortune, nous le savons tous les deux. Mais... mais beaucoup d'hommes sont prêts à payer cette fortune pour coucher avec toi.

Je pleurais. Adil aussi. C'était la première fois.

— Je veux que tu sois heureuse, répétait Adil. Je veux que tu aies une vie normale.

— Je ne peux pas, Adil. Je ne peux pas.

Il a marqué un long silence.

— Fais-le pour moi alors, Leyli. Fais-le pour nous. Je veux qu'un jour, Leyli, tu découvres mon visage. Je veux lire dans tes yeux que tu me trouves beau.

Je l'ai fait pour Adil. Je vous le jure, Ruben, je l'ai fait pour Adil. Par amour. Tout se bousculait dans ma tête. Si je retrouvais la vue, je ne serais plus une charge pour lui. Son amour était si bouleversant. Me laisser coucher avec d'autres hommes, faire fi de sa jalousie pour mon bonheur, mon seul bonheur, mon bonheur égoïste. Aurais-je été moi-même capable d'un tel sacrifice ? Non, sans doute pas. Jamais je n'aurais accepté qu'Adil couche avec d'autres femmes, même si sa vie en dépendait. Du moins je le pensais.

J'ai couché avec Sami le lendemain. J'ai recommencé trois fois dans la semaine. Puis Sami s'est lassé, il est parti régler des affaires ailleurs, mais Adil m'a rassurée. J'étais si belle. Il trouverait d'autres amis, d'autres collègues, d'autres voisins, pour payer.

Jamais il n'utilisa le mot client.

Il les trouva.

Ils payèrent.

Combien exactement, je ne savais pas. Entre mes doigts, un billet ressemblait à un autre billet, et le plus souvent, les amis d'Adil le payaient avant. J'essayais de tenir les comptes dans ma tête, dix fois 1 000 dinars, vingt fois 50 francs, trente fois 100 dollars. J'essayais de calculer combien de temps durerait cet enfer.

Adil était jaloux. Je passais des heures à le caresser et le rassurer. *Ton torse est plus ferme, Adil. Ton nez, plus fin. Ta peau, plus sucrée.* J'insistais pour qu'il m'organise des rencontres avec toujours les mêmes amis. C'est ainsi que nous appelions cela, des rencontres. Quelques amis seulement, ceux qui payent bien, disais-je à Adil, mais en réalité, c'était parce que je préférais me laisser toucher par des hommes que je connaissais. Je détestais me donner à un inconnu. Je devais surmonter une incontrôlable frayeur à chaque nouvelle rencontre, alors que les réguliers, j'apprenais à les apprivoiser.

Je parlais un peu, et surtout, je les faisais parler. Je crois que c'est ce qu'ils préféraient au final. Se confier. Peut-être que je me fais des illusions sur les hommes, peut-être qu'ils n'en avaient qu'après mes fesses et mes seins dont je peinais à croire qu'ils puissent être aussi désirables que ceux de Naomi Campbell ou de Katoucha Niane, les seuls dont je conservais la mémoire.

Mais une chose est certaine, Ruben, même si éterniser les discussions était une stratégie pour retarder le moment où ils me toucheraient, me retoucheraient, ils me parlaient. Me racontaient leur vie. Leurs femmes. Leurs gosses. Leurs peurs. Leur solitude. Comme des bébés, après m'avoir fait l'amour.

Au début, je retenais tout. Puis, quand tout a commencé à se mélanger, j'ai essayé d'imaginer comment je pouvais aider ma mémoire. Impossible de prendre des notes, et encore moins de les relire, alors j'ai eu l'idée de demander à Nadia. Elle était serveuse au bar de l'Hannibal, l'hôtel où l'on organisait la plupart des rencontres. Adil louait une grande chambre qui donnait sur le marché, pour que j'en entende la vie toute la journée, avait-il précisé en m'embrassant. C'est à ce genre d'attention que je savais qu'Adil m'aimait. Plus que tout. Malgré mon corps souillé.

J'ai demandé à Nadia d'acheter un petit cahier, et quelquefois, après les rencontres, je lui dictais les confidences de mes amants. Ils ne me confiaient jamais leur nom, mais je connaissais leur prénom, celui de leur femme, de leurs enfants, leurs phobies, leurs fantasmes, leurs rêves. Nadia notait tout, et quand je le lui demandais, me les relisait. Elle aimait bien se moquer des hommes, elle élevait seule sa fille de quelques mois. Elle était la seule à partager le secret de ce cahier que je gardais toujours sur moi. Il était devenu une sorte d'obsession. Puisque jamais je ne saurais à quoi ressemblaient ces hommes avec qui j'avais couché, je voulais tout connaître d'eux.

Je l'ai toujours. Aux Aigues Douces, sous mon matelas. Il y a des mois que je ne l'ai pas sorti. Je ne sais pas si j'ai eu raison de vous confier ce secret, Ruben. De vous parler de ces années noires. Je lis la pitié dans vos yeux. Et pourtant, Ruben. Pourtant, malgré tout ce que vous pouvez imaginer, la cécité, la prostitution ne furent pas les pires années.

Nuit d'ancre

27

19 h 23

Nom : Maal
Prénom : Alpha
Né le 20 mai 1999, à Oujda, Maroc.

— T'es plutôt grand pour ton âge, commenta Petar en parcourant une nouvelle fois l'état civil du garçon assis dans le bureau de la brigade. Mais apparemment, ça ne t'empêche pas de faire des conneries.

Ryan se tenait debout à côté du commandant et avait revêtu pour l'occasion un impeccable uniforme bleu marine. Jusqu'à présent, l'adolescent n'avait opéré aucune résistance, ni lors de son arrestation, ni lors de son transport en fourgonnette, et encore moins depuis qu'il était interrogé par les deux policiers. Il n'avait pas davantage coopéré qu'il n'avait résisté. Il s'était montré obéissant comme un ado que ses parents emmerdent et qui répond par onomatopées, sans jamais se départir de son petit sourire aux lèvres.

Petar et Ryan allaient et venaient devant Alpha, assis au fond de la pièce. Derrière son ordinateur, dans le coin opposé, Julo observait. Ecoutait. Pas forcément très concentré sur les monologues de Petar et Ryan rythmés par les hochements de tête dociles d'Alpha et parfois un « Oui » ou un « Non » arrachés en ponctuation d'une intervention se terminant par une question. Le regard du lieutenant Flores papillonnait vers les deux flics, le suspect (suspecté de quoi ? il l'ignorait toujours), le poster aux flamants roses de l'étang de Vaccarès et, dans le dos des policiers, un grand écran de télé accroché sur un mur de la pièce d'en face et visible à travers la baie vitrée. Les fonctionnaires, en compensation de leurs heures supplémentaires, l'avaient laissé allumé.

Soir de foot !

Astra Giurgiu-Olympique de Marseille.

Julo avait appris à l'occasion que l'OM jouait le match retour des trente-deuxièmes de finale contre une charmante bourgade roumaine baignée par le Danube à la frontière bulgare. Au moins, le foot aidait à réviser sa géographie ! Le jeune Alpha, quand il cessait de hocher la tête, tirait le cou. Visiblement, il s'intéressait davantage au score du match qu'au sermon des policiers.

De la prévention, avait insisté Petar comme s'il était payé au nombre de fois qu'il placerait le mot dans la journée. Uniquement de la prévention.

Cause toujours, mon commandant, s'amusait Julo. Le gamin de près de deux mètres était parfaitement conscient que les flics ne détenaient aucune preuve contre lui, pas même une miette de shit séché dans sa poche. Juste une dénonciation. Julo doutait de l'efficacité du numéro de Petar et Ryan, pourtant bien rodé.

Le commandant insistait sur les statistiques, il n'y avait guère de place pour les auto-entrepreneurs dans le milieu, la concurrence était féroce et radicale pour les apprentis passeurs comme pour les apprentis dealers. Il pouvait en citer par dizaines, des jeunes de son profil, des beaux gosses bodybuildés avec des cuisses et des bras épais comme des troncs d'arbre qui, à cause d'une simple balle de 6 millimètres entre les deux yeux, ne profiteraient jamais de la fin de leur abonnement annuel à la salle de fitness. Et encore moins des gonzesses.

Ryan, lui, jouait les curés, ou les imams, convoquait les grands frères, bref, en appelait à la morale, aux centaines de familles noyées en Méditerranée depuis le début de l'année, qui pourraient être ton oncle, ton cousin, ta sœur, ton père ; citait les célébrités qui condamnaient ces marchands de faux espoir, Youssou N'Dour et toute une série de stars du rap, du foot et du raï que Julo ne connaissait pas.

Petar acquiesçait, écoutait, et relançait.

L'énergie de son patron surprenait Julo. Petar ne l'avait pas habitué à tant de compassion. Il lui donnait l'impression d'être en mission commandée. Un commercial qui vend jusqu'au bout sa soupe à un client entêté qui ne l'achètera pas, simplement parce qu'il sait que la conversation va être enregistrée.

Etrange... Le suspect se contentait de se tortiller sur sa chaise chaque fois que Ryan et Petar bougeaient, pour ne pas perdre des yeux l'écran de télé. Surtout Petar d'ailleurs, deux fois plus épais que le lieutenant El Fassi.

— Alpha Maal ! Dis, tu m'écoutes ?

Oui, il écoutait. Avec l'attention d'un ado qui pendant que le proviseur fait la morale, regarde par la fenêtre les filles passer dans la cour du lycée.

Alpha Maal.

Julo répétait dans sa tête ce nom et ce prénom. Un détail le troublait depuis plusieurs minutes, mais il n'arrivait pas à l'identifier. Une connexion avec quelque chose qu'il avait vu, ou lu, ou entendu, il y a peu de temps, mais qui ne lui revenait pas.

Tant pis. Julo se pencha sur son écran. Un immense coquillage s'affichait toujours en pleine page, ainsi que la photo de la tour de la BCEAO de Cotonou. Il avait au moins résolu l'énigme du rapport entre ces coquillages des Maldives et le système bancaire de l'Afrique de l'Ouest. Il lui avait suffi de quelques clics, une fois revenu à la brigade. La solution portait un simple nom, les *cauris*, même si cette information ne l'avançait pas davantage sur les raisons de la présence de ces coquillages dans la poche de Valioni. Il avait besoin d'en savoir davantage que ce qu'en racontait Wikipédia. Il aurait aimé en parler à Petar, mais il ne voyait pas comment interrompre la leçon d'éducation à laquelle il assistait, et il n'avait aucune envie d'attendre l'interclasse. Il continua de surfer sur son ordinateur et trouva rapidement le nom du meilleur spécialiste de la question. Mohamed Toufik. Professeur d'histoire contemporaine africaine. Trois ouvrages sur la colonisation et la décolonisation, une liste de dix pages d'articles dans des revues d'histoire, une page Facebook avec l'ensemble de ses références scientifiques, et un e-mail pour le contacter. Les profs d'histoire n'étaient plus les fantômes des archives qu'il imaginait ! Quelques

210

instants plus tard, il envoyait un message électronique à Mohamed pour lui demander un rendez-vous en urgence, espérant que le professeur d'université soit aussi réactif qu'il était connecté. L'universitaire devait tout de même recevoir moins de messages qu'une star de la télé-réalité.

Un bruit de dossier posé avec violence sur une table le fit sursauter. Petar venait de laisser tomber de tout son poids la liste des exécutions et règlements de comptes depuis le début de l'année.

— Que fait-on alors, Alpha Maal ? scandait le commandant. Qu'allez-vous faire si on vous relâche dans la nature ? Répondez à cette simple question. Où se retrouve-t-on la prochaine fois ? A la morgue ? Dans un filet de pêche au milieu de la Méditerranée ?

Julo continuait de penser que son supérieur en faisait trop. Mais pourtant, une autre question le taraudait. Entêtante. Insaisissable.

Ce prénom, *Alpha*.

Ce nom, *Maal*.

Si seulement Petar s'arrêtait de hurler une seconde, peut-être parviendrait-il à faire fonctionner sa mémoire. Il n'arrivait pas à localiser son souvenir parce qu'il avait la curieuse impression de l'avoir à la fois lu et entendu, d'avoir lu ce nom et entendu ce prénom, ou l'inverse. Hier. Hier, il en était certain. Un double souvenir furtif.

Petar se tut enfin, Julo respira, mais dans la seconde qui suivit, un brouhaha sourd fit vibrer les vitres du couloir. Petar quitta la pièce, énervé, claquant la porte.

Après moins de dix minutes de jeu, l'OM venait de prendre un but contre les Roumains !

Le lieutenant El Fassi semblait s'en foutre. Alpha semblait consterné. Pour la première fois, dans la pièce, le calme s'imposait. Ryan tendit un gobelet à l'inculpé dans un geste de conciliation.

— Je vous sers un café, Maal ?

Soudain, sans qu'il comprenne quel mécanisme l'avait enclenché, Julo fit la connexion. La lumière apparut, aussi simple que s'il avait appuyé sur un interrupteur... sauf que le chercher à tâtons aurait pu lui prendre des heures.

MAAL.

Il avait déjà lu ce nom !

Très vite, Julo baissa les yeux sur son ordinateur, cliqua sur le dossier Valioni, puis le sous-dossier Bambi13. Un nouveau double-clic, il ouvrit le fichier texte dans lequel il avait téléchargé la liste de toutes les Bamby/Bambi recensées dans le département des Bouches-du-Rhône. Deux cent trente-trois noms, cent quatre-vingt-douze si l'on éliminait les femmes trop âgées ou les gamines. Il fit défiler la liste, il avait passé des heures hier à détailler chaque nom, recherchant des photos ou le moindre indice sur chacune... Un travail qu'il était loin d'avoir achevé.

Bambi Lefebvre.

Bamby Lutz.

Bamby Maal.

Bingo ! jubila Julo. L'une des cent quatre-vingt-douze Bamby des Bouches-du-Rhône portait le même nom de famille que cet ado cuisiné par ses collègues ! Julo continua de surfer frénétiquement, mais aucune photographie de cette Bamby Maal n'était accessible sur le Net, il ne dénicha qu'une date de naissance sur

212

LinkedIn. 27 mars 1995. Vingt et un ans... Ça correspondait !

Et si la fameuse Bambi13, la tueuse présumée, appartenait à la famille d'Alpha Maal ? Une parente ? Une cousine ? Sa sœur peut-être... Le lieutenant essaya de calmer son cœur qui s'affolait. Cela ne signifiait absolument rien. Bamby Maal n'avait pas davantage de chances d'être cette Bambi13 que n'importe laquelle des cent quatre-vingt-onze autres références, le fait que son frère ou son cousin soit interrogé dans leur bureau n'y changeait rien...

Sauf que Julo ne croyait pas aux coïncidences ! Et surtout, le lieutenant continuait de se laisser guider par cette étrange intuition (le métier qui rentre, aurait ricané Petar) : il n'avait pas été vérifier par hasard ce nom de famille, un nom parmi les cent quatre-vingt-onze autres, il avait spontanément associé ce prénom, Alpha, à celui de Bamby, comme si son inconscient le lui avait dicté, comme si un second souvenir, plus ancien, se cachait derrière le premier.

— Ryan, demanda Julo, tu peux me passer son dossier ?

Le lieutenant lui tendit les quelques feuillets imprimés contenant l'état civil et un bref CV du garçon. Pour la première fois, Alpha remarqua le lieutenant Flores, et l'examina d'un regard inquiet. Cela renforça encore la conviction du lieutenant.

Les gars de la brigade avaient bien bossé, même si Alpha ne possédait aucun casier. Aucun diplôme non plus. Etudes arrêtées à seize ans. Aucun boulot connu depuis. Aucune interpellation. Le dossier était heureusement étayé par d'autres détails. Alpha était le cadet d'une fratrie de trois enfants. Un petit frère, Tidiane, dix ans. Une grande sœur, Bamby, vingt et un ans.

Sa sœur... Gagné ! Le lieutenant Flores leva les yeux, le cœur toujours battant. Alpha Maal le fixait d'un regard froid. Impénétrable. Sans peur cette fois, ou bien l'ado avait rapidement appris à la dissimuler. Julo hésita à l'interroger frontalement. *Tu as des photos de ta sœur ? Tu en as sur toi ? Sais-tu où elle était, la nuit dernière ?*

Il se retint.

C'était trop tôt. Il devait en discuter avec Petar auparavant. Il devait trouver des photos de Bamby Maal. L'identifier formellement. Ensuite, si son instinct ne l'avait pas trompé, on pourrait cuisiner ce gamin. Il fallait simplement ne pas le laisser s'échapper dans la nature.

Alors que Petar entrait à nouveau dans la pièce, Julo lut quelques lignes supplémentaires du dossier d'Alpha Maal.

Responsable légal : Leyli Maal.

Domiciliée à Port-de-Bouc, bâtiment H9, les Aigues Douces.

Pas de père ?

Port-de-Bouc. Le cœur de Julo cognait de plus en plus fort. Difficile d'imaginer une nouvelle coïncidence.

— J'ai négocié pour toi, mon grand, annonça Petar en s'adressant à Alpha. Si tu ne traînes pas, tu vas pouvoir voir la fin du match avec des copains ! J'ai pas pu te trouver une chambre particulière, mais au moins il y a la télé. Ton carrosse est prêt. Une petite nuit en prison te fera du bien.

Même si Julo ne connaissait pas encore tous les arcanes de la justice et de la police, une telle incarcération sans le moindre début de preuve lui semblait parfaitement illégale. Personne ne protesta pourtant. Ni Ryan. Ni Alpha Maal.

Ni lui.

Après tout, cet Alpha Maal semblait vouloir tout mettre en place pour se faire coffrer.

Les policiers sortirent de la pièce et Julo délaissa enfin son écran. Dehors, la nuit commençait à tomber. Ses yeux se posèrent sur le poster de l'étang de Vaccarès et les centaines de flamants roses serrés dans les roseaux de la Camargue, telle une armée de supporters pastel, bien plus sympathiques à ses yeux que les autres, les vrais, les bruyants en bleu et blanc. Julo sentait qu'il s'avançait vers une nouvelle nuit d'insomnie. L'affiche lui donna envie de quitter la chaleur étouffante de la ville.

Un autre nom sur lequel rien ne semblait transpirer continuait de voltiger dans sa tête.

Vogelzug.

Oiseaux migrateurs.

Peut-être que les échassiers seraient plus bavards que son chef ?

Quelques minutes plus tard, Julo allait couper son ordinateur lorsqu'une alerte clignota.

Nouveau message.

Mohamed Toufik. Le spécialiste de l'histoire africaine lui répondait déjà.

Rendez-vous demain matin. Centre Al Islâh.

Le centre Al Islâh ? L'école coranique d'une
mosquée ?

Petar allait adorer !

28

19 h 30

Précises.

Cette fois-ci, Leyli n'était pas en retard, elle avait
quitté l'Ibis il y a plus de deux heures, mais n'avait
pas le cœur à dîner. Pas davantage qu'elle n'en avait
eu à préparer le repas. Depuis son départ de l'hôtel
de Ruben, elle avait enchaîné par habitude des gestes
quotidiens, comme si on ne les répétait chaque jour
que pour pouvoir continuer à les effectuer quand ils
perdent leur sens. Prendre le bus 22. S'arrêter station
Littoral. Acheter quelques provisions au Lidl, du pain,
des œufs, des crudités, pousser la porte de sa tour,
remonter l'escalier, pousser sa porte. Un quotidien lent
composé de riens. De ce qu'on trouve sur le chemin.

Telle cette salade posée sur la table, composée avec
ce qu'on trouve au front d'un rayon et au fond d'un
frigo. Préparée pour rien.

Devant elle, Bamby et Tidiane n'avaient pas davantage qu'elle touché à leur assiette.

Une boule était bloquée dans la gorge de Leyli. Elle
comptait et recomptait les trois assiettes, les trois verres,

216

les trois couverts. Un de moins qu'hier. Comme quand quelqu'un est mort, pensait Leyli, qu'on se retrouve à manger à côté de la place vide d'un mari, d'un père, d'un frère. Jamais il ne vous manque autant qu'à ce moment-là.

Le silence autour de la table alourdissait encore l'ambiance de veille d'enterrement. Pas même un bruit de chaise ou de fourchette. Alpha n'est pas mort ! se força à penser Leyli. Il sortira demain. Il sera là demain. Pourtant, elle ne pouvait évacuer ce terrible pressentiment, depuis deux heures, elle ne repensait qu'à ce livre qu'elle avait lu avant de perdre la vue, dans sa case de Ségou, ce roman policier, *Dix petits nègres*, les invités à un dîner qui un à un disparaissaient. Dix, neuf, huit, sept, six, cinq... Jusqu'au dernier.

Ils étaient quatre hier. Trois aujourd'hui.

La terreur de se retrouver seule hantait Leyli. Bamby et Tidiane étaient au courant pour Alpha, l'arrestation, la prison, mais personne n'osait l'évoquer. Leyli avait tenté d'appeler plusieurs fois le commissariat mais elle n'avait obtenu aucune information. Vers 16 heures, trop tôt, le dossier d'Alpha Maal n'était pas encore enregistré. Vers 17 heures, trop tard, le secrétariat allait fermer. Elle n'avait pas protesté. Trop tôt, trop tard, pas ici, à côté, elle était habituée à se faire ballotter de guichet en guichet.

Bamby était sûrement au courant de ce qui se tramait, de ce que les flics reprochaient à Alpha, il aimait se confier à sa sœur aînée. Tidiane aussi peut-être, Alpha aimait frimer devant son petit frère. Leyli ne demanda rien pourtant. Elle ne voulait pas les embarrasser. Les impliquer. Au fond, elle préférait ne rien savoir et qu'Alpha revienne.

Depuis qu'Alpha était né, Leyli s'était toujours demandé de quel côté son penchant naturel pour la violence le ferait tomber. La violence finit toujours par vous faire définitivement basculer d'un côté, du bon ou du mauvais, et le regard sur toutes vos qualités s'en trouve alors modifié. La détermination devient préméditation, la stratégie devient sournoiserie, l'inventivité devient perversité. Tant de petits caïds auraient fait de parfaits et impitoyables P-DG, tant de dealers avides recherchaient la même adrénaline qu'un pompier intrépide. Tant de pères de famille, aujourd'hui apaisés, hier à fleur de nerfs. Le père d'Alpha était de ceux-là. Alpha, si elle veillait, suivrait sa voie.

Son regard fatigué glissa de la salade à sa collection de lunettes entassée dans la corbeille, du bac débordant de linge à l'exposition de chouettes. Sur la poussière et le désordre. Après tout, puisque les cordonniers sont les plus mal chaussés et les enfants de profs les plus mal élevés, pourquoi les maisons des femmes de ménage ne seraient-elles pas les plus en bordel ? Les yeux de Leyli revinrent enfin se poser sur ses enfants.

— Tu ne manges pas, Bamby ?

Leyli avait rompu le silence. Elle eut l'impression d'avoir donné le signal, autorisé à reprendre la parole après une longue bénédiction du repas.

— Maman, demanda Tidiane, je pourrai regarder la seconde mi-temps du foot avec papi, et les prolongations si le match est pas fini ?

Merci, Tidy, pensa Leyli. Ça lui était sorti de la tête. Elle remplaçait Noura demain matin. Lever à 4 heures et demie du matin pour être à 6 heures à l'Ibis. Papi récupérait Tidiane après le dîner.

— On verra, Tidiane, concéda-t-elle sans trancher.

Puis elle répéta :

— Tu ne manges pas, Bamby ?

— Je sors ce soir. Je vais au KFC avec Chérine. Je vais pas dîner deux fois. Déjà que...

— Déjà que tu fais l'effort d'être là ?

— Juste la deuxième mi-temps, maman ?

— Non, répondit Leyli, sans vraiment savoir à qui s'appliquait l'interdiction.

Pour Tidiane, sa sévérité n'avait aucune conséquence puisque papi Moussa le laisserait regarder le match dès qu'elle aurait le dos tourné.

— Bon, j'y vais, maman.

Bamby s'était levée. Elle était habillée plus sexy qu'hier. Jupe courte. Jambes nues. Petit blouson de cuir ouvert sur un top blanc moulant et gonflé par un soutien-gorge Wonderbra que sa fille portait pour la première fois.

— Déjà ?

Bamby n'avait rien avalé. Juste vidé son verre et picoré de la mie de pain. Elle sautillait d'une jambe sur l'autre. Nerveuse. Excitée. Pressée.

Il était 19 h 52.

Leyli calcula que sa fille était restée une petite demi-heure. Le minimum syndical. Combien de temps encore Leyli parviendrait-elle à continuer de réunir ses enfants autour d'un repas ? Combien de temps avant que Bamby ne se trouve à son tour une bonne excuse ?

Comme Alpha. Ce soir.

Elle sourit. La tristesse lui soufflait de méchantes idées.

Au moins, l'absence de son grand frère ne coupait pas l'appétit de Tidiane. D'un coup, le garçon s'était mis à dévorer et avait terminé son assiette. Pour, lui aussi, quitter plus vite le repas, pensa Leyli avec une pointe de cynisme. Avant la fin de la mi-temps !

Bamby sortit. Leyli l'imagina dévaler les marches des étages, la douce musique de ses ballerines claquer à toute vitesse dans les escaliers.

Un violent rythme de rap fit exploser la magie. Les coups de marteau d'une boîte à rythmes, avant que la voix de Stomy Bugsy hurle.

Va niquer ta race
J'ai perdu ta trace

Kamila ! Comme si elle avait attendu le nez collé à sa porte que Bamby s'en aille pour déclencher sa sono. Leyli soupira. Elle se rapprocha de Tidiane et parla un peu plus fort, enchaînant entre fromage et dessert les sujets de conversation, l'école, les copains, l'école encore, auxquels Tidiane répondait comme s'il jouait au ni oui ni non, « Un peu », « Des fois », « Pas mal », « Pas trop » ; Leyli insistait, feignant de ne pas voir son fils lever les yeux vers la pendule, et sans doute pester contre la manie de sa mère de ne jamais allumer la télé pendant les repas.

19 h 56.

Encore quelques minutes avant que les joueurs ne sortent du vestiaire.

— Calme-toi, Tidy. Tu vas prendre le temps d'avaler un dessert !

De toute façon, il était convenu que papi ne récupère pas Tidiane avant 20 heures.

Il était 19 h 59, à l'étage du dessous Bugsy enchaînait toujours les rimes en « asse », lorsqu'on frappa.

Leyli sursauta, comme à chaque fois.

Tout s'était bousculé dans sa tête depuis qu'elle avait quitté l'Ibis, l'arrestation d'Alpha, le remplacement de Noura demain matin, Tidiane la tête dans les vestiaires, Bamby en courant d'air. Elle avait posé les courses, jeté son manteau sur le canapé, lancé ses lunettes dans le panier, sans prendre le temps de tout contrôler. Sans vérifier avec minutie, comme chaque jour, si elle n'avait laissé traîner aucun indice.

On frappait encore, on insistait.

Leyli s'efforça de se calmer. Chaque fois que quelqu'un cherchait à pénétrer dans son intimité, elle n'arrivait pas à lutter contre cette obsession.

Son secret, celui de ses enfants, était en danger. Il sauterait aux yeux de celui qui entrerait.

– 29 –

20 h 10

— Tu es... Tu es en harmonie, Faline.

— Merci. Merci, Jean-Lou.

Elle répondit à son compliment par un sourire. En harmonie ? En harmonie avec le décor simple et chaleureux de ce restaurant gastronomique, *Reflets*, l'un des établissements les plus réputés du chef étoilé Pierre Gagnaire ? En harmonie avec cette constellation de couleurs dans son assiette, barquette de crevettes,

221

girolles enrobées d'un suc de carotte, artichauts poivrade et pamplemousse rubis ?

Elle n'avait pourtant enfilé qu'un blouson de cuir cintré, un top Poivre blanc, une jupe courte et fleurie, des ballerines. Naturelle. Féminine. En harmonie ? Comme dans cette assiette composée comme une œuvre d'art, tout tenait au détail. Deux plumes bleues en boucles d'oreilles, un discret myosotis dans ses cheveux, un reflet pétrole dans le noir autour de ses yeux.

— Excusez-moi, Jean-Lou, j'en ai pour une seconde.

Elle se pencha pour taper le texto sur le portable posé sur ses genoux. Ses longs cheveux noirs pleuvaient sur son discret décolleté. Une perle d'eau pendait à son cou, contraste pastel avec sa peau de miel, tel un pendule se balançant à la naissance de sa poitrine.

Coucou ma chérie
Mieux que KFC ici !
Merci ! Te tiens au courant. T'appelle demain matin.

Elle frissonna avant d'envoyer le message. Sans son amie, sa moitié, sa chérie, rien n'aurait été possible. Ni ce repas, ni les photos de sa page Facebook. Si elle parvenait ce soir à entraîner Jean-Lou jusqu'à l'une des chambres du Red Corner, ce serait encore grâce à elle. Sa fidèle. Son alliée, même si elle ne lui avait rien avoué de son véritable objectif. Un simple plan drague, imaginait-elle. Mieux valait qu'elle n'en sache pas davantage.

Elle se redressa, se reconcentra sur son assiette, sur Jean-Lou. Le timide quinquagénaire semblait ne pas oser briser l'harmonie du plat. Il était resté statufié, fourchette en l'air, comme si entamer cette entrée, c'était déjà commettre un adultère. Goûter, c'est tromper ?

Jean-Lou, depuis le début du repas, n'avait abordé qu'un seul sujet. Son fils, Jonathan. Sa trisomie, sa différence, son innocence, le sens qu'il avait donné à sa vie. Puis il enchaînait sur l'association T21, sa présidence, le dilemme terrifiant pour les parents de garder ou non leur enfant, pour en revenir à Faline, et s'efforcer de ne surtout pas la regarder comme une femme, simplement une mère portant la vie dans son ventre, la vie d'un enfant handicapé, torturé par un choix qu'il essayait d'éclairer, sans juger.

Se trouvaient-ils ce soir en tête à tête pour cette unique raison ? Pour cette fable qu'elle avait inventée et à laquelle Jean-Lou semblait croire, faisait semblant de croire au moins, pour ne pas se noyer. Sinon, pourquoi l'avoir invitée ici ? pensa-t-elle en rajustant son top qui glissait sur son épaule dénudée. Par pitié ?

Jean-Lou est le plus gentil de tous. D'après Nadia, il est plutôt mignon. Elle aime bien ses yeux doux et ses rides émouvantes. Si je lui demandais de ne pas me toucher, je crois qu'il accepterait, qu'il paierait juste pour me regarder.

D'ailleurs, il me fait l'amour en quelques minutes, et le reste du temps, il me parle. Il est obsédé par la naissance de son enfant. Il a peur, surtout depuis qu'il a appris qu'il est handicapé.

Je crois qu'il ne veut pas le garder.

Je n'aime pas quand il prononce ce mot, handicapé. Il le prononce avec pitié. Peut-être qu'il va garder cet enfant par pitié.

Peut-être qu'il me regarde avec pitié. Peut-être qu'il me fait l'amour par pitié.

Je crois que c'est ce que je hais le plus au monde. La pitié.

Un sommelier vint présenter la carte des vins, récita un chapelet de considérations en s'adressant à Jean-Lou, comme si le jargon entre garçons et œnologues faisait partie de la parade de séduction. Jean-Lou bafouilla : « C'est parfait. » Vraisemblablement il n'y connaissait rien en vin, ne mettait jamais les pieds dans un restaurant étoilé, et encore moins avec une fille canon de trente ans sa cadette.

Jean-Lou n'était pas à sa place ici. Pas davantage qu'elle ne l'était.

Il se tut enfin et commença à piquer de la pointe de sa fourchette ses pamplemousses rubis.

Même si tout se bousculait dans sa tête, elle devait s'en tenir au plan prévu. Même si elle trouvait Jean-Lou attachant, sincèrement troublé, pas du tout le salaud qu'elle espérait. Pas du tout une ordure comme François Valioni. Cela avait été si facile avec lui. Elle devait s'obliger à penser que Jean-Lou cachait mieux son jeu, c'était tout.

Ne l'avait-il pas invitée à ce dîner aux chandelles qui devait lui coûter la moitié de sa paye ? Jean-Lou était simplement plus hypocrite que les autres. La seule question qu'elle devait se poser était comment le faire tomber dans ses filets. Elle avait posé ostensiblement sa main sur la nappe, et pas une fois il ne l'avait saisie, pas même approchée. Jean-Lou allait être difficile à apprivoiser. Le genre à n'embrasser qu'au dixième

rendez-vous, à fuir en courant la fille qui le brusque-
rait même s'il crève de désir pour elle. Sauf qu'elle
n'allait pas attendre dix rendez-vous. Elle n'avait
qu'une chance. Qu'un soir. Ce soir.

— J'ai un cadeau pour vous, Faline.

Jean-Lou, de plus en plus mal à l'aise, avait saccagé l'œuvre d'art dans son assiette, couverts croisés
pour signifier au serveur, qui lui ne se privait pas pour
dévorer Faline des yeux, qu'il avait fini son plat. Il tira
une petite boîte de son sac, de la taille et de la forme
d'un écrin à bijou.

Elle sourit, avec sincérité, mais pas pour l'attention.
Elle sourit parce que enfin, Jean-Lou agissait comme
prévu. Il lui offrait un cadeau précieux. Le message
était clair, il voulait l'acheter. Tout s'achète. La beauté.
Les femmes. L'amour.

De tous mes amants, Jean-Lou est le plus généreux.
Il m'offre souvent des fleurs. C'est le seul cadeau
qui me fait plaisir.
Adil ne m'offre jamais de fleurs.
Parfois je me dis que je peux faire confiance à
Jean-Lou.

— Ouvre-le, Faline. Ce n'est pas grand-chose.
Je l'ai trouvé hier à l'aéroport. Un souvenir.

Elle ouvrit. Déballa le papier de soie et découvrit
le bijou. Surprise… Jean-Lou lui avait offert un petit
pendentif de verre. Un truc à cinq euros ! Une babiole
que réclame un gamin.

Un frisson la parcourut de la nuque aux reins. Cet idiot
de Jean-Lou l'avait touchée avec son cadeau de rien du

tout, simple et enfantin, exactement comme elle aurait adoré qu'un jour un homme agisse, lui offre une peluche à la foire, une Chupa chipée dans une boulangerie, une tour Eiffel rose à paillettes la plus ringarde qui soit uniquement pour faire plaisir au vendeur à la sauvette. Un instant, une idée lui traversa l'esprit, une idée qu'elle repoussa en barricadant portes et volets dans sa tête.

Le laisser partir ?

Le repas s'éternisait.

Rouget de roche, cristes marines, amandes coquillages et kokotchas.

Elle ne comprenait pas un mot sur deux de ce que récitait le serveur, dont la diction demeurait irréprochable, même s'il la déshabillait du regard.

Bonite fumée et ventrèche de thon Violine.

Cette fois, le serveur parlait carrément en langue étrangère !

Sabayon calamansi, infusion de citron au kumbawa.

Jean-Lou n'avait presque pas bu. Faline n'avait presque pas parlé. Jean-Lou en revenait toujours à son association, il en faisait même trop. Le militant, l'engagé, limite curé. Si elle n'avait pas traqué sa vie sur le Net, elle aurait pensé qu'il bluffait, qu'il enfilait un costume d'abbé Pierre pour mieux la séduire. Mais non, il menait toute l'année son combat pour la reconnaissance du syndrome de Down, dépensait une énergie folle à collecter des fonds, et pas seulement le jour du Téléthon.

Un saint.

Comment amener un saint à commettre un péché ? Un péché de chair qui plus est.

226

20 h 22

Julo pestait contre sa stupidité. Il se revoyait admirer à la brigade ce poster de l'étang de Vaccarès, rêver aux flamants roses de Camargue et laisser monter l'envie de quitter la canicule de la ville pour aller admirer les oiseaux migrateurs. Une demi-heure plus tard, le voilà installé sur un banc du parc naturel, avec vue splendide sur l'étang. Le reflet rose des échassiers dans l'eau stagnante composait une sublime toile impressionniste, mais il avait vite déchanté. La nuit tombante et les eaux stagnantes avaient également attiré des milliers de moustiques ! Malgré la chaleur, Julo avait dû enfiler un pull à manches longues et une capuche.

La principale préoccupation des insectes ne semblait pourtant pas de lui sucer le sang, mais de surfer sur Internet.

Dès qu'il avait allumé sa tablette, les moustiques, papillons de nuit et autres lucioles s'étaient précipités vers elle. Julo avait beau les repousser d'un revers de manche, ils revenaient dès qu'il cessait de s'agiter, voltigeant autour de ce nouveau halo de lumière comme autour d'une ampoule allumée dans la nuit, en moins brûlante pour leurs ailes et plate comme une piste d'atterrissage idéale.

Julo maudissait l'inventeur de l'écran tactile qui avait dû le concevoir dans son laboratoire climatisé sans penser à cette simple évidence : l'écran ne faisait pas la différence entre un doigt et une patte de mouche. Depuis une heure, Julo se battait contre des milliers d'ennemis invisibles et farceurs. Il tentait d'écrire des phrases sur son écran et les insectes de nuit s'amusaient à ajouter des lettres, en supprimer d'autres, à cliquer sur les fenêtres et dérouler des menus au hasard.

Il tenta malgré tout de faire abstraction de l'essaim qui bourdonnait autour de lui et de se concentrer sur l'enquête. Petar venait de lui répondre, il acceptait le rendez-vous demain à la mosquée Al Islâh fixé par Mohamed Toufik, le professeur d'histoire africaine qui leur parlerait de ces fameux cauris, les coquillages des Maldives sculptés sur les murs des banques africaines. Petar avait juste précisé pour la forme, c'était sans doute sa façon de le remercier, qu'il n'aurait pas le temps de se laisser pousser la barbe avant demain matin.

Lorsque Julo avait reçu la réponse de son commandant, il surfait sur le site de Vogelzug. Ce nom étrange à consonance allemande prenait finalement tout son sens. Les oiseaux migrateurs, les seuls voyageurs sans frontières sur la planète. L'association Vogelzug possédait des ramifications partout dans le bassin méditerranéen. Son champ d'action était large : logements pour les réfugiés, recherche d'emploi, aide juridique, prévention, lobbying auprès des institutions. Vogelzug pesait plusieurs centaines de salariés et s'était imposé comme un partenaire incontournable des autorités. D'ailleurs, c'est sous son égide que se tenait dans deux jours, à Marseille, le grand symposium de Frontex, l'agence européenne des frontières. Julo avait beau essayer de lire entre les lignes, il avait du mal à évaluer à quelle place exacte se positionnait l'association. Caution pratique pour les Etats, leur permettant d'amortir à moindre coût social leurs politiques migratoires malthusiennes, ou réel poil à gratter indépendant et militant, à l'instar des Amnesty International et autres Human Rights Watch ? Il s'attarda un peu sur l'onglet présentant le président-fondateur de l'association, Jourdain Blanc-Martin : le régional de l'étape, enfant de Port-de-Bouc, issu du quartier des Aigues Douces, c'est tout ce que précisaient les cinq lignes de CV. Le président ne semblait pas du genre à cultiver le culte de la personnalité.

Les moustiques s'étaient un peu calmés. Peut-être que les grenouilles en avaient gobé la moitié. Elles coassaient à en réveiller en sursaut les échassiers. Le lieutenant Flores quitta le site de Vogelzug pour la page Facebook de Bambi13. Il fit défiler les pages, bien aidé par une sorte de hanneton bourdonnant obsédé par le bikini de la séduisante pseudo-étudiante.

Bambi13 était-elle Bamby Maal ? Avant de quitter la brigade, Julo avait tenté de partager ses doutes avec son commandant : une fille prénommée Bamby, la sœur de l'apprenti passeur arrêté ce midi, habitait Port-de-Bouc. Quartier des Aigues Douces.

— Ça fait beaucoup de coïncidences, non, patron ?

— On verra ça demain, gamin, avait répliqué Petar en enfilant son blouson pour aller rejoindre sa coiffeuse. Ce ne sera pas difficile de récupérer des photos et de voir si la sœur de notre apollon de bronze correspond à ta petite chérie. Et d'ailleurs, tel que je te connais, tu vas y passer la nuit.

— « Pas difficile… » marmonna pour lui-même Julo entre deux coassements. Pas difficile.

Il n'avait déniché aucune photographie de Bamby Maal sur la Toile, et même s'ils en trouvaient demain, il n'était pas convaincu qu'une certitude se dégagerait compte tenu de l'image floue de la caméra de surveillance dont ils disposaient.

Sur la page Facebook de Bambi13, Julo continuait de sauter de Bodrum à Saint-Domingue, de Ngapali à Lanzarote, sans réellement savoir pourquoi puisque la belle inconnue ne montrait jamais son visage.

Parce qu'il était amoureux, aurait ricané Petar.

Parce qu'un détail le taraudait, se justifiait Julo.

Le profil Facebook de Bambi13 se situait aux antipodes du milieu social dans lequel devait évoluer Bamby Maal. Le quartier des Aigues Douces était classé zone sensible, Leyli Maal était une mère célibataire qui, d'après son fils, enchaînait les boulots précaires. Comment cette gamine de banlieue aurait-elle pu se métamorphoser en militante globe-trotteuse sautant d'hôtel en hôtel, tous plus luxueux les uns que les autres ? Après tout, raisonnait Julo, ce simple prénom « Bamby » ne prouvait rien. La véritable meurtrière avait pu prendre ce pseudo pour jeter les soupçons sur une fille de Port-de-Bouc, se doutant que les enquêteurs feraient le rapprochement. D'ailleurs, à bien y réfléchir, pourquoi la meurtrière aurait-elle utilisé son véritable prénom comme pseudo, en modifiant d'ailleurs son orthographe ? Cela n'avait aucun sens.

— Joli brin de fille, n'est-ce pas ? se surprit à demander Julo dans le parc désert, sans savoir s'il s'adressait au hanneton qui voltigeait toujours dans les parages, aux moustiques qui avaient échappé aux grenouilles, ou aux flamants roses qui revenaient des tropiques.

Maal. Alpha. Bamby. Leyli. Le lieutenant Flores avait vérifié sur Internet, les nom et prénoms de cette famille étaient typiquement peuls. Il se souvenait que le professeur Waqnine, nouvelle étrange coïncidence, lui avait parlé de cette ethnie ce matin. A propos du sang.

Il sortit de sa poche le tableau des impossibilités de filiation sanguine, le déplia tout en se remémorant les propos de l'hématologue : contrairement aux autres ethnies africaines, les Peuls sont surreprésentés dans le groupe A, qui représente lui-même 40 % de l'humanité. Un tiers rien que pour le A+. Le groupe sanguin de Bamby, de Leyli, d'Alpha était donc vraisemblablement A. Ça n'avançait à rien, pensa-t-il en laissant glisser son doigt sur la ligne. A rien pour l'instant. Il était pourtant persuadé que tout avait un lien.

– 31 –

20 h 55

Tidiane ne dormait pas. Même s'il s'était couché tôt.

L'OM avait pris deux buts dans la première demi-heure. Un troisième avant la mi-temps. L'affaire avait été vite pliée par les Roumains. Il n'avait pas insisté auprès de papi pour veiller un peu plus tard en regardant la fin du match. Par la fenêtre de la chambre, celle de sa maman avant, il voyait danser les ombres de l'oranger.

Tidiane n'arrivait pas à s'endormir. Il pensait à Alpha. A son arrestation. Au soleil presque à portée de main quand il avait grimpé dans l'oranger. Aux flics. A ses sifflets que son grand frère n'avait pas entendus. Aux adultes qui ne voulaient pas parler d'Alpha devant lui, sa maman, Bamby, son papi et sa mamie, qui ne répondaient pas à ses questions, qui chuchotaient en parlant de son frère comme s'il avait fait une bêtise plus grande que lui. Tidiane n'aimait pas les silences des adultes. Tidiane n'aimait pas se sentir à l'écart. Se sentir comme un bébé qu'on protège. Se sentir comme un gamin auquel on ment pour son bien.

Il faisait chaud dans l'appartement. Trop chaud pour dormir, même si papi avait laissé la fenêtre ouverte. Par le carreau, Tidiane voyait danser les flammes des petites torches parfumées contre les moustiques que papi avait allumées sur le balcon. Elles l'aveuglaient. Il se tourna dans l'autre sens, mais les ombres dansaient sur les draps de son lit.

Tidiane essaya de ne pas les voir, mais une autre peur l'empêchait de dormir. Depuis qu'il avait retrouvé papi Moussa et mamie Marème, il n'arrêtait pas de penser à cet homme qui était entré dans l'appartement, ce soir, cet homme qui avait fait la bise à maman, cet homme qui avait une voix d'épouvante. Il ne l'aimait pas ! Il avait dû rejoindre papi, il avait dû les laisser seuls, maman et cet homme. Maman l'avait appelé Guy, mais Tidiane avait envie de l'appeler Freddy, comme dans ces films d'horreur qu'il n'avait jamais vus mais dont les grands parlaient à la récré. Il ne l'aimait pas. De toute façon, il n'aimait pas voir maman avec d'autres hommes qu'Alpha et lui.

Il se força à fermer les yeux, pour ne plus voir le feu noir et froid des ombres sur les draps. Il avait bien retenu l'histoire de papi Moussa, quand maman était devenue aveugle, dans sa case près du fleuve, à force de regarder le soleil. Ça l'avait rendue plus forte, plus belle, plus intelligente. C'est pour cela qu'ensuite, quand elle avait retrouvé la vue, elle était devenue la meilleure des mamans. Une maman qui sentait tout, devinait tout, lisait dans les pensées. Devenir aveugle, c'était comme une épreuve à passer.

Tidiane se recroquevilla un peu et ferma plus fort encore les yeux, à s'en rider le front, à s'en écraser les paupières, à se faire un visage tout rond. Lui aussi devait s'entraîner. Papi lui avait raconté comment sa maman avait appris à se repérer en écoutant les sons, en faisant travailler sa mémoire, en reconstituant dans sa tête un monde plus précis que celui qu'on voyait en plein jour.

Il se leva, les yeux toujours clos, et essaya de deviner où se situaient le placard de la chambre, la porte, la fenêtre. Il avança d'un mètre et se cogna au mur. Souleva ses paupières, les baissa aussitôt.

Il demanderait des conseils à papi et mamie, il s'entraînerait toutes les nuits, et le jour aussi, il se banderait les yeux pour jouer au foot, il essaierait de repérer le chemin de l'école rien qu'aux bruits de la rue, de reconnaître chaque copain dans la cour de récré rien qu'au timbre de sa voix.

Lui aussi deviendrait plus sensible. Plus rapide. Instinctif.

Comme Zidane. Comme Barrada.

Il plaça ses mains devant lui et avança en aveugle dans la chambre. Un léger courant d'air lui indiquait qu'il s'approchait de la fenêtre. Ses jambes tremblèrent légèrement, mais il devait se forcer à marcher vers le vide. C'était facile, on devinait, au vent sur le visage, d'où venait l'ouverture. Il n'y avait aucun danger, la fenêtre était haute, enfin pas trop, mais assez tout de même pour ne pas tomber. Du moins, il le croyait. Il devait se souvenir de cette fenêtre sans ouvrir les yeux, la visualiser dans sa tête et continuer d'avancer, d'avancer. Il devait devenir aussi courageux que maman, pour que le jour où elle serait en danger, il puisse la sauver.

Sauver Alpha aussi. Protéger Bamby.

L'air frais fouettait sa figure. Le reste de son corps était trempé de sueur du cou jusqu'au bas de son dos. Ce vent du soir était si doux, attirant, bienfaisant. Il fallait continuer d'avancer vers lui.

Il entendit la chouette à cet instant précis. La chouette cachée dans le grand oranger.

Il n'ouvrit pas les yeux, il se contenta d'écouter son hululement, il savait qu'elle annonçait un danger. Il se rappelait les histoires de papi, ces récits de la mythologie qu'il adorait, celui de la déesse Athéna en particulier. Il imagina que c'est sa maman qui s'était métamorphosée, un animagus, comme dans *Harry Potter*.

Il s'arrêta.

Il devait être pile devant la fenêtre. Devant l'oranger.

Il s'arrêta et il parla doucement.

La nuit, les chouettes voient tout, entendent tout, comprennent tout.

— Dis-moi puisque tu as tout vu. Dis-moi si Alpha va sortir de prison. Dis-moi pourquoi il ne s'est pas enfui... Dis-moi si maman va tomber amoureuse de Freddy. Dis-moi si je trouverai un jour une amoureuse aussi belle que Bamby. Dis-moi tout, puisque tu vois tout. Dis-moi où vont les ballons quand ils tombent dans l'enfer en dessous. Dis-moi où se cache le trésor de maman. Je te jure que je ne le volerai pas, je ne le toucherai pas, je veux juste savoir s'il existe vraiment, ce trésor maudit. Pour veiller sur lui. Tu peux avoir confiance, tu sais. Les yeux fermés.

– 32 –

21 h 07

Leyli fermait les yeux sous la douche, laissant l'eau chaude brûler sa peau. La salle de bains était moisie, la peinture s'écaillait, les joints fuyaient et la tuyauterie rouillait, mais peu importait, l'eau coulait, aussi chaude que dans n'importe quel palace de marbre aux robinets dorés. Elle serait volontiers restée des heures sous le jet, mais Guy l'attendait. A côté. Dans le canapé. Il était venu frapper à sa porte il y a un peu moins d'une heure.

Deux bières à la main.

Le rap de Kamila hurlait encore plus fort dans la cage d'escalier. La première intention de Leyli avait été de lui refermer la porte à la figure, ou au moins de l'éconduire sans ambiguïté.

Pas maintenant, Guy. Plus tard. Revenez plus tard.

Bizarrement, elle n'avait pas osé. Elle l'avait laissé entrer.

Elle l'avait immédiatement regretté. Elle n'avait pas aimé que Tidiane voie Guy. Elle avait encore moins aimé que Guy voie Tidiane. Cela n'avait pas duré longtemps, quelques minutes, avant que Moussa ne récupère son petit-fils, mais pendant tout ce temps, Leyli s'était inquiétée. Guy n'avait pas l'air bien malin, mais il aurait pu comprendre son secret, en soupçonner une partie au moins. Il n'avait pourtant posé aucune question, s'était contenté de saluer Tidiane comme si de rien n'était. Jamais, pensa Leyli en tremblant rétrospectivement, jamais elle n'avait laissé un étranger s'approcher aussi près de la vérité.

Pourquoi ? Parce que quelque chose en Guy l'attirait ? Il n'était pas vraiment beau, à l'exception de ses deux grands yeux bleus mélancoliques, à croire qu'une couturière les avait cousus sur son gros corps d'ours en peluche. Il n'était pourtant pas vraiment drôle. Une fois Tidiane parti, il avait laissé son regard traîner sur la petite télévision vieille de vingt ans, presque aussi épaisse qu'un minitel.

— Vous inquiétez pas, je vais pas vous demander de l'allumer, encourager l'OM me rend dépressif. Si je comptais le temps que j'ai passé depuis que je suis né à regarder à la télé des matchs de Coupe d'Europe en espérant qu'un club français aille au bout…

Il avait éclaté de rire avant d'ajouter :

— Au départ, j'avais pensé monter vous voir juste pendant la mi-temps, mais j'ai pensé que c'était un peu court pour conclure.

Il avait continué de s'esclaffer. Guy ponctuait presque toutes ses phrases par un rire de jouet mécanique vrillé, ça remplaçait chez lui les points de suspension.

— Je plaisante, Leyli. Je plaisante. De toute façon, vous êtes trop belle pour moi.

Cette fois, il n'avait pas ri. Leyli n'avait pas démenti. Il avait évacué le léger embarras en agitant ses deux bières sous le nez de Leyli

— J'en ai amené deux, mais si vous n'en voulez pas, je ne serai pas vexé. Je me dévouerai.

Nouveau grincement de ferraille. Guy aurait pu faire fortune chez les producteurs de sitcom. Leyli s'était contentée d'un sourire, hésitant à aller se faire chauffer un thé. Guy regardait toujours le bric-à-brac de l'appartement, les yeux écarquillés par ce qu'il découvrait, comme s'il était entré par erreur dans la ruelle d'un souk alors qu'il cherchait celle du PMU. Ses yeux glissaient sur les livres, les chouettes colorées, le coucher de soleil sur le Niger accroché au mur.

— C'est dingue, votre déco, avait-il ajouté tout en décapsulant la bière d'un mouvement de poignet expert.

Avant de poursuivre, son regard avait continué de papillonner sur les masques africains, les boîtes de thé vert, les sachets d'épices.

— Mais je vais être sincère, vous savez, moi, tous ces trucs exotiques…

Ses yeux, toujours en mouvement, s'étaient posés sur Leyli exactement à la fin de sa phrase. Il était resté la bouche ouverte à fixer ses babouches, ses cheveux tressés de perles, sa peau d'ébène.

Cette fois, un juron avait remplacé les points de suspension.

— Qu'est-ce que je peux être con !

Leyli avait éclaté d'un rire de toupie. Guy l'attendrissait.

Il traînait un visage crevassé par les années et un corps ramolli par la vie. Il était raciste. Sûrement alcoolique. Et malgré tout, elle l'aimait bien. Un peu plus que cela même. Elle ressentait pour cet homme une attirance étrange. Pas un coup de foudre. Plutôt l'inverse, même si elle n'arrivait pas à définir cet inverse. Une sorte de sentiment ancien, patiné par le temps, raboté, usé, mais pourtant évident.

Leyli avait envie de le séduire. De se laisser séduire.

Tout simplement.

Elle avait éteint la bouilloire et, sans l'avoir prémédité, annoncé à Guy qu'il pouvait s'installer, fumer sur le balcon, allumer la télé, prendre un livre, qu'elle allait se doucher. Elle empestait un mélange de patchouli et de javel. Elle n'avait pas eu le temps de passer à la salle de bains depuis la fin de son service à l'Ibis. Après avoir laissé Guy dans le salon et fermé au verrou la porte de sa salle de bains, elle s'était déshabillée et observée dans le miroir fêlé piqueté de points noirs.

Elle était mieux que ce miroir ! Elle était mieux que cette salle de bains moisie, mieux que cet appartement vétuste, mieux que ce quartier abandonné. Elle passa ses doigts sur ses seins bruns, aussi hauts et fermes qu'avant, au temps où les hommes qu'elle avait aimés les caressaient et les embrassaient ; sur sa taille joliment dessinée, sur son ventre plat, du moins qui le paraissait, si on ne le palpait pas pour en sentir les invisibles bourrelets.

Encore belle. Encore désirable, si elle s'en donnait la peine.

Leyli sortit enfin de la douche. Elle prit encore quelques minutes pour enduire sa peau de beurre corporel à l'huile d'argan, pour se remaquiller, pour nouer en couronne savamment désordonnée ses tresses colorées, puis, sans prendre le temps d'enfiler des sous-vêtements, fit passer par-dessus sa tête une robe-pagne malienne, longue et étroite, en basin bleu et mauve, épousant les courbes de son corps sans les mouler. Comme un papier cadeau, ni trop souple, ni trop rigide, laissant deviner la forme de la surprise et l'imagination faire le reste. La robe glissa sur son corps brun, ralentit un peu au passage de sa poitrine, glissa sur son ventre avant d'accrocher ses fesses et ses hanches. Leyli tira délicatement. La robe tomba comme un filet de pêcheur, jusqu'à mi-jambe.

Elle se pencha une dernière fois sur le miroir pour admirer sa silhouette cintrée, puis murmura pour elle-même :

— On va voir si tu n'aimes pas les trucs exotiques.

*
* *

Leyli avait accepté une bière, en avait vidé la moitié. Elle était assise dans le canapé et la tête lui tournait un peu.

Guy la buvait des yeux. Un peu trop. Elle regrettait maintenant son choix vestimentaire osé. Elle se tenait recroquevillée, en boule de chat, jambes repliées et bras croisés. Dans l'appartement du dessous, la musique s'était calmée. Plus aucun son n'en montait, comme si Kamila était sortie. Pour remplacer, Leyli avait placé dans le lecteur CD une compilation de Cesaria Evora.

Un truc exotique ! Guy n'avait pas commenté.

Guy parlait, de tout, de rien, Leyli écoutait distraitement, s'envolant le plus souvent dans ses pensées, papillonnant et ne revenant que de temps en temps se poser sur les mots de son invité. C'était étrange pour elle de se sentir belle et désirée. C'était un sentiment si lointain… Elle l'avait pourtant ressenti deux fois aujourd'hui, ce soir avec Guy, et cet après-midi, à l'Ibis, avec Ruben. Elle pouvait même ajouter une troisième fois si elle comptait le sourire insistant de Patrick, ou Patrice, elle ne savait plus, hier, dans les bureaux de la FOS-IMMO.

La loi des séries ? Comme les emmerdes ? Comme si les amoureux devaient se pointer tous en même temps, sans prendre un ticket, sans attendre leur tour. Il fallait toujours que la vie fasse dans la démesure, refile le bonheur comme le malheur en une seule livraison, en vrac dans un carton, et nous laisse déballer le tout.

Assis à l'autre bout du canapé, Guy tentait une approche maladroite. Il semblait jouer à Un, deux, trois, soleil dès que Leyli détournait le regard, déplaçait ses fesses de quelques millimètres. Une reptation invisible à pas de crocodile, d'hippopotame, d'éléphant.

Dès que Guy grappillait un centimètre, Leyli reculait de cinq. Le message était clair. Leyli n'avait pas envie d'aller plus loin, pas si vite, pas ce soir, même si c'était le soir idéal. Ils étaient seuls tous les deux, Leyli avait expliqué à Guy la situation, son Alpha retenu chez les flics, son fils Tidiane chez son grand-père, sa fille Bamby découchant elle ne savait où.

Guy la faisait rire. C'était suffisant pour ce soir. C'était déjà beaucoup.

Guy aimait les calembours, c'était sa spécialité, avait-il avoué, et il avait commenté la vie du quartier en déclinant Port-de-Bouc de mille et une façons.

Port-de-Bouc émissaire, en reparlant des Arabes, Italiens, Portugais et autres Polonais arrivés depuis quarante ans pour grossir le flux des chômeurs de l'étang de Berre.

Rires polis.

… Au point de ne plus pouvoir parler français en entrant dans un bar pour y faire un tiercé, *Port-de-Bouc m'écœure…*

Rires gênés.

Guy poursuivit son one-man-show en attrapant un livre, les contes et récits mythologiques, dans l'étagère.

Port-de-Bouquin.

Sa meilleure !

La one-fan-show apprécia. Leyli se sentait bien. En confiance. L'alcool aidant, lorsque Guy eut épuisé son *Almanach Vermot*, elle eut envie de continuer de se confier à lui.

Guy n'était pas doué pour parler.

Mais on ne pouvait pas lui retirer cela : quand il se taisait, il était très doué pour écouter.

Le récit de Leyli
Cinquième chapitre

J'espère que cela ne vous choque pas, Guy, d'apprendre que j'étais prostituée. Car c'est bien le mot qu'il faut employer, n'est-ce pas ? Même si avec Adil, on ne parlait pas de clients, seulement d'amis et de rencontres, même si quand tout s'est arrêté et que Nadia a écrit sous ma dictée la dernière page de ce cahier, je n'avais plus que trois hommes réguliers qui me payaient. Que je sois aveugle, que j'accepte de coucher avec des hommes pour retrouver la vue, ou par amour d'Adil, ou par peur de lui, ne change rien à ce fait-là.

J'étais une pute.

J'espère que mes enfants ne l'apprendront jamais. J'espère que personne d'autre que moi ne lira ce carnet. Je ne vous dirai pas où il est caché, Guy, ne comptez pas là-dessus. Vous en savez déjà beaucoup. Beaucoup plus que n'importe qui.

J'ai appris que j'étais enceinte le 25 juillet 1994, je m'en souviens, c'était la fête de la République en Tunisie, des pétards explosaient partout dans la rue et, bêtement, j'avais peur que ça traumatise mon enfant qui ne devait pas avoir plus de trois semaines dans mon ventre.

J'ai attendu pour en parler à Adil. Je comptais et recomptais dans ma tête. Pas les semaines avant l'accouchement, non, je comptais l'argent. Le nombre de rencontres ou les cadeaux que les amis avaient offerts, ils ne payaient pas toujours en dinars, en francs ou en dollars, ils offraient parfois aussi des montres, de l'or, des bijoux. Adil gardait tout.

Puis un soir, un mois après je crois, après qu'on a fait l'amour, nous faisions l'amour encore presque tous les soirs, j'ai sauté le pas. J'avais calculé et recalculé.

— Je crois qu'on a assez d'argent, Adil. Pour l'opération de la cornée. Je crois que je pourrais arrêter les rencontres. Filer d'ici. Trouver un chirurgien.

Adil avait répondu avec douceur. Tout en caressant avec la même tendresse mon corps, mes jambes, mon ventre encore plat, il m'expliquait qu'il ne voulait prendre aucun risque, qu'il voulait pour moi le meilleur médecin, le meilleur hôpital, qu'on n'était pas à quelques mois près. Pourquoi se presser ? Alors, je lui ai tout avoué. En une phrase. Une phrase définitive.

— Je suis pressée, Adil. Je veux être opérée avant avril. Dans les sept mois qui viennent. Je veux... Je veux voir naître mon bébé.

Adil n'a rien dit. J'ai simplement senti son corps se raidir. Sa main se figer. Son cœur battre... Battre... Battre...

Le premier coup est venu le lendemain. Il s'était endormi sans me répondre. Il s'était réveillé sans me poser de questions, sans me demander si j'avais une idée de qui était le père du bébé (comment aurais-je pu le savoir ?), il m'a juste embrassée comme si de rien n'était en m'annonçant : « François veut te voir ce soir. » Le premier coup est tombé quand j'ai répondu que je n'irais pas. Une gifle qui m'a projetée au sol.

Puis il pleurait, il s'excusait, m'implorait : Tu crois que c'est facile pour moi, Leyli ? Savoir que chaque soir tu couches avec d'autres hommes que moi ? Je le supporte pour toi, Leyli. Pour toi !

Jamais il ne me reparlait du bébé. Moi je ne pensais qu'à lui.

Il a continué de me battre chaque fois que je refusais de coucher. J'avais des marques. Aux joues. Aux bras. Mes amants s'en apercevaient forcément. Jamais aucun ne fit la moindre réflexion. Même Jean-Lou. Le plus gentil de tous. Lui aussi ferma les yeux. Comme les autres.

Une autre fois, après m'avoir frappé le dos avec ses rangers, la seule partie de moi qu'il pouvait atteindre, blottie en boule sur les pavés de la cuisine pour protéger mon ventre, il s'était assis à côté de moi. Il y a longtemps qu'il ne pleurait plus après les coups. Mais il caressait encore mes cheveux.

— De quoi vivras-tu, ma chérie, si tu arrêtes les rencontres ? Que sais-tu faire d'autre que l'amour ? Si tu retrouves la vue, tu crois que ça sera plus facile de regarder, les yeux dans les yeux, les hommes qui payent pour t'aimer ?

— J'attends un enfant, Adil, avais-je eu la force de répondre. J'attends un enfant.

— Et alors, Leyli ? Et alors ? Qu'est-ce que ça change, tant que nos amis ne le savent pas ?

Trois mois passèrent. Adil avait cessé de me battre. Il n'avait plus de raison. J'étais redevenue docile.

Je sentais mon ventre s'arrondir. J'imaginais que tout s'arrangerait naturellement. Quand je ne pourrais plus cacher ma grossesse, quand plus personne n'accepterait de rencontres avec une fille enceinte de six mois, sept mois, huit mois... Je comptais les semaines dans ma tête. Mon bébé me sauverait.

C'est Nadia, la serveuse de l'Hannibal, la fille à qui je dictais les mots de mon cahier, qui me prévint un soir. Elle avait fermé la porte du bar et bien vérifié qu'on était seules, à l'exception de sa fille qui n'avait pas un an et jouait avec une girafe en plastique à nos pieds. Je m'en souviens, je l'avais trouvée craquante avec ses formes potelées et ses cheveux tout bouclés. Ce jour-là, avant que Nadia m'annonce le secret qui allait faire basculer ma vie, tout en touchant mon ventre, j'avais prié très fort pour avoir une fille, une fille aussi adorable que la petite poupée de Nadia.

— Adil va t'abandonner, Leyli. Il en a parlé à Yan et François. Il a réservé une place sur le ferry pour Marseille samedi. Il veut deux hommes forts et armés pour l'accompagner. (Elle avait eu un petit rire mauvais.) Je pense qu'il va transporter avec lui une sacrée cagnotte. Je n'ai pas l'impression qu'il a l'intention de t'en laisser la moitié.

Tout s'effondrait.

Je comprenais enfin ce que mon cerveau savait depuis des années, mais refusait d'admettre. Adil m'avait prostituée toutes ces années dans l'unique but de s'enrichir. Cette histoire d'opération de la cornée n'était qu'une chimère pour me convaincre, puis me tenir, ce bébé contrariait ses plans, alors il fuyait tant qu'il était encore temps.

245

Je suppose qu'à écouter mon récit, vous l'aviez compris depuis le début et que vous ressentiez une pitié agacée pour la gourde que j'étais.

L'amour rend aveugle. Avec moi, Adil n'avait même pas besoin de se faire aimer.

— Merci, ai-je dit à Nadia.

— Si tu as besoin de quoi que ce soit...

Au fond, quand je repense à ce jour où tout a basculé, je me dis que je n'en ai jamais eu la preuve. Je n'ai jamais pu me débarrasser de cette manie de chercher à tout pardonner. Parfois, je me dis qu'Adil n'avait peut-être pas l'intention de partir seul, ou sans rien me laisser, que c'est Nadia qui a tout inventé. Que c'est moi qui ai tout provoqué.

Le vendredi soir, la veille de son départ, alors que j'étais allongée à ses côtés, je l'ai pris dans mes bras.

— J'en ai assez, Adil. Assez de tous ces amants. Je ne veux faire l'amour qu'avec toi.

L'argument l'avait surpris. Ma tendresse aussi. J'avais pensé que s'il avait projeté de partir le lendemain, il ne refuserait pas de me faire l'amour. Que son orgueil de petit mâle pervers en serait flatté. Me faire jouir une dernière fois ! C'est ce qui le perdrait. J'étais assise en amazone sur lui, et lorsqu'il a eu fini de s'agiter sous moi, je lui ai redit :

— Je ne veux faire l'amour qu'avec toi, Adil. J'ai pris une décision cette semaine. J'ai réservé un bateau pour Tanger. J'ai trouvé une place à la clinique du Soleil, à Marrakech. (Je n'avais pas inventé, elle existait vraiment !) J'ai eu un médecin au téléphone, il m'a faxé un devis à la poste, la buraliste me l'a lu et...

Il m'a coupée.

— Comment tu as fait ?

Je n'allais pas lui avouer que Nadia m'avait aidée.
En réfléchissant, il pouvait s'en douter. Mais au fond,
je savais qu'il s'en foutait. Comme prévu, il n'a rien
ajouté, il a juste dit :

— On en reparle demain.

Adil s'est levé au milieu de la nuit. Je ne dormais
pas. J'attendais depuis plusieurs heures ce moment.
Tout ce que je lui avais raconté la veille ne servait
qu'à cela : provoquer l'urgence. Pour être maîtresse
de l'enchaînement des événements.

Adil se déplaçait dans le noir, en silence, mais
je connaissais par cœur chaque bruit de la maison.
A l'extérieur, en ville, dans la rue, j'étais perdue,
vulnérable, mais j'avais appris à me déplacer chez nous
comme si j'avais les yeux ouverts.

J'écoutais.

Je savais qu'il dissimulait l'argent et tous les cadeaux
des rencontres dans la maison, quelque part dans la cuisine, dans une cache, sous l'un des pavés. Mais même
si je l'avais entendu des dizaines de fois le soulever,
j'étais incapable de le localiser avec précision. Il était
parfaitement scellé. Impossible de le repérer à tâtons.
Il fallait que je le force à sortir le butin de la cachette.
Et ensuite, seulement, agir.

J'entendis Adil préparer son sac, un gros sac noir
Adidas que l'on avait acheté ensemble, le remplir de
nos souvenirs, de tout ce qui avait un peu de valeur.
Lentement, sûr de lui. Fier de lui sans doute aussi. Il avait
exécuté un plan parfait depuis ce jour où nous nous étions
rencontrés. Je lui avais rapporté une fortune, plusieurs

dizaines de milliers de francs, avais-je calculé, et je ne savais pas qui il était. Je ne connaissais pas son visage. Il pouvait m'abandonner, jamais je ne le reconnaîtrais.

Je me suis levée.

Je me suis avancée. J'étais nue. Cela faisait aussi partie de mon plan. Pour qu'il continue de me croire plus fragile que je ne l'étais, malgré le couteau que je portais dans la main droite. C'est Nadia qui me l'avait fourni, je l'avais caché sous le matelas. Un vieux poignard berbère, un peu rouillé, avec un manche en corne.

J'approchai. Il ne prononça pas un mot.

Je fis semblant de donner trois coups de couteau dans le vide, en titubant, comme une folle qui cherche à lacérer des fantômes invisibles.

Il éclata d'un rire cynique, puis se recula à distance suffisante pour jouir de ma ridicule pantomime, à chasser les moustiques dans le noir avec mon dard inoffensif. Il ignorait que je le localisais au simple frôlement de ses pas. Que je pouvais évaluer chaque centimètre de cette pièce, que je connaissais ma position et la sienne, et que mon radar intérieur était capable d'en calculer la distance avec une précision de chauve-souris, que je mesurais mentalement la hauteur de mon bras et celle de son cou, que je m'étais entraînée des heures à viser des cibles invisibles, à fondre comme une guêpe sur des oranges ou des pommes posées sur un meuble.

J'ai continué de mimer quelques gestes désordonnés de somnambule, puis soudain, avec la rapidité et la précision d'une attaque d'escrime, j'ai fait deux pas en avant. Deux mètres. Le couteau berbère s'est planté dans la gorge d'Adil, j'ignorais si j'avais atteint ou non la carotide. Il s'est effondré sans un cri.

Tout alla très vite alors. Je m'habillai, attrapai le sac Adidas (il était incroyablement lourd), filai rejoindre Nadia. Elle me cacha quelques heures chez elle, puis m'aida à rejoindre le port à l'heure du ferry pour Tanger.

Adil était-il mort ?

Je ne sais pas, je n'ai jamais su.

Il avait été mon premier amour.

Je ne sais même pas si je l'ai tué. Je ne sais même pas à quoi il ressemblait.

– 33 –

21 h 29

Julo somnolait devant son écran, ayant sans doute profité d'une migration de flamants roses pour s'envoler vers l'une des plages paradisiaques sur lesquelles Bambi13 se prélassait. La chaleur et le chant nocturne des batraciens le berçaient. Il marchait au bord d'un lagon vers la belle inconnue sans visage, portant sa tête sous son bras, reconstituée à partir d'un cliché flou et d'une simple imprimante 3D. Contre son torse nu, le voile aux chouettes flottait au vent des alizés.

Une alarme stridente le réveilla soudain. Il lâcha un juron. Un grand paon, ou un papillon de nuit ressemblant, venait de se poser sur sa tablette !

Les fesses et la chute de reins de Bambi13 allongée sur sa serviette avaient disparu pour laisser place à la publicité pour un site de rencontres, limite pornographique, barré d'une imposante croix rouge. Julo pesta, ferma l'ordinateur. Puisque ces bestioles refusaient de le laisser en paix, autant en revenir aux méthodes traditionnelles, qui de plus lui permettraient de ne pas piquer du nez.

Il retourna la feuille des impossibilités sanguines de Waqnine et attrapa un stylo. La faible lueur de la lune sur l'étang, étirant les roseaux en longues plumes noires, suffisait à l'éclairer. Privés de source de lumière, les insectes nocturnes s'éloignaient déjà, tels des geeks, pensa Julo, qui foutent le camp dès qu'on ferme un écran pour ouvrir un livre.

Il colla la feuille contre le dos de la tablette. Tout est lié, répéta-t-il pour lui-même, reprenant le fil de ses idées avant qu'il s'endorme. Plus il tournait le puzzle dans sa tête, et plus il était persuadé qu'il existait une réponse unique à cet écheveau de questions.

Il écrivit nerveusement. Commençant par les plus évidentes.

Pourquoi a-t-on assassiné François Valioni ?

Qu'est allé faire Valioni à Essaouira quelques heures avant son assassinat ?

Quel est le lien entre son meurtre et l'association Vogelzug ?

Pourquoi Petar Velika refuse-t-il d'en parler ? (Sitôt rédigée, il raya avec vigueur cette ligne, de peur que par distraction, il ne sorte ce pense-bête sous le nez de son chef.)

Quel rapport existe-t-il entre la famille Maal, et en particulier Leyli, la mère de la tribu, et le président

Jourdain Blanc-Martin, son voisin à Port-de-Bouc, né aux Aigues Douces ?

Il continua avec les questions qui concernaient directement le meurtre.

Pourquoi le meurtrier a-t-il effectué une prise de sang sur François Valioni, si ce n'est pas pour déterminer une paternité ?

Que viennent faire dans la poche de Valioni ces coquillages ? (Qu'il s'agisse de cauris épaississait le mystère plus que ça ne le résolvait.)

Que signifie ce bracelet rouge, le même qu'on retrouve, décliné en diverses couleurs, vert et bleu, au poignet de certains sans-papiers ?

Julo en était déjà à huit questions sans réponse, mais une intuition lui susurrait qu'elles ne pouvaient être résolues que si l'on répondait aux dernières, celles qui portaient sur Bamby et Bambi.

Bamby Maal est-elle Bambi13 ?

Pourquoi son frère Alpha s'est-il si facilement laissé emprisonner, comme s'il l'avait cherché ?

Comment Bambi13 peut-elle se déplacer aussi facilement partout autour du monde ?

Pourquoi Bambi13 a-t-elle dévoilé son visage, partiellement, à la caméra de surveillance du Red Corner ?

Bambi13 a-t-elle tué François Valioni ?

Bambi13 va-t-elle tuer à nouveau ?

Quand ?

Où ?

Il leva son stylo et ferma doucement les yeux, laissant une nouvelle fois le chant des batraciens invisibles le bercer. La beauté de Bambi13 le fascinait. Le destin de Bamby Maal l'intriguait.

Une seule et même femme ?

Deux femmes prisonnières du même engrenage ?

Deux femmes, ou davantage ?

– 34 –

22 h 01

— C'était une soirée parfaite, Faline.

Le serveur du restaurant étoilé avait apporté les cafés il y a une trentaine de minutes, non sans laisser traîner le regard sur les cuisses de Faline. Jean-Lou avait pris le temps de vider sa tasse, de picorer les mignardises, biscuits soufflés à la vanille de Tahiti, déclinaison d'agrumes et réglisse, mendiants passion, de parler encore des réunions interminables qui l'attendaient le lendemain puis, à bout de mots, avait laissé s'installer le silence.

A peine une minute, avant qu'il regarde sa montre, qu'il pousse sa chaise et se lève.

C'était une soirée parfaite, Faline.

Il n'avait pas dit « On y va », analysa Faline. Jean-Lou n'avait pas laissé planer de doute sur la suite, l'imparfait « C'était une soirée » signifiait clairement que pour lui, elle était terminée.

Faline se leva à son tour, rajustant sa jupe, enfilant son blouson de cuir, se tenant debout à quelques dizaines de centimètres de lui. Il la laissa passer, galant, veillant à ne pas la frôler. Elle avança, imaginant qu'il baissait tout de même les yeux sur ses fesses, ses jambes, sa cambrure de fille du soleil.

Elle sortit du restaurant et alluma une cigarette pendant que Jean-Lou réglait l'addition au comptoir. De la rue, simplement éclairée par un réverbère, elle l'observa. Son pantalon était un peu trop court, le bas de sa chemise froissé et taché. Ses cheveux mal coiffés.

Jean-Lou est le plus maladroit de mes amants.
Il caresse trop fort, embrasse mal, jouit trop vite.
Il le sait. Ça le rend malheureux, je crois. Parfois même, ça le fait pleurer.

Tout en soufflant la fumée dans la nuit étoilée, elle essaya de faire calmement le point. Quelle stratégie adopter ?

Elle avait compris que Jean-Lou ne ferait pas le premier pas. C'était à elle d'oser, mais elle sentait que Jean-Lou n'attendait que cela pour endosser une nouvelle fois le beau rôle et lui laisser le mauvais. Admettre avec tendresse qu'il la trouvait très jolie, séduisante, mais qu'il aimait sa femme et son fils, qu'elle avait l'âge de son fils, d'ailleurs. Il se contenterait d'un bisou sur sa joue et repartirait auréolé. Peut-être qu'il se branlerait dans sa chambre d'hôtel en pensant à elle, peut-être qu'une fois revenu chez lui, il ferait l'amour à sa femme avec un désir décuplé. Tout bénef ! Le fantasme sans les emmerdes. Le plein de libido pour le prix d'un repas étoilé.

Elle tira une dernière bouffée en s'adossant au mur de brique, dans l'ombre de la ruelle. Ses sentiments se mélangeaient, mais la déception l'emportait. Rien à voir avec un ego de séduction bafouée, elle avait suffisamment expérimenté sa capacité à attirer les mâles d'une œillade pour qu'une seule soirée sème le doute. C'est l'échec qui lui serrait le ventre. Au point d'en ressentir de violents spasmes. L'échec de son plan. Tout ça pour rien ? Toute cette longue et minutieuse préparation pour s'arrêter au milieu du chemin ?

Elle jeta son mégot.

Oui, le sentiment de déception la submergeait, à en pleurer, comme lorsqu'on foire un examen qu'on a révisé comme une acharnée…

Et pourtant, une petite flamme brûlait.

Une petite lumière d'espoir qui s'était rallumée au plus noir de ses pensées, à laquelle elle ne croyait plus depuis longtemps, comme si Jean-Lou, en ne se laissant pas séduire par elle, ne sauvait pas seulement sa vie, mais sauvait celle de tous les autres hommes.

Elle écrasa son mégot de sa ballerine tout en se forçant à imaginer des explications moins nobles. Jean-Lou avait une autre maîtresse qui l'attendait dans sa chambre du Radisson Blu. Ou souffrait d'une infirmité sexuelle. Préférait les hommes… Tant pis, elle devait tenter le tout pour le tout. Lui prendre la main, lui attraper un coin de lèvres lors de leur bisou d'adieu. Pour quel résultat ? Même si elle parvenait à lui arracher un baiser, la route serait trop longue pour l'entraîner au Red Corner. Cette nuit.

Perdue dans ses pensées, elle ne vit pas Jean-Lou sortir de chez Gagnaire.

Elle ne l'entendit pas approcher.

Elle ne perçut que son ombre, ils étaient seuls dans la rue sombre.

Jean-Lou ne prononça aucun mot. Ne lui laissa pas le temps de tenter le moindre geste. Il se contenta de vérifier que personne ne pouvait les voir, puis de tout son poids, se colla à elle. Sa bouche avala la sienne. Sa main droite se posa sur son sein et le pressa avec une ardeur presque bestiale. Sa main gauche remonta le long de sa cuisse nue pour à peine s'attarder contre sa jupe et directement se glisser sous son string.

Elle se laissa faire. Elle lui rendit son baiser. Elle ondula et ouvrit un peu les cuisses pour que le doigt de Jean-Lou s'immisce.

Rassurée. Elle avait gagné.

Jean-Lou méritait de mourir. Comme les autres.

– 35 –

23 h 52

Gérard Couturier sauta de son lit, excédé.

Au début, il avait cru qu'un voisin s'était branché sur France O, RFO, ou sur France Culture qui aurait pété un câble et diffusé du jazz africain. Mais non, il

255

avait dû se rendre à l'évidence, la musique ne provenait pas de la chambre d'à côté. On entendait les guitares et le tam-tam aussi fort que si un voisin cognait sur les cloisons, mais les sons provenaient de plus loin.

Gérard se risqua dans le couloir.

La musique qui braillait semblait provenir de l'extrémité du corridor, et plus précisément de la salle du petit déjeuner. Des guitares rivalisaient dans les aigus avec la voix d'une fille qui chantait dans une langue qu'il ne comprenait pas. Des cris, des pas de danse, des applaudissements les accompagnaient.

Un concert ?

Un concert à près de minuit ? Dans la salle de réception de l'Ibis de Port-de-Bouc ?

Gérard Couturier n'en croyait pas ses oreilles.

La fille chantait plutôt bien d'ailleurs, ça n'était pas la question. Il bâilla. Il se gratta le ventre sous son tee-shirt vert pelouse, aux couleurs de la franchise de sa jardinerie. Son directeur des ventes l'attendait demain à 8 heures, et les chiffres n'étaient pas bons. Moins 30 % sur les tondeuses. Réchauffement climatique, sécheresse, herbe grillée dans tout le Midi, gazon qui pousse moins vite, le cercle infernal… Il se sentait aussi catastrophé qu'Ugolin après sa source tarie.

Il prit le temps d'enfiler des chaussures. Moins d'une minute plus tard, il se retrouvait devant la porte coupe-feu de la salle du petit déjeuner. Fermée. Il cogna. Fatigué. Au bout de quelques secondes, Ruben Liberos, le directeur de l'hôtel, apparut.

Gérard dégaina le premier.

— C'est quoi ce bordel ?

Le directeur lui roula des yeux ronds.

— « Ce bordel » ? Ce concert ? Un bordel ? Entrez, mon ami, entrez… Ce sont les Whendo, le meilleur big band du continent africain. Je les ai rencontrés en 1994, alors qu'ils jouaient pour l'intronisation de mon ami Nelson Mandela. Partager vingt-sept ans de cellule à Robben Island crée quelques liens ! Les Whendo sont des amis de la France. Quand Mitterrand a prononcé le discours de La Baule, c'est eux qui ont interprété *La Marseillaise*. On raconte que Jacques Chirac les a réclamés pour jouer à son enterrement, c'est écrit sur son testament…

Gérard observa, médusé, le directeur de l'hôtel. Il allait hurler un « Vous vous foutez de ma gueule » quand la porte s'ouvrit à nouveau. Le représentant en tondeuses eut juste le temps de voir un type avec des dreadlocks jouer de la guitare, un géant penché sur un djembé, et au moins trente personnes dans la pièce !

Une fille en sortit. Grande. Fine. Très maquillée. Jupe courte et blouson de cuir. Superbe. Gérard fut immédiatement persuadé qu'il s'agissait de la chanteuse. Plus aucune voix n'accompagnait la musique.

— Tu pars déjà, Noura ? fit le directeur de l'hôtel.

— Je suis attendue. Je ne serai pas là avant 9 heures demain. J'espère que ta vieille assurera.

Elle claqua la bise à Ruben et disparut.

Le directeur ouvrit grand la porte.

— Entrez, l'ami, je vous en prie.

Gérard Couturier hésita. Il n'était pas trop jazz, encore moins musique africaine. Mais il avait eu le temps de lorgner les bonbonnes de rhum arrangé alignées à la place habituelle des saladiers de corn flakes.

Un nouveau type lui barra la vue. Un géant. Il le salua d'une amicale tape dans le dos.

— Viens trinquer avec nous, mon frère. Moi, c'est Savorgnan. Tu as des enfants ?

Gérard acquiesça, de plus en plus décontenancé.

— Tu ne dois pas les voir souvent avec ton métier de dingue ! Moi, les miens arrivent demain. Ma femme Babila, mon fils Keyvann et ma fille Safy. Allez, entre, on va fêter ça.

La musique reprenait de plus belle. Une nouvelle fille, aussi belle que la première, s'était invitée au micro. Après tout, il emmerdait Karl, son directeur commercial. Les tondeuses ne se vendraient pas moins s'il vidait un petit verre avant de retourner se coucher. Demain, il laisserait cinq étoiles sur TripAdvisor. Il avait écumé la moitié des Ibis d'Europe et n'avait jamais connu un tel accueil.

– 36 –

23 h 56

Le type ronflait sur le lit du dessus, faisant tomber une fine pluie de poussière sur celui du dessous.

Alpha consulta sa montre, attendit encore quelques minutes, puis se leva. Son torse arrivait à la hauteur du matelas supérieur. Il secoua son compagnon de cellule. Le type se réveilla d'un bond, comme si le mur de la prison s'était écroulé sur lui.

Il écarquilla les yeux et regarda avec stupéfaction la figure du géant noir qui le dévisageait, un gosse qui devait avoir à peine dix-huit ans.

— Tu fais quoi ? demanda le prisonnier.

A défaut de posséder la moindre arme, ses yeux semblaient injectés de poison.

— J'ai besoin de toi, fit Alpha.

Le type du dessus fronça le regard comme s'il était capable de transformer son nerf optique en sarbacane.

— Putain... Tu délires ? Tu me réveilles pour ça ? On va t'apprendre les codes, mon gars. Déjà qu'on se fait chier dans la journée, alors si on ne peut pas dormir la nuit parce qu'un connard...

Le type ressemblait un peu à Danny DeVito, l'acteur américain. Un petit nerveux avec une figure ronde et des cheveux qui poussaient seulement sur les côtés, comme s'il en sortait davantage de ses oreilles que de son crâne.

Alpha parla d'une voix calme. Posée.

— J'ai besoin de voir l'Argentier.

DeVito se frotta les tempes. Ça électrisait ses cheveux en une crête blanche.

— L'Argentier ? Rien que ça. J'espère que t'as pris cher alors. Que t'as tué un flic ou découpé ta meuf à la machette, parce que l'Argentier, pour le voir, faut prendre un ticket. Ça peut durer des années.

— Je sors demain. J'ai besoin de le voir avant. Demain matin. Tôt.

— Tu veux un autographe de Mesrine en prime ? Et un plan à trois avec Bonnie and Clyde ?

Alpha se pencha soudain en avant et, d'une seule main, attrapa le col du pyjama de DeVito. Il le souleva à la seule force du bras, serra le tissu autour du cou de son voisin de cellule, faisant glisser les draps, dévoilant son ventre gras.

— T'as pas compris ? J'ai une affaire à proposer à l'Argentier ! Je me suis fait coffrer uniquement pour le rencontrer. Ne me demande pas pourquoi, mais je savais que les flics me réserveraient ce petit traitement de faveur. Alors tu vas faire le nécessaire pour que j'aie une place à côté de lui quand on ira se dégourdir les jambes demain matin.

Alpha relâcha son étreinte. DeVito toussa, rajusta son pyjama, puis bâilla.

— Tu m'emmerdes avec tes salades. Si tu crois que je vais m'embrouiller avec l'Argentier pour tes conneries.

Alpha se retint d'empoigner directement le cou du type. De serrer plus fort jusqu'à ce que sa tête ronde devienne écarlate. Ce type lui promettrait n'importe quoi, mais se vengerait par prisonnier interposé dès qu'il aurait le dos tourné. Mieux valait se montrer diplomate.

— Ecoute-moi, petit malin. Je viens proposer à l'Argentier l'affaire du siècle. Si tu ne joues pas les intermédiaires, si tout foire à cause de toi et que l'Argentier l'apprend, c'est toi qui vas dérouiller. Tu sais ce qu'est arrivé aux généraux d'Hitler qui n'ont pas osé le réveiller pendant que les Américains débarquaient en Normandie ? Il les a fait fusiller ! Cent dix-huit généraux. Peut-être même décapiter, les historiens sont pas tous d'accord là-dessus.

Alpha avait mis le paquet, mais ça n'avait pas l'air d'impressionner DeVito.

— Jamais entendu parler de ton type, là, Hitler. Et encore moins de la came américaine qui passerait par la Normandie.

Il était tombé sur le compagnon de cellule le plus con de la prison !

Alpha se contenta de poser ses deux mains sur les deux bras de DeVito. Presque à hauteur de ses épaules. Ses doigts faisaient facilement le tour de ses maigres membres. Il hésita à le secouer, mais se contenta de le maintenir à quelques centimètres de son visage avant de tester une nouvelle fable.

Je vais essayer de te faire piger autrement à quel point tu joues gros. Tu sais qu'au Japon, y a moins d'un an, un ingénieur a envoyé un dossier à Sony pour développer un nouveau jeu qui s'appelait Pokémon GO. La secrétaire n'a pas transmis, le dossier s'est perdu, personne n'a cru bon d'informer le patron, et le type est allé sonner chez Nintendo. Sony a perdu 300 milliards sur le coup et une centaine de salariés se sont fait hara-kiri.

Apparemment, DeVito craignait davantage la vengeance des Pokémon que celle des Waffen-SS. Il desserra lentement l'étau de dix doigts qui emprisonnait ses deux bras.

— Tu fais chier, gamin ! Mais après tout, c'est pas mes oignons. OK, je m'arrangerai pour que tu puisses parler à l'Argentier. Maintenant dodo, tu remontes mon drap, tu le bordes gentiment, tu fais une bise sur le front de papa et tu retournes te coucher.

00 h 25

— Allô ? C'est vous, patron ? Vous ne dormez pas ?

Julo avait décroché, surpris. La voix de Petar gronda dans le téléphone.

— Moi aussi j'emporte du boulot à la maison, figure-toi ! J'ai été obligé de me relever du lit conjugal, j'ai une question dans le crâne qui tourne en boucle.

— Une seule ? Vous avez de la chance, patron !

— Blasphème pas, petit. Jamais après minuit. Surtout que c'est toi qui m'as mis le doute.

— Avec mon prof qui va nous faire une conférence sur les cauris à la mosquée demain matin ?

— Non, avec ta famille Maal. Comme toi, je ne crois pas trop aux coïncidences, croiser deux Bambi dans la même clairière, c'est une de trop !

Julo repensa à sa conversation avec son patron, un peu après le départ d'Alpha Maal pour la prison. *Bambi13*. *Bamby Maal*. Enfin, le commandant avait réagi.

— Je suis désolé de vous coller des insomnies.

— Tu peux ! Je vais faire la grasse matinée demain, crois-moi. Nadège va pas apprécier que je l'abandonne toute seule matin et soir. T'es pas le premier que j'appelle depuis le début de la soirée, je pensais régler ça en un quart d'heure, j'ai secoué quelques copains qui s'y connaissent en informatique, mais aucune trace de cette Bamby Maal sur la Toile. Aucune photo d'elle ne circule.

— Je sais, j'avais déjà cherché, patron.

Julo regretta aussitôt son insolence, mais Petar ne releva pas. Il marqua un silence, Julo imagina que le commandant se grattait la tête, ou son ventre gras sous son pyjama, ou son entrejambe s'il n'en portait pas.

— Si t'as une autre idée, mon surdoué ? finit par lâcher Velika.

Julo répondit dans la seconde, comme s'il avait anticipé la question.

— On demande à sa mère demain matin. On a l'adresse de Leyli Maal dans le dossier. Il suffit de la convoquer et de lui demander de nous apporter tous les albums photo de la famille.

Le commandant laissa filer un silence plus long encore.

— T'es sérieux ? T'as bien lu le dossier ?

— Oui, pourquoi ?

— Tu ne remarques pas une légère impossibilité ?

— Rien d'insurmontable, patron ! On représente le ministère de l'Intérieur, non ? On a le bras long... Y a toujours des solutions !

— Facile à dire, gamin, ça suppose tout de même un sacré numéro d'équilibriste. Un putain de plan sans accroc... Tu me vois expliquer ça à la DCPJ[1] ?

— Vous avez toute la nuit pour réfléchir et trouver un moyen de les convaincre. Je vous fais confiance, commandant.

La voix de Petar Velika traînait maintenant, plus sourde, comme s'il venait de recevoir en pleine face un oreiller d'emmerdes.

1. Direction centrale de la police judiciaire.

— Mouais… Homonymie des Bambi ou pas, je ne te fais pas de dessin, on risque fort de devoir se passer d'un tête-à-tête avec Leyli. Pour décider la DCPJ, il nous faudrait au moins un meurtre ou deux de plus.

— Pas de danger, patron. Le brigadier Taleb veille devant la porte du Red Corner, non ?

— Ouais, t'as raison !

– 38 –

00 h 47

Jean-Lou n'était jamais entré dans un Red Corner. Il en avait simplement entendu parler, comme tout le monde. Dans le taxi, il avait trouvé particulièrement ridicule cette idée d'installer une alcôve censée être romantique au cœur d'un centre commercial, coincée entre une jardinerie, un magasin de bricolage et un Carrefour ; encerclée par un périph, avec d'immenses parkings de béton comme seul horizon et la succession de feux rouges comme autant de soleils levants.

Il avait pourtant suivi Faline, tels deux clients ordinaires ; il s'était laissé guider par la main à la sienne accrochée, avait traversé en silence le bar automatisé désert, grimpé l'escalier tamisé, introduit sa carte bancaire professionnelle au terminal de paiement électronique de la chambre Caravansérail, puis avait laissé Faline entrer.

Le temps s'était arrêté.

Une subtile musique berbère les accueillit. Il avança, s'enfonça dans une moquette jaune paille, épaisse au point de s'imaginer déjà aspiré par des sables mouvants. La chambre n'avait pas de murs, pas davantage de plafond. Ils entraient dans une tente, une vaste tente de caravanier, habilement dressée pour s'encastrer dans la pièce et en épouser les formes, ne laissant que quelques ouvertures pour admirer un ciel étoilé en trompe-l'œil, des dunes lointaines peintes sur les murs, une oasis, un astucieux jeu de miroirs multipliant à l'infini les tapis sous la tente, les coussins, les soieries. Deux torches flambaient devant les rideaux de toile à l'entrée de la tente, retenus par deux cordes d'or.

Un décor des *Mille et Une Nuits*.

Mille nuits pour les fantasmes, pensa Jean-Lou. Et une seule pour les réaliser.

Dans une discrète penderie, des vêtements et accessoires étaient à disposition des clients. Robes, voiles, masques, turbans, ceintures, éventails. Jean-Lou s'était allongé sur les coussins, sans éprouver aucune envie de se déguiser en prince oriental. Faline n'avait pas insisté, mais avait tenu à jouer. Elle s'était enfermée quelques minutes dans la salle de bains pour en sortir... emballée de la tête aux pieds. Le même long turban, mauve aux reflets pourpre et or, couvrait d'abord le visage de Faline, ne dévoilant que le carmin de sa bouche et le noir de ses yeux, puis son cou, ses épaules, corsetait sa poitrine et sa taille pour lier ensuite ses deux jambes en queue de sirène, jusqu'à ses chevilles nues.

Une princesse momifiée. Qui n'attendait que lui pour lui redonner vie.

Jean-Lou ferma les yeux quelques secondes, comme pour vérifier qu'il ne rêvait pas. Tout se mélangeait dans sa tête. Il avait perdu le contrôle. En sortant de chez Gagnaire, il s'était juré que cette soirée se limiterait à un baiser, un tendre baiser d'adieu, avant de filer. Sa langue lui avait échappé, ses mains aussi, Faline n'avait rien fait pour l'empêcher. Un seul « Non » aurait suffi à chasser ce serpent tapi dans son cerveau, il en était persuadé, ce serpent qui lui soufflait l'envie de connaître le goût de la bouche de cette fille, le poids de ses seins au creux de sa main, l'humidité de son intimité, au bout de ses doigts.

Et s'arrêter là.

A pas microscopiques, telle une quille qui vacille, la momie s'avançait vers lui.

Jean-Lou se maudissait. Il maudissait cette faiblesse des hommes. Il maudissait ce salopard de Dieu et son armée d'anges-ingénieurs-créateurs qui les avaient programmés pour immanquablement bander face à une fille bien roulée, qui leur avait implanté ce virus dans le crâne, capable de balayer en une minute les défenses que l'éducation et la morale avaient mis une vie à dresser.

Bien entendu, ça ne s'était pas arrêté là.

Il avait proposé à Faline de le suivre dans sa chambre au Radisson Blu, mais elle avait une autre idée.

Une meilleure idée.

Faline, doucement, de son bras droit, la seule partie de son corps non momifiée, détacha le turban qui enveloppait ses cheveux. Ils tombèrent en pluie de soie alors que le tissu qu'elle déroulait libérait son menton, sa nuque, ses épaules…

266

— Fais-moi tourner, chuchota-t-elle.

Il saisit l'extrémité du turban qu'elle lui tendait. Il avait compris. C'était à lui de la dénuder en tirant sur le voile violet. La belle tourbillonnerait pour lui comme une toupie impudique, jusqu'à ce que tombe l'autre extrémité de la longue traîne de tissu et qu'elle soit entièrement nue. Il exerça une traction sur le ruban, lentement, puis plus fermement. La belle ne tourna pas. Le jeu ne lui suffisait pas, elle voulait encore l'épicer. D'une main experte, elle attrapa le poignet de Jean-Lou et, à l'aide du turban, le noua à l'un des barreaux qui soutenaient la tente.

— Ainsi, nous sommes tous les deux liés.

Faline glissa le turban dans la paume de Jean-Lou, pour que sa main attachée puisse tout de même, par un simple mouvement des doigts, dérouler le tissu. Elle se redressa et, telle une derviche tourneuse, commença à pivoter à chaque centimètre de turban libéré par Jean-Lou, comme guidée par son interminable bras de soie. Dissimulés hors de la tente, des haut-parleurs diffusaient une musique orientale au tempo de plus en plus rapide. Une playlist, pensa Jean-Lou, dont le rythme était programmé en fonction des ébats supposés des amants. Sa tête tournait plus vite que la taille de Faline.

Blandine ne saura rien, martelait-il contre les parois de son crâne alors que ses doigts continuaient d'agripper le tissu, s'y accrochaient comme à la corde d'un puits au fond duquel il se noyait, une corde qui sans cesse se dérobait. Alors il tira, tira, sans plus penser à rien d'autre.

Le turban de Faline dévoilait le haut de ses seins. Aplatis sous le tissu serré, chaque centimètre gagné par Jean-Lou aidait à les libérer. Avec une émotion indicible, il les vit naître sous le tissu plus lâche, éclore pour ainsi dire, deux poussins plus clairs posés sur ce nid de miel, timides d'abord, et à chaque nouvelle volte, s'arrondir.

Blandine ne saura rien. Cette pensée devait écraser toutes les autres.

Le ventre de Faline était déjà à demi libéré, aussi plat dénudé que corseté, une plaine brune frôlant le gouffre de son nombril, lorsque la belle se pencha à nouveau vers Jean-Lou.

— C'est toujours toi qui me tiens, mais tu ne pourras pas m'échapper.

Elle saisit un mètre du turban qui coulait sur le tapis, telle la mue d'un long reptile, et s'en servit pour nouer le poignet gauche de Jean-Lou à un second barreau de la tente, laissant toujours courir le tissu au creux de sa paume.

— Continue, mon petit prince, je veux encore danser pour toi.

Du bout des doigts, difficilement, maladroitement, Jean-Lou continua. Il ne parvenait quasiment plus à tirer sur le long voile, mais peu importait, au son des violons qui jouaient crescendo, Faline tournait, avec une lenteur calculée, le turban délié se colla un moment à ses hanches dont la courbe semblait avoir été dessinée pour retenir la ceinture de soie, avant qu'elle ne glisse. Le voile mauve n'entourait plus que la naissance du pubis, se décollait déjà de l'arrondi de ses fesses.

Jamais Jean-Lou n'avait été aussi excité, et pourtant, il ne parvenait pas à se débarrasser de ce sentiment de culpabilité.

Blandine saura, Blandine devinera.

Cette mauvaise conscience qui gâchait tout, qui s'insinuerait même lorsqu'il ferait l'amour à cette fille splendide. Ce double irréprochable qui se détacherait de son corps pour lui projeter en hologramme l'image de Blandine seule dans son lit, amoureuse et confiante, veillant sur Jonathan, brouillant les images féeriques qui tourbillonnaient devant ses yeux. Peut-être que tout le reste de sa vie, il ne pourrait plus aimer Blandine sans repenser à cette nuit ?

Imperceptiblement, Faline s'était reculée. Le voile mauve, dans sa main, s'était à nouveau tendu.

Ou peut-être serait-ce l'inverse, se força à penser Jean-Lou en imaginant étouffer son double moral sous un coussin de velours, il traînerait cette culpabilité jusqu'à demain, jusqu'au réveil, parce qu'elle n'était au fond qu'une trouille de se faire prendre. Puis dès qu'il téléphonerait à Blandine et Jonathan, demain matin, le ciel à nouveau s'éclaircirait et il ne resterait plus de cette nuit qu'une parenthèse enchantée. Le plus bel arbre de son jardin secret.

Les deux rideaux commandant l'entrée de la tente se refermèrent à cet instant précis. Dans les secondes qui suivirent, Jean-Lou ne perçut plus que la lueur des deux torches derrière la toile, une ombre, plusieurs ombres peut-être, puis aussi soudainement que les rideaux s'étaient fermés, les flammes des torches furent soufflées.

Noir complet.

— Faline ? Faline ? Tu es là ?

Aucune réponse. Un nouveau jeu ? Un piège ? On voulait l'atteindre ? On allait le filmer, le photographier, pour briser sa famille ? Qui ? Pourquoi ? Ça n'avait aucun sens.

— Faline ? Faline ?

Les pensées se bousculaient dans son esprit. Il essaya de tirer sur le turban, mais ses poignets étaient solidement fixés.

Qui pouvait lui en vouloir ? Il n'avait jamais trompé Blandine. Pas depuis vingt ans du moins, pas depuis qu'il avait quitté Vogelzug, pas depuis que Jonathan était né. Avant Jonathan, il s'était contenté d'aller voir quelques prostituées de l'autre côté de la Méditerranée, lorsqu'il partait plusieurs semaines. C'était si loin.

Frénétiquement, Jean-Lou tira sur ses liens.

J'ai cru que Jean-Lou pourrait m'aider.

Il savait, sans même qu'on en parle, il avait compris qu'un bébé dormait dans mon ventre.

Il avait eu des doutes, forcément. Peut-être aurait-il été prêt à assumer ? A nous aimer ? Au moins par pitié ?

Je l'ai cru quelques semaines, avant que sa femme, sa vraie femme, tombe enceinte. D'un enfant handicapé.

Alors comme les autres, plus lâchement encore que les autres, il m'a abandonnée. Il nous a abandonnés. Moi et mon bébé.

Jean-Lou était incapable d'estimer combien de temps s'était écoulé. Il perçut seulement une ombre avancer dans le noir, une créature nyctalope, une chouette, un chat, une chauve-souris. Il était parvenu, à force de contorsions, à rendre un peu plus lâches ses garrots. Pas au point de se détacher, mais il pouvait bouger son poignet de quelques centimètres, se tourner. Il attendit. Aux aguets.

La créature était tout près de lui.

Elle le piqua au bras.

Brusquement. Violemment. Jean-Lou ne réfléchit pas. Il tira de toutes ses forces sur ses liens, tendit son cou à le décrocher et, en aveugle, mordit la main qui maintenait l'aiguille dans son avant-bras.

Il entendit un cri, hurla lui aussi alors que la main arrachait l'aiguille en se reculant précipitamment. Un bruit de verre brisé s'ajouta au vacarme. Immédiatement, Jean-Lou repensa au pendentif de verre qu'il avait offert à Faline.

Faline ?

Son esprit visualisa les dernières images enregistrées par ses yeux, derrière la toile de la tente, avant que les torches s'éteignent. Il avait cru distinguer deux ombres, mais peut-être n'était-ce dû qu'à l'illusion de la double source de lumière. Son agresseur ne pouvait être que Faline, mais sa raison refusait de le croire. Un inconnu pouvait s'être introduit dans la chambre. Un amant jaloux. Il pouvait avoir agressé Faline, puis s'en prenait à lui.

Il attendit encore. Il s'efforça de compter les secondes dans sa tête et évalua qu'il s'était écoulé six minutes depuis qu'il avait repoussé son agresseur, le goût du sang commençait à se dissiper dans sa bouche.

Il ressentit d'abord la douleur à son poignet droit, puis au gauche dans la seconde suivante. Le sang ne coulait plus dans sa gorge. Il coulait le long de ses bras.

Son sang.

Son assassin s'était cette fois approché sans bruit. Une ombre dans la nuit, un couteau effilé, une lame de rasoir peut-être, ses deux veines tailladées.

— Faline ? Faline, je t'en supplie.

Personne ne lui répondit. Quelques minutes plus tard, il entendit la porte de la chambre Caravansérail du Red Corner s'ouvrir, puis se refermer.

C'était fini.

Il allait mourir ici.

Certains amants repentis avouent sur leur lit de mort des doubles vies, des triples vies, des vies de mensonges sans jamais s'être fait prendre. Lui serait condamné à mort pour sa première faute. Quelle ironie.

On allait le trouver dans cette chambre au petit matin, une femme de ménage sans doute, ou le couple de clients suivant. On découvrirait son portable dans sa poche, on préviendrait Blandine, elle n'y croirait pas, ni à sa mort, ni à la scène de crime, ni à sa trahison.

On s'interrogera, on se rendra dans sa chambre au Radisson Blu pour chercher des indices, on fouillera ses valises. On y trouvera un petit avion, une maquette d'A380. On rendra ses affaires à Blandine, qui offrira l'avion à Jonathan, en expliquant que papa est monté au ciel.

Jonathan ne sera pas triste. Sur son visage, en découvrant l'avion, s'affichera son grand sourire innocent, sa dernière pensée sera que son papa est gentil, qu'il lui rapporte toujours des surprises quand il part. Alors, il filera dans le jardin en courant, en levant très haut son avion et en mimant le bruit du moteur avec sa bouche, il regardera en l'air pour chercher papa, pour lui dire merci.

Puis, très vite, il l'oubliera.

Jour de vent

7 h 03

L'Argentier ressemblait à Ben Kingsley.

Un crâne long et chauve, des petites lunettes rondes, un sourire toutes dents dehors en forme de touches de clavier et des rides creusées sur son front aussi fines que des lignes de comptes. D'ailleurs, Alpha avait l'impression que tous les types incarcérés dans la prison ressemblaient à des acteurs américains. Il avait vu Bruce Willis sortir des chiottes, un vieux De Niro parler tout seul dans un coin de la cour, un Robert Downey Junior et un Hugh Jackman profiter de la promenade du matin pour faire des abdos.

Ben l'Argentier s'approcha, lui emboîta le pas, côte à côte sur quelques mètres le long du mur de la prison, à l'abri du vent. Il se contenta de prononcer trois mots, sans même regarder Alpha.

— Je t'écoute.

Alpha souffla avant de se lancer. Il devait peser ses mots. Il savait que l'Argentier, comme lui, s'était volontairement laissé enfermer en prison, quelques heures pour Alpha, quelques années pour l'Argentier. Parce qu'il faut bien un type à l'intérieur pour gérer les affaires, comme les multinationales ont besoin d'envoyer des cadres au fond de la Mandchourie ou à Arlit au cœur du Sahara. Certains comme l'Argentier acceptent, parce que c'est temporaire et bien payé. Alpha exposa son plan en quelques mots, et surtout, livra les codes pour récupérer le dossier déposé dans une Dropbox. Ils y trouveraient tous les détails, le plan financier, les contacts, les échéances. Tout était prévu, tout était carré. Alpha insista ensuite sur les bénéfices, les bénéfices colossaux, mais il fallait aller vite.

Contrairement à DeVito, Ben l'Argentier eut l'air immédiatement intéressé. Il lui lança son sourire de banquier. Tout juste s'il ne fallait pas lui serrer la main.

— Je vais transmettre. On va étudier.

Alpha décida de pousser l'avantage.

— Faut vraiment aller vite. Le bateau ne sera pas libre longtemps.

Dans la seconde qui suivit, il le regretta. Ben s'éloignait déjà. L'entretien n'avait pas duré une minute. L'Argentier tint à avoir le dernier mot.

— On n'a pas l'habitude de laisser traîner. L'information circule vite, chez nous. Elle est déjà remontée. Tout sera réglé ce matin.

40

7 h 04

Merci.

Ce simple mot, à peine prononcé, tout juste chuchoté, à bout de souffle, se répétait à l'infini dans le subconscient de Jourdain Blanc-Martin. Quand il avait allumé son ordinateur, à très exactement 7 heures du matin, en fond d'écran, à la place de l'habituelle photographie du *Marité* au large de la presqu'île de Port-de-Bouc, s'était affiché le visage de sa mère. Il avait mis quelques secondes à comprendre, avant de se souvenir qu'il l'avait programmé il y a plusieurs mois, pour ne pas oublier la date.

Il y a dix ans, jour pour jour, sa mère s'était endormie dans ses bras, dans le grand lit de sa maison de Sausset-les-Pins, avenue de la Côte-Bleue, face aux îles du Frioul. Tranquillement. Sereinement, comme une petite étoile qui s'efface au matin pour laisser place à la lumière. Peut-être plus heureuse qu'elle ne l'avait jamais été.

Merci, lui avait-elle murmuré avant de fermer les yeux pour laisser le noir entrer.

Merci, Jordy.

Ce furent les deux derniers mots de sa mère, pensa Blanc-Martin. Ce fut aussi la dernière fois qu'un être humain l'appelait par son véritable prénom.

Jordy.

Depuis que sa mère était partie, tout le monde l'appelait Jourdain. Ses six cents salariés, les quinze membres du conseil d'administration, ses trois fils, sa femme.

Blanc-Martin renvoya pour la troisième fois l'instruction à sa secrétaire. Ne pas oublier d'envoyer une couronne de fleurs au cimetière Saint-Roch et une autre pour la messe qui serait prononcée à 11 heures à l'église Saint-Cézaire.

Il avait beau fouiller au plus profond de sa mémoire, il ne conservait que peu de souvenirs de jeunesse avec sa mère. Quelques images et des bruits des manifs où elle le traînait, haut comme trois pommes, sur la Canebière, minot sous le drapeau de la CGT. Annette Blanc était une militante, une battante, une pasionaria portée par le mistral de la contestation sociale. Une rouge ! Aussi rouge que son père, Bernard Martin, était incolore. Neutre. Apolitique. Abstentionniste. Militant de rien, nihiliste de tout après que les chantiers navals de Port-de-Bouc eurent fermé. Jordy avait grandi coincé entre la mer et les immeubles des Aigues Douces, fréquenté l'école Victor-Hugo, le collège Frédéric-Mistral. Lors des rencontres parents-profs, où seule sa mère venait, pour gueuler, il était le gamin dont on ne se souvenait pas. *Jordy ? Jordy comment ? Jordy Martin ? Attendez…* Celui dont le prof commente les notes, pas si mauvaises, sans se souvenir du son de sa voix.

Jourdain resta de longues secondes à fixer le portrait de sa mère, avant d'enfin ouvrir le fichier texte. Tout était silencieux dans la villa la Lavéra. Il disposait d'un peu de temps avant que Safietou n'installe le petit déjeuner. S'il se concentrait, ce serait suffisant pour jeter les bases du discours qu'il devait prononcer le lendemain pour l'inauguration du symposium Frontex au palais du Pharo. L'agence européenne, pour s'acheter une virginité, avait adopté la stratégie risquée de confier l'introduction du séminaire aux associations.

Carte blanche.

Blanc-Martin n'allait pas les décevoir…

Il se laissa pourtant distraire quelques instants avant de taper les premiers mots sur son clavier, un regard tenté vers la piscine d'abord, puis vers la terrasse de teck et la vue sur le port. Jourdain aimait comparer la rade de Port-de-Bouc à la mâchoire d'un fauve. Du haut de sa villa, l'illusion était bluffante : le bout de la jetée recourbée formait un croc parfait, alors que les darses des quais, du port de plaisance au nord, pétrolier au sud, s'avançaient dans la baie entrouverte comme autant de dents aiguisées. Le vent s'était levé ce matin. Lui resta assis, résistant à l'envie d'aller vérifier si l'*Escaillon*, le *Maribor*, et les autres bateaux du port étaient bien amarrés.

Son introduction serait classique et consensuelle. Elle réjouirait les organisateurs locaux et rassurerait les invités internationaux. Jourdain rappellerait cet épisode de l'été 47 où Port-de-Bouc avait fait la une de l'actualité mondiale, quand 4 500 réfugiés, juifs, rescapés de la Shoah, expulsés de l'*Exodus*, avaient été parqués par les Anglais, ici, dans trois bateaux-prisons, pendant trois semaines, dans des conditions inhumaines qui allaient scandaliser le monde.

Ce n'est pas sur cette page d'histoire qu'insisterait Blanc-Martin, mais sur la chaîne de solidarité spontanée organisée par les Port-de-Boucains, sa mère appartenait au clan des plus actives, loin des atermoiements entre autorités françaises et anglaises. Peut-être, d'ailleurs, avait-il fondé Vogelzug, ici, à Port-de-Bouc, en souvenir de cet épisode inscrit dans la mémoire collective. Il enchaînerait sur une morale un peu naïve, mais qu'apprécieraient les politiques qui gouvernent par sondages. Souvent, affirmerait-il en prenant exemple sur l'héroïsme ordinaire des Port-de-Boucains, les hommes et femmes qui prétendent ne pas vouloir partager leur territoire avec des migrants, des réfugiés, sont pourtant les premiers à leur porter secours quand les étrangers tendent une main désespérée à quelques mètres de leur terre promise. Comme si leur racisme affiché n'était qu'une armure enfilée contre leur propre générosité. Une leçon d'humanité pour commencer. Tout le monde serait ravi, du maire de Port-de-Bouc aux représentants turcs, chypriotes et hongrois.

Il sourit en relisant ses premières notes, puis tiqua. Il hésitait un peu sur le mot racisme, il aurait voulu en trouver un autre plus approprié pour désigner la peur des réfugiés. Il avait du mal à se concentrer. Ce matin, l'anniversaire de la mort de sa mère le ramenait des années en arrière.

Jordy Martin.

En septembre 71, il s'était inscrit à la faculté de droit d'Aix-Marseille. Lors du premier cours de droit constitutionnel, parmi les deux cents étudiants, Jordy n'avait reconnu aucun jeune de Port-de-Bouc. Il avait eu l'impression que tous les autres venaient des quartiers riches et des communes chics, d'Aix ou du sud de Marseille, que son nom comme son origine le condamnaient à ne jamais appartenir à la quinzaine d'étudiants qui sortiraient de l'entonnoir cinq ans plus tard, un master international ou un concours de haut fonctionnaire en poche. Quand le prof fit passer la liste d'inscription pour les TD, Jordy se contenta de tracer son prénom d'une écriture à peine lisible.

Jordy devint Jourdain.

Sur la même liste, il accola les deux noms de famille de ses parents, qui ne s'étaient jamais mariés, Annette Blanc et Bernard Martin. Curieusement, il suffisait de rassembler ces deux banals patronymes pour que ce nouveau nom composé sonne comme celui d'une dynastie de châtelains.

A partir de cette rentrée 71, et pour tous ceux qu'il rencontrerait désormais, il serait Jourdain Blanc-Martin.

Jourdain se passionna pour le droit des enfants, des victimes de guerres et de catastrophes naturelles, des sans-papiers. Il se persuada rapidement qu'on pouvait devenir aussi riche en se spécialisant dans le droit de la misère que dans celui des affaires. Quelques années plus tard, alors qu'il n'était encore qu'en master Droits de l'homme et droit humanitaire, il fonda l'association Vogelzug.

Blanc-Martin fixa une dernière fois un point imaginaire vers la mer, puis replongea sur son écran. Après cette introduction compassée, les participants invités par Frontex attendraient de lui qu'il dénonce avec force les passeurs, les dizaines de milliards générés par ce trafic négrier, les milliers de morts noyés en Méditerranée.

Il n'allait pas leur servir cette rengaine-là ! Ils n'avaient pas besoin de lui pour ça, les tableaux distribués dans les valisettes des congressistes déclineraient jusqu'à la nausée ces chiffres. Frontex disposait de l'étrange privilège d'être chargé par l'Union européenne de mesurer les problèmes migratoires... et de les résoudre. En d'autres termes, l'agence définissait le niveau de risque, qui servait à négocier son budget, multiplié par sept en dix ans, histoire de s'acheter quelques avions ou hélicoptères supplémentaires. Il se garderait bien toutefois d'attaquer frontalement Frontex, il y aurait dans la salle des dizaines de militants pour dénoncer sa privatisation et sa dérive paramilitaire. Il préférait les cueillir avec cette imparable citation de Stefan Zweig. Il l'avait déjà souvent utilisée, elle produisait son petit effet.

« Rien peut-être ne rend plus sensible le formidable recul qu'a subi le monde depuis la Première Guerre mondiale que les restrictions apportées à la liberté des hommes. Avant 1914, la terre avait appartenu à tous les hommes. Chacun allait où il voulait et y demeurait aussi longtemps qu'il lui plaisait. »

Il enchaînerait ensuite en rappelant que l'humanité avait toujours vécu sans passeport. Les hommes n'avaient inventé ce morceau de papier qu'à l'occasion de la Première Guerre mondiale, en s'engageant à le supprimer sitôt la paix revenue. Cette promesse fut longtemps débattue à la Société des nations, puis à l'ONU, avant d'être définitivement enterrée dans les années 60. La libre circulation des hommes sur la terre, ce droit fondamental, historique, millénaire, n'était devenue qu'il y a à peine cinquante ans une utopie à laquelle même les plus idéalistes ne croyaient plus.

Une bonne claque aux idées reçues ! Il enfoncerait le clou en précisant que le nombre actuel de migrants sur la planète était stable depuis des années, environ 3 % de la population mondiale, soit trois fois moins qu'au XIXᵉ siècle. Un paradoxe dans une société mondialisée, où tout circule bien plus vite et plus loin qu'aux siècles derniers, l'argent, l'information, l'énergie, la culture. Tout. Tout sauf les hommes. Sauf la majorité des hommes. Les démocraties, désormais, construisaient des murs. Une véritable contagion depuis le 11 septembre 2001. Des murs non pas pour se barricader, mais pour filtrer. Pour trier, pour passer les hommes au tamis des désirés et des indésirables. Pas de frontière plus militarisée, plus coûteuse, plus meurtrière, que celle entre les Etats-Unis et le Mexique, alors que, pourtant, des dizaines de millions de véhicules passent chaque année entre Tijuana et San Diego.

Jourdain se relut, et adora. Il se trouvait lyrique ce matin. Il se demanda même s'il ne pouvait pas aller plus loin, proposer la suppression pure et simple des frontières. Plus de frontières et plus de clandestins. Problème réglé ! Frontex ne servait plus à rien. C'est une vérité vérifiée partout, et en particulier avec la chute du mur de Berlin ou la création de l'espace Schengen : plus les gens sont libres de circuler et moins ils s'installent ailleurs.

Il releva les yeux. Lui seul pouvait se permettre de pousser la provocation aussi loin. Avec Vogelzug, il avait construit un empire aussi ambigu que Frontex. Les migrations clandestines faisaient vivre ses centaines de salariés, son conseil d'administration. Sa famille. Bien vivre.

A l'horizon, au-delà de la pointe de Carro, il apercevait les criques de la Côte Bleue, les collines boisées abritant le mas de Sausset-les-Pins offert à ses parents en 1995. Un manoir sur la corniche où la salle de bains à elle seule était plus vaste que leur appartement des Aigues Douces. Sa mère avait eu du mal à accepter un tel luxe. Mais son petit Jordy était si fier. Refuser ce cadeau démesuré aurait été comme mépriser sa réussite. Elle y était restée seule neuf ans, après la disparition de son père, terrassé par un AVC sur le ponton où il pêchait.

Avec la mort de ses parents était mort le petit Jordy.

Parti de rien, arrivé tout en haut. Son regard glissa sur le cordon d'immeubles des Aigues Douces, ouverts sur la mer mais séparés du reste de la ville par un dédale de culs-de-sac. Une ascension que ne connaîtraient jamais ses enfants, même si Geoffrey héritait, dans quelques mois, quelques années, de la présidence de l'association. Il se redressa sur sa chaise et évalua avec gêne la hauteur des barrières de sécurité de sa villa, des murs du jardin, identiques à ceux des résidences de ses fils, à Eguilles, Cabriès, Carry-le-Rouet. Nés tout en haut. Barricadés pour y rester.

Jourdain consulta sa montre. Il se donnait encore une petite demi-heure pour avancer. Il lui restait de nombreux points à aborder. Des sujets polémiques à déminer. La déstabilisation de la société française par l'arrivée de quelques centaines de milliers de réfugiés ? Les quatre millions de Libanais avaient bien accueilli, sur leur microterritoire six fois plus densément peuplé que la France, un million et demi de Syriens. Une catastrophe pour les finances publiques ? Tous les économistes s'accordaient pour affirmer que l'accueil d'actifs étrangers était une chance pour l'économie, qu'ils rapportaient bien davantage qu'ils ne coûtaient. Déjà formés. Pas encore retraités.

Jourdain Blanc-Martin s'apprêtait à tordre le cou à une nouvelle fausse vérité quand l'*Adagio* de Barber l'interrompit. Il sortit son téléphone de sa poche.

Petar. Petar Velika.

Un mauvais pressentiment lui serra la gorge. Le commandant de police ne l'appelait certainement pas à cette heure pour lui annoncer qu'il avait coincé la meurtrière de François Valioni. Il se leva et observa le mistral secouer les coques des bateaux dans le port Renaissance.

— Blanc-Martin ?

— Lui-même.

— Je ne vais pas y aller par quatre chemins. On… On a un nouveau cadavre… Jean-Lou Courtois. Exactement le même protocole que pour Valioni. Ligoté. Veines du poignet tailladées. Retrouvé dans une chambre du Red Corner. Chambre Caravansérail cette fois et…

— Vous n'aviez pas placé d'hommes devant ? s'étonna Blanc-Martin.

— Si, bien entendu. Ça va vous paraître incroyable mais…

— De toute façon, coupa le président qui se contre-fichait des excuses du policier, Jean-Lou Courtois ne travaillait plus pour Vogelzug. Depuis près de vingt ans. Ça devrait être une raison suffisante pour que mon association ne soit pas mêlée à tout ça. Je compte sur vous, Velika.

41

8 h 21

Le vent fit claquer la fenêtre de la chambre Caravansérail du Red Corner que Petar Velika avait tenu à ouvrir. La seule façon, selon le commandant, d'éviter de se croire téléporté dans le désert. Il resta un instant à la fenêtre du troisième étage, donnant sur le périphérique et la zone commerciale, puis se retourna vers la chambre au plafond de toile et aux murs de sable. Serge Tisserant, le gérant de l'établissement, se tenait devant lui, toujours impeccablement cravaté. Sous la tente orientale, les pieds enfoncés dans la moquette mouvante, on aurait dit un fonctionnaire colonial chargé d'annoncer aux Bédouins qu'on venait de trouver du pétrole dans le sous-sol et qu'ils devaient déguerpir.

— Les chambres des Red Corner sont vraiment les mêmes partout dans le monde ? s'interrogea Petar.

Tisserant hocha la tête.

— Montrez-moi ça, fit le commandant. Si on a affaire à une tueuse en série qui nous laisse un cadavre chaque matin aux quatre coins de la planète, simplement en changeant de chambre chaque soir, je veux pouvoir imaginer où elle va aller chasser dès demain.

Il se tourna vers le lieutenant Julo Flores qui, assis sur un tabouret de tissu brodé, attendait sagement les instructions de son supérieur.

— Pendant que je fais le tour du propriétaire, tu me prépares un résumé précis ?

Julo observa avec consternation le commandant s'éloigner. Petar avait passé une main sur l'épaule du gérant et discutait avec lui comme s'il s'agissait d'un agent immobilier.

— Alors dites-moi, Serge, dans la chambre Lotus rose, les murs sont couverts d'estampes japonaises érotiques et les tiroirs remplis de boules de geisha ? Et dans la Carioca, on trouve toute une série de strings, tangas, et autres slips brésiliens ? Faites-moi visiter, l'ami, montrez-moi ça.

Petar revint une demi-heure plus tard, seul. Il rejoignit Julo dans le bar du Red Corner, tira une chaise, et se posta face à son adjoint. Le lieutenant avait posé une bouteille d'eau sur la table, un verre devant lui.

— Alors ?

Julo fit un résumé rapide. Les informations continuaient de tomber en temps réel. La victime, Jean-Lou Courtois, semblait un père de famille sans histoire, très engagé dans l'associatif, président d'une association de soutien aux parents d'enfants trisomiques. Son seul lien avec François Valioni était Vogelzug, il avait travaillé dans cette association pendant près de dix ans, avant de donner sa démission.

Petar Velika ne broncha pas.

— Pour le reste, continua Julo, le scénario du meurtre est le même que pour Valioni. Les légistes nous envoient le premier rapport dans la matinée. On est en train de vérifier les bandes des caméras de surveillance pour savoir si c'est la même fille ou non.

Cette fois, le regard de Petar s'alluma. Il tourna la tête vers l'entrée du Red Corner où le brigadier Taleb somnolait. Il avait fait le planton devant le Red Corner toute la nuit. Pour rien. Comment auraient-ils pu imaginer que la meurtrière trouve le moyen d'assassiner sa victime dans la chambre Caravansérail sans entrer par l'unique porte de l'hôtel ?

— Commandant, interpella Julo en forçant un peu le ton. La scène de crime nous a tout de même livré deux belles nouveautés par rapport au meurtre de François Valioni. Je vous détaille ?

— Je t'écoute.

— Tout d'abord, on a retrouvé des morceaux de verre brisé sur le tapis, près du corps de Courtois. L'équipe scientifique estime qu'il s'agit d'un petit bijou, un truc sans valeur, mais ils n'ont pas encore réussi à en reconstituer la forme.

— OK, ils nous appelleront dès qu'ils auront fini de jouer au puzzle. Et ton deuxième indice ?

— Du sang. Jean-Lou Courtois est parvenu à mordre sa tortionnaire. A la main, d'après les légistes. On a retrouvé du sang sur ses vêtements, ses lèvres, ses incisives. Mêlé au sien. On va évidemment passer tout ça au FNAEG[1], mais je ne crois pas trop que ce sera l'ADN qui nous mènera à elle.

— Ah ouais. Et tu mises sur quoi, mon gros malin ?

— Son groupe sanguin. Il a fallu moins de cinq minutes pour le connaître.

— Et alors ?

1. Fichier national des empreintes génétiques.

290

— AB. L'un des plus rares. Il coule dans les veines de seulement 4 % de la population mondiale.

— Génial... Ça nous laisse juste quelques millions de suspectes.

Le lieutenant Flores consulta sa montre, vida son verre, prit la bouteille, puis esquissa le geste de se lever.

— Je ne voudrais pas vous presser, patron, mais on a rendez-vous dans quinze minutes au centre Al Islâh. Désolé, j'aurai pas le temps d'aller vous chercher votre café au Starbucks cette fois.

— Merde, fit le commandant. Comment je vais pouvoir passer une journée sans mon Kati Kati d'Ethiopie ?

Julo se leva en souriant. Le commandant Velika le suivit d'un pas traînant, visiblement peu enchanté d'aller rencontrer un spécialiste de l'Afrique ancienne, et encore moins de ne pas décider du lieu de l'entretien. Si maintenant les profs d'université se mettaient à jouer les stars débordées... Alors qu'ils marchaient sur le trottoir en direction de la Renault Safrane, Julo profita du silence pour livrer une dernière information.

— On a déjà eu le temps de vérifier le portable de Jean-Lou Courtois. Le protocole de prise de contact est le même que pour Valioni. Il a engagé une longue conversation avec sa meurtrière supposée sur Facebook, depuis plusieurs mois, en messagerie privée. C'est elle qui est venue le chercher.

— Tout de même pas sous le pseudo de Bambi13 ?

— Non. Cette fois, elle se faisait appeler Faline95.

— 95 ? Le Val-d'Oise ? Pas vraiment la porte à côté de Marseille.

— A moins que 95 ne désigne pas un numéro de département, mais son année de naissance. Vingt et un ans, ça correspond.

Petar s'arrêta devant la Safrane bleu métallisé.

— A quoi ? Comment peux-tu être certain que cette Faline95 soit la même fille que ta petite chérie, Bambi13 ?

Julo s'arrêta à son tour devant la voiture, côté passager, et fixa son supérieur.

— Vous savez qui est Faline, commandant ?

— Aucune idée… Une chanteuse ?

— Une biche, patron.

Velika regarda étrangement Julo, et répéta comme s'il avait mal entendu :

— Une biche ?

— Faline, c'est l'amoureuse de Bambi.

— Putain…

Le commandant resta un moment immobile devant la voiture de police puis, d'un coup, lança les clés à son adjoint.

— Conduis, Sherlock ! On va sortir le grand jeu. J'appelle Ryan pour qu'il me lance une recherche officielle sur Bamby Maal, qu'il vérifie s'ils n'ont pas encore libéré le petit frère Alpha, et surtout qu'il nous arrange un rendez-vous avec Leyli, la mère de ces deux anges. Cette fois la DCPJ va nous dérouler le tapis rouge.

42

8 h 27

— Ouvre les yeux, Tidiane !

— Pas besoin, papi.

Lorsqu'il avait baissé ses paupières, juste après le rond-point, Tidiane s'était aperçu qu'il n'avait pas besoin de voir pour se repérer jusqu'à l'école. Son cerveau avait tout enregistré depuis qu'il était petit, sans même qu'il s'en rende compte. Le bruit de ses pas dans le gravier en traversant le parc, le chant des oiseaux dans les oliviers de l'avenue Jean-Jaurès, jusqu'à l'odeur de pain de la boulangerie au coin de l'avenue Pasteur. Attendre au feu. Ecouter les voitures s'arrêter. Passer.

— Ouvre les yeux, Tidiane !

Tidiane avait refusé que papi Moussa lui tienne la main. De toute façon, il en avait besoin d'une pour tenir son ballon, et de l'autre pour balayer le noir devant lui, à tâtons. Il laissa tout de même la main de papi se poser sur son épaule pour le faire traverser.

— Attention au trottoir, chéri !

Tidiane leva les pieds. C'était facile de marcher dans le noir si on faisait attention à chaque son. Il entendait déjà les cris d'enfants au loin, dans la cour de récré. Il n'avait plus qu'à longer la rue. Il entendait son papi marcher à ses côtés, l'imaginait les bras tendus prêts à le rattraper, comme quand on surveille les premiers pas d'un bébé.

Un bébé.

Tidiane n'avait pas trop envie que ses copains le voient comme ça. Quand il estima être arrivé à quelques dizaines de mètres de l'entrée de l'école, il rouvrit enfin les yeux.

Gagné ! Il se trouvait pile au 12, devant la maison avec la cage à oiseaux au balcon.

Cette fois, son papi le retint par le poignet.

— Petit voyou, je n'aurais jamais dû te raconter cette histoire de soleil qui a rendu aveugle ta maman !

— Grâce à toi, papi Moussa, je serai aussi fort qu'elle. Je vais m'entraîner jusqu'à sentir les odeurs comme un chien de berger, voir la nuit comme un chat, me déplacer dans le noir comme une souris.

Papi rajusta le col de chemise de son petit-fils.

— Et ça te servirait à quoi ?

— A retrouver le trésor de maman. Puis à le protéger...

On entendait des cris de l'autre côté du mur. Le bruit d'un ballon cognant contre les briques. Tidiane serra le sien, coincé sous son bras. Cette fois, il était pressé de rejoindre les copains. Papi le regarda avec tendresse, sans le lâcher.

— J'étais comme toi, Tidiane. Comme toi à ton âge. Je n'avais que ces histoires de trésor dans la tête.

Tidiane se tordit le cou, intrigué.

— Toi aussi, ta maman possédait un trésor ?

— Non, pas ma maman. Mon grand-père. Un trésor que personne n'a pu protéger. Si on ne nous l'avait pas volé, peut-être qu'aucun de tous nos malheurs ne serait arrivé.

Des hurlements explosèrent de la cour de récré. L'une des deux équipes venait de marquer. Cette fois, Tidiane ne put s'empêcher de courir vers le portail de l'école.

Yeux grands ouverts.

— Tu me raconteras ce soir, papi Moussa !

– 43 –

9 h 17

Noura se planta devant Ruben.

— Tu me doubles ma paye ?

Le gérant de l'hôtel Ibis observa la jeune Africaine, les yeux écarquillés. Comme elle l'avait annoncé, elle n'était arrivée qu'à 9 heures ce matin, les traits tirés, ses cheveux crépus hérissés en sorcière cherchant son balai. Elle s'était agitée un quart d'heure, avant de se pointer en furie devant le comptoir.

— Holà, ma diva, qu'est-ce qui ne va pas ?

Noura était une créature étrange. Fonctionnant sur batterie. La nuit, elle chantait et dansait, pour le plus grand plaisir des passagers clandestins. Le jour, elle arpentait les couloirs et les chambres de l'Ibis, écouteurs dans les oreilles, tel un appareil électrique qu'on recharge. Ce matin, les écouteurs pendaient autour de son cou.

— Ce qui ne va pas, Ruben, c'est que théoriquement, on est deux à faire le ménage !

Noura était une créature étrange… et jalouse. Elle se plaignait d'avoir trop de travail dans l'Ibis, mais n'avait pourtant pas supporté qu'il embauche Leyli, et encore moins supporté que cette nouvelle venue possède davantage d'expérience qu'elle et travaille mieux. Plus énergique, plus vive, plus efficace. Et pour couronner le tout, Leyli était mignonne et gaie, du genre à réchauffer le cœur des hommes sans même en avoir l'air. Un être solaire.

— Ma douce enfant, Leyli est à son poste depuis 6 heures du matin. Elle est venue à pied, une heure de marche car il n'y avait pas d'autobus aussi tôt, elle a dû faire garder son petit garçon, elle…

— Rien à battre de sa vie privée. Si elle est là, elle bosse, point barre.

Noura poussa un long soupir, puis, comme si un message d'alerte *Batterie faible* clignotait dans son cerveau, enfonça à nouveau ses écouteurs dans ses oreilles et s'éloigna, accrochée à son balai.

Ruben trouva Leyli assise sur le lit de la chambre 23. Elle pleurait. A ses pieds, le tas de draps et de serviettes blanches donnait l'impression qu'elle avait consommé des kilos de mouchoirs. Avant même que Ruben ne dise un mot, Leyli tourna son visage vers lui.

— Je suis convoquée au commissariat de Port-de-Bouc. Cet après-midi. A 16 heures.

— Pourquoi ?

— C'est à propos de Bamby cette fois. Ils… ils la cherchent…

— Et Alpha ?

— Il m'a envoyé un texto. Il est sorti. Tôt ce matin. Plus tôt que prévu.

— Votre fille, Bamby. Où est-elle ?

Les larmes coulèrent à nouveau, d'abord lentement le long des joues de Leyli, pour brusquement tomber en billes sur son tablier de plastique bleu et s'écraser contre ses cuisses. Ruben ne reposa pas la question, il se contenta d'ajouter :

— Si votre fille a des problèmes, je peux l'aider.

Leyli lui avait montré des photographies de ses enfants. Bamby était jolie, aussi jolie que Noura, une silhouette élancée, un corps sculpté pour la danse, des courbes dessinées pour le déhanché, un cou de cuivre pour le grave de la voix, des lèvres de pêche pour le velours.

Ruben s'assit à côté de Leyli.

— La convocation est dans six heures. On a tout le temps… Vous voulez un café ?

Leyli accepta.

— Je l'ai rapporté de l'île d'Halmahera, en Indonésie. Trois charrettes que les indépendantistes m'ont offertes après que j'ai hébergé pendant trente-six mois en grand secret leur leader, Johan Teterissa, traqué par toutes les milices de Djakarta.

Leyli sourit. Ruben se leva pour aller chercher le nectar des Moluques dans son bureau.

— Quand je reviendrai, fit-il en se tournant vers Leyli, vous me raconterez. Votre vie est beaucoup plus intéressante que la mienne.

Leyli ne répondit rien, mais son silence signifiait qu'elle n'en était pas persuadée. Ruben la regarda droit dans les yeux, sans parvenir à dissimuler une pointe de mélancolie.

— Au moins, vous, vous ne l'inventez pas.

Le récit de Leyli
Sixième chapitre

<o>><<o>><<o>><<o>><<o>

J'ai débarqué à Tanger en septembre 94. Nadia m'avait mise en relation avec Caritas Maroc, une association qui s'occupait des femmes enceintes. Beaucoup de migrantes subsahariennes se retrouvaient enceintes avant même d'embarquer pour l'Europe. La plupart à la suite d'un viol, d'autres au contraire s'arrangeaient pour faire l'amour en période d'ovulation, la meilleure méthode pour que les hommes ne les touchent plus pendant neuf mois. Autre avantage, quand les ghettos de clandestins étaient démantelés par les autorités marocaines ou algériennes, les femmes étaient prises en charge en priorité par les services sociaux, évitant ainsi les fouilles, les coups, les nouveaux viols dans les prisons des postes-frontières du désert. La file d'attente était longue à Caritas Maroc pour les futures mères célibataires, mais les aveugles, comme les amputées, avaient la chance d'être prioritaires.

J'ai raconté mon histoire, omettant seulement de révéler ce que contenait le sac Adidas qui ne me quittait jamais. Il contenait de l'argent, beaucoup d'argent, mon argent. Mais pas seulement. Le reste, cette part du butin qui appartenait à Adil et que j'ai emportée, je n'en parlerai jamais à personne, pas même à vous, Ruben. Je vous dirai simplement qu'il m'était tout aussi impossible de le dépenser que de m'en débarrasser. C'est ainsi, Ruben. Il n'existe pas de trésor sans malédiction.

Aux infirmières de Caritas Maroc, je répétais telle une enragée que je voulais me faire opérer de la cornée. Une greffe. J'avais l'argent. Je racontais que ma famille avait économisé pour cela. Je crois que Caritas a un peu enquêté pour vérifier mon récit. J'ai alors appris qu'Adil Zairi n'était pas l'amoureux que je croyais. Il était bien connu des réseaux d'immigrés, jouait un double jeu avec son association d'aide aux réfugiés, arrondissait ses fins de mois en passant illégalement des clandestins. D'autres filles avaient échoué entre ses bras, toutes avaient fini prostituées, puis répudiées, mais aucune n'était restée aussi longtemps que moi. Peut-être parce qu'il m'avait aimée plus que les autres ? Peut-être parce que j'avais mis plus de temps à comprendre l'évidence ? Personne ne savait ce qu'il était devenu. S'il avait survécu ou si des trafiquants avaient balancé son cadavre dans le port de Sousse.

Je m'en fichais. Je n'avais qu'une obsession. Retrouver la vue avant d'accoucher. *Voir naître mon bébé.* J'ai supplié le chirurgien qui devait effectuer la greffe de cornée. C'était un type avec une voix cassante et aiguë, comme celle d'un petit chien gâté. J'ai pleuré, pesté, mais il n'a eu besoin que de quelques mots pour me calmer.

— C'est trop dangereux pour le bébé.

Il avait parlé d'anesthésie locale, de risques potentiels de rejet, d'infection, d'hémorragie.

Je n'avais retenu qu'une chose.

C'est trop dangereux pour le bébé.

J'ai accouché le 27 mars 1995, à la clinique Bouregreg de Rabat. Le docteur Roquet a accepté de m'opérer quatre semaines plus tard, toujours à Rabat. L'opération durait un peu plus d'une heure, moins de quarante minutes pour chaque œil. Si vous saviez comme j'ai hurlé contre le toubib quand je l'ai su. Pas même une anesthésie générale, pas même une semaine d'hôpital. 90 000 dirhams pour deux coups de bistouri !

Trop dangereux pour le bébé, avait-il affirmé.

J'en ai tant voulu au docteur Roquet. Mon enfant dormait à côté de moi dans son berceau depuis sa naissance et j'ignorais à quoi il ressemblait. Je lui donnais le sein, le changeais, le baignais, l'embrassais, la douceur et l'odeur de sa peau me rendaient folle de bonheur, sans même que j'en connaisse la couleur.

Le chirurgien avait raison pourtant, je ne l'ai compris qu'après l'opération.

La première chose que je vis, en ouvrant les yeux, fut Bamby.

J'aurais pu ensuite les refermer à jamais. Cette seule image m'aurait suffi pour le reste de ma vie.

Bamby, mon trésor, ma beauté, mon miracle. Mon adorée.

Quelques semaines plus tard, je suis retournée vivre à Ségou, avec mes parents, mes cousins, mes voisins. Avec une partie de l'argent qui restait, j'ai acheté une petite maison près du fleuve.

Bamby poussait. Une fleur des sables. Délicate. Comme si sa peau claire de métisse la rendait plus fragile que les filles et les garçons de son âge. Comme s'il lui manquait cette armure d'ébène. Bamby était dégoûtée par l'eau ocre du fleuve, détestait voir sa robe tachée d'argile, avait une frousse bleue des chameaux quand il en passait un. Tout l'inverse du garçon manqué que j'étais à son âge.

Bamby adora immédiatement l'école. Une cinquantaine d'élèves s'entassaient dans la classe unique, les cours n'avaient lieu que le matin et étaient assurés par une vieille institutrice qui parlait davantage bambara que français. Il n'y avait pas d'autre école à trente kilomètres à la ronde.

Petit à petit, l'idée folle a germé.

Repartir. Passer en Europe. Y faire venir ma fille.

J'avais atteint l'Europe, je l'avais frôlée, à Marsala, à Marseille, à Almería. Je n'avais rien vu de l'autre rive de la Méditerranée, mais je la connaissais. A Ségou, on recevait des lettres et un peu d'argent de cousines installées à Montreuil, en région parisienne. J'avais de vagues souvenirs d'elles. Des gamines pas bien malignes avec qui je jouais quand j'étais enfant. D'après leurs messages, elles étaient employées à la mairie, elles gagnaient plusieurs milliers de francs par mois (je n'osais même pas calculer ce que cela représentait en CFA), se rendaient dans des bibliothèques avec leur famille, allaient voir des films au cinéma.

Si ces idiotes de Nalo et Binetou avaient réussi, si elles offraient cet avenir à leurs enfants, alors au nom de quoi devrais-je y renoncer ? J'étais parvenue à passer une fois, aveugle. Je réussirais une seconde, avec mes deux yeux. Si tout se déroulait bien, mais il me restait assez d'argent pour cela, je pouvais laisser Bamby à mes parents et entrer en Europe en quelques semaines. Le temps de trouver un travail, une situation, et je faisais venir Bamby avec moi. En France, elle aurait une chance. Ma fille était une fleur trop fragile pour pousser dans le désert. Ici, elle finirait cactus. En France, elle serait rose, iris, orchidée.

Plus j'y pensais, et plus ma décision s'imposait comme une évidence.

Je devais tenter de passer pour Bamby. Rester, c'était l'abandonner. Jamais je ne me le serais pardonné. Cela peut vous sembler curieux, Ruben, de raisonner ainsi, de penser que rester auprès de sa fille, c'est l'abandonner. Mais puisque vous avez tant voyagé, vous devez bien comprendre que je ne suis pas la seule, qu'il existe dans le monde des milliers et des milliers de mamans qui ne se résignent pas, en Afrique et ailleurs, des mamans qui ont ressenti la même urgence que moi, qui ont accepté le même sacrifice. Laisser leur enfant pour lui offrir la chance d'une vie meilleure. Même pas d'une vie meilleure. D'une autre vie, tout simplement. Leur offrir une seconde fois la vie.

Le voyage coûtait 3 000 francs. Départ de Tombouctou, traversée du Sahara, arrivée à Nador, puis campement dans la forêt de Gourougou, quelques kilomètres au-dessus de Melilla, l'enclave espagnole au Maroc, face à la Méditerranée. A cette époque-là, ils n'avaient pas encore construit des murs trop hauts, il n'y avait pas autant de militaires espagnols. Du moins, c'est ce que les guides nous racontaient. Ceuta et

Gibraltar étaient fermés, mais par Melilla, ça passait. Une fois entré à Melilla, on était en Europe, on était sauvé.

Mes parents, vous le croirez ou non, Ruben, n'ont même pas essayé de me dissuader. Ils savaient que je prenais ce risque au nom de tous. Pour l'argent que, de France, je leur enverrais. Qu'un jour, eux aussi, je pourrais les faire venir.

J'aimerais vous épargner les détails de la traversée du désert, Ruben, les quatre mille kilomètres de pistes en boulboules, ces voitures qui remplacent les dromadaires, entassés à douze sous des bâches, les nuits au-dessous de 0 degré et les jours à plus 50, les restrictions d'eau, les bidons d'essence enterrés dans le désert et qu'il faut chercher pendant des heures, l'interminable attente à Gao, aux portes du désert, puis le départ pour Kidal. La boulboule qui tombe en panne et le chemin qu'il faut continuer à pied dans l'Adrar des Ifoghas. Les compagnons abandonnés parce qu'ils souffrent de maux de ventre ou de paludisme. Sur les trente-cinq à partir, nous n'étions plus que dix-neuf à arriver à Tinzaouten pour passer en Algérie.

Tinza, la république des clandestins, la ville frontière où s'entassent les migrants subsahariens, ceux qui arrivent croisent les expulsés, déposés par centaines par la police algérienne. Attendre plusieurs jours entre les camions, payer à nouveau d'autres passeurs, échapper aux militaires qui sillonnent les pistes en hélicoptère, filer en direction de Tamanrasset, la capitale du désert. Y dormir quelques nuits sous un toit, enfin ; y changer de véhicule pour un autre plus vieux mais immatriculé en Algérie, négocier à chaque contrôle pour sortir de la ville, payer à chaque fois, jusqu'à ce que les patrouilles se raréfient. Filer alors plein nord, plein désert, deux mille kilomètres sans s'arrêter, pas même pour boire, à peine pour se soulager, les chauffeurs se relayant jour et nuit. Quatre jours d'horreur qui s'ajoutent aux précédents, seuls les plus forts survivent, Ruben, seules les plus fortes, si seulement les Français pouvaient comprendre cela. Quatre jours de torture à se casser le dos, le cou, à s'endormir dans notre crasse et à laisser le vent emporter les odeurs d'urine et de bile, pour enfin atteindre Oujda, aux portes du Maroc.

Attendre, plus encore qu'à Tinza. Verser de l'argent à des inconnus, se préparer chaque nuit, et soudain être réveillée. On part, à pied, nous sommes une quinzaine, accompagnés par des militaires corrompus en direction de Nador, au sud de Melilla, à cent cinquante kilomètres de là. Six jours de marche à travers le Rif, la peur au ventre, la trouille que nos guides nous tirent une balle dans le dos sur le rebord d'un ravin, qu'on croise des jeeps de la gendarmerie marocaine et que tout s'arrête. La fatigue insoutenable, la folie qui pousse à survivre, l'espoir insensé qui nous fait délirer, jusqu'à ce qu'on parvienne enfin dans la forêt de Gourougou, cette petite montagne boisée qui surplombe Melilla et la Méditerranée. L'hôtel des clandestins, comme l'appellent les migrants. La forêt-dortoir. La porte du paradis. L'Europe est à moins d'un kilomètre, juste un mur de trois mètres de haut à franchir, mais les réfugiés de la forêt ont des jours et des jours pour préparer les attaques, pour tailler des perches, pour assembler des échelles. On ne peut échouer si près. Les milliers de migrants, presque tous subsahariens, nigériens, ivoiriens, congolais, gabonais, cherchent la faille. Attendent le bon moment. Une armée déterminée.

Les portes du paradis, Ruben. Je vous dis vrai. Mais le paradis est une enclave en enfer.

Il y avait des femmes aussi dans la forêt. Moins, beaucoup moins que des hommes. Je n'étais pas aveugle cette fois, Ruben. J'ai vu. J'ai vu ces femmes s'éloigner du camp pour aller se laver, ou seulement faire leurs besoins. J'ai vu les hommes les suivre. J'ai vu ces femmes se déshabiller, et les hommes se déshabiller aussi. J'ai vu ces femmes se laisser faire, pour éviter les coups, se laisser prendre par un homme, un second, un troisième, sans préservatif.

Un soir de juin, à leur tour, des hommes m'ont vue m'éloigner du camp. Ils étaient cinq.

Je me trouvais à plus d'un kilomètre de la première tente quand ils m'ont entourée. Comme un troupeau de lions encercle une antilope. Le premier, un Ivoirien, m'a parlé en français.

— On ne te veut aucun mal. Si tu te laisses faire, tout se passera bien.

Les quatre autres dégrafaient déjà leur pantalon.

— Tu as de la chance, ajouta l'Ivoirien. Tu aurais pu tomber sur bien pire que nous. On est des gentlemen.

Il ne mentait pas, Ruben. Alors que les autres avaient déjà le pantalon sur les chevilles, il avait sorti de sa poche une boîte de dix préservatifs.

9 h 25

Le *Sébastopol* était un yacht de trente mètres ayant appartenu à un milliardaire ukrainien, longtemps amarré à Monaco, et en vente depuis que l'homme d'affaires avait préféré investir dans une équipe de football bulgare. Prix d'achat, 2 500 000 euros, indiquait l'annonce sur *plaisance.fr*. Gavril Boukine était payé 70 euros par jour pour passer le jet d'eau pendant une heure, faire tourner le moteur, astiquer un peu la coque et les hublots, montrer le yacht aux éventuels acheteurs, avec une prime de 150 euros si l'acheteur voulait sortir en mer.

Il fut étonné en découvrant les visiteurs du matin approcher. Un Noir géant, en jean, tee-shirt taché et veste froissée, mal rasé, lacets de baskets à peine noués, comme s'il sortait de taule, accompagné d'un gnome cravaté, pâle comme une merde de laitier et cheveux blancs impeccablement peignés. Laurel et Hardy version Black and White.

Gavril leur fit faire le tour du propriétaire, ils entrèrent à peine dans la salle des machines, la chambre froide, la cuisine, et s'arrêtèrent longtemps dans la grande salle de la cale, près de quatre-vingts mètres carrés. Le grand Noir semblait multiplier les calculs mentaux, se tordant le cou vers le plafond comme pour en mesurer la hauteur afin de ne pas s'y cogner.

— Parfait, vous pouvez nous laisser, finit par lui demander le Black.

Gavril accepta sans broncher. Il remonta sur le pont, tout en gardant tout de même un œil sur Laurel et Hardy. Non pas qu'il avait envie de les espionner, il ne captait que des bribes de la conversation qu'ils échangeaient, mais les consignes étaient précises : on ne laisse pas des clients seuls dans le rafiot tant qu'ils n'ont pas payé ! Gavril avait pourtant du mal à imaginer ce qu'il y avait à voler dans cette coquille dont le proprio avait vidé tout le mobilier. Il s'accrocha au bastingage et observa les stratocumulus s'étirer, jusqu'à se déliter en longs lambeaux qui le firent penser aux voiles d'un vaisseau fantôme. Le vent se levait et il pria pour qu'ils ne lui demandent pas d'aller faire une balade en mer.

*
* *

— Deux millions et demi d'euros, c'est une somme considérable.

— Un investissement, rectifia Alpha. Un bon investissement.

Pendant que son interlocuteur méditait, Alpha repensa à l'enchaînement des événements depuis ce matin. L'Argentier avait été efficace. Il ignorait s'il était pour quelque chose dans sa sortie matinale de prison, mais dès qu'il avait été libéré, un taxi l'attendait sur le trottoir d'en face. Direction le port, en compagnie d'un type qui devait être l'équivalent de l'Argentier, mais hors les murs. Max-Olivier. Un homme charmant, la cinquantaine blanchissante, exactement le genre de banquier que vous croisez lorsque vous faites le tour des guichets pour obtenir un prêt immobilier. Un gars compatissant qui écoute avec attention vos besoins et vous explique avec précision les conséquences d'un endettement sur trente ans. Le type compréhensif qui n'hésitera pas à vous rappeler, dès que vous ne pourrez plus payer et serez à la rue : « Je vous avais prévenu. »

Le banquier évaluait avec scepticisme la cale empoussiérée, les boiseries rongées par les toiles d'araignée.

— Monsieur Maal, j'ai étudié en détail votre plan de financement et, pour tout vous avouer, j'ai encore des doutes.

Sa voix résonnait dans la vaste pièce sans meubles. Alpha haussa pourtant encore un peu le ton.

— Vous connaissez aussi bien que moi les tarifs. Entre 3 000 et 5 000 euros par migrant pour les faire monter sur des Zodiacs qui risquent à chaque minute de couler, et qui seront immanquablement repérés par les garde-côtes européens. 3 000 euros multipliés par cinquante passagers entassés, le calcul est rapide, 150 000 euros par bateau pneumatique, net d'impôt, pour une opération suicide. Ce que je propose, c'est un autre modèle économique.

Le banquier siffla entre ses dents.

— Rien que ça.

— Vous savez très bien ce dont je veux parler. Le marché des migrants est comme tous les autres marchés, il fluctue en fonction de l'offre et de la demande. Mieux Frontex fait le boulot, moins il laisse passer de clandestins, et plus les prix montent. Je ne vais pas vous apprendre votre boulot, Max-Olivier. C'est la douane qui crée le contrebandier, pas l'inverse. C'est en interdisant l'alcool que les Etats-Unis ont fait la fortune des truands. Pas de Prohibition, pas d'Al Capone.

Alpha était plutôt fier de sa formule, il l'avait peaufinée pendant des semaines, mais ça n'eut pas l'air d'impressionner le banquier.

— Je connais le business des frontières, Maal. On est d'accord, tout le monde y gagne. Douaniers et contrebandiers. Mais ce qui m'intéresse, c'est comment vous allez vous y prendre pour gagner davantage que les autres ?

Alpha marqua une pause, le temps de respirer. Cette immense coque de bateau prenait des allures de cathédrale.

— Je suis parti d'une idée toute simple. Offrir trois garanties aux migrants. La sécurité, le confort et la probabilité maximale de passer. C'est-à-dire tout ce que les passeurs traditionnels ne peuvent pas promettre. Pour ces trois garanties, je suis certain que beaucoup de migrants seraient prêts à payer cher, beaucoup plus cher que le marché actuel.

— Combien ?

— 10 000, 15 000 euros ? Imaginez. On embarque les migrants sur le yacht, un peu au large de l'Afrique, de nuit, loin des regards indiscrets. Ils descendent dans la cale. Avec quelques travaux d'aménagement, on peut installer ici une cinquantaine de lits, sans les tasser, des toilettes, des douches, de quoi boire et manger, et sur le pont, au cas où passeraient des garde-côtes, on plante quelques blondes en monokini, un serveur noir avec un plateau de mojitos, un pilote baraqué en pull marin. Aucun risque de couler ou de se faire arraisonner. Une fois accosté, dans n'importe quel port de plaisance européen, Ajaccio, Saint-Tropez ou San Remo, il suffit d'attendre la nuit, de recruter quelques types pour faire le guet, et les migrants disparaissent un par un comme des chats de gouttière. Ni vu ni connu.

— Une telle combine ne pourra pas rester secrète bien longtemps.

— D'accord. Mais calculez, Max-Olivier. 15 000 euros par cinquante passagers, ça représente un chiffre d'affaires de 750 000 euros par croisière. Le yacht est remboursé en trois traversées !

— 15 000 euros par passager ? Vous trouverez des migrants pour payer ?

Alpha s'enthousiasma. Le banquier n'avait aucun argument à lui opposer.

— Vous avez lu le dossier ? répondit-il en haussant encore la voix. Vous avez lu les déclarations d'intention ? Ces familles maliennes, ivoiriennes, ghanéennes, qui sont prêtes à s'endetter davantage si on leur garantit le résultat. Je possède les réseaux de part et d'autre de la Méditerranée, j'ai l'idée, j'ai les hommes, j'ai le bateau, il ne me manque que l'argent.

Le banquier marqua un long silence, baissa d'un ton, comme pour tempérer l'euphorie d'Alpha.

— C'est entendu, c'est votre idée. Ce sont vos réseaux. Mais si nous vous finançons, vous serez notre employé. Une franchise, si vous préférez. Parfaitement indépendante tant que vous nous remboursez.

— Rassurez-vous, fanfaronna Alpha. Je ne vous paierai pas en coquillages !

Le banquier lui adressa un sourire ambigu.

— Je vais être franc, Maal, je ne suis pas certain qu'on puisse vous faire confiance. Vous êtes trop sûr de vous. Mon intuition me souffle que vous nous cachez quelque chose, mais votre dossier a été étudié et validé. Bravo ! Mes prérogatives s'arrêtent là. Je vais faire le nécessaire pour que vous deveniez propriétaire de ce bateau avant la fin de la semaine.

Le banquier remonta sur le pont et discuta pendant un bon quart d'heure avec l'homme chargé de l'entretien et de la visite du *Sébastopol*. Un type à la barbe pendouillante et aux cheveux clairsemés. Il lui manquait deux dents, son œil droit clignait en continu, et Alpha imagina qu'il économisait pour s'offrir une jambe en bois et un crochet de fer.

Lorsque le banquier s'éloigna, Alpha s'approcha du pilote édenté. Il leva les yeux vers les vitres fumées et le toit ouvrant de la cabine de pilotage du *Sébastopol*.

— Maintenant que tout est réglé, est-ce qu'on peut faire un petit essai ?

– 45 –

10 h 05

Installé à la terrasse du Dar Zaki, face au centre Al Islâh, Petar Velika pestait : l'heure de rendez-vous était passée depuis cinq minutes et toujours aucune trace de l'universitaire. Le commandant essayait de repérer parmi les hommes en djellaba qui entraient et sortaient dans le centre islamique lequel pourrait porter un cartable, des lunettes, ou même un costume occidental. Il n'arrivait pas à deviner si le centre Al Islâh était une mosquée, une école, un centre de formation, ou les trois à la fois.

Julo semblait s'en moquer, bloqué sur l'écran de son téléphone portable. On aurait pu le téléporter dans le quartier chinois qu'il n'aurait pas été davantage dépaysé et aurait continué de surfer sur la Toile, comme si le monde autour de lui n'était qu'un décor virtuel qui défilait sans le concerner. Pour ne rien arranger, Ryan venait d'appeler de la brigade. Bamby Maal demeurait pour l'instant introuvable. Son frère Alpha avait été libéré tôt ce matin avant que le contrordre n'arrive, et seule leur mère, Leyli Maal, avait confirmé qu'elle serait présente au commissariat de Port-de-Bouc, à 16 heures. C'était déjà ça ! Ryan avait fait un boulot de dingue pour tout organiser, convaincre le ministère, la DCPJ et le juge Madelin, qui héritait de l'affaire dès ce matin. Petar espérait maintenant que la journée serait calme, sans nouveau cadavre, sans nouveau témoin sorti du chapeau de Julo, pour ne pas avoir à reporter le rendez-vous.

Petar secoua d'une chiquenaude le téléphone portable de son adjoint.

— Allô, allô, ici La Mecque. Tu sais quoi au juste sur ce prof ?

— Rien ! J'ai seulement lu les articles qu'il a publiés. En trois clics, on comprend que c'est le meilleur spécialiste du sujet...

— Spécialiste ou pas, je vais pas perdre ma matinée à l'attendre.

Une moto surgit au ralenti sur le trottoir au moment exact où Petar se levait, manquant de peu de le renverser. Le motard coupa les gaz, installa la béquille tout en ôtant son casque. Trentenaire, sportif, tout sourire, il leur tendit la main tout en ébouriffant ses longs cheveux noirs.

— Mohamed Toufik. Désolé pour le retard, je donnais un TD à la fac ce matin. Et à 11 heures, j'enchaîne avec un cours d'arabe littéraire précoranique.

Petar fixa Toufik, stupéfait. Pas un poil de barbe au menton. Un énorme diamant à l'oreille droite. Il n'aurait pas été plus étonné s'il avait observé des traces de mascara autour de ses yeux.

— Alors c'est vous le meilleur spécialiste des cauris ? ironisa le commandant.

— Je suis seulement étudiant en thèse. En troisième année, mais si aujourd'hui, vous ne publiez pas cinq articles par an, n'avez pas écrit un bouquin en anglais, un autre en français et un troisième en arabe avant de soutenir, vous n'avez aucune chance d'être recruté.

Il éclata de rire. Dents blanches. Regard à la Omar Sharif. Tête à claques.

— Si vous êtes pressé, ça tombe bien, nous aussi. Allons-y, racontez-nous tout sur ces fameux cauris.

Mohamed Toufik comprit qu'il n'aurait pas le temps de commander un thé, fumer une cigarette ou simplement demander pourquoi ces deux flics voulaient l'interroger. Julo, en signe d'apaisement, disposa sur la table des coquillages identiques à ceux retrouvés dans la poche de François Valioni. Mohamed regarda successivement Petar, Julo, les coquillages, puis se lança dans un long monologue. Brillant, précis, pédagogique.

Même Petar Velika en avait oublié les cris du muezzin et les conversations en arabe autour de lui.

— Les cauris sont une variété de coquillages particulière, qui provient presque exclusivement des Maldives, ce qui les rend à la fois rares et aisément reconnaissables. Ces coquillages furent très tôt utilisés comme instrument de commerce entre les peuples, pour vous situer, disons à partir de l'an 1000 avant Jésus-Christ. On peut considérer ces coquillages comme la plus vieille monnaie du monde. Puisqu'on est pressés, désolé, je vais sauter deux mille ans d'histoire et arriver directement en l'an 1000. C'est le début du commerce international, notamment entre l'Afrique de l'Ouest et l'Asie, via les commerçants arabes. Le cauri devient la principale monnaie d'échange entre les continents. Infalsifiable, facilement transportable, facilement pesable. La monnaie idéale. Il se développe encore pendant les traites négrières, on parle de dizaines de milliards de coquilles transportées par les Hollandais, Français, Anglais, en bracelets, en colliers, en paniers de plus de dix mille cauris !

« Pendant la colonisation, les Européens adopteront progressivement les systèmes monétaires nationaux que nous connaissons aujourd'hui, mais les cauris resteront extrêmement populaires en Afrique de l'Ouest. En plus d'être la principale monnaie d'échange, ils deviennent le symbole de la fécondité, on pratique sur eux la divination, ils ornent les habits et les masques rituels. Progressivement, les Européens verront dans les cauris un symbole de résistance à la colonisation. Brusquement, entre 1890 et 1900, Français, Britanniques et Portugais s'entendent pour purement et simplement les interdire.

Par une simple loi, du jour au lendemain, les cauris ne vaudront plus rien ! Une méthode sacrément radicale pour imposer un nouvel ordre social, vous ne trouvez pas ? Toute une société s'effondra. Tous touchés, aussi bien les plus pauvres, qui pouvaient payer des sommes minimes avec quelques cauris, que les plus riches, qui avaient passé une vie à accumuler fortune et prestige social en entassant des tonnes de coquillages. Les vendeurs, commerçants, artisans, habitués à peser et compter des milliers de cauris en sacs, vases, jarres, furent incapables de se repérer dans la nouvelle monnaie. Désormais, impôts, taxes, amendes devaient être payés en francs, en livres ou en réaux. Le capitalisme européen pouvait triompher.

— Il ne reste rien des cauris aujourd'hui ? interrogea Julo.

Avant de répondre, Toufik suivit du regard deux filles qui entraient dans le centre Al Islâh. Telles deux Marilyn islamiques, elles laissaient le vent qui soufflait en rafales sur l'esplanade faire voler leurs voiles et leurs djellabas.

— Non. Ils n'ont plus aucune valeur monétaire depuis un siècle. Mais la résistance au marché international s'est organisée autrement. Le principe d'une monnaie non officielle n'a jamais été autant d'actualité qu'aujourd'hui.

Cette fois, ce fut Petar qui réagit le premier.

— Expliquez ?

— Eh bien, avec les migrations mondiales, les diasporas dispersées dans le monde et les échanges financiers entre communautés, on rencontre partout des formes de transferts informels, le hawala dans le monde

315

arabe, le hundi en Inde, le padala aux Philippines...
Des systèmes d'échanges de capitaux sans circulation
physique d'argent, sans passer par les banques offi-
cielles, avec des taux de prélèvement bien inférieurs,
d'ailleurs. Ces transferts représenteraient près de 50 %
des échanges d'argent dans le monde, qui échapperaient
ainsi à tout contrôle... Tout le système repose sur la
confiance entre courtiers et intermédiaires, l'honneur,
la solidarité ethnique. Aucune base juridique ! Comme
les cauris, ce sont des avatars modernes de pratiques
très anciennes, pour éviter le danger de transporter de
l'or sur les routes ou sur les marchés, en Afrique ou
en Asie.

— Excusez-moi, fit Petar, je dois être aussi nul en
économie que vos ancêtres qui n'ont pas su passer du
cauri au franc, mais je ne vois pas le rapport entre votre
hawala et nos coquillages.

Toufik soupesa dans sa main les cauris posés sur
la table.

— C'est tout simple, vous allez comprendre.
On pourrait fort bien imaginer qu'un cauri vaille, met-
tons, 100 dollars. Mais il ne possède cette valeur que
dans un circuit fermé et seulement connu des initiés.
Si vous transportez sur vous 500 dollars, surtout si vous
devez traverser l'Afrique sans bagages, vous avez un
fort risque de vous faire assassiner. Mais qui chercherait à vous tuer pour cinq coquillages ?

Il laissa les deux flics méditer, sans lâcher du
regard les coquillages, comme s'ils valaient réellement
100 dollars chacun, et en profita pour se lever.

— Je file. J'ai cours.

Ils le regardèrent s'éloigner. Dès qu'il franchit la porte du centre Al Islâh, ils repérèrent un essaim de jeunes filles, cartable en main ou sac sur le dos, aussi voilées qu'excitées, lui emboîter le pas.

A son tour, le lieutenant Julo Flores se leva.

— Je vais prendre un thé.

— Tu leur demandes s'ils ont une bière ?

Dès qu'il revint, théière d'argent fumante et verre ciselé à la main, le commandant l'interpella.

— Ryan vient d'appeler. Ils ont fini de jouer au puzzle avec les morceaux de verre retrouvés dans la chambre Caravansérail. Tiens-toi bien, tu sais ce qu'ils ont reconstitué ?

— Un dauphin ? Une chouette ? Un cauri ? énuméra Julo.

— Une tour ! La Burj Khalifa, la plus haute tour du monde, un bibelot qui ne se vend que dans l'aéroport de Dubaï, ils ont vérifié.

Julo réfléchissait. Ce détail s'ajoutait à la maquette d'A380 d'Emirates Airlines retrouvée dans la valise de Jean-Lou Courtois. Une énigme de plus. Jean-Lou Courtois, depuis qu'il avait quitté l'association Vogelzug, ne voyageait quasiment plus, ou le moins possible, pour ne pas s'éloigner de son fils trisomique. Dubaï était pourtant un des paramètres à ajouter à l'équation. Un nouveau casse-tête, bien plus difficile à résoudre que des bouts de verre à recoller.

Il souffla sur son thé, hésita à proposer à son chef de le partager, se brûla la langue en testant la température, puis se lança.

— Moi aussi j'ai une information.

Petar regardait avec envie, de l'autre côté de la rue, la terrasse d'un hôtel-restaurant où l'on semblait servir de l'alcool.

— Au-delà des investigations de routine concernant Leyli Maal, travail, casier, enquête de voisinage et compagnie, j'ai recherché son profil sanguin. Ce n'était pas bien difficile, il suffisait de téléphoner au seul labo de Port-de-Bouc. Leyli a un dossier là-bas. Comme je m'y attendais, Leyli est A+.

— A+ ? C'est ça ton info ? 40 % des gens sur terre sont A+ !

Il trempa ses lèvres dans le verre bouillant, avant de sortir de sa poche le tableau des impossibilités sanguines fourni par le professeur Waqnine.

— C'est plus subtil que ça, patron. On sait que Leyli Maal est A+, et que Faline95, la meurtrière supposée de Jean-Lou Courtois, est AB. Imaginons que cette tueuse soit Bamby Maal, la fille de Leyli. Alors... (ses doigts suivirent la ligne du tableau), son père ne peut être que AB ou B... il est strictement impossible qu'il soit O ou A.

Petar jetait des yeux désespérés au tableau, tel un élève de troisième face à une table de trigonométrie.

— Désolé, mon garçon, je dois être con ce matin, mais je ne vois pas où tu veux en venir.

— Je veux en venir, en revenir plutôt d'ailleurs, à mon hypothèse initiale. Cette fille, appelons-la Bambi13, Bamby Maal ou Faline95, cherche son père. Si le type dont elle taille les veines, après lui avoir fait une prise de sang, est du groupe O ou A, il ne peut pas être son papa. Et comme 90 % de la population mondiale appartient au groupe O ou A, ça restreint énormément le champ des possibilités. Imaginons que Bambi possède une liste de trois ou quatre papas potentiels, selon la loi des probabilités, elle possède ainsi toutes les chances, avec une simple prise de sang, de l'identifier.

– 46 –

11 h 03

— Fleur ?

Elle se contenta de confirmer par un sourire, sans lui faire remarquer qu'elle attendait depuis trente minutes. Yan Segalen devait avoir fait du retard une philosophie de vie. Elle l'observa de la tête aux pieds alors qu'il s'installait à côté d'elle à la terrasse du Gordon's Café. Pantalon de toile ocre, veste saharienne dans le même coloris, chemise blanche au col Mao, toute la panoplie « Désolé, je reviens d'un safari ». Une petite fortune de fringues de baroudeur chic et choc. Yan l'évalua de son regard bleu tropiques, passa ses mains en peigne dans ses cheveux blond-gris, raccords avec sa barbe impeccablement négligée. La cinquantaine dynamique, énergique, entretenue, même si sa chemise ample laissait imaginer le léger embonpoint du responsable logistique de l'association Vogelzug. Matin abdos, midi resto.

— Désolé, Fleur, je n'ai pas beaucoup de temps, eut le culot d'enchaîner Segalen.

319

Elle ne répondit rien. En réalité, elle n'avait pas vu s'écouler la demi-heure à attendre le cadre censé lui faire passer un entretien d'embauche. Elle s'était assoupie devant son Perrier rondelle, tout en relevant la tête de temps à autre pour s'intéresser à l'animation de la rue Monot et de la place des Martyrs. Une animation cosmopolite comme elle les adorait. C'est la première chose qui l'avait séduite lorsqu'elle était arrivée à Marseille. Le mélange des peuples. Des djellabas, des voiles, des cravates, des casquettes, des poussettes, des minishorts, des tchadors, des boubous, des sarouels, des saris, des kippas, des qipaos. Bien sûr, depuis, elle avait compris que chacun rentrait dans son quartier dès la nuit tombée, mais la première fois qu'elle avait marché sur la Canebière, ce joyeux bordel multiethnique l'avait subjuguée.

— Je vous préviens, continuait Yan Segalen, je ne vais pas vous faire passer un entretien d'embauche traditionnel. Je me contrefous des raisons pour lesquelles vous voulez travailler dans l'humanitaire, je n'ai pas besoin que vous me sortiez tout le baratin habituel des apprenties Sœur Emmanuelle. Alors répondez juste à cette question : pourquoi devrais-je vous embaucher ? Pourquoi devrais-je vous embaucher, vous ?

Yan est toujours en retard.
Il se rattrape quand il arrive.
Il se déshabille vite. Il aime que je touche son corps.
Il croit que moi aussi.
Nadia me dit qu'il est beau comme je ne peux pas l'imaginer.

J'imagine, je ne connais de lui que les muscles qu'il bande pour me posséder.

Elle fit mine de réfléchir. Elle apprécia que Yan lui sorte le grand jeu pour un CDD de trois mois dans son service logistique, consistant vraisemblablement à emballer des cartons dans un entrepôt puis les expédier vers les points chauds du globe. Si le responsable logistique s'était déplacé en personne, c'est sans doute qu'il n'avait pas été insensible à sa photo sur le CV, à la frange de ses cheveux blonds tout en contraste avec son visage hâlé, à ses yeux émeraude et effrontés derrière ses petites lunettes rondes.

Pour le rendez-vous, elle avait prolongé l'ambiguïté. Un sage chemisier, mais suffisamment déboutonné pour que Yan ne puisse pas rater la dentelle de son soutien-gorge blanc dès qu'elle se penchait vers son Perrier. Une jupe sobre et droite descendant au-dessous des genoux, sauf lorsqu'elle les croisait et que le tissu tendu remontait à mi-cuisse.

— Eh bien, minauda-t-elle, je suis motivée. J'aime me sentir utile. Il y a tant d'injustice dans le monde que…

Elle agitait avec nervosité, du bout de sa paille, la rondelle de citron dans son verre. Yan attrapa soudainement sa main.

— Stop ! Mademoiselle, voici exactement la réponse que je voulais éviter.

Il ôta sa main en laissant glisser ses doigts jusqu'à son poignet, puis l'agita en l'air pour appeler le serveur. Sans même lui demander son avis, il commanda deux verres de vin blanc, château-musar, puis se pencha vers son cartable en cuir décoré de motifs africains, et en sortit deux feuilles de papier.

Elle reconnut son CV. Yan se concentra quelques minutes sur la liste de ses références, entièrement bidonnées, puis la fixa à nouveau. Son regard ne glissait plus désormais sur ses cuisses ou son décolleté, il la fouillait de l'intérieur. Cet homme était un prédateur. Le plus dangereux des prédateurs : il essayait de comprendre la femme face à lui. Comme si c'était une nécessité absolue. La mettre à nu avant de la déshabiller. Elle se demanda s'il agissait ainsi avec toutes les femmes qu'il séduisait, ou si son instinct lui soufflait que quelque chose ne collait pas dans le CV de cette trop belle gazelle.

— Désolé de vous décevoir, Fleur, mais vous n'avez pas vraiment le look de Mère Teresa... et des CV de filles comme vous, polyglottes, surdiplômées, j'en reçois dix par jour. Il en faudra davantage pour me convaincre.

Le serveur apportait les deux verres de château-musar. Yan lui en offrit un, prit l'autre, et trinqua.

— A l'aventure, Fleur. A vous de jouer maintenant. Séduisez-moi.

Il regarda ostensiblement sa montre.

— Vous avez cinq minutes.

Elle eut l'idée de lever à nouveau son verre et de proposer un autre toast.

— A l'inconnu, Yan. Aux belles rencontres. Je crois que c'est ce qui m'attire dans l'humanitaire. Les rencontres. Avec des femmes. Des hommes. Différents. Déstabilisants. Charismatiques.

Yan téta doucement le rebord de son verre, il la buvait des yeux.

— C'est mieux, Fleur. Mais c'est encore du vent. Il me faut des faits. Des preuves. Des actes.

Il survola une dernière fois son CV, fit mine de le ranger dans sa serviette. Elle haussa soudain le ton.

— Yan, attendez. Donnez-moi une chance ! Que puis-je faire d'autre à part vous demander de me croire ? Si je vous dis que je suis plus courageuse que j'en ai l'air. Que je n'ai pas froid aux yeux. Que je suis prête à prendre des risques… (Elle marqua un temps d'arrêt et essaya d'attraper au vol son regard.) Tous les risques.

Yan était déjà debout, comme s'il avait à peine écouté. Un prédateur, pensa-t-elle encore. Un redoutable prédateur.

— Je dois y aller, Fleur. Mais vous avez gagné, je vous offre une autre chance. Vous êtes libre pour un second entretien ? (Il ne prit même pas la peine de consulter son agenda.) Ici. Ce soir, ça vous va ?

— Oui.

Elle avait soutenu son regard, sans aucune ambiguïté cette fois. Il avait ajouté un peu de grave dans sa voix quand il avait prononcé « Ce soir », elle avait laissé traîner son « Oui » jusqu'à s'en étrangler.

Il laissa s'étirer un silence, il n'était soudainement plus si pressé. Une nouvelle fois, il la dévisagea comme pour chercher à comprendre le mécanisme qui, immanquablement, amènerait cette fille ravissante de trente ans plus jeune que lui à finir dans son lit. Il avait l'air de s'en étonner lui-même, c'était son arme, son arme imparable.

— Je vous préviens, Fleur, je vais penser toute la journée à ce second entretien. Je crois même que je vais rêver qu'il prenne une tournure, disons, plus intime.

— Je suis prête. A prendre tous les risques. Je vous l'ai dit.

Elle avait répondu sans hésitation, il estima qu'il pouvait pousser son avantage plus loin.

— Je préfère être honnête, Fleur. Qu'il n'y ait pas de malentendu entre nous. Même si cet entretien personnel et privé se déroule à merveille, ce n'est pas pour autant que vous serez embauchée sur ce poste. Je ne fonctionne pas comme ça...

Elle leva son verre de château-musar, le vida, et défia le responsable logistique du regard.

— Filez, Yan, vous allez être en retard. Et je vous préviens, même si notre entretien intime se déroule à merveille, ce que je vous promets, je ne suis pas certaine d'accepter le poste que vous m'offrirez.

Il éclata de rire. Conquis.

Une seconde plus tard, il avait déjà disparu dans la foule bigarrée de la place des Martyrs.

Elle attendit quelques instants, puis sortit son téléphone portable qui n'avait pas cessé de vibrer dans son sac pendant la conversation.

Alors ton entretien d'embauche ?
Je suis en escale, je file
Prends soin de toi ma bichette
Chérine

Elle sourit.

L'entretien avec Yan Segalen avait duré moins de quinze minutes. Le séduire s'était révélé un jeu d'enfant, une simple formalité en comparaison du long travail d'approche pour que Jean-Lou tombe dans ses bras.

Yan Segalen était une proie facile.

Trop facile.

Une alerte clignotait dans son cerveau, tout était allé vite, beaucoup trop vite pour avoir le temps de réfléchir.

Tant pis…

Ou tant mieux. Elle n'avait plus le temps d'attendre, les policiers rassemblaient une à une les pièces du puzzle, les assemblaient, tissaient leur filet.

Avant de se lever, elle vida son verre de Perrier pour faire passer le goût du vin, tira sa jupe, ajusta sa perruque.

Ce soir, cette nuit, demain matin, tout serait fini.

Pour elle.

Pour Alpha aussi.

– 47 –

12 h 18

Buvez, mon sein, la naissance du vent !
Courons à l'onde en rejaillir vivant !

Gavril observait, étonné, le géant noir jouer les DiCaprio à l'avant du *Sébastopol*, debout face à la mer, déclamant ses poèmes. Qui voulait-il épater ? Il s'entraînait ? Pour être prêt quand il ferait descendre des filles dans la cale ?

Gavril s'accrochait à la barre. Ils n'étaient pas encore en haute mer mais les côtes avaient disparu depuis quelques minutes. Le Black continuait de balancer son baratin à l'horizon désert.

Le vent se lève ! Il faut tenter de vivre !
L'air immense ouvre et referme mon livre

Il n'avait pas tort d'ailleurs, le vent se levait. Il n'allait pas tarder à faire demi-tour. Si Laurel et Hardy voulaient acheter le rafiot, ils en avaient assez vu. Black-Laurel pourrait le confirmer à son copain, celui-là avait le chéquier. Le *Sébastopol* flottait !

Mais avant cela, Gavril avait bien envie de jouer sa carte personnelle. Il haussa la voix pour couvrir le bruit du moteur et des vagues.

— Réciter de la poésie à bord, ça fera partie de vos futures croisières ?

Alpha se rapprocha, les mains au fond des poches de sa veste. Il appuya son épaule contre la cabine.

— Non, c'est juste pour le plaisir.

Le plaisir ?

Gavril en avait une autre conception. Black-Laurel avait dû comprendre à son sourire édenté qu'il n'était pas convaincu, puisqu'il précisa :

— Je récitais *Le Cimetière marin*, de Paul Valéry. J'apprenais ça à l'école, tout petit. Vous ne trouvez pas que la mer est un immense cimetière ?

Gavril haussa les épaules. Il commença à couper les gaz pour que le bateau ralentisse. Le ronflement du moteur s'atténua petit à petit, sans pour autant que le niveau sonore faiblisse. Le choc des vagues sur la coque semblait redoubler, même si le *Sébastopol* tanguait à peine.

Gavril toussa, comme s'il allait à son tour déclamer un poème.

— C'est vrai ce que vous racontiez tout à l'heure dans la cale avec votre associé... Heu, sur les blondes à poil ?

Sous le coup de la surprise, Alpha manqua de perdre l'équilibre. Il se rattrapa à la bouée accrochée à proximité.

— C'est pas vraiment que j'ai écouté votre conversation, bafouilla Gavril. J'ai juste chopé des morceaux de phrases, elles ont atterri dans mes oreilles, un peu comme des embruns qu'on se prend dans le visage, si vous voyez... Vous parliez de filles en monokini sur le pont, de serveur avec des mojitos, d'un type en pull marin à la barre. Si vous achetez le bateau pour un plan comme ça, moi j'suis partant. Depuis que j'suis pilote sur la Méditerranée, je ne transporte que des vieux qui cabotent entre une fabrique d'huile d'olive, deux restos et trois temples grecs. Je suis discret, je pilote à la coule. Je peux même me refaire les dents, si vous préférez pour vos clients.

Alpha s'avança, les mains à nouveau calées dans ses poches. Il avait enfilé un bonnet mais le vent lui cinglait le visage.

— Z'êtes pas obligé de répondre tout de suite, insista Gavril. Depuis quinze ans que je suis à la barre de yachts de plus de trente mètres, j'ai jamais vu sur le pont la pointe d'un nichon ! J'ai compris que vous vouliez réaménager la cale, installer des lits, des douches... (Il adressa un clin d'œil à Alpha.) Si c'est pour y planquer des putes de luxe ou y tourner des films porno, ça me va aussi. Foi de matelot, je serai une tombe ! Un marin cimetière !

Le *Sébastopol* était maintenant arrêté en mer. Gavril semblait attendre une réponse avant de remettre en route le moteur et de tourner la barre pour un retour au port.

— Y a du carburant ? s'inquiéta Alpha.

— Assez pour faire le tour du monde !

Gavril attendit encore quelques secondes, mais Laurel s'était déjà tourné à nouveau vers la mer, poings dans les poches, bonnet vissé, regard lointain.

Grande mer de délires douée,
De mille et mille idoles du soleil,
Hydre absolue, ivre de ta chair bleue,
Dans un tumulte au silence pareil

Il se fout de ma gueule ! pensa le pilote. Enervé, il cria tout en singeant du bras l'attitude d'un cocher qui agite son fouet.

— Au galop, les chevaux ! On rentre à la maison. On y sera dans moins d'une heure, vous allez voir ce que le *Sébastopol* a dans le ventre !

Gavril se pencha quelques secondes pour actionner la manette de gaz. Quand il releva les yeux...

Le canon d'un revolver était braqué sur lui.

Le pilote bafouilla, tremblant, grimaçant, à s'en décrocher ses dernières dents.

— Je… je déconnais pour les putes… J'ai… j'ai rien entendu… J'…

— Du calme, l'ami ! Si tu pilotes cool, tout se passera bien. Je me contente de détourner ton bateau.

Le ton tranquille du Noir au calibre citant Paul Valéry était pourtant loin de le rassurer. Ce type semblait tout droit sorti d'un film de Tarantino ! Gavril l'interrogeait du regard, de plus en plus paniqué, comme s'il avait affaire à un djihadiste le braquant dans le cockpit d'un Boeing 747. Il fixa stupidement la mer déserte, imaginant voir surgir une île sur laquelle on lui demanderait de se crasher…

— On… on va où ?

— Tout droit. En face. De l'autre côté de la Méditerranée.

– 48 –

16 h 01

Julo était sous le charme.

Dès que Leyli Maal était entrée dans le commissariat de Port-de-Bouc et qu'elle s'était avancée face aux trois flics, telle une comédienne un peu impressionnée mais sûre de son talent et forte de tout ce qu'elle avait enduré, Julo l'avait aimée.

Rien à voir avec un coup de foudre, Leyli Maal aurait pu être sa mère, mais il émanait de cette femme une énergie insubmersible, une résilience, pour désigner sa volonté par un mot savant, comme ces fourmis qui poursuivent leur chemin quoi qu'il arrive, qui contournent l'obstacle, se rallongent la route mais parviennent toujours à destination, même en portant une charge plus lourde qu'elles.

Une fourmi qui n'a pas renoncé à être jolie. A se parfumer de miel et à se colorer d'un pétale de primevère. Les couleurs qu'elle portait, le mauve aux yeux, les perles rouges dans ses cheveux, l'orange mandarine de sa tunique, semblaient autant de gris-gris contre le gris de sa vie.

Ils étaient trois à l'interroger, Petar, Julo et le commandant Tòni Frediani, un flic qui connaissait bien le milieu marseillais, et en particulier les réseaux mafieux liés à l'immigration. Le juge Madelin avait insisté pour qu'il assiste à l'entretien. Depuis la découverte d'un second cadavre ce matin, l'affaire Valioni-Courtois avait pris une dimension d'affaire d'Etat. Les initiatives fusaient de tous les côtés et il faudrait quelques heures avant que les autorités, le ministère, la DCPJ calment le jeu et précisent les responsabilités.

Leyli s'était assise face aux trois policiers.

— Je suis en situation régulière, commença-t-elle par préciser. J'ai un titre de résident de dix ans, j'ai un contrat de travail, j'ai…

Petar la coupa sans élever la voix.

— Nous savons, madame Maal, nous savons.

Julo confirmait. Il avait lu rapidement le dossier constitué sur Leyli Maal. Elle s'était certes retrouvée en situation clandestine pendant quelques années, après son arrivée en France, mais avait quasiment sans arrêt travaillé, et même cotisé. (Julo n'arrivait toujours pas à comprendre comment des clandestins sans papiers, expulsables à chaque instant, pouvaient néanmoins se faire embaucher légalement... et payer des impôts.) Leyli avait été régularisée il y a trois ans. Travaillait depuis. Venait de décrocher un CDI. Un parcours exemplaire.

— Vous avez apporté des photos de votre fille ? demanda le commandant Velika.

Pendant que Leyli fouillait dans son grand sac à bandoulière, Julo laissa ses pensées vagabonder. Il avait épluché la page Facebook de Faline95. Comme celle de Bambi13, le site de Faline95 contenait quelques photos suggestives, mais aucune de son visage. Cependant, à la différence de l'album de Bambi13, tous les clichés de Faline95 étaient pris dans la région marseillaise, sur la plage de l'Estaque, face aux îles du Frioul, près des calanques des Goudes, à la piscine municipale de la Pointe-Rouge...

La méthode pour séduire Jean-Lou Courtois demeurait cependant la même. Une parade amoureuse virtuelle désormais banale pour des jeunes filles qui se savent mignonnes. Photos en maillot, jeux d'ombres sur les courbes d'une silhouette dénudée, gros plan sur des détails anatomiques sexy. Faline95 et Bambi13 semblaient aussi jolies l'une que l'autre. Deux corps jumeaux, métis et juvéniles.

Julo, comme Petar, avait joué plus d'une heure au jeu des sept différences. Sans trouver.

Tout laissait penser que Bambi13 et Faline95 étaient une seule et même fille. Sans certitude.

Les photos avaient été envoyées au labo, Julo ignorait si des informaticiens, à partir de clichés flous ou
surexposés pris avec un smartphone, pouvaient définir
la gémellité d'un grain de peau, calculer la taille exacte
d'un bassin, la longueur d'une cuisse ou l'asymptote de
la courbe d'une poitrine. Et même s'ils y parvenaient,
rien ne prouvait que les photos sur Facebook n'avaient
pas été photoshopées. N'importe qui pouvait trafiquer
une image aujourd'hui.

Pendant que le lieutenant Flores se perdait dans ses
pensées, Leyli Maal avait fait circuler quelques photos
de sa fille. En contraste étrange avec celles de Bambi13
et Faline95, les images de Bamby Maal représentaient
une jeune fille au naturel, à peine maquillée, baskets,
jean et pull ample. Petar et Tòni demeurèrent un long
moment à examiner les photos, avant de les faire tourner vers Julo. Le lieutenant Flores avait gravé dans sa
mémoire le portrait flou de la caméra de surveillance
du Red Corner, cette fille au visage en partie masqué
par son voile imprimé de chouettes. Deux yeux. Une
bouche. Il fut submergé par une première intuition, une
évidence qui s'imposait.

C'était elle.

Bamby Maal était la fille filmée par la caméra de
surveillance. Même profondeur dans l'iris des yeux,
même regard de défi doublé d'une indicible mélancolie.
Ce regard dont on tomberait si facilement amoureux.

C'était elle.

Julo continua de détailler les trois photos apportées
par Leyli Maal. Au fur et à mesure qu'il s'attardait, le
doute lentement naissait.

Comment être certain d'une ressemblance, presque frappante, mais qui ne repose que sur un regard ? Pas même la forme d'un nez ou d'un visage, trop imprécise sur l'image vidéo. Comment être certain qu'il ne s'agissait pas d'une illusion, d'un jeu de maquillage, d'une imitation ?

Petar ne laissait rien paraître non plus, Julo se souvenait des heures passées par son supérieur à comparer cette image trouble avec celles de toutes les prostituées de la ville, sans qu'aucune corresponde.

Le commandant était-il parvenu à la même estimation ? C'était elle, Bamby Maal ! Julo en était certain à 80 %, voire 90 %… Mais ça ne constituait toujours pas une preuve formelle, et ça résolvait encore moins la question initiale : comment cette fille de ZUP pouvait-elle être cette Bambi13 qui parcourait le monde ?

Petar reprit la parole. Il s'exprimait doucement, comme s'il s'excusait d'importuner Leyli Maal. Ça lui ressemblait peu. La présence de Tòni Frediani l'impressionnait peut-être.

— Si vous le voulez bien, nous allons conserver ces photos de votre fille. Nous avons essayé de la contacter au numéro de portable que vous nous avez laissé. Depuis ce matin. Sans aucune réponse. Madame Maal, quand avez-vous vu Bamby pour la dernière fois ?

Leyli répondit sans aucune hésitation.

— Hier soir. A 19 h 30… Entre 19 h 30 et 20 heures pour être exacte.

La précision de la réponse cueillit les trois flics à froid. Tout comme ce qu'elle impliquait d'incohérence en termes d'emploi du temps.

Si Leyli Maal mentait, elle le faisait avec un aplomb déconcertant.

— Madame Maal, insista Petar, comment pouvez-vous être si précise ?

— Ma fille a dîné avec moi. Nous dînons tous les soirs à 7 heures et demie. Commandant, venons-en au fait, de quoi ma fille est-elle accusée ?

Les policiers se regardèrent. Petar prit la décision. Sans un mot, il ouvrit les dossiers Valioni et Courtois puis les fit glisser vers Leyli. Ils contenaient principalement des photos des deux scènes de crime, les corps vidés de leur sang, ainsi que des portraits des deux victimes. Une façon directe et brutale de faire comprendre à cette mère de quoi sa fille était accusée !

Julo se concentra sur chaque geste de Leyli, chaque expression de son visage, quand elle ouvrit le dossier, quand elle saisit les photos, une à une, quand elle les observa ; il la vit se figer quand elle referma d'une main tremblante les chemises cartonnées. Ce n'était pas une simple réaction de surprise, ni même un dégoût compréhensible face à des clichés morbides. Le visage de Leyli Maal s'était tétanisé dans un spasme de terreur. Une fraction de seconde avant qu'elle ne reprenne ses esprits.

Petar s'excusa en récupérant les dossiers.

— Je suis désolé de vous imposer cette épreuve, madame. Et nous n'avons encore aucune raison objective de penser que votre fille a commis ces crimes.

Profitant des formules de politesse aussi alambiquées qu'inattendues de Petar, Julo repassa devant ses yeux la scène qui venait de se dérouler. L'expression de panique de Leyli Maal n'avait duré qu'un quart de seconde avant qu'elle ne la contrôle, mais elle l'avait submergée à un moment précis. Pas lorsqu'elle avait baissé les yeux sur les photos des cadavres, ni même lorsqu'elle avait découvert les portraits de François Valioni et de Jean-Lou Courtois. Après. Juste après.

Lorsqu'elle avait lu leurs noms sur le dossier !

Comme si elle n'avait pas reconnu leurs visages. Mais qu'elle savait qui ils étaient.

Petar s'en était-il lui aussi rendu compte ? Ou s'était-il laissé berner par l'émotion naturelle d'une femme face à deux clichés macabres ? Julo éprouvait une certaine fierté à imaginer qu'il ait été le seul à repérer ce détail capital.

— Commandant, fit Leyli d'une voix calme. Je ne suis pas idiote, si vous pensiez que ma fille n'avait rien à voir avec ces meurtres, vous ne me montreriez pas ces photos. Mais vous faites fausse route. Ma fille possède un alibi pour la nuit d'hier.

Les flics s'observèrent. Ils attendaient que Leyli déballe son jeu. Pour voir.

— Je vais être honnête avec vous, je ne sais pas où ma fille était entre 20 h 30 et minuit, elle m'a affirmé qu'elle sortait au KFC avec une amie, mais je n'en ai aucune preuve. Par contre, à partir de minuit, ma fille se trouvait à l'hôtel Ibis, sur la zone d'activités Ecopolis. C'est là que je travaille.

Petar se gratta la tête. L'entretien prenait une tournure qu'il ne contrôlait plus.

— Madame Maal, qu'est-ce que votre fille faisait là-bas à minuit ?

— Elle chantait.

— Pardon ?

Leyli Maal hésita un peu avant de répondre. Ses mains se crispèrent sur les bandoulières de son sac.

— Le… le plus simple est de contacter le gérant de l'hôtel. Ruben Liberos. Je me doute que vous n'allez pas croire une mère qui défend sa fille. Mais monsieur Liberos vous confirmera tout.

Le commandant Tòni Frediani prit la parole pour la première fois. Son accent marseillais accentuait l'ironie dans sa voix.

— Je suppose que votre fille ne poussait pas la chansonnette toute seule à minuit pour votre patron. Il doit y avoir d'autres témoins de sa sérénade ?

— Oui, confirma Leyli. Une dizaine. Peut-être davantage.

Petar sortit un mouchoir et s'épongea le front. Il nota les coordonnées de l'hôtel Ibis, interrogea encore quelques minutes Leyli Maal, pour la forme, puis la remercia.

Elle avait à peine ramassé son sac que Julo se précipitait.

— Je vous raccompagne.

Il sortit du bureau en précédant Leyli, évitant de se tourner vers ses deux collègues. Une fois seuls dans le couloir, il prit soin de refermer la porte et s'adressa directement à Leyli.

— Si vous avez besoin de quoi que ce soit, appelez-moi.

Il lui tendit sa carte professionnelle. Julo n'arrivait pas à analyser quel réflexe le poussait à agir ainsi.

— Si vous avez simplement besoin de parler. De vos enfants. De ces deux hommes assassinés. De… de l'association où ils travaillaient. Vogelzug.

Leyli prit la carte, le dévisagea longuement, comme pour jauger si elle pouvait lui faire confiance, puis s'éloigna sans dire un mot. Avant de pousser la porte du commissariat, elle chaussa des lunettes de soleil rouge vif ornées d'une rose écarlate dont les épines et les feuilles couraient le long des branches.

Etrange femme...

En la regardant sortir, aussi droite et fière qu'elle était entrée, aussi peu anéantie qu'une mère convoquée parce que son fils avait oublié de composter dans le tram, il comprit pourquoi il était à ce point persuadé que Bamby Maal, Bambi13 et Faline95 n'étaient qu'une seule et même femme. Pas seulement à cause d'une vague ressemblance sur une image vidéo. Cette intuition reposait sur cette détermination farouche qui transpirait de chaque geste, de chaque mot de Leyli Maal, identique à celle de cette tueuse mystérieuse. Un instinct de survie. Celui d'une rescapée. Comme si, revenue de l'enfer, plus rien ne pouvait l'atteindre.

Il poussa la porte du bureau quelques secondes plus tard.

— Alors ? fit Tòni avec une pointe d'impatience.

Julo n'eut pas le temps de répondre. Petar le précéda. Visiblement, il attendait qu'ils soient réunis tous les trois pour dresser ses conclusions.

— Alors, commenta Petar, c'est tout vu. Sa fille est notre cliente ! Aucun doute. La ressemblance entre les photos de sa petite Bamby et notre meurtrière est aveuglante. Et cerise sur le gâteau, cette femme connaissait le nom des deux victimes !

Julo se mordit les lèvres. Petar avait lui aussi repéré la fugitive expression d'épouvante de Leyli ! Même s'il détestait le contraste entre le ton cynique de son commandant et la délicatesse avec laquelle il avait traité Leyli Maal, il devait reconnaître qu'il était un sacré bon flic.

— Sauf, continua Velika, qu'avec son alibi, on est dans un foutu merdier.

Il regarda sa montre.

— On a trente minutes pour foncer voir ce Ruben Liberos à l'Ibis. C'est à peine à deux kilomètres.

Julo, toujours debout devant la porte, s'autorisa une réplique.

— Si Leyli Maal connaissait les victimes, quel est le lien entre elle et Vogelzug ?

Tòni Frediani redressa l'oreille au nom de Vogelzug. Petar s'était déjà levé.

— Tu sous-entends quoi exactement ?

— Nom de Dieu, patron, ça crève les yeux. Leyli Maal s'est retrouvée sans papiers en France pendant des années. Tout nous ramène à eux, les invisibles, les clandestins. Ces bracelets à leur poignet que l'on trouve dans la poche de Valioni, ces coquillages qui servaient de monnaie africaine, Alpha, le fils de Leyli, qui voulait jouer aux apprentis passeurs. Nous sommes ici, à Port-de-Bouc, dans la ville où fut fondée l'une des plus importantes associations d'aide aux réfugiés, cette association où travaillaient François Valioni et Jean-Lou Courtois. Ici, où à mi-chemin entre ce commissariat et cet hôtel Ibis, habite le grand patron de Vogelzug, Jourdain Blanc-Martin.

Petar passa devant son adjoint et posa la main sur la poignée.

— On verra, gamin. On va d'abord trouver « qui », et on s'occupera de « pourquoi » ensuite.

Petar ouvrit la porte, Tòni Frediani évaluait avec attention la passe d'armes entre les deux collègues, sans intervenir. Julo insista.

— Vous ne trouvez pas qu'on devrait rendre une petite visite à Jourdain Blanc-Martin ?

Le commandant était déjà parti. Avant de lui emboîter le pas, Julo le regarda s'éloigner, comme il l'avait fait pour Leyli Maal quelques minutes auparavant. Il venait de comprendre pourquoi il avait tendu à cette femme sa carte professionnelle, sans en référer à son chef : parce que Petar ne lui avait pas posé les bonnes questions, ne l'avait pas interrogée sur son passé.

Parce que, s'il les avait posées, Leyli Maal ne lui aurait pas répondu.

Parce que Leyli Maal avait peur de lui.

Il sprinta pour rejoindre son supérieur.

Parce que, et il crut sombrer dans une profonde schizophrénie lorsque son esprit formula cette hypothèse, Leyli, Bamby, et peut-être également Alpha, avaient besoin de lui.

– 49 –

16 h 15

— Papi, papiiiiii !

Tidiane hurlait, désespéré. Au pied de l'oranger.

— Papi, papiiiiiii...

Le visage de papi Moussa surgit enfin à la fenêtre du deuxième étage, mal coiffé, comme tiré de la sieste par un mauvais rêve.

— Qu'est-ce qui se passe, mon chéri ?

— Mon ballon. Mon ballon Morocco… Il est parti ! Là-dessous…

Tidiane désigna une bouche d'égout sous le caniveau ceinturant la cour de la cité de l'Olympe. Papi Moussa se frotta les yeux.

— Comment t'as fait ton compte ?

— Je… Je jouais… Les yeux fermés… Pour m'entraîner… Je ne l'ai pas vu rouler.

Papi soupira.

— Attends-moi, je descends.

Quelques instants après, ils étaient tous les deux penchés au-dessus de la bouche noire. Papi introduisit la main dans le puits sombre, puis le bras, puis un bâton, sans résultat.

— Ton ballon est parti dans l'enfer, mon chéri.

— On va le chercher, alors !

— Ce n'est pas si facile, Tidy. Ce qu'on appelle l'enfer, c'est tout le sous-sol de cette cité, des kilomètres de couloir, des caves, une pour chaque appartement, des places de parking aussi, des canalisations, des égouts.

— Tu m'as dit que ce soir, maman était occupée, qu'elle allait rentrer tard. On a le temps !

— Demain, Tidy. Demain, tu n'as pas école. Ton ballon ne va pas s'envoler. Il faudra qu'on s'équipe. Une lampe pour toi et une pour moi.

— Pas besoin, maintenant je vois dans le noir, comme maman !

Papi passa la main dans les cheveux de son petit-fils. Il aimait tant quand Tidy se laissait déborder par son imagination. Une imagination où il puisait une détermination sans limites. Gagner la Coupe du monde, libérer la lune d'Endor, remonter au temps des Indiens pour sauver les bisons. Ce courage insouciant qui rend les garçons de dix ans tellement attendrissants.

— Je prendrai du fil aussi, ajouta papi, comme Ariane, pour qu'on ne se perde pas dans le dédale de l'enfer.

— Le trésor de maman, il est caché en enfer ?

Papi baissa les yeux vers la bouche noire qui avait avalé le ballon.

— Peut-être...

Tidiane se releva soudain et sauta à pieds joints.

— Et le trésor de ton grand-père ? Tu m'as promis ce matin que tu me raconterais.

— D'accord, Tidy, d'accord.

*
* *

Ils marchèrent un peu et allèrent s'asseoir, le dos contre le tronc de l'oranger. Tidiane adorait. Dans le ciel, le vent poussait les nuages tellement vite qu'il en faisait des confettis, mais dans la cour de l'Olympe, ils étaient protégés. Un moment Tidiane crut que papi s'était endormi, mais non, il se contentait de réfléchir, comme s'il téléchargeait dans sa tête l'histoire de son grand-père. Ça n'allait pas vite. Il ne devait plus y avoir beaucoup de réseau dans son cerveau. Enfin, papi Moussa commença. Lentement. Papi avait l'habitude, comme maman, de faire traîner les histoires, pour qu'il s'endorme au milieu. Mais Tidiane ne s'endormait jamais. Encore moins maintenant qu'il était grand.

— Mon grand-père s'appelait Gali. Il fabriquait des jarres. Les jarres, expliqua papi Moussa, ce sont comme de grands pots, des vases pour fleurs géantes. Mais les vases de ton arrière-arrière-grand-père ne servaient pas à faire pousser des plantes. C'étaient des pots à coquillages. Les coquillages, en ce temps-là, remplaçaient les pièces d'argent. Chaque vase pouvait contenir des milliers de coquillages, et Gali était capable rien qu'en pesant la jarre de deviner s'il en manquait un seul. Tosha, ton arrière-arrière-grand-mère, était très forte aussi, elle comptait les coquillages plus vite que personne. C'était leur métier, compter les coquillages, les garder, les rendre, les échanger contre des objets. Tes arrière-arrière-grands-parents étaient très riches mais, plus important que tout, ils étaient respectés, car jamais ils ne se seraient permis de voler un seul coquillage. Au contraire, ils en offraient souvent aux plus pauvres. Puis, un jour, un monsieur est venu et a dit que les coquillages n'étaient plus que des coquillages.

Tidiane ne comprenait pas bien cette partie de l'histoire, alors papi Moussa essaya de lui expliquer que les hommes avaient des pouvoirs bizarres, comme décider si un coquillage valait beaucoup d'argent, ou rien de plus qu'un grain de sable ou qu'un caillou ramassé dans la cour.

— Mais ce jour-là, continua papi, Gali avait tout perdu. Alors il est parti sur les routes, avec sa famille, une tente et quelques vaches. Il est devenu éleveur et a parcouru le désert pendant des années, avec ses enfants et ses petits-enfants, avant de s'arrêter près du grand fleuve Niger, à Ségou. C'est là que je suis né. Que ta maman est née.

— Il n'y a plus de trésor, alors ? demanda Tidiane.

Papi Moussa s'appuya plus confortablement encore contre le tronc de l'oranger.

— Bien sûr que si. Ecoute, écoute-moi, Tidy, et n'oublie jamais ce que je vais te dire. Tu trouveras le trésor, le véritable trésor, là où sont nos racines.

– 50 –

17 h 14

Le panneau de l'arrêt Littoral tremblait. Le mistral avait gagné en force tout au long de la journée. Dès que Leyli mit un pied en dehors du bus, elle sentit le vent s'engouffrer sous sa tunique. Leyli semblait s'être équipée en prévision de la tempête et portait à chaque main un lourd sac de courses. Du lait, des oranges, un poulet, des pommes de terre... Trois kilos à chaque bras !

Claudiquant, elle suivit le trottoir en direction des bâtiments G et H des Aigues Douces, longeant les rideaux de fer tirés des commerces fermés. Rien à voir avec le risque de raz-de-marée, beaucoup de magasins avaient définitivement déposé le bilan. Les devantures grises servaient d'ardoise pour tous les tagueurs du quartier. Les couleurs chaudes et les formes primitives lui rappelaient les gravures rupestres des Dogons, dans les grottes de la falaise de Bandiagara, au nord du Mali. C'était parfois plutôt réussi, tout comme ce vaste espace de jeu entre la mer et les immeubles installé par la mairie. Jets d'eau, ponts de singe, balançoires, miniring de boxe, mini-piscine, les gosses pouvaient jouer sans danger face à la mer, surveillés de chaque balcon des barres des Aigues Douces. Huit blocs de huit colonnes d'appartements empilés sur huit étages.

Un bel endroit pour grandir. Même si les immeubles étaient rongés de l'intérieur par le cancer du temps, interphones cassés, boîtes aux lettres éventrées, quels habitants auraient accepté de déménager ?

Leyli doubla le coin de l'immeuble G14. Une bourrasque la cingla aussitôt. Au bas des immeubles, le mistral jouait aux éboueurs hystériques. Il soulevait sacs plastique, cartons, polystyrène, mégots, canettes, tous les déchets accumulés des poubelles trop pleines, des conteneurs mal vidés, que le vent se chargeait de disperser. Grand nettoyage au Kärcher des courants d'air. Tout finirait à la mer, et demain matin, le béton du quartier serait comme purifié.

Leyli, lestée, ployait. Tête baissée.

Elle ne vit pas la Mercedes Classe C s'arrêter le long du trottoir, quelques mètres devant elle. Elle ne vit pas l'homme sortir. Elle aperçut seulement la lumière des phares clignoter quand il la verrouilla. Un homme d'une soixantaine d'années. Grand. Elégant. Dans un costume aussi impeccablement coupé que sa berline. Du genre qui ne s'aventure dans le quartier que quelques mois avant les élections. Un élu ? Un fonctionnaire ? Un homme d'affaires ? Leyli ne l'avait jamais croisé.

— Leyli Maal ?

Apparemment, lui la connaissait.

— Jourdain Blanc-Martin.

Leyli s'arrêta. Il avança et d'un geste qui lui sembla aussi naturel que de lui serrer la main, proposa de lui porter ses deux sacs. Elle ne refusa pas.

Jourdain Blanc-Martin.

Le patron de Vogelzug. L'enfant star du quartier. Leyli savait qui il était, évidemment.

— J'ai beaucoup entendu parler de vous, madame Maal.

— Vraiment ?

Il y avait une pointe d'ironie dans sa voix.

— Je peux vous accompagner jusqu'à votre cage d'escalier ?

— Vous pouvez même monter mes courses jusqu'au septième étage !

Malgré sa repartie, Leyli restait sur ses gardes. Jourdain Blanc-Martin ne l'avait pas accostée par hasard. Il tardait à abattre son jeu. Il marchait à côté d'elle, charmant, souriant, galant, mais elle avait pris l'habitude de se méfier des mains tendues.

Blanc-Martin leva les yeux vers la façade du bâtiment le plus proche et fixa les serviettes qui volaient au balcon, les paraboles qui tremblaient, les étendoirs à linge désarticulés.

— C'est ici que j'ai grandi, fit-il. Bâtiment G12. Ecole Victor-Hugo, collège Mistral. Rien n'a vraiment changé depuis une cinquantaine d'années.

— Qu'en savez-vous ? répliqua Leyli, volontairement cassante. Que pouvez-vous comprendre aux gens qui habitent ici aujourd'hui ?

Blanc-Martin marqua un long silence, observant cette fois la mer déchaînée.

— Vous avez raison, Leyli. J'habite à un kilomètre des Aigues Douces et je crois que la dernière fois que j'y ai mis les pieds, c'était pour déménager ma mère, il y a plus de vingt ans, pour vider son appartement du bloc G12 et l'installer dans une villa sur les hauteurs de Sausset-les-Pins. J'avais tout décidé pour elle. Ma mère ne me l'a jamais avoué, mais elle a toujours regretté ce quartier. Elle se désintéressait de toute forme de richesse. Elle possédait ce luxe absolu d'être heureuse au point de mépriser l'argent.

Ils s'arrêtèrent et se tournèrent tous les deux, embruns dans le dos, écrasés par les huit étages des barres face à eux.

— Que me voulez-vous, Blanc-Martin ?

Le président sembla soulagé que Leyli fasse le premier pas.

— Vous prévenir, vous aider. Je connais votre histoire, chaque étape de votre histoire. Je sais à quel point vous avez souffert pour arriver jusqu'ici. Je sais quelles épreuves vous avez endurées, quels sacrifices vous avez dû accepter. Votre parcours est une guerre, Leyli. (Il marqua un silence appuyé, sans quitter des yeux les balcons encombrés.) Je sais le nombre de morts que vous avez dû abandonner derrière vous.

Leyli le fixa, sans parvenir à attraper son regard fuyant. Elle hésita à reprendre ses sacs de courses et

346

à le planter là. Prévenir quelqu'un d'un danger n'est souvent rien d'autre qu'une menace déguisée.

— Je n'ai pas besoin de votre aide.

Blanc-Martin ne la regardait toujours pas, mais il avait arrêté ses yeux à la hauteur du septième étage, bâtiment H9. Son balcon. Blanc-Martin savait où elle habitait ! Il continua de soliloquer de sa voix douce-reuse qui se teintait à nouveau d'ironie.

— Vous aimez raconter votre histoire, Leyli. Qui pourrait vous en blâmer ? Elle est si édifiante. Tellement passionnante. Quel courage ! Quel exemple ! Qui pourrait demeurer insensible à un tel destin ?

Leyli avança d'un pas déterminé vers la cage d'esca-lier du bloc H9, portée par le vent. Le président de Vogelzug la suivit, un mètre derrière elle, alourdi par sa charge. Leyli balaya la façade de l'immeuble du regard pour tenter d'apercevoir Guy au balcon du sixième étage, ou même Kamila. Personne ! A cause du mistral, chacun s'était barricadé.

Parvenue au bas de l'immeuble, elle se retourna. Le mistral lui cingla le visage.

— Une nouvelle fois, que me voulez-vous, Blanc-Martin ?

— Surveillez vos enfants.

— Pardon ?

— Je n'ai rien contre vous, Leyli. Mais vous devez nous aider à trouver votre fille Bamby. Votre fille Bamby et votre fils Alpha.

Leyli ne répondit pas. Elle attendait désespérément que quelqu'un sorte de la cage d'escalier. Son gilet volait. Les mots de Blanc-Martin la giflaient davantage

347

encore que le vent. Elle tendit les mains pour que le président lui rende ses sacs de provisions.

— Je suis pressée, Blanc-Martin. Je dois aller récupérer mon petit garçon.

— Comprenez bien, Leyli, Bamby et Alpha sont en danger.

— Ma fille n'a rien à voir avec ces assassinats. Pas plus que mon fils n'est un voyou. Vous n'êtes pas flic ! Je ne comprends rien à vos sous-entendus.

Elle attrapa d'un geste violent les deux sacs plastique. Blanc-Martin la retint par le poignet.

— Je vais être plus précis, alors. Je connais votre secret. Je sais que vous n'êtes pas celle que vous prétendez. On vous croit sur parole, on vous fait confiance. On vous admire, Leyli. On vous plaint. On vous aime. Vous séduisez. Vos voisins. Vos patrons. Vos parents. Vos enfants. Vos logeurs. Vos créanciers. Jusqu'aux policiers... Comment pourraient-ils se douter qu'ils se font tous superbement manipuler ?

— Vous êtes fou !

— Non, Leyli. Ni vous ni moi ne le sommes. Vous le savez aussi bien que moi. Vos mensonges sont parfaitement maîtrisés. Mais dans le cerveau de vos enfants, ils ont semé la folie.

— Vous délirez !

Leyli s'enfonça dans l'escalier sombre le plus vite qu'elle put. A l'abri. Pas assez pour ne pas entendre les derniers mots de Blanc-Martin.

— Réfléchissez, Leyli. Je n'ai qu'un mot à prononcer. Et tout ce que vous avez patiemment construit sera perdu.

51

17 h 17

— Messieurs, installez-vous, je vous en prie, je n'ai que ce modeste canapé à vous proposer, et pas d'autres breuvages que ceux distribués par ce robot caractériel qui n'en fait qu'à sa tête et ne sucre qu'un café sur deux.

Le commandant Petar Velika et le lieutenant Julo Flores fixaient avec stupéfaction le gérant de l'hôtel Ibis de Port-de-Bouc. Ils s'assirent sur le canapé rouge vif de la réception, assommés par le flot de paroles.

— Vous me rappelez David Brown et Fred Yates, deux inspecteurs de Dunwoody, au nord d'Atlanta, venus défendre Goldie, une pauvre Afro-Américaine réfugiée dans mon motel après le meurtre d'un fermier blanc. Hôtel Alamo. Encerclé par deux cents types cagoulés en blanc et agitant des croix de feu. Sur ma bonne foi, elle avait passé la nuit avec moi, Brown et Yates innocentèrent Goldie. Je crois même que Freddie, le petit inspecteur, tomba amoureux d'elle et qu'ils vivent toujours ensemble aujourd'hui...

Ruben Liberos fixa longuement Julo, comme s'il était la réincarnation de ce flic américain, puis sortit des pièces et s'approcha du distributeur de café.

Petar avait pris la peine de vérifier que le type déguisé en danseur de tango devant lui n'était pas un cinglé en cavale, mais bien le gérant officiel de cet hôtel minable à la périphérie de Port-de-Bouc.

— OK, monsieur Liberos, nous sommes un peu pressés. Pouvez-vous nous confirmer que Bamby Maal, la fille de votre employée, se trouvait dans votre établissement, la nuit dernière, vers minuit ?

— Je vous le confirme. Formellement.

Il fit glisser les pièces de monnaie dans le distributeur et le frappa violemment du plat de la main pour que le gobelet tombe.

— Excusez-moi, monsieur Liberos. Mais que venait-elle faire dans votre établissement en pleine nuit ? Votre employée, sa mère, Leyli, nous a révélé qu'elle… chantait.

— Commandant, puis-je compter sur votre discrétion ?

Petar bougonna. Ni oui ni non. Ruben enchaîna.

— Vous êtes un homme d'honneur, commandant. Croyez-moi, je sais reconnaître les soldats qui n'obéissent qu'au commandement de leur cœur.

Ruben s'approcha des deux policiers et raconta en quelques mots, d'une sobriété étudiée, qu'il hébergeait parfois des sans-papiers, et organisait avec eux, pour eux, des soirées musicales, auxquelles il n'était pas rare que des clients de passage se joignent.

— Vos fiestas ne commencent qu'à minuit ? s'interrogea Petar.

Ruben Liberos lui tendit un gobelet.

— Tenez, commandant. Cappuccino. Croyez-en ma longue histoire d'amour avec cette capricieuse machine, le cappuccino est la seule décoction buvable qu'elle soit capable de vous préparer.

Il laissa Petar se saisir du verre de plastique brûlant avant de continuer.

— Nos petites soirées débutent dès la nuit tombée. Pour tout vous avouer, j'ai la chance de posséder une diva, Noura, la charmante jeune fille que vous verrez apparaître et disparaître derrière vous, tantôt chevauchant un balai, tantôt faisant voltiger son plumeau. Mais j'ai besoin d'elle pour servir la collation matinale des voyageurs qui nous quittent dès potron-minet. Alors notre Cendrillon rossignol nous abandonne quand sonnent les douze coups de minuit, et Bamby entre en scène, même si le timbre de sa voix est infiniment moins délicat que celui de Noura. (Il se pencha vers les policiers, l'œil pétillant, et murmura la fin de sa phrase.) Je compte sur vous pour ne pas le répéter à sa maman.

Julo ne put s'empêcher de regarder derrière lui. En attendant le prochain bal, Cendrillon était effectivement retournée à son ménage. Une jolie métisse profitait du vent qui soufflait devant la porte d'entrée pour épousseter des couvre-lits.

Noura.

Le cerveau de Julo fit la connexion avant même qu'il n'ait le temps de lui recommander de se méfier des coïncidences.

Noura ressemblait étrangement à Bamby ! Même silhouette juvénile. Même peau hâlée. Même élégance dans les gestes, dans les poses, soulignée d'un soupçon d'arrogance de se savoir observée et désirée.

Petar, trop consterné par les révélations délirantes de Ruben Liberos, n'avait pas pris la peine de se retourner. Ses doigts se crispaient dangereusement sur le gobelet plein à ras bord d'une mousse blanche chimique et chocolatée.

Liberos s'était à nouveau approché du distributeur de cappuccinos. Au tour de Julo.

Petar regarda sa montre et décida d'accélérer.

— Dans ce cas, monsieur Liberos, je suppose que vous disposez de nombreux témoins pour confirmer vos propos ?

Ruben claqua la ferraille de la paume. Un second gobelet tomba.

— Peu, commandant... Peu... Une petite vingtaine tout au plus... Savez-vous qu'en 1988, j'avais réuni plus de cent cinquante personnes dans l'Ibis de Targoviste pour venir écouter un violoniste tsigane pourchassé par la Securitate de Ceausescu ? Un concert inoubliable et...

— Vingt témoins feront parfaitement l'affaire, coupa Petar. Où puis-je les contacter ?

Les efforts surhumains du commandant pour conserver son calme commençaient à amuser Julo. Ruben Liberos lui tendit un cappuccino jumeau, puis se dirigea vers l'accueil, en revint avec une vingtaine de feuilles agrafées.

— Voici, commandant. Les déclarations sur l'honneur de l'ensemble des témoins, qui affirment avoir écouté Bamby Maal chanter dans mon modeste auditorium entre minuit et 6 heures du matin. Vous trouverez leurs noms, prénoms, signatures. Dix-neuf au total.

Petar jeta un coup d'œil discret à la pétition.

— Je suppose que vous disposez de l'adresse de tous ces braves citoyens, d'un numéro de téléphone, de n'importe quoi qui nous permette de les convoquer au commissariat ?

Julo allait finir par attraper un torticolis. Il tournait sans cesse le cou pour espionner Noura, occupée à aérer les couvertures des chambres, tout en tentant de ne rien rater de l'irrésistible numéro de ce gérant d'hôtel.

— Commandant, pensez-vous raisonnablement qu'un citoyen du monde en situation illégale en France, expulsable à chaque instant, va venir témoigner de son propre chef dans un commissariat ? Demandez-moi une vidéo si ce morceau de papier ne vous suffit pas, un enregistrement audio sur l'honneur.

Petar posa son cappuccino devant lui. Il n'y avait pas touché. Il avait compris qu'il pourrait tourner en rond pendant des heures ainsi. Ruben Liberos gagnait du temps. S'amusait. Les baladait. La méthode de guérilla classique des militants solidaires face à la loi aveugle.

— Si cette déclaration est trop imprécise, commandant, je peux demander à mes obligés de tout vous préciser : la liste des morceaux interprétés, les horaires précis de début et de fin du concert. Dans une accusation de meurtre, je suppose que...

Petar Velika semblait au bord de l'explosion. Il haussa brusquement le ton.

— Ce ne sera pas la peine, monsieur Liberos.

— J'espère que vous n'allez pas croire que j'ai fabriqué de toutes pièces ces dépositions. Ces témoins sont tous des dignitaires dans leur pays, des élus d'opposition pourchassés, des juges, des enseignants, des médecins.

Le commandant sentit que ses dernières résistances à la bienséance cédaient. Le gérant de l'hôtel continuerait de dérouler son baratin tant qu'il n'aurait pas trouvé le robinet d'arrêt. Il décida de mettre définitivement les points sur les i.

— On vérifiera vos dépositions, croyez-moi, on épluchera chaque nom. Mais la seule chose qui nous importe, monsieur Liberos, c'est de savoir si mademoiselle Bamby Maal, comme sa mère nous l'affirme et comme vous nous l'affirmez, était à Port-de-Bouc la nuit dernière. Monsieur Liberos, savez-vous où le meurtre dont est accusée Bamby Maal a été commis ?

Julo s'était redressé. Lui aussi avait posé son infâme cappuccino. Il eut l'impression que le courant d'air dans son dos avait cessé ; comme si Noura avait interrompu son travail pour les écouter.

— Aucune idée, admit Liberos. Leyli m'a juste dit que…

— Le meurtre de Jean-Lou Courtois, c'est le nom de la victime, a été commis dans la chambre Caravansérail d'un Red Corner. Entre 5 et 6 heures du matin, d'après les légistes.

— Je… je vois où vous voulez en venir, commandant, bafouilla le gérant. Le Red Corner de Port-de-Bouc, Dieu me préserve de me retrouver un jour à la tête d'un tel établissement, se situe à deux kilomètres d'ici, vingt minutes à pied. Vous imaginez que Bamby Maal ait pu s'absenter une demi-heure et…

— Je n'imagine rien de tout cela, Liberos.

L'hôtel fut plongé pendant de longues secondes dans un profond silence, avant que le commandant Velika n'achève sa phrase.

— Jean-Lou Courtois n'a pas été assassiné à Port-de-Bouc. Il existe une centaine de Red Corner dans le monde, strictement identiques, comme vos hôtels Ibis.

Alors que Petar Velika marquait une nouvelle pause, Ruben Liberos se tourna vers la carte des Ibis de France. On en dénombrait une dizaine rien que dans l'agglomération marseillaise. La fin de la phrase du commandant le souleva de terre, lui chavira le cœur, inonda ses pensées et submergea toutes ses certitudes.

— Jean-Lou Courtois a été assassiné dans le Red Corner de Dubaï. A cinq mille kilomètres d'ici !

Ruben Liberos roula des yeux incrédules, incapable de prononcer un mot. Le commandant toussa, sembla soudain épuisé, dépassé par les événements, se tourna vers son adjoint.

— Donne-lui tous les détails, Julo.

Le lieutenant Flores prit la parole d'une voix calme.

— Jean-Lou Courtois se trouvait à Dubaï pour le congrès des représentants de premier rang de l'association internationale où il travaillait, SoliC@re. Il logeait deux nuits au Radisson Blu, face au vieux port du Dubaï, sur la Deira Creek River. Le jour de son arrivée, au duty free de l'aéroport de Dubaï, il a acheté des produits de l'Occitane en Provence pour sa femme, un avion miniature pour son fils, et un pendentif en verre de la Burj Khalifa, qu'il a sans doute offert à sa meurtrière, Faline95. Il a bu un verre avec elle le premier soir, dans le hall du Radisson Blu, et a dîné avec elle le second soir dans un restaurant étoilé, Reflets, l'un des dix établissements dans le monde dirigés par Pierre Gagnaire. Il est sorti du restaurant avec cette fille vers minuit, ils ont pris un taxi jusqu'au Red Corner. Le chauffeur dubaïote est la dernière personne à avoir vu Jean-Lou Courtois vivant, à l'exception évidemment de Faline95. Nous collaborons étroitement depuis ce matin avec la police de Dubaï, et surtout avec la DCI[1] de l'ambassade de France aux Emirats arabes unis. Alors qu'on étudiait dans notre Red Corner à quoi ressemblait une chambre Caravansérail, ils nous ont envoyé les photos de la scène de crime, les analyses sanguines, et tentent d'établir un portrait-robot de la fille. On sait déjà qu'elle est métisse, on attend la suite.

Ruben Liberos se leva. Il attrapa les deux cappuccinos et les lança sans même les vider dans la poubelle la plus proche.

— Messieurs les enquêteurs, fit-il d'un ton enjoué, j'espère que vous n'êtes pas pressés, je m'en vais de ce pas remplacer cet affreux breuvage par un champagne millésimé. Si cinq mille kilomètres séparent la scène du crime de mon humble établissement, je crois que cela innocente définitivement notre amie Bamby Maal.

---

1. Direction de la coopération internationale.

Nuit de boue

52

19 h 30

Un tête-à-tête, pensait Leyli. Sa vie de famille se résumait à un tête-à-tête avec Tidiane.

— Ils reviennent quand, Alpha et Bamby ?

— Je ne sais pas, mon chéri.

Leyli ne mentait pas. Elle n'avait aucune nouvelle de son fils et de sa fille depuis ce matin. Elle avait téléphoné, laissé de longs messages sur répondeur, des courts textos avec plus de points d'interrogation que de mots.

Sans réponse.

Tidiane jouait avec ses macaronis froids. Enfilait en brochettes les rondelles de saucisses Herta au bout de sa fourchette. Les trempait dans le ketchup, les grignotait sans appétit. Leyli essayait autant qu'elle le pouvait de calmer les idées qui chahutaient dans sa tête, de les faire patienter dans un coin, le temps de ce repas, parler à son fils, sourire, questionner : « Alors, l'école ? la récré ? les copains ? » Tous les enfants du monde passent un véritable interrogatoire chaque soir, alors que les adultes, eux, ne racontent rien.

Surveillez vos enfants.

Ce soir, elle n'y arrivait pas. La menace de Jourdain Blanc-Martin continuait de la hanter.

Je n'ai qu'un mot à prononcer. Et tout ce que vous avez patiemment construit sera perdu.

Blanc-Martin bluffait-il ?

Vous devez nous aider à trouver votre fille Bamby.

Blanc-Martin semblait croire que Bamby avait assassiné ces deux hommes dans les Red Corner. Exactement comme les trois flics du commissariat. Ridicule ! Elle revoyait Bamby, hier soir, quitter la table sans manger en lui annonçant qu'elle avait rendez-vous avec Chérine au KFC. A la même heure, elle l'avait lu dans le dossier au commissariat, la meurtrière de Jean-Lou Courtois dînait avec lui dans un restaurant gastronomique à Dubaï. Cette femme ne pouvait pas être Bamby, mais que valait le témoignage d'une mère ? Que valait le faux témoignage de Ruben ? Pourquoi sa fille ne la contactait-elle pas ? D'ordinaire, jamais elle ne laissait passer une journée sans donner de nouvelles. Les idées grises moutonnaient dans son crâne. Les balayer, s'obligea à réagir Leyli. Les balayer. S'occuper de Tidy.

— Qu'est-ce qui ne va pas, mon chéri ?

— J'ai perdu mon ballon… Le ballon d'Alpha.

— Ton ballon-doudou ?

— C'est pas mon doudou, bouda Tidiane.

Leyli pesta contre sa maladresse. Tidiane l'abandonnerait dès qu'il aurait grandi, comme Alpha, comme Bamby. Elle avait tout fait à l'envers. Elle n'était pas capable d'être mère.

— Il… il est parti dans le trou, maman.

— Papi Moussa t'aidera à le chercher demain. Mange. Mange, mon chéri.

*
* *

Tidiane s'était endormi. Leyli lui avait lu une histoire, sa préférée, les douze travaux d'Hercule. Il avait commencé à respirer plus doucement au quatrième, avait fermé une première fois les yeux au septième, s'était réveillé au neuvième, le voyage chez les Amazones, avait tenu en se frottant les paupières jusqu'au onzième, la fameuse récolte des pommes d'or du jardin des Hespérides, avant de s'endormir en même temps qu'Hercule descendait en enfer croiser Cerbère.

Leyli observa de longues secondes son garçon respirer, épuisé, submergé par des émotions contradictoires. La couverture n'était pas tout à fait remontée sur son pyjama, elle hésita, partagée entre la peur qu'il ait froid et la crainte de le réveiller. A pas de loup, elle se recula et, du bout du doigt, plongea la chambre dans le noir.

Sitôt seule, elle consulta son téléphone. Toujours aucun message !

Comme à chaque fois, une goutte d'acide se déposa sur son cœur. Elle aussi aurait voulu, comme son petit bonhomme, s'endormir, tomber comme une masse en laissant retomber la pression. Elle avança vers le balcon. Le silence de Bamby et d'Alpha, inévitablement, la ramenait aux menaces de Blanc-Martin. Elle se sentait aussi impuissante que ces mères à qui on annonce que les aides sociales cesseront si leurs enfants ne retournent pas à l'école. En pire. En tellement pire.

Elle ouvrit la porte-fenêtre et sortit une cigarette.

Elle voulait oublier Blanc-Martin. Elle voulait aussi chasser ces deux prénoms, François et Jean-Lou, ces deux prénoms qui venaient de resurgir de sa mémoire, deux prénoms suivis de noms qu'elle ignorait avant cet après-midi, François Valioni, Jean-Lou Courtois. Deux anciens amis d'Adil, deux anciens *clients*, même si encore aujourd'hui, elle répugnait à utiliser ce mot. Assassinés, dans une chambre d'hôtel.

Ça ne pouvait pourtant être qu'une coïncidence, elle n'avait parlé à personne de ses anciens clients. A Ruben ou Guy peut-être, mais sans mentionner d'autre détail qu'un prénom. Seul son cahier rouge, celui qu'elle avait dicté jadis à Nadia, contenait davantage de précisions. Mais pouvait-on parler de précisions pour qualifier le récit d'une aveugle ? Personne d'autre qu'elle ne l'avait jamais lu, il était là, caché sous son lit, depuis des années.

Une co-ïn-ci-dence, répéta Leyli dans sa tête pour mieux s'en persuader. La police piétinait, n'avait aucun mobile, aucun coupable, alors elle fouillait dans le passé des victimes pour retrouver n'importe quel indice. Qu'avait-elle à voir avec ces hommes ? Tous les types qui passent leur vie dans des hôtels doivent fréquenter des prostituées. Elle n'avait été que l'une d'entre elles. Quelques mois. Il y a plus de vingt ans. Dans une autre vie.

Elle sortit son briquet et s'étonna de la facilité avec laquelle la flamme résistait au vent du large. Le mistral entre les tours des Aigues Douces s'était calmé.

Il avait fui au large. Dans le reflet de la lune, le spot du phare de Port-de-Bouc et le halo des réverbères sur les quais, on apercevait le grand drap noir de la mer s'agiter, comme si toutes les créatures marines faisaient l'amour dessous, grondaient, soupiraient, s'amusaient à secouer les paquebots qui au loin entraient dans le port de Fos-sur-Mer.

La fumée d'une cigarette vint agacer ses narines, se mêler aux volutes de la sienne.

Parfum de blonde. Guy fumait, au balcon du dessous. Leyli se pencha.

— C'est la mi-temps ?

— Même pas. J'ai le choix entre la Coupe du monde de fléchettes ou l'AWBA, le championnat américain de base-ball féminin.

La voix éraillée de Guy couvrait à peine le bruit des vagues. Elle se pencha davantage pour l'entendre. Comme souvent chez elle, elle avait enfilé une robe-pagne ; celle de ce soir était large, très échancrée, et lui arrivait aux genoux. Elle n'avait aucune idée de ce que, dans la pénombre, Guy pouvait distinguer de sa nudité. Rien, peut-être. Ou presque tout. Elle s'en fichait. Elle laissait les ultimes forces du mistral la caresser.

— Vous faites quoi, alors ?

— Pareil que vous, je regarde la mer. (Guy se tut un instant, comme pour laisser à Leyli le temps de parcourir des yeux le panorama infini.) On n'a pas encore inventé de plus grand écran plasma !

Les derniers souffles de vent parfumaient le balcon d'une fine vapeur iodée. Sa peau sous sa robe-pagne était douce et humide. Leyli avait envie de tendresse.

— On la voit mieux d'ici. Montez !

— J'amène des bières.

— Du vin plutôt. Beaucoup de vin.

Leyli avait envie d'amour.

*
* *

Guy était comme elle. Un cabossé de la vie.

Elle l'embrassa avant même qu'il ait accroché sa veste. Elle le laissa poser sa bouteille. Un coteaux-du-libron. Elle ne connaissait pas. Il allait commenter, le cépage, le tanin, la couleur du raisin, elle l'embrassa avant.

— Viens.

Elle l'entraîna sur le lit. Guy portait encore sa veste de jean, un pull de laine torsadé dessous, sans doute une chemise, un maillot, un pantalon de velours, des chaussettes, de grosses bottines Mustang. Au strip poker, il aurait pu perdre toute une nuit sans se retrouver tout nu. Leyli laissa les mains de Guy s'aventurer sous son pagne, sa bouche courir au creux de sa gorge.

Ses paumes écraser ses seins, sa bouche embrasser ses épaules, ses doigts parcourir son ventre, sa bouche baiser son cou.

Son majeur s'inviter en elle, sa bouche dévorer la sienne.

Cambrée. Avide. Pressée.

— Déshabille-toi…

Guy mit un temps infini, assis sur le rebord du lit, à ôter les nœuds serrés de ses Mustang. Excité, énervé, un enfant de six ans oubliant comment défaire ses lacets.

Leyli s'était assise en boule, les genoux contre sa poitrine ; elle vérifia du regard que la porte de Tidiane était bien fermée. Sur l'étagère, que l'ordinateur était éteint. Qu'elle n'avait rien oublié. Puis posa à nouveau un regard attendri sur Guy.

Il avait vaincu une bottine. Semblait reprendre son souffle avant de s'attaquer à la seconde. Peut-être n'était-il pas si pressé de se déshabiller. Peut-être avait-il tout simplement peur qu'elle pose son regard sur lui. Nu. Le corps de Leyli palpitait. Sa peau conservait la trace des caresses presque douloureuses et des baisers trop mouillés de Guy. En réclamait encore. Elle n'avait pas fait l'amour depuis des mois. Quasiment jamais au cours des dix dernières années.

Guy avait envoyé valser sa seconde chaussure. Tout irait vite maintenant. Pantalon. Caleçon. Chaussettes.

La plupart des amants qu'elle avait connus n'avaient pas de visage… Jusqu'à cet après-midi. Devant les yeux de Leyli, ceux de François Valioni et Jean-Lou Courtois se superposèrent au décor de la pièce, tels des fantômes ayant enfin retiré leur suaire. Ils étaient comme elle les avait imaginés toutes ces fois où elle s'était donnée à eux : François, beau et trop sûr de lui ; Jean-Lou, fragile et émouvant.

Guy avait ôté le haut. Les trois couches. De jean, de laine, de coton. Il resta les bras croisés sur son ventre, comme s'excusant de ne pas pouvoir enlever la dernière. De graisse.

Gros. Gauche.

Je veux lire dans tes yeux que tu me trouves beau.

Après les visages de François et Jean-Lou, les mots d'Adil revenaient la hanter. Les premiers qu'il ait prononcés pour lui faire accepter son atroce chantage affectif, ce souhait odieux auquel elle avait cédé.

Pour lequel elle s'était prostituée. Pour lequel elle avait assassiné.

Les visages de Jean-Lou et François s'effaçaient, laissant place à leurs cadavres. L'excitation laissa soudain place au dégoût. Ses sens la trahissaient. Le corps de Guy n'inspirait pas le désir. Son visage éteint n'attirait pas l'étreinte. Son dos, sa nuque, courbés, n'appelaient pas la passion. Il lui souriait pourtant. Désolé. Déjà prêt à se rhabiller.

Leyli se leva. Pour tenter de sauver l'amour, ou ce qu'il en restait. Elle croisa les bras, ses mains saisirent le bas de sa robe-pagne et la soulevèrent, la passèrent au-dessus de sa taille, de ses épaules, de ses cheveux, et la laissèrent retomber sur le lit comme une peau morte.

Elle se tint nue. Debout devant lui. Elle se savait si désirable encore. Ses seins de miel. Sa taille cintrée ceinturant l'invisible colline de son ventre, grignotée par le duvet de sa forêt. Interdite.

Une femme inaccessible à un homme comme lui.

Leyli lut ce désir dans les yeux de Guy, ce désir incontrôlable de petit garçon. Cette adoration.

Comme jamais, elle se sentit belle. Les yeux clairs de Guy pétillaient tout autant qu'ils pleuraient.

Alors, elle le trouva beau.

Il se leva. La prit dans ses bras. Il avait compris.

Deux cabossés de la vie.

Elle vérifia une dernière fois que la porte de Tidiane était bien fermée, puis murmura tout bas :

— Viens.

Pour quelques heures, même pas une nuit.

Unis.

*
* *

Leyli avait enroulé une couverture autour d'elle et fumait sur le balcon.

Guy était allongé dans le lit, il avait tiré le drap sur son torse. Ils avaient fait l'amour trop vite, un brouillon. Il avait envie de recommencer. Au propre. De prouver à Leyli qu'il pouvait faire mieux.

Au balcon, Leyli pleurait. Bizarrement, pour la consoler, Guy employa le vouvoiement.

— Qu'est-ce qui ne va pas, Leyli ? Vous êtes jolie. Vous avez trois jolis enfants. Bamby, Alpha, Tidiane. Vous vous en êtes bien sortie.

— Bien sortie ? Ce sont les apparences, tout ça. Du vent. Non, oh non, nous ne formons pas une jolie famille. Il nous manque l'essentiel.

— Un papa ?

Leyli lâcha un petit rire.

— Non, non. Un papa, ou même plusieurs, on peut bien s'en passer, tous les quatre.

— Qu'est-ce qu'il vous manque, alors ?

Les yeux de Leyli s'entrouvrirent, comme un store qui laisse filtrer un rayon de soleil et éclaire une chambre sombre, transforme en étoiles la poussière.

— Vous êtes bien indiscret, cher monsieur. On se connaît à peine, et vous croyez que je vais vous révéler mon plus grand secret ?

Il ne répondit rien. Le store des yeux de Leyli s'était déjà refermé, replongeant l'alcôve dans l'obscurité. Elle se tourna vers la mer, cracha sa fumée pour noircir les nuages.

— C'est davantage qu'un secret, monsieur le petit curieux. C'est une malédiction. Je suis une mauvaise mère. Mes trois enfants sont condamnés. Mon seul espoir est que l'un d'eux, l'un d'eux peut-être, échappe au sortilège.

Elle ferma les yeux. Il demanda encore :

— Qui l'a lancé, ce sortilège ?

Derrière le volet clos de ses paupières gronda l'éclair.

— Vous. Moi. La terre entière. Personne n'est innocent dans cette affaire.

*
* *

Leyli n'en avait pas révélé davantage. Elle s'était à nouveau allongée dans le lit contre Guy, nue, câline, tout en le prévenant qu'il ne pourrait pas rester, que son fils allait se réveiller, qu'il était hors de question qu'il le trouve dans le lit-canapé du salon. Guy avait compris, mais tel un sultan oriental qui quémande un nouveau conte à sa Shéhérazade pour retenir la nuit, avait réclamé la suite de l'histoire.

Son histoire.

Leyli se serra contre lui. Elle ne devait pas peser plus de la moitié de son poids. Elle repoussa doucement le bras qui voulait se poser sur son sein, la main qui voulait se glisser entre ses cuisses.

— Sois sage… Tu voulais connaître la suite de mon récit ?

Les mots lancés par Jourdain Blanc-Martin, ce soir, devant la cage d'escalier, cognaient encore.

Vous aimez raconter votre histoire, Leyli. Qui pourrait vous en blâmer ?

On vous croit sur parole, on vous fait confiance. Vous séduisez.

Vos voisins. Vos enfants. Jusqu'aux policiers…

Comment pourraient-ils se douter qu'ils se font tous superbement manipuler ?

Elle se tourna vers Guy. Elle tremblait. Le sourire innocent de Guy lui redonna un peu de courage.

— Je n'ai rien inventé, tu sais. Il faut me croire. C'est le récit de ma vie. Ma vie de clandestine. Il faut me faire confiance, jusqu'au moindre détail. Tout ce que je raconte est vrai.

Le récit de Leyli
Septième chapitre

〈◦〉〉〈〈◦〉〉〈〈◦〉〉〈〈◦〉〉〈〈◦〉

J'étais condamnée.

Encerclée.

Même si je criais, même si je suppliais, personne ne viendrait me secourir. Dans la forêt de Gourougou,

369

nous n'étions plus que des animaux. Parfois l'un de nous quittait le troupeau pour mourir. Les autres se serraient alors plus fort encore.

L'Ivoirien continuait de s'avancer vers moi, exhibant la boîte de préservatifs comme s'il s'agissait d'un anesthésiant, je ne sentirais rien ; d'un talisman, ils ne ressentiraient rien. Oublieraient. Recommenceraient. Avec une autre antilope égarée.

Je me souvenais de Sousse, des nuits d'amour avec des inconnus dans l'hôtel Hannibal. Ce n'est pas la première fois que j'étais violée, Guy, mais c'est la première fois que je voyais le visage de mes violeurs.

L'Ivoirien se tenait à moins d'un mètre de moi. Pas si sûr de lui.

— On te donnera de l'argent, si tu veux.

Les quatre autres, le pantalon sur les chevilles, eurent l'air surpris, comme s'ils n'avaient pas été consultés, pas forcément d'accord pour cotiser. J'étais capable de sentir l'odeur de leur sueur, elle avait un parfum de peur, de honte, de dégoût. De dégoût d'eux-mêmes autant que de moi. Mais aucun n'aurait renoncé. Si l'un des loups avait reculé, les autres l'auraient dépecé.

— Ce n'est pas à moi qu'il faut le donner.

J'avais répondu à l'Ivoirien avec toute l'arrogance dont j'étais capable. Comme s'il était inconcevable que ce pourceau puisse me toucher. Mon regard de défi l'amusa.

— Pas à toi ? A qui ?

— A Virgile.

Une intuition. Une folie. Le nom m'était venu sans calcul. J'avais écouté pendant des nuits ces récits de migrantes, de Nigériennes surtout, qui recommandaient

370

de se trouver un fiancé, un ami de protection. Un costaud plutôt, un violent. Pour être tranquille. Devenir son esclave docile et utile, lessive, repas, sexe à volonté, corvée de bois et d'eau. J'étais trop fière pour avoir suivi leur conseil. Dans l'affolement de mon encerclement, j'avais prononcé le nom de l'homme le plus craint du camp. Virgile était libérien. Un titan. Tatoué. Scarifié. Respecté.

Les quatre violeurs s'étaient subitement arrêtés. L'Ivoirien me dévisagea.

— T'es avec lui ?

— Va lui demander... Il te fera peut-être un prix.

Ils hésitèrent, me menacèrent : si je les baratinais, je le paierais cher. Mais ils me laissèrent. Me guettèrent une fois revenue au camp. Je n'avais pas d'autre choix que d'entrer dans la tente de Virgile.

Il dormait. Une seconde plus tard, il était sur moi, un fauve, son couteau serré contre ma gorge.

— Tu me veux quoi ?

— Protège-moi.

Je lui ai tout expliqué. Il m'a regardée. J'étais belle, je le savais ; mais Virgile pouvait avoir toutes les filles qu'il voulait.

— J'ai déjà une femme à Buchanan. Des enfants...

— Elle te rejoindra à Londres quand tu seras passé. Avec ta famille. Vous ferez d'autres enfants. Je m'occuperai de toi jusqu'à ce que tu sois de l'autre côté des grilles de Melilla.

Il a éloigné le couteau de ma gorge. J'ai compris qu'il cherchait une fille comme moi.

— Je ne compte pas moisir ici des mois.

— Alors ne traîne pas. Profite, Virgile. Profite tant que nous sommes là.

J'ai fait glisser les tissus sales qui me servaient d'habits et je me suis allongée sur lui. Nous avons fait l'amour. Quand à son tour, il est venu sur moi, j'ai joui bruyamment, à en réveiller tout le campement. Pour que les loups comprennent à qui j'appartenais. Définitivement.

Guy, j'espère que vous ne serez pas choqué de ce que je vais vous avouer, mais je ne simulais pas. Je crois que Virgile est le seul homme que j'aie aimé. Même s'il n'y avait pas de sentiments entre nous, pas de promesse, pas de tendresse. Seulement un pacte. Deux égarés, deux cabossés de la vie, cela vous le comprenez, Guy. Virgile avait combattu au Liberia contre les troupes du président Taylor, la plus sanglante guerre civile de l'Afrique de l'Ouest. Sa tête était mise à prix. Virgile, lui, était un vrai réfugié politique. Il avait un projet précis une fois en Angleterre. Commencer vigile, gardien d'entrepôt d'abord, puis de boîte de nuit. Virgile the Vigil, ça claquait comme le surnom d'un Marvel. Mais son rêve secret, c'était de devenir garde du corps, le bodyguard d'une star. Il en collectionnait les photos comme un gamin, cousues dans le revers de sa veste, Madonna, Kylie Minogue, Paula Abdul, Julia Roberts… Virgile avait la prestance, la force, il aurait réussi. Je crois que j'étais fière d'être sa maîtresse. Les caïds, les autres hommes qui accordaient leur protection dans la forêt, s'occupaient souvent de plusieurs femmes, les vendaient, pour une heure, pour une nuit. La survie avait un prix. Virgile ne me l'a jamais demandé. J'avais déjà donné.

Nous sommes restés ainsi quatre mois, à Gourougou, à survivre, à échapper à la police marocaine qui régulièrement venait tout brûler, à préparer la grande offensive. On la déclencha le 3 octobre 1998, plusieurs centaines de réfugiés attaquèrent dans le même élan les grillages de Melilla. Des zombies sortant de leur tombeau pour submerger les vivants. Une armée de gueux à l'assaut du château fort. Ils ne nous jetèrent pas de l'huile bouillante, mais presque.

L'armée, la police possédaient la technologie, nous avions le nombre pour nous.

Presque tous seraient pris, mais quelques-uns réussiraient.

Les autres, dans quelques mois, recommenceraient. Plus nombreux. Il en arrivait toujours plus qu'il n'en passait.

On ne s'était rien promis avec Virgile. Que l'on puisse franchir la frontière tous les deux, nous ne l'avions même pas espéré. Qu'aucun de nous deux ne passe, on refusait d'y penser. Si nous nous retrouvions de chaque côté de la même grille, nous n'aurions pas le temps pour les adieux.

On a foncé, main dans la main sur quelques mètres, puis chacun de notre côté.

Ce jour-là, personne n'a gagné.

La police marocaine avait été prévenue, ou se méfiait. Elle avait renforcé ses patrouilles. Aucun de nous n'est parvenu à approcher à plus de dix mètres des grilles : des chiens, des jeeps, des types armés prêts à tirer en gardaient l'entrée. Les plus forts de notre armée de va-nu-pieds, ceux qui portaient les béliers de bois destinés à ouvrir une brèche, en jetèrent leur tronc de rage. Hurlèrent des jurons aux milices, en haoussa, en igbo et dans toutes les langues possibles. Puis s'éloignèrent en crachant.

Virgile était de ceux-là. De ceux qui insultaient.

J'ai vu les trois policiers sortir leur pistolet et tirer. Une vingtaine de balles. Ce jour-là, cinq réfugiés furent abattus. Froidement.

Virgile fut de ceux-là.

Je n'ai jamais su pourquoi.

Pour l'exemple ? Pour économiser des vies, tuer les plus forts pour éviter d'avoir à fusiller tout le troupeau ?

Pour la prime ? La tête de Virgile était mise à prix ?

Pour se venger ? Adil n'était pas mort, Adil m'avait retrouvée, Adil avait fait assassiner Virgile par jalousie. Oui, Guy, si stupide que cela puisse paraître, j'y ai pensé, et je continue de vivre avec cette terreur, que le fantôme d'Adil me poursuive, comme si je devais payer ma vue de ma vie.

Une fois revenue au camp, sans mon protecteur, les loups se sont à nouveau approchés. Des loups qu'on n'effraie pas en dormant près du feu. Ils n'ont attendu que quelques semaines. Je les ai laissés venir cette fois. Quand ils ont été suffisamment près, j'ai soulevé ma robe. Pour qu'ils voient mon ventre nu.

Mon ventre déjà rond.

Le bébé de Virgile.

Aucun n'oserait me toucher, je le savais. Un imam venait de temps en temps à Gourougou, le vendredi, nous donner un peu d'argent collecté dans les mosquées voisines auprès des fidèles musulmans. Cela faisait partie des préceptes coraniques qu'il rappelait en échange de la charité, les clandestins devaient faire preuve d'humanité et de piété, s'occuper des malades, des plus faibles, de celles qui portent la vie.

Un vendredi, alors que malgré la crainte d'Allah, le cercle continuait de se resserrer autour de moi, je suis repartie avec l'imam. J'ai dormi les derniers mois de ma grossesse dans un dispensaire, à la frontière algérienne. J'étais malade. Epuisée. Le bébé me prenait toutes mes forces.

Il est né à Oujda.

Il était noir, si grand déjà. Nerveux et puissant. Un hercule, il aurait pu étrangler de ses mains les serpents qu'on aurait lancés dans son berceau.

Je savais qu'il serait une force de la nature, comme son père qu'il ne connaîtrait jamais.

Je l'ai appelé Alpha.

– 53 –

20 h 32

— Il y a le Wi-Fi sur le bateau ?

Alpha avait glissé son Tokarev TT 33 dans sa ceinture. Ses bras, ses poings, sa carrure suffisaient à dissuader Gavril de jouer les héros. Alpha ne le perdait pas de vue, même si le pilote du *Sébastopol* semblait avoir compris que le géant détournant son bateau n'allait pas le flinguer et le balancer par-dessus bord. Pas tout de suite du moins. Gavril reprenait des couleurs et un semblant d'assurance.

— Le Wi-Fi ? Pourquoi ? Quand vous aurez transformé ce rafiot en boxon flottant, vous voulez pouvoir télécharger des films porno ? Comme les camionneurs dans leur bahut ?

— Et le téléphone, il passe ?

— Il passerait sur la Lune aujourd'hui. Même en naviguant au bout du monde, à mille milles de l'île de Pâques, tu ne peux plus être peinard.

Sur ce point, Gavril avait raison. Alpha serra son téléphone portable comme s'il était plus utile sur ce bateau qu'une chaloupe ou qu'une bouée. Aujourd'hui, des millions de jeunes migrants n'avaient plus de maison, ne savaient pas où ils dormiraient le lendemain ou dans un mois, ni dans quelle ville, ni dans quel port, ignoraient où était éparpillée leur famille, mais pourtant tous possédaient une adresse.

Une adresse avec une arobase ! Laissaient ainsi une trace.

Il leva les yeux vers la Grande Ourse, Véga, Andromède.

Devenaient une petite étoile. Sur la Toile.

Alpha fit défiler la liste des contacts sur son portable et cliqua sur *Brazza*.

— Savorgnan ? C'est Alpha.

Il appuya plus fort l'écouteur contre son oreille. Il n'entendait presque rien. Le bruit des vagues ici ; de la musique, des rires, des cris à l'autre bout.

— Tu m'entends, Savorgnan ?

— Attends, je m'éloigne…

376

Alpha continuait de surveiller Gavril, et lui fit signe de ralentir le *Sébastopol*. La conversation devint presque audible.

— Je suis en route, Savorgnan. Tout se passe comme prévu. Je traverse la Méditerranée, j'arrive demain de l'autre côté. Sitôt arrivé, je vais avoir besoin de tes amis.

— Alpha... (Savorgnan laissa traîner un long silence, Alpha crut même qu'il avait raccroché.) La guerre est finie.

— Quoi ?

— Babila, Safy et Keyvann sont passés. Ils ont trouvé une place. Ils ont embarqué hier. Tu vas peut-être les croiser. Ils atteindront Lampedusa demain matin.

— Ça change quoi ?

— Ça change tout, Alpha. Ça change que je vais aller les chercher. Ça change que même si ce sera dur, on tiendra le coup. Ça change que Babila est la plus douce et la plus infatigable des infirmières du monde et qu'elle finira par être indispensable dans un hôpital ici, ça change que j'emmènerai Keyvann à la gare Saint-Charles regarder les trains, et qu'un jour c'est lui qui les conduira, ça change que ma petite Safy va grandir ici et qu'un jour elle sera la plus belle, à en rendre jalouses toutes les Marseillaises qui se presseront dans son salon de beauté, ça change qu'on montera jusqu'à Pra-Loup pour voir la neige, ça change que je bosserai comme un dingue toute une année pour les emmener chez Disney, ça change qu'avec Babila on fera un autre enfant et qu'il sera vraiment français celui-là, et nos petits-enfants aussi, personne ne pourra jamais leur retirer cette identité, ça change qu'on ira voir le défilé du 14 Juillet, les feux d'artifice, qu'on cuisinera des acras de niébé et du poulet mafé pour nos amis français.

Savorgnan semblait avoir bu. Il parlait trop fort.

— Ne me lâche pas, Savorgnan. On est en guerre. On doit penser à nos frères.

— Non, Alpha, désolé. Je pense aux miens. Je suis responsable d'eux. Ils sont enfin libres, je veux les accueillir. Je ne vais pas prendre le risque d'être prisonnier après tous ceux qu'on a pris pour se retrouver ici. Ensemble.

A la barre, Gavril souriait bêtement. Il avait quasiment coupé le moteur. Les phares du *Sébastopol* clignotaient dans la nuit comme un véhicule en détresse arrêté sur le bas-côté.

— On est en guerre, Savorgnan, répéta encore Alpha, on doit la gagner.

Derrière le Béninois, une voix féminine chantait. D'autres l'accompagnaient. Des gens applaudissaient.

— Ce n'est plus ma guerre, Alpha. Les hommes heureux ne font pas la guerre.

– 54 –

20 h 54

La plupart des hommes qui passaient rue Monot, devant le Gordon's Café, se retournaient sur elle. Des regards discrets ou appuyés, des coups d'œil furtifs et fautifs des garçons accompagnés aux approches lourdes de mâles chassant en groupe.

Bamby les rembarrait d'une moue méprisante. Croisant les jambes sous sa jupe trop courte, jetant un gilet sur le décolleté de son chemisier. Pressée que Yan arrive. Plus que jamais agacée par son retard. Elle se demandait si elle avait eu raison de s'habiller plus sexy qu'à midi. Elle aurait pu venir en burqa que cela n'aurait rien changé aux appétits du responsable logistique de Vogelzug. Elle repensa à la pitoyable stratégie de drague de Yan Segalen.

Un second entretien d'embauche. Qui prendrait une tournure... plus intime.

Quel monstre d'hypocrisie !

Qu'il n'y ait pas de malentendu entre nous, ce n'est pas pour autant que vous serez embauchée.

Le pauvre petit chou éprouvait en plus le besoin de soulager sa conscience, de se prémunir de tout abus d'autorité, tout en flattant son orgueil. Elle couche avec moi parce qu'elle me désire, pas parce qu'elle veut ce boulot. Bamby terminait d'envoyer un texto à Chérine quand Yan surgit devant elle.

Il n'apparut pas de la rue Monot ou de la place des Martyrs, comme elle l'attendait, mais du restaurant libanais, l'Em Sherif, juste en face du Gordon's.

— Désolé pour le retard, ma belle. J'ai commandé des mezze pour me faire pardonner. Le chef de l'Em Sherif prépare les meilleurs de la ville.

Bamby était rassurée. Après tout, le retard de Yan l'arrangeait. Faire durer. Faire durer. Le plus tard possible dans la nuit. Repousser ce moment où elle ne pourrait plus reculer, où Yan n'aurait plus envie de jouer et se jetterait sur elle. Elle devait rester maîtresse du tempo ! Un bon restaurant libanais, c'était la promesse d'une enfilade de quinze plats. Elle adorerait, irait jusqu'à lécher le fond des assiettes de houmous et de caviar d'aubergines. Puis, tard dans la soirée, elle lui proposerait de la raccompagner. Le plan parfait.

— Parfait, Yan, confirma-t-elle en battant des paupières comme pour l'applaudir du regard, vous êtes parfait.

Elle se leva et fixa le restaurant libanais de l'autre côté de la rue, hésitant à couper le flux dense de piétons sur le trottoir et de véhicules sur la route. Elle se sentait si peu à l'aise sur ses talons perchés, dans sa jupe serrée. Elle devinait le regard de Yan descendre dans son dos, rebondir sur ses fesses, glisser sur ses jambes, aussi poisseux que les gouttes de sueur qui coulaient le long de sa colonne vertébrale.

C'était gagné ! Yan Segalen la suivrait cette nuit où elle le voudrait. Sauf au Red Corner, c'était évidemment trop risqué. Les entrées des Red Corner du monde entier devaient être plus surveillées que celles du Pentagone et, même si elles ne l'étaient pas, Yan avait forcément entendu parler des meurtres de François Valioni et de Jean-Lou Courtois.

— Vous venez ?

Yan avait pris sa main, elle s'attendait à ce qu'il l'aide à traverser. A l'inverse, le responsable logistique l'entraîna vers l'entrée du Gordon's Café.

— On ne va pas à l'Em Sherif ? Vous venez de commander !

— Mais avant tout, Fleur, j'ai réservé une chambre au Gordon's. L'Executive Suite, vue panoramique sur la ville.

Elle se contrôla pour ne pas retirer violemment sa main de celle de Segalen.

— Et les mezze ? balbutia Bamby.

Elle se rendit aussitôt compte à quel point sa question était stupide. Yan avait tout prévu.

— Le chef est un ami. Il me livre le tout dans la chambre d'ici trente minutes. Le champagne, lui, doit être déjà arrivé.

Bamby le suivit.

Contrôler le tempo ? Rien ne se déroulait comme prévu. Tout dérapait... La soirée commençait à peine. Dans quelques minutes, elle se retrouverait seule dans une suite avec Yan. Sans aucun plan. Tout avait été trop facile, tout était allé trop vite. Elle ne s'était pas assez méfiée. Elle ne s'était pas assez préparée. Elle avait pris trop de risques, à cause de l'étau de la police qui se resserrait.

Un *VIII* clignotait en lettres lumineuses sur la plaque dorée insérée dans le marbre.

VII, VI, V, IV.

L'ascenseur mettrait quelques secondes à descendre.

III, II, I.

Quelques autres à monter au huitième jusqu'à la suite avec champagne et vue panoramique.

Quelques secondes pour réfléchir.

Improviser.

Après tout, Segalen n'allait pas la violer.

Elle ne risquait rien.

Yan Segalen non plus.

Au pire, ce monstre s'en sortirait vivant.

55

21 h 15

Julo observait la pluie d'étincelles éclairer la nuit, s'accrocher au ciel, puis retomber sur le rebord du quai de béton. A l'exception des gerbes enflammées, il ne distinguait que des ombres, celles des trois ouvriers armés de leur chalumeau, de la coque de fer montée sur cale, des grues portuaires. Les promeneurs noctambules amoureux des bateaux ont la chance de pouvoir changer de port chaque soir de la semaine : de pêche le lundi, de plaisance le mardi, de passagers le mercredi, militaire le jeudi. De commerce ce soir. De tous, c'est celui que Julo préférait, sans doute parce que personne d'autre que lui n'aurait eu envie d'y flâner, entre la fumée des torchères hérissant les raffineries et l'odeur d'huile, de pétrole et de gaz. Sans doute aussi parce que ce soir, il n'avait pas envie d'entendre des rires d'ados sur une plage ou de suivre des silhouettes graciles en maillot. Sur son ordinateur portable posé sur ses genoux, il avait modifié l'écran de veille, les clichés de Bambi13 et de Faline95 avaient été remplacés par une île.

Lampedusa.

Une île italienne plus proche des côtes tunisiennes que siciliennes.

Il avait tapé, presque par hasard, ces neuf lettres sur un moteur de recherche d'images.

LAMPEDUSA.

Le contraste l'avait bouleversé. Devant ses yeux défilait un diaporama de la tragi-comédie du monde, eaux turquoise et peaux noires, criques translucides et cadavres, corps bronzés entassés sur des plages croissants de lune, ou sur des bateaux de fortune ; même promiscuité, l'une paradisiaque, l'autre infernale.

Il reviendrait à Bamby et Faline plus tard. Depuis ce matin, depuis la découverte de ce meurtre dans le Red Corner de Dubaï, toutes ses certitudes avaient explosé. Tout accusait Bamby Maal. De la gémellité des clichés au sang trouvé dans la chambre Caravansérail. Et pourtant, matériellement, elle ne pouvait pas avoir commis ce crime à cinq mille kilomètres d'ici.

Suffit de patienter, avait grogné Petar. *L'ADN parlera.*

Julo avait quitté la planche d'images et se contentait de lire les premiers résultats d'une simple requête sur l'actualité. LAMPEDUSA. Les offres de voyages et de séjours exhortant les Européens à visiter l'île se mêlaient aux récits des tragédies.

95 hôtels à Lampedusa. Profitez de nos offres spéciales ! Booking.com.

Naufrage du 3 octobre 2013 à Lampedusa – Wikipédia.

Lampedusa, visiter la ville – Jusqu'à 55 % d'économie. www.routard.com.

Lampedusa, porte d'entrée mortelle vers l'Europe – BFMTV.

Plus de trois mille morts noyés près des côtes depuis 2002. Le double du *Titanic*, la moitié de la population de l'île.

Sur les quais, le vent calme soulevait les étincelles des chalumeaux ; les flammèches volaient quelques instants, avant de s'éteindre dans les vagues. Etoiles plus éphémères que des bulles de savon. Julo, lors d'un voyage scolaire au lycée, avait visité Checkpoint Charlie à Berlin : les fous qui étaient morts pour passer le mur, de l'est à l'ouest, étaient devenus des héros, des résistants, des martyrs ! Ceux qui tentaient aujourd'hui de franchir la frontière, du sud au nord, attirés par le même Occident, par les mêmes démocraties, étaient au mieux des hors-la-loi, au pire des terroristes.

Question de nombre ? De mode ? De couleur ? De religion ?

Ou la boussole du monde s'était-elle simplement déréglée ?

Leur mort est une déclaration d'amour.

Julo se prit la tête entre les mains. Il avait lu cette phrase sur le site de Vogelzug.

Leur mort est une déclaration d'amour.

Illustrée de photos de migrants entassés dans des canots à quelques kilomètres des côtes.

Vogelzug.

L'association de Port-de-Bouc où Valioni et Courtois travaillaient. Julo cliquait au hasard dans le labyrinthe du site qui proposait des explications au phénomène migratoire en une dizaine de langues, cherchant par miracle les traces d'un bracelet de couleur à un poignet, d'un coquillage au creux d'une main. Un lien. N'importe quel lien.

Il surfa de longues minutes, sans rien trouver. Il partagea son écran en deux fenêtres, et décida de retourner sur les pages Facebook de Bambi13 et Faline95. Pour les comparer, une nouvelle fois. Si cette fille n'était pas Bamby Maal, elle était donc une fille qui avait cherché à la piéger. En conséquence, une fille qui la connaissait...

Son téléphone vibra dans sa poche.

Un message.

Petar.

Julo hésita à le lire. Ils s'étaient fâchés sur le chemin de retour de l'Ibis, Julo avait à nouveau insisté pour convoquer Jourdain Blanc-Martin. Petar avait refusé. Catégoriquement. Le ton était monté, pour couper la conversation Petar avait tourné le volume de l'autoradio. Renaud chantait, c'est pas l'homme qui prend la mer, c'est la mer qui prend l'homme.

Dès que le vent soufflera...

Ils longeaient la plage, pas très loin des Aigues Douces. Des gamins se baignaient, Petar les avait regardés avec mépris avant de lâcher :

— La mer, c'est dégueulasse, les migrants crèvent dedans.

Ils avaient continué de rouler en silence, étaient passés devant le Carrefour, le multiplexe où Jack Sparrow les avait snobés, le Starbucks, le Red Corner. Il devait être un peu plus de 17 heures alors, et une petite dizaine de voitures étaient garées sur le parking de l'hôtel rouge au toit pyramidal. Visiblement, les chambres du Red Corner étaient plus occupées de 5 à 7 qu'en pleine nuit.

Julo avait remarqué qu'aucun policier ne se trouvait en faction devant l'hôtel.

— Et alors ? avait répondu Petar agacé, on ne va pas coller des agents devant tous les Red Corner du monde. Y a des limites au principe de précaution, mon petit génie !

— Pas tous, je veux bien, avait insisté Julo. Mais tout de même, celui de Port-de-Bouc…

— Et alors ? Qu'est-ce qu'il a de particulier ? Personne n'y a été assassiné !

Julo n'avait rien répondu. Estomaqué. La logique de son patron le dépassait.

Un instant, il eut l'impression surréaliste que lui et Petar Velika travaillaient sur la même enquête, mais dans deux univers parallèles, avec deux solutions au même crime ; qu'il n'existait pas une, mais plusieurs vérités.

Ils mirent de longues minutes avant de se reparler, comme s'ils avaient chacun un bout de chemin à faire avant de réintégrer leurs corps, assis dans la même Safrane qui franchissait le pont du canal de Caronte, Julo au volant et Petar affalé sur le siège passager, vue imprenable sur les maisons pastel du quartier de l'Ile de Martigues.

Quelques heures plus tard, Petar lui envoyait un texto. Pour balancer quelle nouvelle énormité ?

Tiraillé par la curiosité, Julo ouvrit tout de même le message. Le texto s'afficha sur l'écran.

On tient la fille.
Bamby, ta petite chérie.
Elle est piégée.

56

21 h 17

You feel like an alien in this world
You alone know your own loneliness

Noura chantait depuis plus d'une heure maintenant. Cette fois la double porte coupe-feu de la salle de déjeuner de l'hôtel Ibis n'était pas fermée, tous les clients pouvaient en profiter. Noura reprenait de son envoûtante voix grave le répertoire d'Angélique Kidjo, la diva béninoise. *Idje-Idje, We We, Batonga.*

Entremêlant langues et styles de musique, gospel et anglais, zouk et français, reggae et fon, rumba et bambara, séga et mina, Noura mélangeait tout, improvisait à chaque couplet, éternisait les refrains, Darius tentait de tenir le rythme au djembé, Whisley s'autorisait de longs solos à la guitare que Noura accompagnait de suggestifs déhanchés, la trentaine de danseurs la suivaient, applaudissaient, chantaient, vibraient. Heureux, joyeux comme jamais.

Le vieux Zahérine racontait à des inconnus réveillés par le concert que ses cousins arrivaient, des cousins de Djougou qu'il n'avait pas revus depuis vingt ans. Whisley avait glissé entre les cordes de sa seconde guitare une photo de Naïa, sa fiancée, elle s'était embarquée sur le même bateau, une diva elle aussi, c'est pour elle qu'il avait appris à jouer, Noura serait jalouse à en mourir, mais il les convaincrait de chanter en duo. Ça cartonnerait ! Darius, le seul étranger en situation régulière parmi la petite communauté béninoise, avait enfilé un vieux costume gris élimé, en expliquant qu'il accueillerait dès leur arrivée son oncle Rami, l'ancien chef du village de Dogbo-Tota, et sa femme Fatima.

Ruben Liberos servait jus de fruits, sodas et champagne, cuvée spéciale offerte par caisses entières par le petit-fils du tsar Nicolas, exilé à Epernay en récompense d'une obscure mission secrète dont tout le monde se fichait. Savorgnan posa une main sur l'épaule du gérant de l'hôtel et le tira un peu à l'écart, pour trinquer avec lui.

— Merci, Ruben. Merci.

— Je suis heureux. Heureux pour vous. Dans quelques jours, dans quelques semaines, vous serez tous réunis.

— Et toi, mon frère, tu n'as pas de famille ?

Liberos vida son verre de champagne. Trop vite. Noura ondulait de plus belle, dévorait Savorgnan des yeux, chantait en boucle :

I feel like an alien in this world

— Non… Mais ne sois pas triste pour moi, c'est mon choix. Je suis une pierre qui roule, rien ne peut pousser sur une pierre qui roule, surtout si elle roule à l'envers du monde.

Ruben versa à nouveau du champagne dans le verre de Savorgnan et dans le sien.

— Buvons à vos familles, mon frère. A vos familles éparpillées et réunies. Quand j'étais gamin, mes parents m'ont envoyé étudier en pensionnat, à Salamanque, à plus de cinquante kilomètres de chez moi, je ne les revoyais que trois fois dans l'année, à Noël, à Pâques et en été. Je les ai tant détestés alors. J'étais banni par mes propres parents. Aujourd'hui, s'ils étaient encore là, jamais je ne les remercierais assez. Sans eux, je serais resté coincé dans mon village, comme les autres enfants de mon âge, à élever des porcs, et à élever des enfants qui élèveraient mes porcs quand je serais mort. Aujourd'hui, mes frères, vous avez compris que le monde est un village. Alors dispersez-vous, éparpillez-vous, butinez chaque fleur de la planète. Et le jour où vous serez tous enfin réunis sera jour de fête.

Ils vidèrent à nouveau leur verre.

— Je te rembourserai ton champagne, fit Savorgnan. Quand j'aurai reçu le prix Goncourt !

Ruben le fixa, sérieusement, balayant la proposition du Béninois d'un revers de main.

— Combien as-tu payé pour ta famille ?

— Pas beaucoup.

— C'est-à-dire ?

— 3 millions de francs CFA. Un peu moins de 5 000 euros pour chaque passager.

Ruben embrassa du regard la foule qui dansait. Des hommes et femmes qui n'avaient pas 10 euros en poche. Pas 100 euros en banque.

— On se débrouille, fit Savorgnan. Parfois un village au complet cotise. Parfois, on s'endette une vie entière auprès d'un courtier.

— Et toi ?

— Un crédit. Sur trente ans. Dans moins de dix ans on aura remboursé, avec mes cours et mes droits d'auteur, le salaire d'infirmière de Babila. On sait économiser. Ensuite on paiera les études de cheminot de Keyvann, on achètera le salon de beauté de Safy. Certains y mettent beaucoup plus cher, tu sais. Babila, Keyvann et Safy ne sont que des bracelets verts.

Ruben Liberos roula des yeux étonnés. Le champagne commençait à lui tourner la tête. Profitant d'une pause de Noura, la guitare de Whisley et le djembé de Darius avaient entamé une course folle.

— Notre réseau de passeurs utilise des bracelets de trois couleurs différentes, expliqua Savorgnan. En fonction de ce que l'on paye pour la traversée. Les mêmes bracelets de plastique qu'on doit porter dans les hôtels clubs *all inclusive,* qu'on ne peut ni échanger ni falsifier, qu'on conserve le temps du séjour, qu'on coupe et qu'on jette ensuite. Un bracelet vert si tu payes 5 000 euros, bleu si tu payes 7 000, rouge si tu payes 10 000.

Ruben posa maladroitement son verre sur le comptoir devant lui. Il roula puis tomba.

— Quel intérêt de payer 10 000 si le seul but est de passer de l'autre côté de la Méditerranée ?

— Selon la couleur du bracelet, tu seras entassé dans les cales ou assis sur le pont, collé aux machines ou installé près du hublot. Tu auras à boire ou non. Tu partiras, ou tu attendras, si la place dans le bateau est insuffisante, si les conditions météo sont insatisfaisantes. Ça te choque, Ruben ? (Savorgnan éclata d'un petit rire, lui aussi avait trop bu.) Moi aussi, au début, puis j'ai réfléchi. Tout fonctionne comme ça, non ? N'importe quel transport au monde ! Classe business ou économique. Parqués comme du bétail ou traités comme des califes. Pourquoi les clandestins seraient-ils privés de ce choix ?

Le gérant se baissa difficilement pour ramasser son verre.

— Des bracelets de couleur pour différencier les passagers, murmura t-il. Une sacrée invention.

— Tu parles ! Les millions de migrants qui ont peuplé l'Amérique étaient déjà séparés sur les paquebots, entre ceux qui payaient une fortune pour profiter du luxe incroyable de ces villes flottantes, alors que dans l'entrepont, les autres passagers mouraient par centaines, entassés comme des chiens.

Savorgnan tira à nouveau Ruben par l'épaule. Ils se rapprochèrent de la piste de danse improvisée. Noura avait changé de répertoire et interprétait maintenant les tubes pop de la chanteuse peule Inna Modja.

We're gonna take some time for celebration
From Rio de Janeiro to San Diego
Let's go to Bamako

— Je vais te faire une confidence, dit Savorgnan en approchant ses lèvres de l'oreille de Ruben. Si j'ai choisi mon passeur, ce n'est pas pour les bracelets. C'est pour les cauris.

— Les cauris ? répéta Ruben.

— On paye en coquillages, chuchota le Béninois.
Ses yeux brillaient autant que ceux de Noura.

— En coquillages rares, précisa Savorgnan. Des
cauris particuliers. Dans le réseau, un cauri vaut
100 euros. Tu peux faire le calcul, j'ai payé 150 cauris
la traversée de ma famille. A reverser un peu à chaque
étape, à chaque intermédiaire, à chaque frontière. Je ne
voulais pas que Babila, Keyvann et Safy traversent
l'Afrique avec 15 000 euros cachés dans la doublure
de leur chemise. Alors que les cauris, en dehors du
réseau, ne valent rien.

— Malin, approuva Ruben. Très malin.

Noura enchaînait, plus suggestive, plus envoûtante
que jamais, ne quittant pas Savorgnan du regard.

Sydney, Tokyo, Paris, Bamako again
Let's go to Bamako Oh Oh Oh

Des clients surgissaient en pyjama devant la
porte coupe-feu. Une mère, un père et deux enfants.
Ebouriffés, réveillés en sursaut. On leur tendait des
verres de punch, des jus de fruits pour les enfants, des
acras et des samoussas. Ils acceptaient sans broncher,
stupéfaits, comme s'ils s'étaient endormis dans l'Ibis
et réveillés sur un autre continent.

Ruben lâcha un instant Savorgnan et s'approcha de
la chanteuse en transe.

— Chante, lui murmura-t-il à l'oreille. Chante toute
la nuit, ma belle, ta rivale ne viendra pas ce soir.

57

21 h 19

Lorsque Bamby poussa la porte de l'Executive Suite du Gordon's Café, elle crut que quelqu'un l'attendait à l'intérieur. Elle hésita à entrer. Yan la poussa d'une experte pression dans le creux de son dos.

Pas le choix.

Avancer.

La chambre était vide... mais quelqu'un les avait précédés. Deux lampes de chevet diffusaient sur les murs une lumière orangée. Une musique légèrement jazzy embaumait la pièce. Des pétales de rose étaient dispersés sur le lit. Pour un simple entretien d'embauche, Yan avait mis le prix !

La porte de la salle de bains était restée ouverte. Exprès. Derrière la paroi de verre embuée, la vapeur montait d'un jacuzzi qu'une employée invisible avait dû faire couler pour l'heure exacte exigée par Yan. Deux coupes étaient posées en équilibre sur le rebord du bain bouillonnant. Une bouteille de champagne baignait dans un seau à glace sur pied.

Yan posa son cartable et sa veste saharienne sur le guéridon de l'entrée et s'approcha pour l'embrasser. Bamby esquiva, jouant l'ingénue émerveillée.

— Mon Dieu, Yan... je ne savais pas que pour l'entretien, il y avait une épreuve de natation.

Gagner du temps, pensait Bamby à toute vitesse. Laisser assez d'espace pour qu'il ne l'embrasse pas.

Trouver un moyen de faire s'allonger Yan sur ce lit sans qu'il la touche. Trouver une solution pour le neutraliser. Le foulard dans son sac ? Le ceinturon que portait Yan ? Sauf que le responsable logistique de Vogelzug avait programmé un scénario qu'il suivrait à la lettre. Un scénario dont la première étape consistait à ce qu'ils se déshabillent, avant que les bulles du bain ne refroidissent et celles de champagne ne tiédissent.

— Vous auriez dû me prévenir, Yan, j'aurais pris un maillot.

Pas besoin, ma belle, répondirent les yeux de Yan, braqués sur ses seins. Yan Segalen l'évaluait sans aucune retenue. Tout opposait la vulgarité de son regard posé sur elle à la mise en scène romantique de cette chambre. La face sombre et la face lumineuse d'un même désir.

La posséder.

Sans la moindre pudeur, Yan se dirigea vers la salle de bains et commença à ôter ses vêtements. Il se pencha vers un thermomètre flottant dans le jacuzzi, autant pour vérifier la température de l'eau que lui signifier qu'elle ne devait pas tergiverser et perturber un timing aussi parfait.

Un timing trop parfait ! Quelque chose sonnait faux dans cette mise en scène romantique, Bamby en eut soudain la certitude. L'attitude de Yan Segalen n'était pas naturelle, cet empressement à se dévêtir, cette quasi-absence de mots alors qu'il était d'ordinaire un bavard invétéré. Chez un autre que Yan, elle aurait attribué cela à la timidité. Mais pas lui...

— Tu viens ?

394

Il avait accroché sa chemise de lin blanc au porte-serviettes. Il l'invita, torse nu. Certain de sa séduction malgré son corps trop épais. Il appartenait à cette race d'hommes nés si beaux qu'ils se persuadent que l'âge n'entamera jamais leur charme. Cette race d'hommes qui refusent ce privilège aux femmes et les chassent toujours plus jeunes.

Bamby s'assit sur le lit, joua distraitement avec les pétales rouge sang.

Yan l'avait-il démasquée ?

Ces derniers jours, deux employés ou ex-employés de Vogelzug avaient été assassinés ; par une femme. Même si le protocole d'approche de Yan, mis au point depuis des semaines, n'avait rien à voir avec ceux de François et Jean-Lou, si elle avait répondu à une vraie offre d'embauche, si au final, c'est Yan qui l'avait contactée, il était logique qu'il se méfie d'une jolie fille... d'une jolie fille qui se laisse si facilement draguer.

Yan est sournois. C'est le plus rusé de tous.

Il aime les femmes comme un chasseur aime le gibier.

On croit qu'il s'intéresse à elles, mais il les étudie.

Je croyais qu'il m'écoutait, me comprenait. En réalité, il m'observait.

A l'affût.

Concentré. Fasciné même.

Pour être certain de viser au cœur, quand il le déciderait.

— Tu viens ? répéta Yan. Il est un peu tard pour faire ta timide.

— Et le serveur qui va venir apporter les mezze ?

— On enfilera un peignoir.

Bamby se leva.

Gagner du temps. Un peu de temps. Tout allait se précipiter, basculer d'un coup, elle le sentait. Pour gagner la confiance de Yan, elle déboutonna son chemisier, le jeta sur le lit, se débarrassa de ses talons hauts. Elle s'avança vers lui, pieds nus, poitrine gonflée sous son soutien-gorge. Elle détacha ses cheveux qui tombèrent en gerbe de blé sur ses épaules dorées.

Reprendre l'avantage. Endormir sa méfiance.

Elle se tenait debout dans la salle de bains, à quelques centimètres de Yan, lorsqu'on frappa à la porte de la chambre.

— Restaurant Em Sherif ! cria une voix masculine. Deux mezze pour monsieur Segalen.

— Posez-les sur le lit, répondit Yan en haussant plus encore le ton.

Bamby entendit la porte s'ouvrir. Puis se refermer. Yan allait faire un pas pour sortir de la salle d'eau.

Elle le retint.

L'instinct.

Rien ne sonnait vrai dans cette scène. Un jeu d'entrée-sortie trop bien théâtralisé.

Elle posa sa main sur le torse de Yan.

— Laisse, chuchota-t-elle, j'ai envie qu'il imagine ce qu'on fait.

Yan marqua un mouvement de surprise, qu'il interrompit quand il sentit les seins de Bamby se coller à lui. Sa main descendre jusqu'à l'entrejambe de son

pantalon de toile, en caresser une seconde le renfle-
ment, puis commencer à dégrafer son ceinturon.

Tout alla vite ensuite. A peine quelques secondes.

Bamby tira de toutes ses forces sur la boucle du
ceinturon. La lanière de cuir enroulée autour de la
taille de Yan vint d'un coup, alors que le pantalon
déjà débraguetté glissait sur ses cuisses. Bamby fit un
bond en arrière, sans lâcher le ceinturon. Yan, entravé
aux chevilles, incapable de courir, hurla dans la pièce.

— Elle arrive !

Bamby surgit dans le salon. Un homme l'attendait,
gueule de flic, plus large que l'armoire de l'entrée,
matraque au poignet.

Un piège. Un piège savamment ordonné. Yan l'avait
démasquée.

L'homme chargé de la coincer s'autorisa un bref
temps d'arrêt en voyant surgir Bamby. Une Barbie fon-
çant vers lui à moitié nue. Il sourit. Une jolie petite
poupée qu'il prendrait un infini plaisir à attraper par
la taille et à serrer bien fort pendant qu'elle gigoterait
entre ses gros bras tatoués.

La boucle du ceinturon le frappa à la tempe sans
qu'il ait le temps d'esquisser le moindre geste. Bamby
avait fait mouliner son fouet d'acier au bout de sa main
sans même ralentir sa course. La matraque tomba sur
la moquette. Le flic-armoire sur le lit. Bamby posa la
main sur la poignée de la chambre, s'aperçut dénudée
dans le miroir qui couvrait le mur du couloir. En un
ultime réflexe, elle attrapa son sac, la veste et le cartable de Yan posés sur la chaise de l'entrée, puis s'en-
gouffra dans le couloir de l'hôtel, alors que l'homme à
la matraque hurlait « Saloooope » et que Yan surgissait

enfin de la salle de bains, dans une ridicule démarche de pingouin.

VIII, VII, VI, V, IV, III, II, I.

Bamby enfila la saharienne dans l'ascenseur, cœur tremblant. Elle traversa le hall du Gordon's Café en sprintant, se retrouva rue Monot, continua de courir jusqu'à la place des Martyrs. On se retournait sur elle. Elle n'avait pas eu le temps de boutonner sa saharienne. Sa poitrine se soulevait à chaque foulée, qu'elle allongeait pour s'éloigner plus vite, retroussant plus haut encore sa jupe sur ses cuisses.

Des femmes voilées la dévisagèrent. Couvrirent les yeux de leurs enfants.

Elle se faufila entre deux poussettes, sprinta vers le boulevard de la corniche. Trois flics, stationnés devant la bijouterie Mouzannar, hésitèrent à abandonner leur poste pour l'interpeller.

Courir encore.

Le béton du trottoir déchirait ses pieds nus. Aux immeubles flambant neufs succédaient les ruines des bâtiments bombardés. Elle serrait le cartable de Yan contre elle dans un geste désespéré pour dissimuler sa nudité.

Affolée, elle traversa la rue 1.

Laissez-moi passer !

Quatre files de voitures pilèrent. La conductrice d'une 504 blanche l'insulta. Le jeune pilote d'une Ferrari 458 la siffla. Bamby ne ralentit pas. Elle courait maintenant sur la large promenade de la corniche, la mer sur sa droite, les files continues de véhicules sur sa gauche.

Quelques joggeurs la croisaient. Quatre moustachus assis à boire sur un banc la suivirent du regard en riant. Bamby slalomait entre les passants, courant toujours, épuisée, affolée, scrutant les voitures qui la dépassaient, priant pour que la première qui s'arrête soit un taxi. Surtout pas une voiture de police.

Elle courut encore plus de trois cents mètres avant de s'arrêter. A bout de souffle. Son sac continuait de se balancer sur son épaule. Le cuir de la serviette de Yan était trempé de sueur. Sa jupe était à ce point relevée que sa culotte blanche apparaissait. Elle recouvrit ses cuisses dans un geste d'ultime pudeur. Balança sa perruque blonde sur le bitume. Sous le postiche, ses cheveux ruisselaient. Elle les écarta pour scruter à travers ses lentilles qui lui brûlaient les yeux le flux incessant de véhicules. Une Mercedes jaune et blanche s'approchait sur la file de droite, à une centaine de mètres. Enfin ! Bamby se planta au milieu de la chaussée. Le taxi pila.

Avant que le chauffeur ait pu réagir, elle grimpait à l'arrière.

— Vous parlez français ?

— Un peu…

— Alors foncez.

Elle fixa le cèdre sur le drapeau accroché à l'auto-radio.

— Aéroport de Beyrouth, précisa-t-elle. Je veux y être dans un quart d'heure !

58

21 h 24

Jourdain Blanc-Martin discutait avec Agnese De Castro, une séduisante veuve catalane propriétaire d'une dizaine d'appartements sur la côte méditerranéenne, de Barcelone à Pise, vides, et disposée à en laisser la moitié pour héberger des réfugiés, riches, lorsque les cordes de l'*Adagio* de Barber vibrèrent dans sa poche gauche. L'*Adagio* était interprété par le New York Philharmonic et dirigé par Leonard Bernstein ; seul Jourdain était capable de reconnaître la différence avec la version classique, celle de la sonnerie de son téléphone officiel, dans sa poche droite.

Il s'excusa auprès des convives. Ses associés dévoués sauraient aussi bien que lui négocier au meilleur prix ces résidences secondaires occupées quelques rares semaines de l'année. Dans le registre de l'économie de partage, louer ses appartements à des réfugiés fortunés était autrement plus valorisant pour l'ego que d'arrondir ses fins de mois avec Airbnb.

Il s'éloigna de la grande salle de réception lambrissée du château Calissanne, où les précieux donateurs signaient des chèques d'autant plus élevés que le vin était de qualité. Il avança dans les allées désertes du parc du château, et décrocha.

Max-Olivier. Son Banquier.

— Je suis en réunion, Max-O.

— Officielle ?

— Oui. Officielle. Mais tu peux parler, je suis seul.

— On a un problème avec le *Kenitra*. Il devait partir à 21 heures de Saïdia, avec trente-cinq bracelets rouges à bord, tout était réglé, mais le moteur vient de claquer. Une brave bête qui se promène depuis sept ans sur la Méditerranée chargée comme un mulet.

— T'es où ?

— Au port de Saïdia. C'est le pilote qui vient de m'appeler.

— On a un autre bateau à quai ?

— Aucun ! Et les bracelets rouges gueulent. Ils annoncent de la tempête dans les semaines prochaines. Déjà que ce soir, c'est pas très beau à voir, en mer.

— Tu les fais patienter, on n'a pas d'autre solution.

— Jourdain, ils vont faire un scandale ! Imagine qu'ils parlent !

Jourdain imaginait. Même s'il savait qu'ils ne pourraient jamais remonter jusqu'à lui. Rares étaient ceux qui prêtaient foi à ces rumeurs délirantes, que le grand patron de Vogelzug tenait sa fortune du trafic de migrants.

— Quand est parti le dernier bateau ?

— Il y a une heure, l'*Al Berkane*. Plein comme un œuf avec cent cinquante clients à bord. On accélère la cadence avant la tempête annoncée.

Jourdain s'assit contre une fontaine, face à une jolie statue de Diane chasseresse entourée de trois biches. Il prit le temps de réfléchir au problème.

— Sur les cent cinquante passagers de l'*Al Berkane*, il y a combien de bracelets verts ?

— Une trentaine, je dirais.

Jourdain apprécia. Son Banquier était efficace. Aussi efficace que son alter ego, l'Argentier, de l'autre côté des murs. Ils pouvaient. Ils étaient grassement payés pour se contenter d'appliquer à la lettre, ou au chiffre, les règles d'or imposées par Jourdain. Par exemple que, sur un chargement, les bracelets verts ne soient jamais majoritaires.

— OK, tu me contactes le pilote de l'*Al Berkane*, il me fait descendre les trente bracelets verts dans une chaloupe et il fait demi-tour pour retourner chercher les autres à Saïdia.

Jourdain sentit Max-Olivier hésiter à l'autre bout du téléphone.

— Avec les vagues en haute mer, ils ne tiendront pas dix minutes sur une barque.

Jourdain haussa le ton. Diane détournait la tête et fixait la cime des arbres tout en caressant l'une des biches.

— Tu proposes quoi, alors ? Tu crois qu'une fois revenu sur les quais de Saïdia, tu vas parvenir à faire redescendre les trente migrants low cost sans faire d'esclandre et réveiller la police marocaine ? Ce sera beaucoup plus discret au milieu de la Méditerranée. On a déjà fait ça mille fois. Le pilote trouve n'importe quelle excuse bidon, panne de moteur, patrouille de douaniers, risque de bagarre, et vous me libérez trente places. De toute façon, s'ils ne sont pas d'accord et que ça traîne trop, les bracelets bleus et rouges se chargeront eux-mêmes de les balancer par-dessus bord.

Il entendit Max-Olivier soupirer. Jourdain insista.

— On ne force personne à embarquer, Max-O. Si on ne leur fournissait pas de bateaux, ils tenteraient tout de même la traversée avec une bouée.

— C'est bon, Jourdain. Pas à moi, épargne-moi le refrain. Le pilote de l'*Al Berkane* est un bon soldat. Il n'hésitera pas.

— Les bracelets verts connaissent les risques, précisa pourtant Jourdain. Chacun prend ses risques. On prend nos risques nous aussi. S'ils ont de la chance, une patrouille les récupérera. Sinon, ça servira de leçon aux autres. Ça cause entre migrants et ils comprendront qu'il vaut mieux mettre plus cher dans la traversée. Tu me préviens quand c'est réglé ?

— OK.

Max-O n'avait pas raccroché. Comme s'il avait autre chose à lui dire. Ça n'avait rien à voir avec ces trente migrants abandonnés sur une coquille de noix au milieu de la Méditerranée, avec davantage de chances de périr que de survivre. Les morts noyés en Méditerranée se comptaient par dizaines chaque mois. Si ce n'est pas lui qui se chargeait de la traversée, d'autres le feraient, des amateurs, avec des taux de pertes beaucoup plus élevés.

— Autre chose, Max-O ?

— Le gamin d'hier. Alpha Maal. Celui qui voulait vendre des traversées cinq étoiles.

— Oui ?

— Depuis hier, toujours aucune nouvelle de lui.

— Putain ! Je t'avais pourtant demandé de l'avoir à l'œil. Tâche de le trouver. Avant demain matin !

Jourdain raccrocha cette fois. Inquiet.

Il avait déjà oublié cette histoire d'échange de passagers. L'affaire serait vite réglée et le différentiel de gain, trente fois 5 000 euros, moins de 2 000 cauris, était négligeable. Tout son esprit était occupé par cette famille Maal. Leyli, la mère, ne bougerait pas. Il la tenait, il connaissait son petit secret. Il lui réserverait une surprise pour demain matin. Bamby, d'après le texto reçu de la part de Yan Segalen, puis de Petar Velika, était coincée. Pas trop tôt ! Il ne restait plus que le cas de ce petit salaud à régler.

Il jeta un dernier coup d'œil aux statues de pierre, rangea son téléphone dans sa poche gauche et se dirigea à nouveau vers les lumières de la salle de réception du château Calissanne. Le vin y était excellent et la compagnie charmante.

Jour de pierre

tour de pro...

59

5 h 47

Rapplique !

Quand Julo avait reçu le texto de Petar, il dormait depuis moins de quatre heures. Sans autre explication. Seulement cet ordre.

Rapplique !

Pas besoin de préciser que c'était urgent. Julo commençait à s'habituer à la sobriété de son patron. Une demi-heure plus tard, il pénétrait dans la pièce principale de la brigade. Mal rasé, mal peigné, mal habillé. Il croisa quelques collègues errant dans les couloirs, aussi en forme que des festivaliers après une nuit de rave.

Petar, à l'inverse, semblait parfaitement réveillé. Il accueillit son adjoint avec un sourire tout neuf qu'il ne devait sortir que pour les grandes occasions.

— Désolé de t'avoir tiré du lit, gamin, mais on a du nouveau.

Julo se frotta les yeux. Petar fit pivoter son ordinateur en direction de son adjoint, mais le lieutenant, trop éloigné ou pas assez réveillé, était incapable de distinguer le moindre mot.

— Notre meurtrière a encore frappé, annonça Petar. Du moins, elle a essayé.

— Qui ? demanda sobrement Julo.

— Yan Segalen. Responsable logistique chez Vogelzug.

Vogelzug, toujours… Petar se contenta de marquer un silence gêné. Julo n'insista pas, il attendait. Le commandant poursuivit.

— Yan Segalen est en poste à Beyrouth. Il s'est retrouvé en contact avec une fille un peu trop jolie et un peu trop, disons, disponible. Il s'est méfié. Il lui a donné rendez-vous dans un lieu qu'il avait choisi, en faisant appel à un responsable de la sécurité de Vogelzug pour coincer la fille. Il aurait mieux fait de nous appeler avant. Contrairement à Valioni et Courtois, il s'en est sorti vivant, mais la fille est en cavale.

— Segalen l'a identifiée ? C'est bien Bamby ? Bamby Maal ?

Petar se fendit d'un nouveau sourire ironique. Visiblement, il n'avait pas encore tout dit et s'amusait à jouer au chat et à la souris avec son adjoint dont les neurones, pour une fois, tournaient plus au ralenti que les siens.

— Tu t'en fais pour ta petite chérie ? Sois patient, c'est l'aube aussi au Liban, on réveille des flics, on vérifie. D'après le témoignage de Yan Segalen la fille était blonde, yeux verts, peau mate, bien gaulée… Avec une perruque, des lentilles, un peu de maquillage, ça correspond. A Bamby, à Faline, à Fleur, c'est le nouveau nom de la fille, et oui, je sais, moi aussi je suis capable de taper cinq lettres sur Wiki, c'est le nom de la mouffette amie de Bambi. Le portrait de

Yan Segalen correspond à notre fille. Comme à des tas d'autres filles...

Julo ne parvenait pas à ordonner ses idées. Son cerveau bourdonnait. Il n'était décidément pas du matin. Une odeur de café se répandait dans la pièce. Il entendait la cafetière couler ; en arrivant, il avait vu Ryan le préparer. Accélère, supplia Julo dans sa tête, accélère, vieux frère.

Petar avait dû en boire plusieurs litres, il était excité comme jamais et semblait ravi d'étouffer les bribes de réflexion de son adjoint sous un oreiller de questions-réponses.

— Mon gros malin, pendant que tu t'obstinais à fouiner pendant des heures sur Vogelzug et Blanc-Martin, ne proteste pas, j'ai regardé l'historique de ton ordi, moi je bossais sur cette fille... Et pas seulement en faisant défiler ses photos en bikini sur mon fond d'écran. Depuis hier et le témoignage de Leyli Maal, puis de ce fou furieux de Ruben Liberos et de sa liste d'invisibles prêts à témoigner sous X, on a un petit problème pour expliquer la présence de Bamby Maal à Dubaï avant-hier soir. Beyrouth, c'est déjà plus crédible, étant donné que nous n'avons pas de nouvelles de notre mystérieuse étudiante-chanteuse depuis hier matin, c'est-à-dire depuis que la police s'intéresse d'un peu trop près à elle.

Sans réellement pouvoir expliquer pourquoi, puisque Petar n'était ni plus, ni moins cynique que d'habitude, Julo n'aimait pas la façon dont s'exprimait son supérieur. Il tentait de se concentrer même si tout parasitait ses pensées, la cafetière qui bruyamment bouillonnait, la radio qui grésillait entre chansons et informations.

— On recevra les analyses ADN dans la matinée, glissa Julo d'une voix lasse. A partir du sang de la meurtrière retrouvé dans le Red Corner de Dubaï, on aura la preuve.

— Réveille-toi, bon Dieu ! On a une fille en cavale. Une fille qui a saigné deux braves pères de famille et qui a tenté de taillader les veines d'un troisième. Elle a sans doute pris un avion à l'aéroport de Beyrouth. On secoue le cocotier, on est en train de vérifier tous les vols depuis hier soir. On va la coincer à l'arrivée sans attendre au coin du feu les résultats du labo.

Julo avait l'impression malsaine d'assister au début d'une traque. D'une chasse à courre. Ce moment de l'enquête où tout s'emballait et où sans doute Petar excellait, où il ne fallait plus réfléchir mais agir. Où il ne s'agissait plus de comprendre comment et pourquoi cette fille avait tué ces hommes, mais seulement de l'empêcher de recommencer. La neutraliser. Oublier.

— Mon hypothèse, continua Petar en se calmant, c'est qu'elle n'a peut-être pas agi seule, et c'est là que je vais avoir besoin de ton cerveau.

Julo se concentra à nouveau.

— J'ai pas chômé avec Ryan et Tòni depuis hier soir. Tòni nous a sorti en une soirée une belle enquête de voisinage sur Bamby Maal. Faut croire que les gazelles les plus belles se déplacent en troupeau. J'ai trois candidates potentielles pour jouer les jumelles.

Les dernières brumes dans le cerveau de Julo se dissipaient. A nouveau, Petar lui apparaissait comme un flic bien plus efficace, pragmatique et instinctif que lui. Pendant que lui, passait des heures à s'acharner sur des casse-tête insolubles, le commandant avançait.

— La première, on l'a croisée tous les deux à l'Ibis, s'appelle Noura Benhadda, jolie métisse qui paraît-il chante comme une déesse, situation régulière, salaire de femme de ménage, rien qui nous permette de la soupçonner si ce n'est sa plastique et le fait que la mère de Bamby bosse dans la même boîte qu'elle.

Rien de nouveau, pensa Julo.

— La seconde, c'est Tòni qui l'a dénichée. Kamila Saadi, une copine de fac de Bamby Maal, elle habite l'appartement sous celui de sa mère. Elles étaient très proches, avant de se fâcher. D'après Tòni, question charme, Kamila a du mal à soutenir la comparaison avec Bamby, mais comme tu l'as dit toi-même, avec Photoshop, on fait des miracles sur Facebook... et pas besoin d'être Halle Berry pour attirer un mec marié de cinquante ans au Red Corner du coin.

Fausse piste, pensa instinctivement Julo.

— La troisième va davantage t'intéresser. Dans les contacts de Bamby Maal, on a trouvé une certaine Chérine Meunier, deux ans de plus qu'elle, elles se sont croisées à un cours de zumba au centre de danse Isadora de Marseille, deux lianes tropicales aussi fines l'une que l'autre. Elles semblent être restées très proches, même si elles ne se voient pas si souvent. Chérine Meunier est hôtesse de l'air sur Royal Air Maroc.

Julo sursauta, cette fois. Une copine hôtesse de l'air ! Le chaînon manquant de son raisonnement. Une fille capable de prendre des photos d'elle aux quatre coins de la planète. C'était forcément l'explication des clichés de Bambi13 sur Facebook. Une énigme de moins...

Et une question de plus, tempéra aussitôt le cerveau de Julo. Chérine Meunier était-elle une meurtrière ayant usurpé l'identité de son amie, ou simplement sa complice ? Pour la première fois depuis qu'il était arrivé, Petar avait cessé de parler. La cafetière elle aussi s'était arrêtée.

Un jingle à la radio annonça le flash d'informations au moment où Ryan entra dans le bureau.

— Julo et Petar. Deux cafés ? Prêts !

Le lieutenant Flores ne répondit pas. Un voile s'était déchiré. D'un coup, tout devint flou autour de lui, Petar qui tarde à se lever pour attraper sa tasse, le journaliste qui parle dans le transistor, Ryan qui insiste.

Julo et Petar. Deux cafés ? Prêts !

Il avait enfin isolé ce souvenir qu'il traquait dans sa mémoire depuis trois jours. Pas une image, pas une sensation : une phrase ! Une simple phrase, entendue, filtrée, stockée n'importe où dans un coin de son cerveau en bordel en attendant d'être triée.

Bamby et Alpha. Deux cafés ? Prêts !

Julo associait distinctement cette phrase à un lieu, le Starbucks près du Red Corner, à une date et une heure précises, il y a trois jours, quelques minutes après avoir découvert le cadavre de François Valioni.

Il accepta en somnambule la tasse chaude que Ryan lui tendait.

Bamby et Alpha.

Ces deux prénoms, associés.

Aucun doute possible, Julo s'était donc retrouvé assis à côté de Bamby et Alpha Maal, au Starbucks, à moins de cent mètres de la scène de crime.

Les pensées tournaient à nouveau en vertige sous son crâne. Dès qu'un indice innocentait Bamby Maal, un autre venait l'accuser. Comme un puzzle insoluble dont les pièces refusaient de s'emboîter. Pour cette raison, dans la soirée, il avait volontairement délaissé l'identification de cette fille pour se concentrer sur Vogelzug, cette association qui, tels les tentacules d'une pieuvre, s'immisçait dans chaque ramification de l'enquête.

Lorsque Julo s'extirpa de ses réflexions pour partager avec son chef cette étrange coïncidence, il se rendit compte que plus personne ne parlait dans la pièce. A la radio, entre un résultat de football et les chiffres désolants du chômage, le journaliste annonçait un nouveau drame ordinaire en Méditerranée.

Au large des îles Zaffarines, à quelques kilomètres des côtes marocaines.

Une chaloupe de fortune sur la mer déchaînée.

Un message de détresse capté par les gardes-frontières espagnols. Trop tard.

Une quinzaine de corps noyés repêchés dans l'eau, dix autres cadavres échoués dans la boue.

Passons maintenant à la météo.

– 60 –

6 h 11

Leyli alluma une cigarette sur le balcon. Le soleil se levait incognito, protégé d'un rideau de cumulus gommant la ligne d'horizon. La petite fumée grise qu'elle souffla stagna à la hauteur de son nez, comme un micronuage de pollution, sans aucun vent pour la pousser. Ni vagues ni écume, seulement un brouillard froid, humide et salé. Même la mer semblait mal réveillée.

Du septième étage de son appartement des Aigues Douces, Leyli apercevait quelques ombres marcher en bas des immeubles. Parmi elles, elle repéra Guy. Col relevé, bonnet enfoncé jusqu'aux oreilles.

Elle le suivit des yeux, le regarda traverser le parking puis l'avenue Mistral pour aller rejoindre d'autres fantômes du matin sous l'arrêt du bus 22. Direction Martigues-Figuerolles. Celui qu'elle prendrait dans quelques minutes.

Un jour peut-être, ils feraient la route ensemble, quitteraient le même lit, se succéderaient sous la même douche, partageraient la même table de petit déjeuner, fermeraient ensemble la porte pour prendre l'escalier, marcheraient côte à côte jusqu'au bus, l'attendraient en silence, s'embrasseraient lorsque Guy descendrait arrêt Caravelle alors qu'elle continuait encore cinq arrêts. Leyli observait toujours avec mélancolie ces familles qui se séparent tendrement au pied des transports en commun ou sur le parking d'une école, pour mieux se retrouver le soir.

Un jour peut-être. Pas ce matin. Guy était redescendu dans son appartement vers 2 heures du matin, elle lui avait expliqué qu'il ne pouvait pas rester dormir, qu'elle devait emmener Tidiane à l'école, il avait compris. Lui aussi bossait. Petite nuit, grande journée.

Elle regarda le bus 22 avaler Guy dans la même bouchée qu'une bonne dizaine d'autres travailleurs, deux poussettes et quelques collégiens. Puis disparaître.

Leyli était en retard ; elle n'arrivait pas à s'extraire de cette torpeur des matins où l'esprit tourne en rond. Elle consulta une fois de plus son téléphone portable. Toujours aucune nouvelle de Bamby, toujours aucune nouvelle d'Alpha. Elle leur avait pourtant laissé un message dès qu'elle s'était réveillée. Elle s'inquiétait. Elle continuait de ruminer les menaces de Jourdain Blanc-Martin. Son instinct lui soufflait qu'elle n'était qu'un pion à sacrifier dans son vaste empire construit comme un jeu de société. A qui pouvait-elle faire confiance ? Dans sa poche, sa main gauche roulait la carte de visite du jeune flic croisé hier au commissariat. Celui-là au moins avait l'air sincère. Comme un éduc en début de carrière. Pas encore aussi désabusé que ses collègues, celui à l'allure de bouledogue et l'autre à l'accent marseillais.

Elle écrasa sa cigarette. Accélérer maintenant ! Elle prenait son service à l'Ibis dans une heure. Ce serait un comble d'être en retard alors que jamais elle ne s'était rendue à un job avec autant d'impatience. Il lui tardait déjà d'écouter les extravagants récits de Ruben, de converser avec Savorgnan et tous les autres réfugiés des chambres des secrets.

Elle enfila le gilet posé sur une des chaises du salon. Sur le buffet, un journaliste muet présentait les actualités. La télé était allumée en sourdine, et le faible son couvert par les éclats de rire de Fun Radio que Kamila, à l'étage du dessous, écoutait à fond. Leyli s'avança pour éteindre l'écran, indifférente à ce journaliste qui devait commenter le trafic matinal, à en juger par les files immobiles de voitures projetées derrière lui. Le bandeau continu d'informations, seul mouvement sur l'écran, semblait tourner aussi indéfiniment que tourne le monde. Le regard de Leyli attrapa l'une des phrases au hasard, lut chacun des mots avant qu'ils ne disparaissent à gauche de l'écran pour être remplacés par une nouvelle dépêche.

Nouveau drame en Méditerranée. Vingt-six migrants béninois noyés au large des côtes marocaines.

D'autres informations continuaient de défiler. Le monde s'était arrêté de tourner.

*
* *

Ruben était assis dans la grande salle du petit déjeuner de l'Ibis. Seul. Tel un client oublié là. Abandonné. Attendant d'être débarrassé.

En entrant, Leyli croisa son regard absent, ses yeux rougis, ses mains tremblantes. Le gérant de l'hôtel avait vieilli de dix ans. Noura s'était assise une table plus loin, prostrée, les mains accrochées à un téléphone portable.

Tout était silencieux dans l'hôtel. Quelques clients patientaient au comptoir pour régler, attendaient un moment, puis partaient. Sans rien dire. Comme lorsqu'on croise un cortège funéraire, on se tait subitement et on change de trottoir sur la pointe des pieds. D'autres clients, après avoir vainement espéré que Noura ou Ruben se lève, emportaient croissants, céréales en sachet et expressos en gobelet. Sans oser les consommer sur place. Affamés et gênés. Ils fuyaient ventre vide et mains pleines, sans doute submergés par la mauvaise conscience de leur dérisoire pillage.

Petit à petit, les derniers clients disparaissaient.

Leyli fit quelques pas vers Ruben. Dans son cerveau, le bandeau continuait de tourner en boucle.

Nouveau drame en Méditerranée. Vingt-six migrants béninois noyés au large des côtes marocaines.

Pendant toute la route, elle s'était persuadée qu'il n'y avait qu'une faible probabilité pour que ce fait-divers concerne Savorgnan, Zahérine et les autres occupants des chambres des secrets. Le Bénin compte dix millions d'habitants, des milliers de réfugiés, une diaspora répartie dans toute l'Europe. Pourquoi imaginer le pire ? Quand l'actualité accouche d'un drame, quel égocentrisme morbide vous pousse toujours à penser qu'il ait pu toucher quelqu'un que vous connaissez ?

Dès qu'elle était entrée dans l'hôtel, sans que Ruben l'accueille sur le seuil, elle avait compris. Leyli s'assit face à Ruben. Le gérant semblait incapable de prononcer un mot. Elle ne le brusqua pas. Elle regardait partout autour d'elle, espérant voir surgir Savorgnan, ou Zahérine, ou Whisley... Ce fut Noura qui vint vers elle. Elle se contenta de poser son téléphone portable sur la table, puis d'ouvrir sa boîte mail et de cliquer sur un fichier audio attaché. Malgré le haut-parleur, le son était mauvais, presque inaudible, entrecoupé de parasites. La voix était faible, comme essoufflée. Chaque mot, chaque phrase, ne succédait à l'autre qu'après un long silence, comme on le fait quand on récite une prière. Une prière récitée trop tard, sans espoir.

Rami... je suis Rami... l'ancien le chef du village de Dogbo-Tota... faites circuler ce message... ils nous ont recueillis... dans un hôpital militaire... Isla de Isabel II... je crois...

*La chaloupe s'est retournée... presque aussitôt après qu'on soit montés... que l'*Al Berkane *nous ait laissés... on n'a pas tenu cinq minutes... vagues trop hautes... les téléphones passaient... on a tout de suite appelé... on voyait les côtes... les îles Zaffarines, a hurlé Keyvann... ce gamin connaissait par cœur la carte du monde... une base militaire espagnole... l'espoir... on a appelé... on a hurlé... certains se sont accrochés à la chaloupe retournée... d'autres à rien... d'autres aux autres... avant que les vagues nous dispersent...*

Les Espagnols disent qu'ils sont arrivés vite... le plus vite possible... lo más rápido... rápido... rápido... Ils répètent ça... ils ont l'air choqués eux aussi... ils nous comptaient en nous tirant sur la frégate... uno... dos... tres... cuatro... ils nous donnaient un numéro... ils hurlaient... cuántos ? cuántos ? avec leurs projecteurs, ils continuaient de fouiller la mer... j'ai été le n° 5... Fatima, ma femme, la n° 8... cuántos ? cuántos ? Ils criaient toujours plus fort... treinta y cinco, j'ai répondu... après Fatima ils ont encore repêché un jeune garçon.... le n° 9... le dernier... ils ont cherché encore, près d'une heure... puis ils ont abandonné...

Ils ont repêché neuf naufragés sur trente-cinq... Je crois qu'ils ont fait tout ce qu'ils ont pu... c'est facile pour moi de leur dire merci... ils m'ont sauvé... ma femme aussi... pour vous, ils seront à jamais maudits... ils sont retournés en mer... quand la mer s'est calmée... dès que le soleil s'est levé... chercher les corps... certains s'étaient déjà échoués... au matin, les côtes semblaient encore plus près... à peine un kilomètre... je sais que c'est plus cruel encore de le préciser... excusez-moi... je parle trop... j'enfile les mots... pour retarder le moment où je devrai donner les noms... on se connaissait tous... on venait de la même région... on vivait ensemble depuis trois mois, à attendre de passer... une communauté.... jusqu'au bout, il faut me croire, on s'est accrochés... tous ensemble... au même rêve... c'est la mer qui a fait le tri... pas les militaires espagnols... c'est la mer.

Le message devenait alors inaudible. Saccadé. Comme quand les mots sont des balles qui sortent d'un pistolet. On entendait des pleurs, des mots indistincts en espagnol et en fon. Puis une voix féminine se chargea de la suite du message, Fatima sans doute. Une voix calme. Délicate.

Mes amis. Mes chers amis. Puissiez-vous un jour me pardonner d'être la messagère de la mort.

Elle égrena ensuite vingt-six prénoms. Ceux des disparus. Lentement. Articulant pour éviter tout sinistre malentendu.

Plusieurs fois, Leyli sursauta. Chaque fois la douleur s'enfonçait plus profond dans son cœur.

Caimile et Ifrah.
Deux des cousins de Zahérine.

Naïa.
La fiancée de Whisley.

Babila, Keyvann et Safy.
La femme et les enfants de Savorgnan.

— Où sont-ils ? demanda doucement Leyli à Ruben.
Où sont Savorgnan, Zahérine, Darius, Whisley ?
— Je ne sais pas.
La voix de Fatima continua d'énoncer quelques pré-
noms, puis s'arrêta. Net. Le message se coupa après
l'annonce de la dernière victime, sans même que
Fatima ajoute un « Dieu vous bénisse ». On entendit
seulement derrière elle quelques mots en espagnol, sans
doute des militaires.
Uno... dos... tres... cuatro...
Sans savoir s'ils comptaient les vivants ou les morts.

Leyli rendit le téléphone à Noura. Jamais le regard
de la jeune fille ne lui avait paru aussi noir. Leyli, les
jours précédents, y avait lu de la jalousie, du désir, de
la colère. Elle n'y lisait plus que de la haine.
— Chante, murmura Leyli. Chante, Noura. Chante
pour eux.
Noura hésita, puis entonna, presque en sourdine, une
mélodie apaisante qu'elle susurra du bout des lèvres,
dans une langue que Leyli ne connaissait pas. Une
berceuse tendre.
Cela sembla durer des heures.
Cela aurait pu durer des heures.

Le coton de la voix de Noura avait séché les yeux de Ruben. Quelques clients retardataires s'étaient arrêtés pour écouter. La magie opérait.

Le téléphone de Leyli la poignarda.

Une sonnerie stridente. Leyli se précipita sur l'appareil.

Alpha ? Bamby ? Savorgnan peut-être ?

Noura, qui chantait depuis de longues minutes paupières fermées, les ouvrit et la fusilla du regard. Leyli s'en fichait. Un numéro inconnu s'affichait. Elle répondit.

— Madame Maal ? hurla une voix féminine au bord de l'hystérie. Madame Maal, venez vite !

Leyli connaissait cette voix mais n'arrivait pas à l'identifier.

— Madame Maal, continua la voix, c'est Kamila. Votre voisine du dessous. Ils sont en train de tout casser chez vous. Ils ont défoncé la porte à coups d'épaule, je suis montée voir, mais ils sont deux, et ils sont armés. Je… Je n'ai pas voulu prévenir la police, je suis enfermée chez moi… Je crois qu'ils sont en train de s'en aller… J'ai peur, madame Maal… Venez vite… J'ai peur…

Kamila criait tellement que Ruben avait tout entendu. Il s'était déjà levé.

— Je vous accompagne, Leyli. On y va.

*
* *

Lorsque Leyli et Ruben parvinrent aux Aigues Douces, les deux hommes avaient déjà quitté les lieux.

Le quartier ne semblait ni plus ni moins inquiet que d'habitude. Les boîtes aux lettres ni plus ni moins défoncées. La cage d'escalier ni plus ni moins vandalisée.

Kamila les attendait dans l'escalier.

— Ils sont repartis. Ils sont restés à peine cinq minutes. Qu'est-ce que...

Elle s'apprêtait sans doute à déverser un torrent d'insultes, mais aperçut Ruben et sembla impressionnée par sa prestance. Il avait enfilé un long manteau, un stetson noir en feutre et, comme Leyli, dissimulait ses yeux rouges derrière des lunettes de soleil.

Kamila prit peur. Après les deux déménageurs, le nettoyeur.

— Je ne suis pas entrée, madame Maal. Je vous jure. Ils m'ont bloquée sur le palier, je n'ai pas vu ce qu'ils faisaient.

Sans répondre, Leyli et Ruben gravirent un étage de plus et pénétrèrent dans l'appartement. Presque immédiatement, Leyli comprit qu'on ne lui avait rien volé. D'ailleurs, qu'y avait-il à voler ici à part la télé et l'ordi ? Les visiteurs ne les avaient pas touchés. Tout le reste avait été balayé de quelques grands gestes de la main, sa collection de chouettes, ses livres, ses lunettes. Eparpillés sur le sol, tout comme les matelas renversés, les habits des enfants sortis de leurs valises et éparpillés...

— On... on ne m'a rien volé, je crois.

Quelques chouettes en plâtre s'étaient brisées, mais la plupart des objets étaient intacts, comme si les visiteurs n'avaient même pas pris la peine de les piétiner.

L'appartement semblait n'avoir subi qu'un violent courant d'air.

— C'est une menace, continua Leyli, une simple menace.

Elle repensait à Blanc-Martin. Son chantage. Elle imagina qu'il était le commanditaire de cette visite. Pour lui faire peur. Pour lui signifier qu'il s'impatientait. Que si Bamby ou Alpha la contactait, elle devait parler.

A lui. Ou à la police ?

Tous complices ?

Ruben s'assit sur le canapé et lui fit signe de faire de même.

— Que cherchaient-ils, Leyli ? demanda-t-il d'une voix apaisante.

Leyli lui fut reconnaissante de ne pas inventer une autre anecdote de cambriolage d'appartement en Birmanie ou en Polynésie. De se contenter de l'écouter.

— Mes enfants. Ils cherchent mes grands enfants.

— Ils sont partis, Leyli. C'est fini. Ils sont partis.

Leyli marqua un long silence. Elle ramassa une chouette qui avait roulé à ses pieds. Une chouette en verre qui, bizarrement, n'avait pas explosé en tombant.

— Ils vont revenir. Pas tout de suite, mais ils vont revenir.

— Pourquoi ?

Leyli sourit. Ramassa une autre chouette, en bois sculpté, et la posa à côté de celle en verre.

— Rien ne presse maintenant, Ruben. Voulez-vous écouter la fin de mon histoire ?

Le récit de Leyli
Dernier chapitre

Alpha venait de naître. Son père, Virgile, était mort assassiné en tentant de franchir les barbelés de Melilla. Ma tentative d'entrer en Europe avait tourné au fiasco. J'avais entendu ces récits de femmes qui veulent passer tout de même, avec leur bébé, et finissent par devenir folles à s'accrocher à un petit cadavre mort dans le désert ou pendant la traversée.

Je suis retournée vivre à Ségou. J'avais envie de revoir Bamby. J'avais envie de présenter Alpha à ses grands-parents. J'étais fatiguée, Ruben. J'avais survécu à deux départs, j'avais frôlé la mort, j'avais frôlé l'Europe. Je n'avais plus la force de continuer. Il en fallait déjà tant pour reculer.

Revenir à Ségou, c'était échouer. Malgré la douceur de mon père et de ma mère, malgré les jeux des cousins de Bamby, malgré les palabres des voisins.

Mon père, jadis, m'avait trop raconté d'histoires, de contes, pour que je puisse faire croire à mes enfants que le fleuve était un océan. Qu'il n'y avait rien au-delà. Que les radios, les livres et les écrans télé mentaient. Vous comprenez cela, Ruben ? Evidemment, vous comprenez. Je devais trouver un moyen de leur offrir une autre vie. Des moyens légaux comme dit la chanson, *Envole-moi, envole-moi…*

J'étais plus attirante que les autres, je crois, j'étais plus intelligente aussi. J'aimais les livres. Ça plaisait à certains garçons, ceux de la ville, les ambitieux, ceux qui ne resteraient pas ici, ceux qui réussiraient. J'ai rencontré Wa'il lors des élections présidentielles de 2002. Wa'il faisait campagne dans le cercle de Ségou pour le parti d'Ibrahim Boubacar Keïta, il prétendait qu'IBK serait un jour président, alors il militait tout en suivant des études de droit et en rédigeant une thèse sur la démocratie. Wa'il était issu d'une famille de commerçants de Kayes, beaucoup plus riche que la mienne. Il portait des petites lunettes, s'habillait à l'occidentale, glissait toujours un livre de philosophie ou d'économie dans sa poche. Il m'appelait sa petite princesse, ma Simone quand il se prenait pour Sartre, ma Colette quand il se prenait pour Senghor, ma Winnie quand il se prenait pour Mandela.

J'aimais ça.

Même s'il avait été élu conseiller municipal à Ségou, il passait beaucoup de temps à Bamako. Au parti. Il voulait devenir député. Il voulait que je vienne le rejoindre. Avec ma fille. Que j'étudie. Il aimait beaucoup Bamby. Elle était déjà grande pour son âge. Dans trois ou quatre années, on pourrait l'inscrire au lycée de jeunes filles de Bamako. On pourrait prendre un appartement dans le quartier de l'Hippodrome.

A condition que je laisse Alpha. Le bagarreur. La terreur. Wa'il n'aimait pas beaucoup mon fils, un enfant né d'un viol selon lui, et plus je prétendais le contraire, plus Wa'il se mettait en colère. Il détestait que j'évoque ma relation passée avec Virgile. Car même si Wa'il était un arriviste prétentieux, il avait cette intelligence de comprendre que de tous les hommes qui m'avaient protégée, Virgile était le seul à qui j'avais tout donné. Wa'il n'aurait jamais que mon admiration, une alliance de raison, jamais ma passion.

Je suis tombée enceinte alors que Wa'il était en quatrième année de thèse. On vivait entre Ségou et Bamako, je le rejoignais le plus souvent possible. Je travaillais un peu pour le centre Djoliba. Je triais des journaux. Tidiane est né en 2006. On vivait d'espoir. La thèse de Wa'il serait bientôt terminée, il aurait bientôt un poste à l'université, il serait bientôt député, ses parents lui donneraient bientôt assez d'argent pour qu'il s'achète cet appartement.

Bientôt, bientôt, bientôt, Ruben. On construit des vies entières avec des bientôt à Bamako. L'Afrique est le continent du bientôt. Mais en Afrique comme ailleurs, les hommes sont pressés. Un beau jour, Wa'il m'a annoncé qu'il avait décroché une bourse de la coopération francophone canadienne pour partir finir sa thèse au Québec. Une opportunité impossible à refuser. Une chance unique ! Wa'il me serrait dans ses bras, il en tremblait, même si ce n'était que pour quelques mois, le Canada, le Canada, il répétait ce nom comme un explorateur, il me ferait venir là-bas. Bientôt.

Je crois que je n'ai pas besoin de m'appesantir sur la suite, Ruben. Les premières semaines, nous passions des heures à nous connecter aux réseaux sociaux, il avait le mal du pays, de Bamby, de son bébé Tidy, il avait froid, il avait le vertige, il rêvait du Niger devant le Saint-Laurent. Puis nos échanges se sont espacés, mais Wa'il restait toujours connecté. Je le suivais à travers les photos de sa page Facebook, ou celles de ses amis, des Maliens, des Africains du Québec, presque tous étudiants comme lui. Des photos sur lesquelles il n'avait plus froid, des soirées où il buvait, des nuits où il dansait.

Les premiers mots de Tidy, l'entrée au collège de Bamby l'intéressaient moins. Les mêmes visages l'entouraient sur Facebook. Wa'il se fabriquait une nouvelle famille. Toujours revenaient les mêmes filles. Puis, bientôt, toujours la même fille. Sur ses genoux, autour de son cou. Elle s'appelait Grace. Elle était étudiante en anthropologie. Wa'il ne postait aucune photo d'elle sur sa page, mais elle en postait, explicites, sur la sienne. Les commentaires ne laissaient aucun doute. Wa'il et Grace étaient en couple. Un soir, j'ai franchi le pas, j'ai posté ma demande à Grace.

Leyli Maal veut être ton amie.

Elle a accepté. J'ai compris qu'elle ne savait pas qui j'étais. Qu'elle ne savait même pas que j'existais. J'ai seulement réalisé alors que Wa'il ne mentionnait jamais Tidy sur son site.

Le même soir, j'ai adressé à Grace et Wa'il un message de félicitations, avec une photo de moi et Tidiane dans mes bras. Ils ne m'ont jamais répondu. Je suppose qu'ils ont passé la nuit à discuter. Grace avait dû lui faire une sacrée crise de jalousie, je ne sais pas ce que Wa'il a pu lui raconter pour se défendre, mais il a fini par gagner. Le lendemain, je n'apparaissais plus dans la liste de leurs amis.

J'ai continué, dans les semaines, les mois qui ont suivi, à aller sur leur page. J'y vais encore parfois, Ruben, il faut croire que j'ai pris goût au malheur. Ils se sont mariés, ils habitent Montréal, ils ont un enfant, il a deux ans de moins que Tidiane, tout va bien. Si un jour je revois Wa'il, peut-être devrais-je le remercier. Cela vous surprend, Ruben ? Je vais vous expliquer.

Un soir d'octobre, je me suis connectée. C'était l'anniversaire de leur petit Nathan, né le lendemain d'Halloween. Il avait fêté ses trois ans avec ses amis québécois, moitié blancs, moitié noirs, peu semblait importer, la seule couleur qui comptait était l'orange des citrouilles, des jack-o'-lantern, des déguisements d'enfants dans les pavillons, des pluies de bonbons, de la soirée terminée au MacDo puis au parc d'attractions de La Ronde. Les heureux parents avaient posté tout un album photo de cette inoubliable journée. Tidiane avait fêté son anniversaire quelques mois plus tôt. Je n'avais rien pu lui offrir d'autre que des sourires, autant de sourires que tu veux, mon enfant. Des sourires comme la pire des hontes.

Je savais bien qu'avec Tidy, Alpha et Bamby, jamais je ne pourrais passer de façon clandestine en Europe. C'était terminé. Alors j'ai échafaudé un autre plan. J'ai vendu quelques bijoux du butin d'Adil, ce butin maudit auquel je m'étais promis de ne pas toucher, et avec toute ma famille, mes trois enfants et mes parents, nous sommes partis pour le Maroc. A Rabat. Des cousins lointains tenaient un restaurant. Ils cherchaient du personnel. Nous nous sommes installés avec un permis de travail officiel. Le Maroc, ce n'était pas l'Europe, mais c'était une première marche. Ma mère souffrait du dos, mon père d'arthrose, son métier de potier ne lui rapportait presque plus rien, je les avais convaincus que Rabat serait un eldorado avec des médecins, des hôpitaux, de vrais salaires.

C'était vrai. Rabat était un eldorado, même si je leur avais menti sur tout le reste. Je ne leur avais pas parlé de mon projet, pour ne pas les effrayer. Au fond de moi, Ruben, je peux vous l'avouer, je n'avais jamais renoncé à passer. En Europe. En France. Légalement !

Les cousins qui tenaient le restaurant à Rabat, dans la kasbah des Oudayas, en possédaient un autre à Marrakech, un troisième à Essaouira, et un dernier à Marseille. Je vais vous faire une autre confidence, Ruben, je suis la plus lamentable cuisinière de toute l'Afrique de l'Ouest, au plus grand désespoir de ma mère.

On dit que les aveugles développent leurs quatre autres sens. Pas moi ! Je déteste les odeurs. Je n'ai aucune patience pour découper des légumes et des épices pendant des heures, la vue d'une viande saignante, halal ou non, me révulse, et je préfère mille fois passer mes nuits seule, écouteurs dans les oreilles, à nettoyer des supermarchés plus grands que des terrains de foot, plutôt que travailler sous les ordres d'un petit chef dans une cuisine. Pourtant, j'ai proposé mes services. Au Magot berbère, à Marseille.

Ils n'avaient besoin de personne. Encore moins de moi. Alors je leur ai précisé que je pouvais subventionner mon propre emploi. Me payer, Ruben, pour être plus claire. J'ai puisé une dernière fois dans le trésor damné et je leur ai versé 15 000 euros au noir, pour financer un an de CDD qu'ils me reverseraient en salaire déclaré. Ils avaient juste à rédiger pour le consulat une belle invitation comme quoi je n'avais pas d'équivalent sur toute la rive sud du Niger, et encore moins en France, pour cuisiner le fakou-ouï et le poulet yassa. Qu'ils me voulaient, moi et rien que moi. Pour douze mois.

Et après les douze mois ? avait demandé le cousin. Je ne pourrai plus te payer. Ton visa de travail aura expiré. Tu devras rentrer au Maroc. Si tu restes, tu seras en situation illégale.

Je m'arrangerai, cousin, je m'arrangerai.

Je connaissais mes droits. La condition pour être régularisée était simple, je l'avais relue tant de fois dans le formulaire de la préfecture des Bouches-du-Rhône : *Trois ans de présence en France, pouvoir justifier de 24 mois de travail, dont 8 consécutifs sur les 12 derniers mois.*

Il fallait que je tienne trois ans. Trois ans sans me faire prendre. Trois ans tout en travaillant, en payant des impôts, en justifiant d'un loyer. Ça peut sembler ubuesque, Ruben, mais ce sont les règles du jeu. Les sans-papiers, en réalité, les collectionnent, les additionnent. Comme des points de fidélité.

Travailler n'est pas difficile, si l'on accepte les corvées.

Trois ans à supporter les humiliations, les traques, les arnaques, les chantages, l'esclavage, mais je tenais bon du moment que je cumulais, mois après mois, mes semestres. J'acceptais même de travailler pour rien, rien que pour un bout de papier. J'ai fini par comprendre que c'était pour cela que l'Etat nous laissait tranquilles, nous les invisibles. On cotise, on consomme, on se plie à tous les devoirs comme les autres citoyens ; sans réclamer le moindre droit.

Pendant trois ans.

Trois ans sans voir mes enfants.

Je cochais les jours, Ruben. Cachée. Je comptais les mois, jusqu'à trente-six, et alors je deviendrais une étrangère en situation régulière.

Légalement !

Tout était simple alors. Je pouvais faire venir mes enfants par la procédure de regroupement familial.

Légalement !

Légalement, Ruben. Vous m'entendez. Légalement !

Je n'étais plus traquée. Nous avions gagné, sans tricher.

Plus rien, plus personne ne pouvait nous séparer.

– 61 –

9 h 42

Assise sur le siège près du hublot, Bamby serra contre sa poitrine la veste saharienne. Elle était trop grande pour elle et ne semblait pas être conçue pour être boutonnée. Malgré ses efforts, le tissu de toile kaki s'ouvrait à chacun de ses mouvements. Patiemment elle la refermait, autant par pudeur que par confort. Elle grelottait de froid, l'air climatisé de l'avion lui dévorait la peau. A moins que ce ne soit la pression qui retombait.

Elle était passée !

De justesse, mais passée. Elle s'était envolée par le vol du matin. Elle disposait d'un faux passeport, elle ne s'était inquiétée ni pour les papiers ni pour les billets, Chérine était toujours capable de la dépanner. Elle s'était réfugiée dans l'hôtel réservé au personnel navigant de Royal Air Maroc, à deux cents mètres de l'aéroport de Beyrouth. De sa chambre d'hôtel, elle avait pu commander les billets et attendre l'heure du départ. Impossible de se changer, par contre. Elle avait tremblé jusqu'à ce que l'avion décolle, les aéroports étaient truffés de caméras de surveillance et elle n'avait pas dû passer inaperçue auprès des agents payés uniquement à mater les passagers.

Bamby appuya son visage contre le hublot. L'Airbus survolait un archipel impossible à identifier. Des îles grecques sans doute. Sur le siège d'à côté, un bébé d'un an et demi se tenait debout sur les genoux de son papa, s'amusant comme un fou à multiplier les génuflexions tout en jetant à Bamby des regards en coin coquins. Maman dormait sur le troisième fauteuil de la rangée.

Bamby ferma un instant les yeux. Elle avait gagné du temps. Seulement un peu de temps. Si Yan Segalen avait prévenu la police, les flics n'auraient aucun mal à la repérer sur les caméras, à la suivre pas à pas, et donc à découvrir, même si elle s'était enregistrée sous une fausse identité, dans quel avion elle s'était embarquée. La police n'aurait plus qu'à l'attendre à l'arrivée, disposant de plusieurs heures pour tisser tranquillement son filet.

Oui, plus Bamby y pensait et plus l'évidence s'imposait : l'issue la plus probable de sa cavale était que tout s'arrête une fois qu'elle serait posée. S'enfermer dans cet avion avait été la plus ridicule des décisions ! Mais quelle autre option aurait-elle pu choisir ? Aucune, sinon utiliser autant qu'elle le pouvait les dernières minutes de liberté dont elle disposait.

Elle ouvrit la tablette de plastique devant elle et sortit un ordinateur portable du cartable de cuir posé à ses pieds. Celui de Yan Segalen, qu'elle avait attrapé au vol avant de s'enfuir de l'Executive Suite du Gordon's Café.

Lorsqu'elle l'alluma, elle fut surprise que l'appareil ne soit protégé par aucun mot de passe. Un fond d'écran bordélique apparut : des dizaines d'icônes éparpillées, de raccourcis vers des dossiers. Bamby cliqua d'abord sur les fichiers Excel. Elle déroula d'interminables tableaux, déchiffrant des noms en ligne, des destinations en colonnes, des sommes dans les cellules. Chaque tableau comportait plusieurs feuilles identiques, simplement différenciées par l'indication du mois. Une bouffée de chaleur réchauffa le cœur de Bamby, contrastant avec la chair de poule qui picorait sa peau. Si la police l'arrêtait, elle disposerait d'une monnaie d'échange : les comptes occultes de Vogelzug... même si ce n'était pas la vengeance dont elle avait rêvé.

Derrière le hublot, les ports miniatures et les montagnes pointues d'une île plus grande que les autres jouaient à cache-cache avec les nuages. La Crète, déduisit Bamby. Vue du ciel, elle prenait des allures d'Australie. A côté d'elle, le bébé s'amusait à enfoncer sa tétine baveuse dans la bouche de son papa.

Elle resta quelques minutes à analyser la situation. Son cœur était à nouveau froid. Elle continuait de faire défiler les tableaux de noms et de chiffres, mécaniquement, sans même plus les regarder, cette fois. Yan Segalen se promenait avec cet ordinateur en bandoulière, sans aucun mot de passe. Qu'est-ce qu'elle s'imaginait ? Qu'elle allait faire tomber Vogelzug simplement en ouvrant un fichier ? Ces types étaient des pros ! Yan Segalen, plus méfiant qu'une hyène. Bien entendu, cet ordinateur ne comportait rien de compromettant. Du moins rien qu'elle puisse trouver seule.

Et elle était seule. Coupée du monde, à dix mille mètres d'altitude, sans Internet. Elle ne disposerait que de quelques minutes, entre l'instant où l'avion se poserait sur le tarmac et celui où la police l'appréhenderait, pour demander de l'aide.

Qui appeler ? Chérine ? Alpha ? Maman ?

Bamby cliquait au hasard sur les icônes, se concentrant principalement sur les fichiers PDF et Jpeg. Elle avait quitté le bureau de l'ordinateur de Segalen pour s'aventurer dans des sous-dossiers, sélectionnait les plus anciens, choisissant d'ouvrir ceux oubliés depuis des années. Elle s'arrêta sur une photo de Yan Segalen, octobre 2011, posant un cocktail à la main, sur une terrasse ensoleillée, en compagnie d'un homme mince, du genre que la vieillesse embellit et que le cheveu gris rend sexy.

Bamby frissonna. Elle colla à nouveau son front contre le hublot, glaçant son cerveau.

Jourdain Blanc-Martin.

De quelques années plus jeune.

Bamby n'avait jamais croisé le président de Vogelzug, mais il suffisait de taper son nom sur Google images pour découvrir son visage sous tous ses profils. Chérine le trouvait viril. Cette pauvre Chérine... La sueur sur le front de Bamby laissait des traces humides sur la vitre ronde. Ses pensées floues fondaient maintenant vers

Alpha. Son petit frère flottait quelque part sous elle, sur cette mer bleue qu'elle survolait. Cette mer infranchissable par-dessus laquelle un avion sautait en moins de deux heures. Deux sièges plus loin, le bébé s'était endormi dans une couverture posée sur les cuisses de sa maman. Papa tenait sa main.

Bamby continua de descendre dans les archives de Segalen, par simple curiosité, persuadée désormais que Yan n'y avait laissé traîner aucun secret. Ce salaud était bien trop organisé. Au fil des albums ouverts, 2007, 2003, elle reconnut plusieurs fois François Valioni, posant en costume devant le logo Vogelzug, siégeant cravaté lors de tables rondes, ou inspectant en saroucl des cases de villages africains. Jean-Lou n'apparaissait jamais. Effacé ?

Elle remonta encore dans le temps. 1994. Un nom, le simple nom d'un fichier IMG électrisa soudain sa nuque, avant que tout son corps ne ressente la décharge. Son index se bloqua au-dessus de la touche *Entrée*.

Adil Zairi.

Elle se pencha en avant, veste ouverte, indifférente au regard en biais du papa d'à côté qui tout en caressant doucement la main de sa femme endormie, fixait la dentelle coiffant les courbes de ses seins avec l'intensité d'un skieur de printemps convoitant les neiges éternelles.

Adil Zairi.

Elle avait lu si souvent ce nom. Ce prénom surtout. Quatre lettres tracées par l'écriture ronde de Nadia. Celui d'une créature maléfique légendaire, du mauvais génie d'un conte de fées, d'un monstre sans visage. Adil Zairi existait pourtant. Il avait travaillé pour Vogelzug il y a vingt ans. Yan Segalen, comme Jourdain Blanc-Martin, François Valioni, Jean-Lou Courtois et tous les autres salariés qui travaillaient déjà dans l'association en 1996, le connaissait. Des gouttes de sueur tièdes perlaient sur ses tempes, descendaient du haut de son cou vers sa gorge, avant que l'air conditionné ne les fige en larmes de glace. Bamby grelottait, le doigt toujours levé à quelques centimètres du clavier. Un monstre sans visage, répéta-t-elle dans sa tête. Ni elle ni maman n'avaient jamais su à quoi Adil ressemblait.

Avant de cliquer sur le fichier image, Bamby tourna une dernière fois la tête vers le hublot. On survolait les côtes de Tunisie. Un fin fil de maisons blanches et noires semblait coudre le désert à la mer.

Puis elle l'ouvrit.

– 62 –

9 h 44

Leyli se leva et continua de ramasser les lunettes colorées et les chouettes de plastique, de tissu, de bois, de laine, de verre, éparpillées par terre. Elle commença à les ranger avec méthode sur une des étagères. C'était stupide, elle le savait. L'appartement était un champ de bataille. Il fallait tout nettoyer, trier, jeter, réparer.

Ruben était toujours assis sur le canapé-lit.

— Venez vous asseoir, Leyli. Venez me raconter la suite.

— Il n'y a pas de suite, Ruben. L'histoire est finie.

Elle accepta tout de même de retourner s'asseoir à ses côtés. Le gérant de l'Ibis posa une main sur son épaule. Il avait glissé ses lunettes de soleil dans sa poche. Ses yeux exprimaient une infinie tristesse, celle qu'il masquait d'ordinaire derrière ses histoires extraordinaires. Ce matin, il n'avait plus envie de jouer. Ou à un autre jeu, celui où l'on ôte les masques. Les carapaces parfois aussi. Les armures de textile.

Ruben exerça une légère pression pour que Leyli se colle davantage à lui. Elle sentit son visage se tourner vers elle. Son haleine de fumeur. Son parfum indéfinissable.

Ses yeux exprimaient une infinie tendresse.

— Non, Ruben.

Leyli le repoussa avec délicatesse.

— Non, Ruben, répéta-t-elle.

Elle lut dans les yeux fatigués de son patron qu'il n'allait pas insister, qu'il était cette sorte d'hommes qui savent aimer en secret.

— J'ai fait l'amour à un homme, Ruben. Il y a quelques heures. Ici même.

— Tu l'aimes ?

C'était la première fois qu'il la tutoyait. Ça lui sembla naturel sur le moment.

— Je ne sais pas... Tu es jaloux ?

Ruben ne répondit pas. Ou à sa façon, par une autre question.

— Tu as déjà aimé un homme ?

— Je ne sais pas.

Le patron de l'hôtel la serra un peu plus fort contre son épaule.

— Bien sûr que si, Leyli, tu as déjà aimé un homme. Je ne te parle pas de Virgile, le père d'Alpha, ce n'était qu'une passion physique, nourrie à l'adrénaline de la mort qui rôde. Je te parle d'Adil... Ton sauveur. Tu l'as aimé, beaucoup aimé, tu as même tout accepté par amour pour lui.

— Avant de le tuer.

Ruben sourit.

— L'ultime preuve que tu l'aimais.

Il marqua une hésitation avant de poursuivre, son regard embrassa l'appartement décimé, les livres tombés, les couvertures froissées, les pages cornées, tels des oiseaux aux ailes coupées.

— Tu te souviens, Leyli. Tu m'as avoué que tu as dissimulé ton cahier, celui que tu as dicté à Nadia, cette mère célibataire. Tu m'as avoué que tu l'as caché ici. Sous ce matelas.

Leyli trouva cette réflexion étrange. Ruben dut s'en apercevoir et s'expliqua.

— Tu n'as pas vérifié. Peut-être est-ce ce cahier que les hommes qui ont saccagé ton appartement cherchaient ?

Ils se levèrent.

Peut-être Ruben avait-il raison ? Leyli glissa la main sous le matelas, fouilla, fouilla, fouilla.

Rien. Aucun bouquin !

Elle s'énerva, finit par soulever les coussins, les draps, faire tout basculer sur le sol de l'appartement.

Aucun cahier.

Leyli n'eut pas le temps de se demander qui avait pu le dérober : à la place supposée du cahier, sur le sommier, une enveloppe était posée. Elle saisit le papier blanc du bout des doigts. Resta debout. Ruben s'était éloigné d'un pas, suffisamment pour ne pas crever cette bulle d'intimité, pas assez pour ne pas céder à la tentation de lire par-dessus son épaule.

L'enveloppe était signée.

Pour Leyli
Guy

Chère Leyli,
J'écris cette lettre à la sauvette, alors que tu prends ta douche. Je la glisserai sous ton lit avant que tu sois sortie. Tu finiras par la trouver. Les choses finissent toujours par arriver. Il est plus facile de faire confiance aux objets qu'aux hommes.
Merci, Leyli.
Merci de m'avoir ouvert tes bras. Merci de m'avoir accepté comme je suis. Comme je suis aujourd'hui. Il faut être une belle personne, Leyli, pour savoir aimer ce que je suis devenu. Il faut voir avec le cœur, comme disait l'autre sur son astéroïde. J'aurais aimé que tu me voies, il y a vingt ans. Quand je n'étais pas ridé par les années. Quand je pesais vingt-cinq kilos de moins. J'avais une jolie voix aussi, avant.
Je t'entends déjà, Leyli, courageuse et fataliste. C'est la vie, les matins qui se succèdent, l'usine, l'usure.
Oh non, Leyli, oh non... Certains vieillissent bien. Certains vieillissent riches. Certains vieillissent beaux. Et d'autres perdent tout en route, petit à petit, goutte à goutte, comme une fuite invisible qui finit par vous

laisser le cœur sec comme une pierre. Ce n'est pas mon cas, Leyli. Moi, j'ai tout perdu d'un coup.

Un matin. Sans que je me méfie. Dépouillé de tout. Abandonné sur le bas-côté.

C'est une femme, Leyli, c'est une femme qui m'a volé ma vie.

Une femme que j'ai recueillie, une femme que j'ai sauvée, une femme qui sans moi serait morte dans un trou noir dévorée par les rats. Une femme que j'ai aimée aussi. C'est cette femme-là qui m'a trahi. Tu commences à comprendre, Leyli ?

Ce n'est pas l'amiante des chantiers qui a dévoré ma trachée au point que ma voix ne soit plus qu'un archet rouillé crissant sur des cordes de métal, c'est une femme qui m'a planté un couteau dans la gorge.

Tu te souviens, Leyli ?

Ce n'est pas la crise, le chômage ou je ne sais quelle autre excuse qui m'ont rendu pauvre, c'est une femme qui m'a volé le trésor que j'avais patiemment accumulé.

Il faut croire que j'ai été bien aveugle.

Je sais, Leyli, cette lettre va te sembler bien longue pour un mot rédigé sur un coin de lit. Mais peux-tu imaginer depuis combien d'années je la rumine ? Combien de temps j'ai mis pour te retrouver. Pour t'approcher. Sans que tu te méfies. Même cette petite fouine de Nadia, il y a vingt ans, n'a rien voulu me dire. Je l'ai battue à mort, mais elle ne t'a pas dénoncée. Ça m'a coûté mon boulot chez Vogelzug, je n'étais plus assez clean pour eux. Ce n'était pas très grave, j'ai monté ma petite entreprise, j'ai continué de sous-traiter parfois *pour eux. Les bons trafiquants sont comme les bons artisans, y aura toujours du travail pour eux.*

Mais au fond, je me foutais de tout ça. Tout ce qui m'importait, ça va te surprendre, Leyli, c'était de tenir un pari. Un pari que j'avais fait, ce jour où j'ai accepté que tu te donnes à d'autres hommes. Tu te souviens ? Tu te souviens de ce que je t'avais dit ? « Fais-le pour moi. Fais-le pour nous. » *Et j'avais ajouté comme un idiot :* « Je veux qu'un jour tu découvres mon visage. Je veux lire dans tes yeux que tu me trouves beau. »

Je disais ça pour te donner du courage, alors que je crevais de trouille. Je ne plaisantais pas, tu sais, le premier soir, quand je t'ai délivrée de ce cachot d'Agrigente : « Si tu retrouves la vue un jour, alors tu me quitteras. » *Tu étais tellement plus belle que moi. J'étais déchiré entre le désir que tu retrouves la vue et la peur qu'alors tu ne m'appartiennes plus. Pire que ça, Leyli, la peur de lire de la déception dans tes yeux, du mépris, du dégoût même. Si tu n'appelles pas ça de l'amour, quel nom ça porte alors ?*

C'est pour ne pas te perdre que je continuais à te présenter d'autres hommes, à te cacher notre trésor. Et toi, tu as cru ce que te racontait cette petite pute de Nadia, tu as écouté ce que t'ont appris ensuite les autres sur moi, Adil Zairi, un passeur minable de clandestins, un petit proxénète. Un monstre. Voilà ce que j'ai été à tes yeux pendant toutes ces années. Un monstre. C'est ainsi que tu m'as présenté, dans cette chambre, sur ce lit, quand tu me racontais notre histoire. Tu avais tort, tu vois. J'ai accepté sans broncher ta version des faits. Je n'ai réclamé qu'une dérisoire revanche.

La seule revanche qui comptait.

Lire dans tes yeux que tu me trouvais beau.

J'ai gagné, Leyli. J'ai gagné mon pari. Je l'ai lu dans tes yeux, avant qu'on fasse l'amour. Tu m'as regardé pour la première fois et tu as aimé l'homme que tu voyais, tu l'as aimé au point de te donner à lui.

Voilà ma vengeance, Leyli. Ma délicieuse vengeance. Ma si fière Leyli, ma libre, mon insoumise, tu t'es donnée de ton plein gré à ton tortionnaire. Et tu y as pris du plaisir.

Le plus atroce des viols.

J'aurais aimé lire dans tes yeux cette petite mort, t'avouer mon grand secret sur ce lit plutôt que de te l'écrire ; des nuits entières, j'ai imaginé ce moment où, après que tu aies joui dans mes bras, je t'aurais tout révélé, puis au petit matin, avant de sortir, je t'aurais étranglée. Ou poignardée peut-être. Je n'ai changé mes plans qu'hier soir, quand je suis monté et que j'ai croisé Tidiane. Tu n'avais pas été assez rapide cette fois, ou peut-être m'as-tu trop fait confiance.

Alors j'ai compris. J'ai compris pour ton fils. J'ai compris pour Alpha, j'ai compris pour Bamby. J'ai compris ton secret. J'ai compris où tu dissimules ce qu'il reste de mon trésor.

Je te laisse, Leyli. Je glisse cette enveloppe sous ton lit. Sans doute allons-nous refaire l'amour. Puis tu me chasseras. Dans quelques heures tu me guetteras par la fenêtre, du balcon où tu fumeras, tu me suivras des yeux et tu imagineras peut-être quelle vie on pourrait avoir tous les deux, tu me regarderas monter dans le bus, en imaginant que je vais sagement travailler.

Sans te douter que je pars reprendre ce que tu m'as volé.

Que je pars le reprendre à ton fils.
Je t'embrasse une dernière fois.
Adil

*

*   *

La lettre glissa lentement des mains de Leyli, pour voltiger quelques secondes, avant de s'échouer sur le plancher. Ruben la serra dans ses bras, sans aucune forme d'ambiguïté cette fois. Leyli tremblait.

— De quoi parle-t-il, Leyli ? Ton fils est en danger. Qu'a-t-il deviné, Leyli ? Quel est ce secret ?

A cet instant, Leyli sut qu'elle pouvait faire confiance à Ruben. Que pour sauver Tidiane, dans les secondes qui allaient suivre, elle devait tout lui révéler.

– 63 –

9 h 47

La coque du *Sébastopol* heurta le quai de béton sans même qu'Alpha distingue la digue. Une brume froide enveloppait le port, ne laissant apparaître que la lumière timide du phare clignotant au bout de la jetée, une étrange forêt de mâts au-dessus du brouillard, et des ombres claires, des drapeaux raides, des façades délavées de maisons aux volets fermés.

Les bouées orange amortirent le choc. Gavril lança une amarre d'un geste assuré, sans même demander de l'aide à son unique passager. Alpha écarquillait les yeux. Il peinait à croire qu'il venait de traverser la Méditerranée à plus de vingt-cinq nœuds de moyenne. Il avait lutté toute la nuit contre la berceuse chantée par les vagues, rythmée par le roulis du yacht. Il s'était pourtant endormi, par microsiestes, quelques secondes, quelques minutes peut-être, son Tokarev TT 33 pendant au bout de son bras. Gavril n'avait rien tenté. Il était resté à la barre. Après tout, il n'allait pas faire demi-tour après avoir fait plus de la moitié du trajet. Prévenir la police ne lui aurait attiré que des emmerdes, alors qu'avec ce grand Black et surtout son copain cravaté qui voulait racheter le bateau, on pouvait sans doute s'arranger.

— Terminus, annonça Gavril en imitant d'un sifflement entre ses dernières dents le signal d'un steamer.

Alpha, bras et poignet recouverts par une veste de survêtement, continuait de braquer le pilote. Lorsque Gavril lui tendit la main, Alpha crut qu'il s'agissait du geste habituel des marins qui aident, presque par réflexe, les passagers à passer du bateau au quai. Il ne comprit ce que lui voulait Gavril que lorsqu'il sentit le morceau de papier contre sa paume. Une page d'agenda déchirée. Le pilote y avait inscrit son nom et son numéro de téléphone.

— Pensez à moi pour les futures traversées. Z'avez vu, je peux piloter toute une nuit sans fermer l'œil, aussi fidèle au poste qu'un serveur derrière le bar d'un club.

Gavril cligna une paupière vers Alpha, puis regarda le jeune adulte s'éloigner sur le quai. Alpha marcha quelques mètres, relut le papier qu'il tenait dans la main, haussa les épaules, puis le chiffonna en une petite boulette qu'il lança d'une chiquenaude dans l'eau du port. Il avança encore de quelques pas, tout en rangeant son pistolet sous son ceinturon.

Devant lui, quatre silhouettes sombres progressaient dans la brume. Alignées comme dans un western. Muettes, à l'exception de leur bruit de pas dans le silence ouaté.

Comme prévu, Alpha était attendu.

Une chance sur deux, pensa le jeune Malien.

Soit ces quatre ombres venaient lui tendre la main.

Soit elles venaient le tuer.

– 64 –

9 h 49

Leyli se leva. Elle prit la main de Ruben et l'invita à la suivre. Ils marchèrent vers la chambre des enfants. Elle se tourna vers son patron, sans remarquer qu'elle le vouvoyait à nouveau.

— Regardez, Ruben, fit Leyli en attrapant les maillots et les shorts de foot de Tidiane étalés par terre, en pointant les tee-shirts deux fois plus grands d'Alpha, les sous-vêtements de Bamby.

Elle désigna encore des vieilles baskets qui devaient appartenir à Alpha, le ballon de Tidiane coincé sous le lit, des posters, des livres, des disques, toutes les traces de la vie de ses trois enfants entassées dans une seule pièce. Les visiteurs n'y avaient saccagé que les lits et les armoires d'habits.

— Regardez, Ruben, regardez. Une famille. Une jolie famille réunie. Regroupée. Légalement. On pourrait croire que c'est la fin de l'histoire.

Elle fixa Ruben, les yeux emplis de larmes.

— Mais ce n'est pas la fin de l'histoire. Pas même le début.

Ruben se taisait, conscient que ce qu'allait avouer Leyli ferait tout basculer.

— Ecoutez-moi, Ruben. Ecoutez bien. (Leyli marqua un long silence.) Mes enfants n'ont jamais habité ici !

Elle laissa tomber par terre un maillot de l'OM. Ses yeux tourbillonnaient dans la chambre encombrée.

— Tout ceci est une mise en scène, Ruben. Les lits, les jouets, les habits. Un mensonge. Je vis seule, Ruben. Seule, vous m'entendez ! Je ne suis jamais parvenue à faire passer mes enfants. J'ai échoué, Ruben, vous comprenez ? J'ai échoué !

Les bras de Leyli s'agitaient, moulinaient l'air comme s'ils cherchaient à se refermer sur des fantômes. Ceux de ses enfants hantant cette pièce trop pleine. Cette chambre vide. Des larmes noires coulaient des yeux de Leyli, délavant ses joues de mascara.

— Je me suis heurtée à une paroi de verre. Invisible. Infranchissable. Le monde est ainsi, Ruben, le monde est ainsi pour les gens ordinaires nés du mauvais côté de la terre. On peut tout voir, on peut tout entendre, il y a suffisamment d'écrans pour cela, de paraboles, d'ondes, de satellites, tout est relié à tout, tout est si proche qu'on pourrait croire le toucher. Le posséder. Mais non, vous avancez la main et vous vous cognez, vous avancez les lèvres et vous n'embrassez qu'un mur transparent. Une illusion de réel. Plus cruelle encore que l'absence de nouvelles. Une famille virtuelle. Connectée, mais séparée. Le monde est devenu un palais de verre, Ruben. Les portes s'ouvrent devant quelques-uns, sans même qu'ils aient à les pousser, comme dans les grands magasins. Et les autres restent derrière les vitrines. Condamnés à se disperser pour chasser et mendier. Je n'ai pas embrassé Tidiane depuis cinq ans, Ruben. Pas senti contre ma poitrine le battement de son cœur. Pas relevé sur lui un drap quand il s'endort. Pas épongé la chaleur de sa sueur quand il revient de l'école ou du sport. Alpha avait douze ans quand je l'ai quitté. Depuis, il a pu faire toutes les conneries qu'il voulait, il avait douze ans quand je l'ai giflé pour la dernière fois. Je faisais une tête de plus que lui, aujourd'hui, il en fait trois de plus que moi. Du moins je crois. Seule Bamby est parvenue à passer, avec un visa d'études, l'année dernière, pour un an. Un an seulement. Puis elle est repartie. Vous avez compris, Ruben, vous avez essayé de m'aider comme vous avez pu en racontant aux flics qu'elle avait chanté à l'Ibis la nuit dernière. (Elle fixa la table du salon renversée, les assiettes et les couverts dispersés.) Mais Bamby n'a pas dîné ici hier soir, pas davantage que les autres soirs. Pas davantage que Tidiane et Alpha. Je vis seule, Ruben. Seule comme une chienne partie chercher à manger pour ses enfants, qui s'est perdue, qui n'est jamais revenue. Seule. Ce qui signifie, vous avez compris, que Bamby n'a pas d'alibi. Aucun alibi pour l'assassinat de Jean-Lou Courtois au Red Corner de Dubaï, et pas davantage pour celui de François Valioni, dans le Red Corner de Rabat.

– 65 –

9 h 51

L'Airbus A320 survolait l'Atlas. Les lignes de crête du djebel Amour bloquaient les nuages pour mieux permettre aux passagers d'admirer les sommets boisés, les pâturages des flancs de montagne et les vergers de fond d'oued. Le splendide panorama indifférait pourtant Bamby. L'ordinateur de Yan Segalen toujours posé sur les genoux, elle ne parvenait pas à détacher ses yeux de la photographie d'Adil Zairi. *Modifié le 19/04/1994*. Un vieux fichier oublié. Le portrait banal d'un homme élégant posant sur les remparts de la médina de Sousse. Rien de compromettant.

En ouvrant le fichier, Bamby avait pourtant retenu un cri qui s'était fracassé au fond de sa gorge.

Elle connaissait Adil !

Il n'était pas mort poignardé par maman. Adil avait survécu. Adil les avait retrouvés. Adil rôdait.

Autour d'eux. Autour de maman.

Bamby se pencha pour observer chaque détail. Depuis 1994, Adil Zairi avait grossi, s'était dégarni,

448

avait troqué son jean moulant et sa chemise en lin mauve pour un survêtement fatigué, avait perdu cette assurance superbe qu'il affichait sur le cliché, mais elle n'avait aucun doute. Elle l'avait reconnu ! Elle l'avait croisé plusieurs fois pendant son année de licence de psychologie à Aix-Marseille, dans la cage d'escalier des Aigues Douces. Il habitait à l'étage du dessous. Un voisin discret dont elle ne se rappelait même plus le prénom. Thierry ? Henri ? Un solitaire, pas bavard sauf pour gueuler contre les Arabes, la mairie communiste et les petits trafiquants. Le type dont on se dit qu'il n'est pas méchant. Un peu con mais pas méchant.

Bamby ferma quelques secondes les yeux pour laisser ses souvenirs affluer, visualiser un nom sur une boîte aux lettres ou un colis déposé sur le palier. Guy ! C'était Guy son prénom, elle s'en souvenait maintenant. *Guy Lerat.* Cette ordure avait été jusqu'à choisir un pseudo de caniveau ! Pas con... Pas con et très méchant. Qu'est-ce qu'il cherchait ? Qu'est-ce qu'il manigançait ? Qu'est-ce qu'il attendait ?

Une hôtesse passa dans l'étroit couloir de l'avion, poussant un chariot de boissons. L'agitation des passagers réveilla le bébé qui dormait sur sa maman deux sièges plus loin. Son père l'attrapa tout en commandant à la souriante hôtesse un Coca.

— Rien pour moi, merci, murmura Bamby.

Une nausée aigre remontait dans sa gorge, incendiait son estomac. Bamby imaginait maman seule, dans son appartement. Adil Zairi vingt marches en dessous. Et elle, impuissante, bloquée dans cet avion pendant encore plus d'une demi-heure de vol, une demi-heure avant de pouvoir la prévenir, une demi-heure pendant laquelle tout pouvait arriver. Même si Adil habitait aux Aigues Douces depuis plusieurs mois, sous le nom de Guy Lerat, sans qu'il tente quoi que ce soit, elle était tiraillée par un mauvais pressentiment.

Maman... seule... Telle qu'elle l'avait quittée trop vite avant-hier soir, quand elle s'était levée et avait prétendu aller manger au KFC avec Chérine. Sans toucher à son assiette. Sans réellement participer au dîner. Le repas du soir était pourtant tout ce qu'il leur restait. Un rituel sacré. Le seul petit bonheur quotidien des familles ordinaires auquel maman n'avait pas renoncé. Une façon pour elle de défier les forces qui les écartelaient aux quatre coins de la planète. Le repas du soir comme point fixe, comme n'importe quelle famille du monde qui se rassemble au dîner après une journée passée à courir, à vivre des émotions séparées. Qui se retrouve avant la nuit pour les raconter. Le même besoin de tisser ensemble un cocon du soir, que la famille s'éparpille pendant la journée dans les rues d'un village, d'une immense métropole, ou à travers la terre entière.

Dîner à 19 h 30 !

Quel que soit l'endroit du monde où Bamby voyageait avec Chérine, quel que soit le coin du Maroc où Alpha traînait, quel que soit le menu préparé par mamie Marème pour Tidiane à la cité de l'Olympe de Rabat, à 19 h 30, chacun se connectait devant son écran portable, allumait la webcam, se branchait sur Skype en mode conférence. Pendant une heure. Une par jour. Une heure à discuter de tout et de rien. Une heure à partager un repas.

Rater ce repas, c'était tuer maman.

Puis entre 20 h 15 et 20 h 30, sans trop se presser, on pouvait se lever, débarrasser, se déconnecter. Seul Tidiane restait. Tidy portait son ordinateur jusqu'à sa chambre et le posait sur sa table de chevet pour que maman lui raconte une histoire. Une longue histoire. Le plus souvent, Tidiane s'endormait avant qu'elle soit terminée, et c'est mamie Marème ou papi Moussa qui venait éteindre l'ordinateur et remonter sur lui le drap.

Une petite main tira la veste de Bamby. Bébé s'ennuyait ! Papa s'excusa. Il avait vidé d'un trait son Coca que bébé menaçait de renverser. Fille ou garçon ? Bamby n'arrivait pas à le déterminer. Grenouillère vert pomme, bouille ronde, grands yeux noirs, cheveux hérisson et sourire innocent qui lui transperça le cœur. Bamby détourna les yeux. Une bile acide continuait de dévorer son ventre. Un étau, de comprimer ses poumons.

Maman. Seule. Aux Aigues Douces, à Port-de-Bouc. Adil, son tortionnaire, son bourreau, son ange noir, avait survécu. L'avait traquée. L'avait retrouvée.

Et après ?

Tout ce que Bamby connaissait d'Adil Zairi, c'est maman qui l'avait écrit. Dans son cahier rouge. Est-ce ce cahier qu'Adil Zairi recherchait ? Est-ce pour le voler qu'il s'était installé à l'étage du dessous, pour parvenir à rentrer chez eux, sous un prétexte quelconque ?

Dommage pour toi, le rat, grinça Bamby dans sa tête. Tu n'as pas été assez rapide sur ce coup-là !

Bamby se pencha, tout en maintenant sa veste fermée de sa main gauche, fouilla quelques instants dans le sac

451

posé à ses pieds et en tira un cahier rouge vif dont la couleur sembla davantage plaire au bébé que les albums de T'choupi empilés sur la tablette de son papa.

Bamby avait découvert ce cahier il y a un an, par hasard, un soir, en soulevant le matelas alors qu'elle cherchait un endroit pour cacher son shit dans cet appartement de poche. Maman travaillait la nuit alors, au siège de la Banque populaire provençale ; Bamby avait lu jusqu'au petit matin. Avant cette nuit blanche, elle ne connaissait que des bribes du passé de sa mère, ce que papi Moussa en racontait parfois, maman devenue aveugle dans sa jeunesse, au Mali, une histoire lointaine, presque une légende dont il ne restait que quelques vestiges colorés, sa collection de lunettes, sa collection de chouettes.

La lecture de ce cahier l'avait bouleversée. Enfin, Bamby comprenait la colère qui l'habitait depuis son enfance. Ce cahier avait tout expliqué. Comme un objet coincé dans un tuyau qui bloque l'évacuation et fait tout pourrir de l'intérieur, sans qu'on sache d'où provient la puanteur. Trouver ce cahier, le lire, le garder, avait tout débloqué ; d'un coup toutes les vannes qui retenaient sa haine avaient cédé.

La voix du pilote la fit sursauter. L'Airbus entamait sa descente vers Rabat. *Rabat*, répéta mentalement Bamby. Là où tout avait commencé.

Sans qu'elle puisse les retenir, ses pensées descendirent vers la capitale marocaine, filèrent à travers les rues blanches dans lesquelles elle s'était tant promenée, ralentirent dans les quartiers occidentaux, ceux qui la fascinaient, ado, se faufilèrent entre les enseignes des centres commerciaux, les bars où l'on vend de l'alcool, les restaurants, les hôtels, puis enfin s'arrêtèrent. Devant le Red Corner de Rabat. Une brève pause, le temps de jouer à cache-cache avec la caméra de surveillance, puis entrèrent dans la chambre Shéhérazade, se posèrent sur le cadavre de François Valioni, puis très vite sortirent, descendirent les marches en courant, s'arrêtèrent, essoufflées, dans le Starbucks, juste à côté, celui où elle avait croisé ce jeune flic, où elle avait retrouvé Alpha, où ils avaient échangé leur serment, superposé leurs triangles d'ébène pour former leur étoile noire.

Où ils s'étaient promis d'aller jusqu'au bout. Quoi qu'il arrive.

Bamby s'était arrêtée en chemin. Bamby n'avait pas réussi.

Yan Segalen s'en était sorti. Adil Zairi se promenait en liberté.

Rabat, répéta encore Bamby, tout bas, en détachant chaque syllabe. Ra-bat.

Là où tout a commencé. Là où tout devait se terminer ?

Si la police l'attendait, dix mille mètres plus bas, elle aurait définitivement échoué.

66

9 h 53

Le vol Beyrouth-Rabat était annoncé à l'heure.
Hall B. Porte 14.

Dans l'aéroport international, plus d'une trentaine de
policiers se tenaient debout, fusil sur l'épaule, les yeux
levés comme s'ils s'attendaient à lire une mauvaise
nouvelle sur le tableau d'affichage : avion retardé,
prise d'otages, Airbus détourné vers Bamako, Dubaï,
ou Marseille.

Une appréhension sacrément exagérée, pensait Julo
en observant ses collègues aux aguets. Bamby Maal
se trouvait seule dans l'avion, sans arme. Les policiers
libanais qui avaient visualisé en boucle les bandes des
caméras de surveillance n'avaient aucun doute, même
si elle voyageait sous une fausse identité. Ça n'empêchait pas la police marocaine d'avoir mis le paquet.
Plusieurs dizaines d'hommes pour interpeller une
gamine de vingt ans !

Julo se tenait un peu en retrait, près de la galerie
des duty free. Petar discutait avec un lieutenant de
police marocain. Le commandant adorait cela, donner
des leçons aux flics du coin, à défaut de pouvoir leur
donner des ordres ; collaborer, puisqu'il n'avait pas
le choix, mais en faisant bien ressentir aux collègues
marocains de quel côté étaient les experts techniques,
les bases de données sensibles, les labos scientifiques.

Après tout, pensa Julo, c'était la fonction officielle de son patron.

Attaché de sécurité intérieure.

ASI, en raccourci. Lui n'était qu'ASIA. Attaché de sécurité intérieure adjoint.

Le Service de sécurité intérieure de la France au Maroc comprenait trois membres en poste à Rabat, le commandant Petar Velika, le lieutenant Julo Flores, le lieutenant Ryan El Fassi, ainsi que trois autres officiers à Tanger, Casablanca et Marrakech.

D'après ce que Julo en savait, les Directions de la coopération internationale avaient été créées à la fin des années 2000, rassemblant à la fois des officiers de police et de gendarmerie, au total plusieurs centaines de flics répartis dans une centaine d'ambassades dans le monde. Leur mission devait se concentrer sur les menaces visant la France : terrorisme, cybercriminalité, trafics en tout genre, drogue, armes et, bien entendu, immigration clandestine. A ces grands motifs classiques de stress pour le ministère de l'Intérieur s'ajoutait évidemment la protection de la communauté résidente française expatriée dans le pays. Le meurtre de François Valioni concernait donc à triple titre la DCI de Rabat : un citoyen français, assassiné au cœur de la capitale marocaine, professionnellement concerné par les réseaux de migrants transméditerranéens.

Collaborer, c'était le maître mot. Collaborer avec les autres DCI du monde, celle de Dubaï, celle de Beyrouth, et surtout avec les autorités locales. Petar était bien obligé de s'y plier, a minima, même s'il considérait les policiers de Rabat comme des fonctionnaires sous-payés, peu concernés et sans moyens réels d'investigation... et que c'était à lui, tout en ménageant les susceptibilités locales, d'assurer l'essentiel du boulot.

Dans l'aéroport, les passagers découvraient avec inquiétude le rassemblement inhabituel des forces de police. Psychose désormais ordinaire d'une menace d'attentat. Des agents les rassuraient. Petar dédramatisait, à grands coups d'éclats de rire et de claques dans le dos des collègues marocains.

Julo suivait de loin l'agitation. Son regard se perdait dans les miroirs des enseignes des duty free, identiques à celles de n'importe quel aéroport dans le monde.

Quand il repensait à l'enquête, cette impression l'obsédait. Les mêmes lieux, les mêmes boutiques, partout dans le monde, interchangeables. Des marques sans frontières, sans nationalité, Starbucks, L'Occitane, Red Corner et tant d'autres... Jusqu'aux mêmes films diffusés dans l'avion, aux mêmes musiques écoutées à la radio, aux mêmes équipes de foot suivies par les supporters, des gosses subsahariens portant le maillot Unicef du Barça, des gamins marocains supportant Manchester ou Marseille...

Julo tenta de rembobiner l'ensemble de l'enquête depuis trois jours. Il lui restait à peine une demi-heure avant l'arrestation de Bamby Maal à la sortie de l'avion, et il avait la désagréable impression d'être passé à côté de l'essentiel.

Il fit rapidement défiler dans sa mémoire les premières images, le Red Corner de Rabat, le Starbucks où il avait croisé sans doute, sans les repérer, Bamby et Alpha Maal, pour s'attarder davantage sur celles du quartier des Orangers, dans le nord de Rabat, où ils avaient arrêté Alpha, entre l'avenue Pasteur et l'avenue Jaurès. Comme les enseignes, les rues portent également parfois des noms universels. Certaines rues des anciennes colonies françaises tout du moins. Il continua sa promenade dans ses souvenirs par la rencontre avec le professeur Waqnine, l'hématologue, dans l'enceinte de l'hôpital Avicenne, l'hôpital universitaire de Rabat, du nom du plus célèbre médecin musulman de l'histoire de l'Islam ; puis, naturellement, il se déplaça jusqu'au centre Al Islâh, lieu prestigieux d'éducation et d'apprentissage du français, à quelques kilomètres de Rabat, portant le même nom que la mosquée marseillaise, la plus grande du sud de la France, El Islâh. L'enquête s'était encore accélérée hier, lorsque, avec Petar, ils avaient décidé d'interroger Leyli Maal, en accord avec le commandant du commissariat de Port-de-Bouc, Tòni Frediani. Ryan avait réglé les détails administratifs et logistiques et ils avaient sauté dans le direct Rabat-Marseille de la matinée, moins de deux heures trente de vol, pour reprendre l'avion en fin d'après-midi, après un saut chrono en main à l'hôtel Ibis pour écouter le témoignage délirant de Ruben Liberos. Le soir, il avait flâné en réfléchissant à l'enquête, sur l'immense port maritime de Rabat-Salé, comme la veille devant le célèbre étang aux flamants roses du Jardin zoologique national ou le premier soir, en s'installant sur la plage de Salé, après avoir erré dans les rues du 11-Janvier et du 2-Mars. Il avait appris depuis que ces dates faisaient référence au jour du manifeste de l'indépendance du Maroc en 1944 et à la fin du protectorat en 1956. Bref, la fête nationale, avait précisé Ryan en essayant d'expliquer à Petar que le Maroc n'avait jamais été une colonie française. Un protectorat, un simple accord de protection et de collaboration.

Petit à petit, les flics se déployaient devant Julo. L'heure de l'atterrissage approchait. L'excitation montait. Iraient-ils jusqu'à investir le tarmac, imaginant que Bamby Maal puisse s'enfuir sur la piste d'atterrissage ?

Julo se sentait de plus en plus étranger à cette traque. Il avait désormais reconstitué l'itinéraire de Leyli Maal, son arrivée dans une ZUS de Port-de-Bouc, ses enfants, Alpha et Tidiane, restés au Maroc, sa fille Bamby naviguant entre les deux rives. Petar, avec les flics marocains, avait parlé de machination, de trois assassinats savamment préparés, même si le troisième avait échoué, d'un engrenage élaboré avec minutie par une prédatrice dissimulée sous trois identités.

Pourtant, Julo ne pouvait s'empêcher de penser exactement l'inverse : cette famille Maal n'avait fait que se défendre, avec ses moyens, contre une machination bien plus dangereuse, bien mieux organisée, ô combien plus intouchable. Il n'avait aucune preuve, et chaque fois qu'il avait évoqué le sujet devant Petar, son patron s'était contenté d'ironiser sur les beaux yeux de Bamby qui faisaient chavirer le jeune flic trop romantique, et sur ceux de sa maman Leyli, plus redoutable peut-être encore dans son rôle de mère-courage-qui-en-bave-mais-continue-de-s'habiller-en-fleur-exotique. Les éléments, tous les éléments, lui donnaient raison. En apparence. Une façon de le condamner au silence.

Il se revit, dans le couloir du commissariat de Port-de-Bouc, confier sa carte à Leyli Maal.

458

Si vous avez besoin de quoi que ce soit, appelez-moi.
Une pitoyable et ridicule initiative, histoire de soulager sa conscience. Mais que pouvait-il offrir de plus ?

67

9 h 58

Leyli était sortie fumer sur le balcon. Jamais elle n'avait consommé autant de cigarettes au cours d'une journée, et le soleil n'était levé que depuis quelques heures. La mer était redevenue calme face aux Aigues Douces. Au loin, vers les portiques de Port-Saint-Louis-du-Rhône, un porte-conteneurs passait au ralenti, comme épuisé d'une charge trop lourde pour lui, laissant la trace de bave d'un escargot méfiant s'aventurant après la pluie.

Ruben l'avait rejointe sur le balcon. Il avait enfilé son long manteau et coiffé son chapeau. Il ne faisait pas froid pourtant. Leyli imagina que Ruben se préparait sans doute à quitter Port-de-Bouc, qu'il était ainsi, que lorsqu'il ne racontait plus d'histoires, c'est qu'il se préparait à un nouveau départ. Ruben suivit des yeux la lente progression du porte-conteneurs, presque indécelable.

— Pourquoi ? demanda-t-il doucement. Pourquoi toute cette mise en scène, Leyli ?

Des serviettes de bain, un short d'enfant, des chaussettes de sport traînaient sur l'étendoir du balcon.

— Parce que je ne rentre pas dans les cases. C'est aussi simple que cela, Ruben.

Elle tira lentement sur sa cigarette.

— Pour faire venir mes enfants ici, il faut que j'habite un appartement plus grand. Dix mètres carrés par personne. Quarante mètres carrés minimum. C'est la loi. Un salaire minimal et un logement décent. Depuis trois ans, depuis que je suis régularisée, j'essaye de l'obtenir. Au départ, je pensais que ce serait une simple formalité.

Leyli laissa filer un rire nerveux. Ruben fixait toujours les cubes colorés empilés sur le paquebot.

— Mais je ne rentre pas dans les cases, Ruben. Célibataire. Salaire de misère. Les offices HLM me proposent des studios, des F1 au mieux. Vous comprenez, madame Maal, on réserve les F2, les F3, les F4 aux familles. C'est aussi stupide que cela, Ruben. Sans enfants, je ne peux pas prétendre à un logement plus grand. Et sans logement plus grand, je ne peux pas faire venir mes enfants. (Elle laissa à nouveau échapper un petit rire désabusé.) Le type qui a inventé ça, c'est un génie. Un tour de passe-passe magique, comme le ruban sans fin de Möbius. Les administrations peuvent faire tourner en rond à l'infini les quémandeurs, guichet A, guichet B, guichet C, les bailleurs sociaux, la mairie, la préfecture, l'OFII[1], chacun accroché à ses formulaires, obnubilé par ses propres cases à remplir.

Leyli inspira une autre longue bouffée. Même si tous les traits de son visage trahissaient sa fatigue et sa lassitude, ses yeux continuaient de pétiller.

1. Office français de l'immigration et de l'intégration.

— L'idée m'est venue il y a trois mois. Lorsque j'ai dû remplir un nouveau dossier pour le bailleur social, la FOS-IMMO. Une idée toute simple. (Elle marqua une brève pause.) Prétendre que mes enfants étaient déjà arrivés.

Ruben délaissa pour la première fois le porte-conteneurs et se tourna vers Leyli. Ses paupières clignèrent sous l'ombre de son chapeau. Dans l'oblique de son regard, le soleil pudique ôtait ses premiers voiles. Leyli avait coincé dans ses cheveux des lunettes de soleil en forme d'ailes de papillon, jaunes et noires, mais ne les descendit pas devant ses yeux.

— La loi exige un logement décent pour que mes enfants me rejoignent, alors pourquoi me refuserait-on un logement plus grand, si mes enfants sont déjà là ? Je me suis contentée d'anticiper de quelques mois leur venue. J'ai aménagé mon appartement comme si mes trois enfants y habitaient, j'ai étendu du linge aux fenêtres, j'ai laissé ma porte ouverte et mis du rap et de la techno à fond, j'ai parlé de mes problèmes de garde à mes patrons, j'ai pris des photos surtout, des photos de notre intolérable promiscuité, j'ai monté un dossier pour la FOS-IMMO, j'ai tout fait pour attendrir l'employé chargé du suivi de mon dossier, Patrice, ou Patrick, je ne sais plus... mais je crois que je l'ai convaincu. Je crois qu'il va faire remonter mon dossier en haut de la pile, je crois que ma demande de changement de logement va avancer plus vite en trois mois qu'en trois ans. Il suffisait d'oser bluffer, Ruben. Pourquoi Patrice écrirait-il à l'OFII ou à la préfecture pour vérifier si mes enfants sont vraiment en France ? Les guichets A et les guichets B ne communiquent pas, c'est à moi de faire la queue à chaque fois. J'ai été suffisamment maligne pour ne pas être trahie en cas de visite surprise des agents de la FOS-IMMO ou des employés de la mairie. Ils passent parfois. Pas pour nettoyer, Ruben, pour expulser. Mais ils ne se sont jamais donné la peine de grimper jusqu'à mon palier.

Les yeux crépitèrent une dernière fois, puis se troublèrent, au point de laisser poindre deux larmes brillantes. Le soleil venait d'échapper à la surveillance d'un nuage. Leyli fit tomber sur son nez ses lunettes sphinx.

— Le plan était parfait, Ruben. Dans quelques semaines, Patrice m'annonçait qu'il m'avait déniché un F3. Je signais, j'emménageais. Personne au monde n'aurait pu m'en faire ressortir. Je n'avais plus qu'à ouvrir ma porte quand l'enquêteur de la mairie sonnerait, et cette fois-ci, il ne pourrait que donner un avis favorable sur les conditions du regroupement familial.

Leyli avait posé sa main sur le rebord du balcon. Ruben posa sa main sur la sienne.

— N'emploie pas l'imparfait, Leyli. On n'emploie pas l'imparfait si le plan est parfait. Emploie le futur. Ça va marcher.

Leyli se retourna soudain. Elle releva ses lunettes noires. Ses yeux étaient rouges de larmes, deux charbons ardents brûlés à vif derrière deux verres en vitrocéramique.

— Qu'est-ce qui va marcher, Ruben ? Vous pouvez me le dire ? Je n'ai aucune nouvelle de Bamby ou d'Alpha depuis presque deux jours. J'essaye depuis une heure d'appeler en boucle mon père et ma mère, sans aucune réponse. Je suis là à attendre, à vous, à te raconter ma vie, alors que…

Elle rentra dans l'appartement et fixa avec terreur la lettre d'Adil, toujours posée sur la table du salon.

Tu me regarderas monter dans le bus, en imaginant que je vais sagement travailler.

Sans te douter que je pars reprendre ce que tu m'as volé.

Que je pars le reprendre à ton fils.

Ruben posa une main sur son épaule.

— Où est Tidiane ? demanda-t-il simplement.

— Chez mes parents. Cité de l'Olympe. A Rabat. Je n'ai aucun moyen de les contacter. Je ne connais aucun autre numéro de téléphone que celui de mes parents. On s'appelle tous les jours, ils gèrent tout, ils élèvent Tidiane depuis que je suis partie… et ils… ils ne répondent pas ! Il est 10 heures du matin, un samedi, et ils ne répondent pas.

La main de Ruben tenta de calmer le tremblement qui agitait celle de Leyli.

— Tu n'as aucune raison de t'inquiéter, ton fils est en sécurité. Il est de l'autre côté de la Méditerranée et…

Leyli s'écarta plus vivement encore. Sa tête chavira, les branches de ses lunettes accrochèrent ses cheveux, avant de lâcher et de s'envoler dans le ciel, puis tel un papillon trop lourd, tombèrent pour s'écraser sept étages plus bas. Leyli ne leur accorda pas un regard. Le soleil, occupé à faire briller son reflet sur la surface des vagues échouées, sur les toits des bagnoles et les couvercles de poubelles, pouvait bien revenir l'enfermer dans un cachot noir, elle le défia en fixant la mer aussi loin que ses yeux pouvaient porter.

— Vous savez bien que non ! hurla-t-elle. Adil Zairi a quitté les Aigues Douces à l'aube ce matin. Il a pu prendre un vol direct Marseille-Rabat. A l'heure qu'il est, il y est peut-être déjà. Il va les trouver, Ruben. Il va les trouver et je ne peux pas l'en empêcher.

– 68 –

10 h 04

Indifférente aux soubresauts de l'Airbus qui descendait sur Rabat, Bamby se concentrait sur le cahier rouge. Elle l'avait pourtant lu des dizaines de fois, à en connaître par cœur les descriptions de chaque rencontre entre maman et ces inconnus, ces hommes dont elle n'ignorait presque plus rien, chaque vague de leurs états d'âme, chaque faille de leurs secrets inavoués, chacune de leurs lâchetés.

Bébé aussi avait envie de lire. Du haut de ses dix-huit mois, il tirait sur la veste de Bamby pour qu'elle lui lise l'histoire, l'histoire même sans images.

Bébé l'aimait bien.

Papa aussi aimait bien, surtout quand la veste glissait sur les épaules de cette fille qui se baladait sans rien d'autre qu'un soutien-gorge à balconnet aussi blanc que sa peau était mate.

Maman aimait moins.

— Laisse madame tranquille, ma chérie.

Une petite fille, pensa Bamby en refermant sa veste. Déjà attirée par les livres ! Bébé grogna mais changea de bras, papa replongea dans son magazine alors que Bamby imaginait la frousse rétrospective de ce couple quand ils la verraient encerclée par dix flics armés dans le hall de l'aéroport, traînée au sol, menottée, évacuée. On leur expliquerait qu'ils étaient assis à côté d'une meurtrière, leur petite chérie avait même caressé cette tueuse en série…

Car les flics l'attendaient à l'arrivée, elle en était désormais certaine, elle s'était jetée dans la gueule du loup en se précipitant dans ce vol pour Rabat.

L'Airbus continuait sa lente descente. Lors des premiers vols pour accompagner Chérine, elle avait souffert d'une terrible douleur dans les oreilles à chaque décollage, à chaque atterrissage, à s'en cogner la tête contre la tablette. Désormais, Bamby ne ressentait plus rien. Ses tympans s'étaient habitués. Même la pire des douleurs peut devenir une habitude, qu'on maudit d'abord, puis qu'on accepte, puis qu'on oublie. Petite, après une chute ou pendant une grippe, quand maman lui demandait si elle avait mal, Bamby répondait toujours : « Seulement quand j'y pense. » C'était vrai ! Enfant, il lui suffisait d'ouvrir un livre pour oublier un mal de tête ou une plaie mal cicatrisée.

Le cahier qu'elle tenait sur ses genoux les avait toutes rouvertes d'un coup. Il lui semblait presque que les lignes parlaient, avec la voix de maman mêlée à la sienne, tellement elle les avait récitées dans sa tête.

Il a une voix douce, il aime parler. Il aime surtout s'écouter parler.

Sa femme s'appelle Solène. Il a une petite fille d'un an. Mélanie.

Une petite cicatrice forme une virgule sous son téton gauche.

Ce journal était celui de sa naissance. De sa conception, pour être plus précise.

Un viol !

Des viols. Plusieurs viols par jour, pendant des mois. Jusqu'à ce que maman tombe enceinte. Après que maman était tombée enceinte. L'un des hommes décrits dans ce cahier, avec cette somme de détails et de confidences, était son père.

François. Jean-Lou. Yan.

L'un de ces salauds était son père. Elle avait lu ce cahier, mais n'était pas parvenue à s'habituer à la douleur, ni même à l'accepter, encore moins à l'oublier. Elle avait longuement réfléchi. Pour apprivoiser ce mal originel qui lui tordait le ventre, une triple évidence s'était imposée.

Les retrouver.

Les faire avouer.

Les faire payer.

Bébé-chérie pleurait à côté, se couvrant les oreilles de ses petites mains potelées. Elle n'avait pas encore appris à supporter la douleur. Sa maman la berçait désespérément alors que son papa lui tenait la main. *Tu apprendras, petite chérie*, murmura Bamby dans sa tête, *tu apprendras quand tu seras sortie de l'enfance, tu apprendras à souffrir en silence. Tu apprendras que le seul vrai remède à la souffrance, c'est la vengeance.*

Il y a un peu moins d'un an, après avoir lu le cahier, Bamby avait envoyé des photocopies à Alpha. Son frère avait remarqué que tous les clients de maman possédaient un lien avec Vogelzug, l'association où travaillait son bourreau, Adil. Il s'était renseigné. L'association avait bonne réputation, employait des centaines de salariés, regroupait des milliers de bénévoles autour de la Méditerranée, mais comptait également quelques pommes pourries qui profitaient de cette puissante protection pour s'enrichir. Adil Zairi en faisait partie, ainsi que quelques-uns de ses amis. Plus ou moins mouillés. Plus ou moins concernés. Un vaste trafic qui impliquait des complicités, au moins passives, au sein des ministères, des Affaires étrangères, de la Justice, de la Police. Des fonctionnaires se contentant de fermer les yeux. Qui irait enquêter sur quelques cadavres de migrants abandonnés dans le désert ? Sur quelques réfugiés assassinés dans une forêt ? Noyés en Méditerranée ? Des morts sans papiers. Sans identité. Des harraga[1] ayant brûlé jusqu'à leurs empreintes. Le crime parfait existe, avait grincé Alpha, pas besoin de plan machiavélique, il suffit de tuer des hommes invisibles.

Bamby et Alpha avaient prêté serment, un soir, à la cité de l'Olympe.

Elle pour venger l'honneur de sa mère.

Lui pour venger l'honneur de ses frères.

Ils avaient superposé leurs deux colliers, les deux triangles d'ébène qui formaient l'étoile noire de leur

1. Migrants clandestins maghrébins.

vengeance. Une étoile rappelant celle dessinée sur le drapeau marocain.

Chacun le porterait autour du cou. Jusqu'au bout. D'ailleurs, si Bamby parlait de vengeance, Alpha n'aimait pas utiliser ce mot. Il parlait de justice. Les passeurs fonctionnaient en réseaux, disait-il, telle une pieuvre géante. Il fallait directement en trancher la tête, pour que les tentacules ne repoussent plus. Il fallait être deux pour y parvenir. Deux anonymes dont personne ne se méfierait, tels Frodon et Sam face à Sauron.

Bamby détournerait l'attention... pendant qu'Alpha frapperait à la tête.

Par le hublot, Bamby apercevait la côte atlantique. L'Airbus longeait l'estuaire du Bouregreg, séparant les deux villes jumelles de Rabat et de Salé. L'immense plage où elle avait si souvent traîné lui parut comme un bac à sable ridicule, coincée sous le cimetière Laalou. Elle ferma un instant les yeux. Retrouver François, Jean-Lou, Yan n'avait pas été très difficile, même si Bamby ne disposait ni de leur nom, ni d'aucune précision physique. Le cahier de maman décrivait suffisamment leurs habitudes, leurs familles, leurs passions. Leur profil psychologique également, c'était l'élément le plus détaillé par maman, et celui qui avait été le plus utile à Bamby pour les piéger. Pour se composer trois fausses identités taillées sur mesure, Bambi13 l'étudiante militante dévergondée, Faline95 la fille-mère intimidée, Fleur la stagiaire déterminée.

Détourner l'attention, c'était le plan d'Alpha. Alpha lui avait fourni les faux papiers. Chérine sa copine hôtesse de l'air sur Royal Air Maroc l'avait aidée pour les billets d'avion, et surtout pour les photos de sa page

Facebook, des photos d'elle prises un peu partout dans le monde, puis légèrement retouchées. Chérine n'avait pas cherché à en savoir davantage, Bamby lui avait simplement demandé de l'aider à retrouver son père, à faire le tri parmi les imposteurs.

Elle n'avait jamais évoqué devant elle la possibilité de les tuer.

Quand cette possibilité avait-elle germé dans son esprit ? Quand le dégoût était-il devenu si fort que la mort de ces porcs était apparue comme la seule issue ? A la lecture du cahier, alors que maman pensait encore que l'un d'entre eux pourrait l'aider, l'aimer, la sauver ? Tous l'avaient abandonnée ! Pas un, même pas Jean-Lou, n'avait cherché à sortir cette petite aveugle des griffes d'Adil. Tous avaient continué à profiter de son corps, jusqu'au bout. En toute impunité, puisque jamais elle ne pourrait les identifier.

Ou leur condamnation à mort était-elle intervenue plus tard, quand François Valioni avait tenté de la violer dans une ruelle déserte de la kasbah d'Essaouira ? Quand Valioni l'avait invitée à manger, avant de la raccompagner au Red Corner de Rabat ? Quand il l'avait embrassée, quand il l'avait caressée, quand il avait frotté son sexe contre elle, alors qu'elle avait l'âge de sa fille, alors qu'elle aurait pu être sa fille, alors que peut-être elle était sa fille.

Ou Bamby avait-elle tué d'instinct ? Quand la prise de sang au bras de Valioni lui avait confirmé qu'il n'était pas son père, quand elle avait vu cette goutte de sang couler au poignet de cet homme déshabillé, yeux bandés, menotté. Ce salaud qui continuerait de violer, de laisser crever des migrants, un de ces tentacules de la pieuvre, qui repousserait ailleurs si elle le coupait. Alors pourquoi s'en priver ?

Détourner l'attention, avait dit Alpha. Petit frère n'allait pas être déçu.

Elle avait tué François Valioni puis s'était enfuie dans la nuit. La nuit d'après, elle avait espéré que Jean-Lou Courtois soit son père, pour l'épargner. Jusqu'à ce qu'il la coince le lendemain contre le mur de brique, dans la rue sombre, en sortant de chez Gagnaire.

Lui aussi avait abandonné sa mère.

Elle l'avait piqué au sang.

Lui non plus n'était pas son père.

Il ne méritait pas davantage de survivre, même s'il avait quitté depuis longtemps la pieuvre.

Par réflexe, Bamby tâta sa poche. Le Blood Typing Kit s'y trouvait encore, ce matériel de prise de sang instantané qui permettait de déterminer un groupe sanguin en moins de six minutes. Elle l'avait emporté pour Yan Segalen, mais n'avait pas eu le temps de s'en servir. Yan pouvait-il être son père ? Un homme séduisant, rapide, déterminé, rusé. *Non*, une voix intérieure lui soufflait que non. Pas davantage que les autres.

Par le hublot, les pierres rouges de la tour Hassan dominaient le paysage, offrant l'illusion d'une piste d'atterrissage sur l'esplanade du mausolée commandée par une tour de contrôle médiévale. L'Airbus se poserait un peu plus au nord, dans quelques minutes. Bébéchérie avait fini de pleurer et suçait sa tétine les yeux embués, papa avait abandonné son *GQ* pour ranger les albums de T'choupi.

Les flics l'attendaient droit devant, forcément.

Si elle ne l'avait pas menée à son terme, sa mission, au moins avait-elle détourné l'attention. Au moins son sacrifice aiderait-il Alpha à passer entre les mailles du filet. Lentement, elle se pencha vers l'une des poches intérieures de son sac en toile. Sans se soucier du regard subjugué de son voisin, ou de celui, courroucé, de sa femme, Bamby pencha sa tête en arrière, étira son cou et accrocha sur sa gorge nue, à la naissance de sa poitrine, un triangle d'ébène pendu à une simple lanière de cuir.

Un geste de guerrière.

L'Airbus virait maintenant de bord pour se présenter face à la piste. Bamby se précipita sur son téléphone portable. Toujours pas de 4G, mais elle captait enfin du réseau ! Sans tenir compte des consignes de sécurité rappelant que l'usage de tout appareil électronique était interdit, elle appuya d'un doigt pressé sur le premier de ses contacts.

Maman.

Elle eut l'impression que la première sonnerie ne s'était pas encore achevée, maman avait déjà décroché.

— Bamby, c'est toi ?

– 69 –

10 h 05

Les quatre silhouettes progressaient sur la digue. Alpha s'arrêta, laissant les ombres marcher à sa rencontre. Une brume dense s'élevait du port, comme si un feu sous-marin en faisait bouillir l'eau et cuire barques et bateaux, soulevant une épaisse vapeur qui se retrouvait piégée contre les hangars de brique du quai où il avait accosté.

Les jambes d'Alpha tanguaient. Il se persuada que la peur n'y était pour rien, que c'était une réaction normale après un jour et une nuit passés sur un bateau. C'était la première fois qu'il posait ses baskets hors du continent africain. Ce n'était pas lui qui bougeait, c'est la France qui tremblait sous ses pieds !

Il observa au-delà du brouillard, à l'entrée du canal, se détacher la silhouette du fort de Bouc. Les épais murs de pierres blanches de la citadelle lui rappelèrent ceux de la kasbah des Oudayas de Rabat, bâtis à l'embouchure de la vallée du Bouregreg pour surveiller l'océan, ou même ceux moins impressionnants de la kasbah de Tanger, au-dessus de la médina, où il avait embarqué il y a vingt-quatre heures sur le *Sébastopol*.

Les quatre silhouettes s'étaient arrêtées elles aussi, à quelques mètres de lui, enveloppées dans les derniers voiles de brume tels des insectes prisonniers d'un cocon.

Des flics ? Des hommes de main prévenus par le Banquier ou l'Argentier ?

Le *Sébastopol* ne passait pas inaperçu, il pouvait avoir été repéré. Ses pieds recherchaient le bon équilibre sur les pavés du quai. Il toucha, presque par superstition, la crosse du Tokarev enfoncé sous son ceinturon. Les quatre hommes dans la brume s'étaient statufiés. Ils ne lui adressaient aucun sourire. Aucun geste amical. Aucun mot.

Froids comme la pierre. Muets comme la mort. Blancs comme le deuil.

Alpha relâcha la crosse de son revolver. L'absence de réaction des visiteurs l'avait immédiatement rassuré. Il leva les bras, approcha, puis les referma sur la plus grande des silhouettes.

— Merci d'être venu, mon frère.

Savorgnan ne répondit rien. Alpha se tourna vers les trois autres, puis prit avec chacun d'entre eux le temps d'une longue accolade silencieuse. Zahérine l'agronome philosophe, Whisley le guitariste, Darius le joueur de djembé. Savorgnan était donc parvenu à décider trois autres des clandestins, passés du Maroc à la France, deux jours avant lui.

A moins que le destin n'ait décidé pour eux. Alpha avait reçu le texto quelques minutes avant d'accoster à Port-de-Bouc, un message annonçant le drame survenu au large des côtes marocaines, expliquant la chaloupe abandonnée en pleine mer par les passeurs, listant les prénoms des victimes. *Babila, Keyvann, Safy, Caimile, Ifrah, Naïa…* dont les corps flottaient peut-être déjà sur la Méditerranée lorsqu'il avait appelé Savorgnan et ses amis cette nuit, alors qu'ils chantaient et dansaient pour fêter leur arrivée.

Les hommes heureux ne font pas la guerre, avait conclu Savorgnan avant de raccrocher.

Ce matin, il était là.

Les étreintes muettes s'éternisèrent, puissantes et douloureuses. Alpha tarda à rompre le silence, à choisir des mots de condoléances. Tellement dérisoires. Il fallait bien exprimer son soutien pourtant. Il allait parler quand Zahérine le retint.

— Savorgnan m'a convaincu de venir. Whisley et Darius également. Faisons vite. Il y aura un temps pour pleurer les nôtres ensuite. Aujourd'hui, il est temps de sauver les autres.

Ils marchèrent en direction des bars et restaurants du port Renaissance, le brouillard se dissipait dès que l'on s'éloignait des quais. Aux terrasses, quelques habitués les regardèrent passer, puis replongèrent le nez dans leur journal et les lèvres dans leur tasse.

Alpha et ses quatre compagnons s'arrêtèrent à l'angle de la rue Papin. Quelques villas s'élevaient au-dessus d'eux, de plus en plus cossues, de plus en plus murées et grillagées au fur et à mesure que le panorama sur la côte s'ouvrait, jusqu'en Camargue.

Avant de décider d'une direction, Alpha consulta son téléphone. Sa mère l'avait encore appelé, comme tous les quarts d'heure depuis hier. Elle habitait ici, à quelques pas, derrière les fenêtres de l'un de ces immeubles qui dominaient la mer comme autant de miradors. Elle habitait ici depuis qu'il avait douze ans, presque l'âge de Tidy, dans cet appartement où elle avait promis de les faire venir, tant de fois, depuis tant de mois. Elle avait promis encore, il y a une semaine : *J'ai une idée, tout sera réglé, dans quelques semaines, j'aurai les visas.*

Il rangea le téléphone dans sa poche. Il préférait que sa mère ignore son passage. Si près. Peut-être ne reviendrait-il jamais.

Il n'était pas venu pour elle. Pas seulement pour elle. Il avait un serment à honorer auparavant. Il jeta un dernier regard à la cime des immeubles puis, lentement, sortit de sa poche un collier, un simple fil de cuir retenant un triangle noir percé. Il l'accrocha autour de son cou.

Un geste de guerrier.

— Allons-y.

Tous le regardèrent, attendant qu'il fasse un pas pour le suivre.

— Vous êtes prêts ?

Les quatre Béninois hochèrent la tête.

— Vous êtes armés ? demanda encore Alpha.

Après un bref silence, ce fut Zahérine qui répondit.

— J'irai, Alpha, je te suivrai. Mais les mains nues, les pieds nus, le cœur nu, dépouillé de tout. Ceux qui nous ont pris ce que nous avions de plus cher n'ont pas de sang sur les mains, pas de poudre sur la peau, n'ont pas serré d'armes dans leur poing. Alors ils devront périr ainsi, sans que nous ayons à nous souiller.

Alpha masqua son inquiétude. Zahérine et ces trois autres fous se rendaient-ils compte du danger qu'ils allaient affronter ? Alpha avait besoin d'hommes déterminés, de soldats, pas d'éclopés de la vie terrassés par la douleur, ivres de vengeance au point de se faire abattre en toute innocence. Deux hommes armés gardaient la villa la Lavéra de Jourdain Blanc-Martin. Jour et nuit. Des pros. Armés et entraînés à tuer.

Eux étaient cinq. Mais il se sentait seul à pouvoir agir. Zahérine et Darius étaient trop vieux. Whisley trop fragile. Seul Savorgnan pourrait l'aider. Peut-être.

Alpha le fixa.

— Et toi, Savorgnan ? Tu en penses quoi ?

Une intense douleur passa dans les yeux du Béninois. Un vide abyssal. Comme si sa vie ne lui appartenait déjà plus tout à fait.

— Les hommes malheureux doivent faire la guerre, Alpha. C'est ainsi. Pour que les autres puissent vivre en paix.

10 h 07

— Bamby, c'est toi ? Bamby, où es-tu ?

Leyli hurlait dans le téléphone. Une voix lointaine, un peu étouffée, lui répondit.

— Je n'ai pas beaucoup de temps, maman... Je ne peux pas parler fort... Je suis dans un avion...

— Un avion ! Quel avion ?

— Je suis presque sortie, maman. Je vais atterrir à Rabat.

Leyli poussa un cri, puis se reprit.

Rabat ? Avait-elle bien entendu ?

Ses yeux s'illuminèrent soudain. Ruben, debout à côté d'elle, tentait de suivre le fil de ses angoisses et ses bouffées d'espoir.

— C'est un miracle, Bamby. Fonce, dès que tu seras posée, fonce. Chez nous. Cité de l'Olympe. Tidy est en danger. Il faut que tu...

— Maman, écoute-moi ! Toi, tu es en danger. Toi !

Bamby avait crié à son tour. Tout l'avion devait avoir entendu. Leyli la laissa parler, il ne fallut que quelques secondes pour que sa fille lui explique qu'elle avait découvert son cahier rouge, puis qu'elle avait reconnu Adil Zairi sur une photographie... Son voisin... Guy...

— Je sais, coupa sèchement Leyli. Je sais déjà tout ça. Mais Adil Zairi n'est plus ici. Il... Ne perds pas de temps, Bamby, il faut que tu trouves Tidy avant lui !

A l'autre bout du téléphone, la voix de Bamby sembla se déchirer.

— C'est impossible, maman. Ils ne me laisseront pas passer. Je vais être arrêtée à la douane, je ne pourrai pas sortir de l'aéroport.

Leyli accrocha sa main au balcon. Ruben la soutint, il crut un instant qu'elle allait basculer.

— Explique-leur ! Dis-leur d'envoyer une voiture dans le quartier des Orangers, c'est à quelques kilomètres.

— Ils ne m'écouteront pas, maman. Je... je suis recherchée... Pour meurtre... Ils vont m'embarquer. Je vais mettre des heures avant de pouvoir me justifier.

Sa fille avait encore baissé la voix. Elle chuchotait presque. Peut-être qu'une hôtesse de l'air se rapprochait ou que les voisins protestaient. Leyli profita de cette brève accalmie pour sortir une carte de sa poche. La dernière carte à jouer.

— Contacte un flic, alors. Un seul flic. Profite des minutes qu'il te reste. Il s'appelle Julo Flores. Je t'envoie son téléphone et son mail. Balance-lui tout ce que tu sais.

— Pourquoi on devrait faire confiance à celui-là ?

— On n'a pas le choix, Bamby. On n'a pas d'autre choix !

Un brusque choc empêcha Bamby de poser une nouvelle question. Elle fut projetée vers l'avant. La ceinture lui lacéra le ventre. L'avion venait d'atterrir ! Maman avait raccroché.

Une hôtesse passait dans le couloir pour signifier aux passagers de rester assis tant que l'avion continuait de rouler sur la piste.

Qu'il prenne tout son temps !

Bamby arracha sa ceinture et posa à nouveau l'ordinateur portable de Yan Segalen sur ses genoux. Les barres noires affichaient une connexion 4G parfaite. Elle ouvrit sa boîte mail au moment même où maman lui envoyait l'adresse électronique du flic. Elle tapa fébrilement, juloflores@gmail.com, puis entassa tout ce qu'elle put en pièces attachées, photos, textes, tableaux, éliminant systématiquement les fichiers trop volumineux. Elle cliqua sur *Envoyer* et pesta. Le mail n'était pas parti ! Un avertissement s'était affiché : « Voulez-vous envoyer ce message sans objet ? » Proche de l'hystérie, elle tapa trois lettres en titre du message.

SOS

Puis l'envoya. Il s'envola, cette fois.

Elle recommença, fouillant les dossiers au hasard, extrayant surtout des photos, essayant de choisir celles sur lesquelles on voyait Valioni, Segalen, Jourdain Blanc-Martin, Zairi, et des inconnus, des inconnus aux têtes de notables, des inconnus aux têtes de flics.

Télécharger, copier, envoyer.

SOS

SOS

SOS

L'avion s'était immobilisé. D'un coup, tous les passagers s'étaient levés. Y compris Bébé-chérie, dans les

478

bras de sa maman que tout le monde laissait passer.
Papa suivait. Bamby était seule.

Quelques secondes encore.

Sortir la dernière.

SOS

SOS

Faire diversion, lui avait demandé Alpha. Balance toutes les informations, lui avait demandé maman.

Elle obéissait.

Sans même savoir à quoi cela servait.

– 71 –

10 h 10

Tidiane revenait de la boulangerie, courant entre les oliviers, simulant dribbles et passements de jambes le long de l'avenue Pasteur. Papi Moussa lui avait promis, s'il déjeunait vite, il descendrait avec lui dans l'enfer. Chercher son doudou, son ballon Morocco 2015, son porte-bonheur, celui qui avait glissé hier dans la bouche noire alors qu'il s'entraînait à tirer des penaltys les yeux fermés.

Tidiane s'arrêta dans la cour, essoufflé. Il s'appuya au tronc de l'oranger, levant les yeux vers sa cabane et le câble qui la reliait à la fenêtre du deuxième étage. Parfois, quand il faisait très beau, il grignotait ses céréales dans sa cabane, face à papi et mamie. Pas ce matin, la fenêtre de la cuisine était fermée. Et puis il n'avait pas le temps s'il voulait retrouver son ballon pour son entraînement cet après-midi.

Tidiane fit claquer la porte du bâtiment Poséidon puis grimpa les deux étages en courant. Son record était de 7 secondes 08… Il l'améliorait presque tous les mois, mais mamie Marème disait que c'était normal puisqu'il grandissait.

Il toucha du bout des doigts la porte de l'appartement en arrêtant le chrono de la montre à son poignet. *9 secondes 02.* Tidiane grimaça, puis intégra le fait qu'il portait le pain et le journal de papi, alors que son record avait été établi mains libres un dimanche. Il songea qu'il devrait calculer des records pour chaque jour, en fonction des cours et du poids de son sac d'école, ou même une catégorie handisport, en aveugle. Allez ouste, ne pas rêvasser. S'installer à table, avaler ses corn flakes et tirer papi Moussa par la manche pour descendre en enfer. Tidiane avait terriblement hâte, et pas seulement pour retrouver son ballon. Il tourna la poignée et poussa la porte.

— C'est moi !

Pas de réponse. Pas même le son de Maroc Nostalgie que mamie Marème écoutait toute la journée. Il avança d'un mètre dans le couloir et aperçut ses grands-parents assis dans le canapé. Ça ne leur arrivait jamais ! Pas tous les deux. Mamie ne marchait plus beaucoup, ou seulement avec une canne, mais elle ne s'asseyait que pour manger, et encore… La télé n'était même pas allumée. Qu'est-ce qui se pass…

— Sauve-toi, Tidy !

Papi Moussa avait crié, interrompant le flux de ses questions. Tidiane vit alors un homme surgir dans le salon. Il gifla violemment son grand-père au visage. Un filet de sang s'échappa de la bouche du vieil homme. Tidiane se figea. Il avait reconnu l'homme qui venait de frapper papi.

Freddy.

L'homme qui était venu voir maman avant-hier soir, avant qu'il n'aille se coucher, l'homme qui avait embrassé maman, l'homme à la voix d'épouvante, l'homme qui s'appelait Guy mais que Tidiane avait baptisé Freddy. Freddy n'avait pas de griffes à la place des ongles mais serrait dans sa main un long couteau.

Papi toussa, cracha, mais trouva la force de crier à nouveau.

— Sauve-toi, mon chéri.

Tidiane hésita. La porte de l'appartement était ouverte derrière lui, il n'avait qu'à courir, dévaler les escaliers, il serait plus rapide que ce monstre obèse. D'ailleurs, Freddy ne fit pas un geste dans sa direction pour l'attraper. Il se contenta de tirer les longues nattes grises de mamie pour lui tordre la tête, et de rapprocher son couteau de sa gorge.

— Sauv... tenta d'articuler sa grand-mère.

La pointe du long couteau d'argent piquait déjà la peau du cou de mamie.

— Noooon ! hurla Tidiane.

Il fonça. Droit devant. Un bélier ! Freddy ne ferait pas de mal à ses grands-parents. Tidiane n'était pas encore aussi fort qu'Alpha mais il était rapide et il...

Avec une agilité stupéfiante pour sa corpulence, Freddy avait lâché mamie, contourné le canapé, et attrapé Tidiane au vol. Il le laissa un instant agiter ses jambes dans le vide, avant de le jeter sur le tapis tel un vulgaire manteau qu'on balance par terre. Tidiane ressentit une violente douleur à la cheville. Freddy alla doucement fermer la porte de l'appartement avant de revenir et de se tenir debout, derrière le canapé, à la place où mamie était assise. Il continua de caresser ses grands cheveux gris noués en nattes, avant de parler de sa voix d'outre-tombe, en s'adressant à papi et à Tidiane.

— Tu es plus rapide que moi, mon petit. Et ton grand-père est peut-être capable de retrouver ses jambes de vingt ans. Mais si l'un de vous deux tente quoi que ce soit, je testerai ce joli couteau berbère sur votre chère Marème. D'ailleurs, savez-vous qui me l'a offert ?

Il marqua un court silence, puis se tourna vers Tidiane.

— Ta mère ! C'était son cadeau de départ, en quelque sorte. Je l'ai conservé bien précieusement toutes ces années.

Il passa la main sur son cou, comme si sa barbe dissimulait une profonde cicatrice, celle qui donnait à sa voix un son de sifflement de serpent.

— J'ai mis un certain temps à vous retrouver. Des Maal, il y en a des milliers... Mais j'ai encore quelques amis dans la police. D'abord je t'ai croisé chez ta maman, dans ton écran, puis ton grand frère Alpha a eu la bonne idée de se faire arrêter ici, et je n'ai eu qu'à faire le rapprochement. Mais je ne me suis pas présenté, je suis un vieil ami de ta maman, Adil, Adil Zaïri. Un nouvel ami aussi, Guy. Tu vois, je suis très proche d'elle.

Tidiane, tout en massant sa cheville, rampait sur le tapis orangé aux motifs géométriques. Pour s'éloigner. Gagner quelques centimètres, losange après losange. Freddy, ou Adil, ou Guy – les monstres possèdent toujours plusieurs surnoms, un pour chaque cauchemar –, regarda avec insistance le maillot qu'il portait. Son maillot fétiche. Celui d'Abdelaziz Barrada.

— Tu aimes l'OM, Tidy ? Dis-moi, je peux t'appeler Tidy ?

Tidiane se recroquevilla. Freddy s'approcha encore.

— On va être copains, alors. Moi aussi, je suis un grand fan. Tu aimes l'OM parce que ta maman habite à côté de Marseille, n'est-ce pas ? Rien que le nom te fait rêver. Droit au but. Le stade Vélodrome… Ta maman t'a tellement promis que tu viendrais la retrouver là-bas. Je te comprends. (Il le détailla de la tête aux pieds, puis lui lança un sourire effrayant.) Mais sérieusement, Tidy, tu le trouves vraiment bon, Barrada ?

Tidiane ne répondit pas. Le maillot était trop grand pour lui. Il pouvait y enfouir ses genoux pliés, ses jambes, ses baskets. Disparaître.

— Ou bien tu l'aimes seulement parce qu'il est le seul joueur qui porte le maillot de Marseille et celui du Maroc ?

Freddy s'accroupit, pour se retrouver à la hauteur de Tidiane. Il posa une main sur son épaule, jetant régulièrement des coups d'œil en arrière pour surveiller papi et mamie.

— Tu n'as pas à avoir peur de moi, tu sais. Je te l'ai dit, je suis un ami de ta maman. Un vieil ami. J'étais encore avec elle cette nuit. (Il se retourna pour lancer son sourire de vampire à papi et mamie.) Elle t'embrasse. Fort. Je crois que tu as compris maintenant, Tidy ? Elle te raconte des histoires pour ne pas te faire de la peine, quand elle te dit que tu vas pouvoir la rejoindre, qu'elle va bientôt te serrer dans ses bras pour de vrai, elle te dit cela pour ne pas te faire souffrir. Toi non plus, Tidy, tu ne veux pas la faire souffrir ?

Tidiane secoua la tête.

Non... Non...

La voix de Freddy accéléra brusquement, presque enjouée.

— Tiens, j'ai une idée pour faire plaisir à ta maman. On va lui envoyer une photo. Un selfie. Tous les deux. Tu veux bien ?

Il se contorsionna pour sortir un téléphone portable de sa poche, puis fit quelques pas pour passer derrière Tidiane. Il pouvait ainsi surveiller papi et mamie sur le canapé. Papi Moussa esquissa un geste de révolte, redressa son corps, leva son bras en signe de menace.

— Si jamais vous...

— Tout va bien, Moussa. Ne craignez rien.

Freddy tendit la main gauche, droit devant Tidiane et lui, orientant l'objectif du téléphone sur leurs deux visages. Il s'énerva un peu contre la lumière de la fenêtre derrière eux qui créait un léger contre-jour, puis lentement, de sa main droite, remonta le poignard le long du ventre de Tidiane, puis de sa poitrine, pour s'arrêter à la hauteur de son cou. Il posa la lame d'acier sur la gorge du garçon.

Tidiane tenta de ne pas trembler, de garder ses jambes raides, son dos droit, mais son cœur semblait avoir cessé d'envoyer du sang dans ses veines ; ses mains, ses bras, son visage étaient aussi blancs que le maillot qu'il portait. Papi se mordit les lèvres au sang, condamné à ne pas bouger, comme s'il était assis sur une mine et que le moindre mouvement pouvait déclencher une irréparable catastrophe. Mamie pleurait, suppliant Adil Zairi du regard.

— Voilà, continua Freddy en positionnant à nouveau l'écran du téléphone pour qu'il cadre leurs visages, leurs cous, et l'arme. Maman sera surprise de nous voir tous réunis, son fidèle ami, son fils adoré, et ce joli poignard qui lui rappellera tant de souvenirs.

Il attendit encore de longues secondes, bras gauche tendu, bras droit enroulé façon boa autour de Tidiane, pointe d'acier punaisée à la carotide de l'enfant. Concentré.

Tidiane gardait les yeux ouverts, fixait l'écran miroir, observait le visage de ce monstre collé au sien, cette lame froide comme un collier d'argent, persuadé que Freddy déclencherait la photo en même temps qu'il planterait son couteau, pour qu'on le voie encore vivant sur la photo, mais avec une giclée de sang sortant de son cou ; et qu'il enverrait en direct la photo à maman. C'est ce que font les gens méchants.

Freddy attendit encore, puis cliqua pour déclencher la photo. Juste après, il éloigna le poignard de la gorge de l'enfant. Il joua avec ses doigts sur le clavier, sans doute pour envoyer le cliché.

— Et voilà, c'est parti… Maman va adorer !

Mamie Marème pleurait plus fort encore. Papi Moussa l'avait prise dans ses bras. Le cœur de Tidiane battait à se rompre, comme si après avoir tant ralenti, s'être presque arrêté, il accélérait follement pour combler son retard.

— En parlant de ta maman, fit Freddy en se relevant, elle m'a emprunté un sac il y a vingt ans. Un sac noir Adidas. J'y tenais beaucoup. C'est aussi un peu pour lui que je suis revenu ici. Je suppose que vous savez où elle l'a rangé.

Personne ne répondit. Adil piétina le tapis orange, à pas lourds, martelant le sol.

— Allons, allons, la jolie Leyli n'a pas pu le jeter. Et ce n'est pas Versailles ici. Un sac Adidas… Vous me le rendez, et on se quitte bons amis.

Tidiane regardait papi, qui détournait les yeux, ne les posait nulle part dans la pièce, comme s'il craignait de dévoiler un indice en s'arrêtant trop longtemps dans une direction, sur un pan de mur ou la porte d'un placard. Freddy tournait en rond, de plus en plus nerveux.

— Soyez raisonnables. Je ne fais que venir chercher ce qui m'appartient.

Freddy continuait de tourner dans la pièce, mais décrivait des cercles de plus en plus petits, de plus en plus proches de mamie Marème, comme un rapace qui va fondre sur sa proie. Son couteau pendait toujours au bout de son bras, mais Tidiane avait remarqué que ses doigts se crispaient sur la crosse, comme s'il s'apprêtait à frapper par surprise.

— Alors, alors ?

Peut-être qu'il ne donnerait qu'un grand coup juste à côté de mamie et enfoncerait la lame dans la mousse du canapé. Ou peut-être qu'il…

— Je vous le demande une dernière fois.

Le pouce et l'index de Freddy s'étaient déplacés, serrés, à la base de la lame.

— Moi, je sais. Je sais où il est !

Tidiane avait presque crié. Papi allait se lever pour protester, mais Freddy le repoussa d'un violent mouvement de bras, tout en se tournant vers le garçon.

— Je sais où est caché le trésor de maman.

Les yeux de Freddy pétillèrent. Le gamin avait associé le sac Adidas au trésor ! Ce gosse était donc vraiment au courant.

— Il... il n'est pas ici, bredouilla Tidiane.

Freddy fronça les sourcils, serra le poing sur le poignard pour montrer qu'il ne supporterait aucune manœuvre de diversion. Tidiane enchaîna le plus vite possible.

— Il... il est au-dessous... au sous-sol..., dans l'enfer.

– 72 –

10 h 12

Par la baie vitrée de l'aéroport, Julo suivait des yeux les hommes qui se déployaient autour de l'Airbus, stoppé à une cinquantaine de mètres de l'aérogare. Ils formaient un cercle presque parfait, qu'ils resserraient progressivement. Les premiers passagers descendirent, un par un, arrêtés sur le tarmac ; fouillés, contrôlés, pas vraiment étonnés par le déploiement de sécurité, paradoxalement plus rassurés qu'effrayés.

Petar attendait quelques mètres plus loin, téléphone à la main, énervé, le nez collé à la vitre comme un gamin puni ; on ne l'avait pas laissé approcher, il devait attendre que la police marocaine interpelle Bamby Maal, ensuite seulement il pourrait organiser un interrogatoire sous le double sceau de la DCI et des autorités marocaines.

Julo vérifia qu'il était seul, qu'aucun agent ne pouvait lire par-dessus son épaule, et plongea à nouveau les yeux vers l'écran de sa tablette, ouvrant les uns après les autres les fichiers attachés au message reçu il y a trois minutes.

bambymaal@hotmail.com

SOS

Cette fille, cloîtrée dans l'avion posé sur la piste, encerclée par trente policiers, lui envoyait un signal de détresse ! A lui, l'un des membres du commando chargé de l'arrêter. Que pouvait bien signifier cet appel au secours surréaliste ?

Qu'un compte à rebours était enclenché ? Qu'on allait arrêter cette fille pour la faire taire et qu'elle cherchait à se protéger en livrant ses secrets ?

Sursautant au moindre bruit, un œil sur l'écran et un autre surveillant le hall, Julo ouvrit les premiers fichiers téléchargés : d'interminables tableaux de données dont les titres de lignes et colonnes ne laissaient aucun doute, tous provenaient de l'ordinateur personnel de Yan Segalen. Les flics de la DCI de Beyrouth avaient précisé que Bamby s'était enfuie avec le cartable et la veste du logisticien de Vogelzug.

Julo continuait d'ouvrir les différentes feuilles des tableaux, incapable d'interpréter ces listes de chiffres. Vulgaires lignes de comptes ou dynamite numérique ? Il n'en avait aucune idée ! Il n'avait ni le temps ni la compétence pour vérifier et, surtout, était persuadé qu'il y avait plus urgent : si Bamby lui envoyait ces dossiers, c'est qu'ils contenaient une information plus explicite. Une révélation dont la signification lui sauterait aux yeux.

Le lieutenant Flores décida de se concentrer sur les photos. Il cliqua au hasard, les clichés s'ouvraient en diaporama et Yan Segalen apparaissait sur presque tous. Yan en compagnie de François Valioni, en Afrique, à Marseille, à Rabat ; Yan avec des types qu'il ne connaissait pas mais qu'il avait déjà croisés sur le site de Vogelzug ; Yan au côté de Jourdain Blanc-Martin, à la tribune d'une salle de conférences ou posant à l'entrée d'un camp de réfugiés. Rien d'étonnant. Rien d'embarrassant.

Julo Flores continua de piocher dans les fichiers au petit bonheur, désespérant de trouver la moindre information utile. Bamby avait envoyé tout ce qu'elle avait sous la main, sans réfléchir, comme une fugitive coincée sur une plage qui n'a plus que des poignées de sable à balancer à ses poursuivants. Encore une ou deux photos et il refermerait le tout pour rejoindre Petar. Il déciderait ensuite s'il gardait ces dossiers, pour les envoyer directement au juge d'instruction, ou s'il en parl...

Julo se figea soudain. Les yeux scotchés sur une photographie anodine.

Le cliché avait immortalisé une jeep arrêtée dans le désert. Quatre passagers, trempés de sueur, étaient descendus du véhicule, posant devant un photographe anonyme. Julo reconnut, de droite à gauche, occupés à boire ou à faire passer des bouteilles d'eau, Yan

Segalen, Jourdain Blanc-Martin, un type chauve qui ressemblait à Ben Kingsley... et Petar Velika !

Instinctivement, Julo leva les yeux. Son commandant scrutait les derniers passagers descendant de l'avion. Toujours aucune trace de Bamby Maal ! Les policiers commençaient à gravir les passerelles, à l'avant et à l'arrière de la carlingue. La fille était piégée.

Julo essaya de contrôler au maximum son excitation. Cette photographie révélait ce qu'il supposait depuis le début de l'enquête : Petar connaissait les membres les plus hauts placés de Vogelzug ! Certes, rien ne permettait de penser qu'il trafiquait avec eux, mais cette photo démontrait que son patron n'était pas neutre dans l'affaire. A minima, il jouait un double jeu. Protégeait des amis. Des alliés du moins. Ne ferait ni vagues ni zèle.

Il se massa les tempes, souffla dans ses mains, et survola une dernière fois les cinq messages reçus.

SOS

SOS

Julo n'était l'obligé de personne. Il les confierait au juge Madelin sans passer par son patron. Ils éplucheraient toutes les données. Ça n'empêcherait pas Bamby Maal d'être arrêtée, d'être condamnée pour double meurtre, ça ne l'aiderait sans doute même pas à plaider les circonstances atténuantes, compte tenu de la préméditation, mais peut-être obtiendrait-elle la consolation de ne pas tomber seule.

SOS

SOS

SOS

Que pouvait-il faire d'autre pour cette fille ?

Plus personne ne traînait autour de l'avion, comme s'il avait été abandonné en pleine piste. Les derniers policiers se trouvaient à l'intérieur de la carlingue. Bamby avait-elle tenté de se cacher ? Il se surprit à espérer qu'elle ait pu inventer un tour de magie, disparaître en fumée, se faufiler sous un siège, se déguiser et sortir en empruntant l'identité d'un autre passager. Il commençait presque à y croire quand il vit en haut de la passerelle, dans l'encadrement de la porte arrière, sortir un premier policier, puis un autre et enfin un petit groupe de flics entourant Bamby Maal. Menottée.

C'était terminé.

Julo attendit quelques secondes, sonné, désarçonné, s'étonnant presque que les trente policiers aient réussi à coincer aussi facilement la fille. Puis, résigné, il s'apprêta à rejoindre Petar.

La poche de son pantalon carillonna à cet instant précis. Un bref avertissement signalant qu'un nouveau mail venait d'arriver sur sa boîte.

L'ultime bouteille à la mer envoyée par cette troublante vengeresse ?

Il baissa les yeux, lut leylimaal@gmail.com et crut que Bamby lui avait posté son message d'adieu... avant de se rendre compte qu'il avait mal lu le prénom.

leylimaal@gmail.com

Au message, sans titre, n'était attaché qu'un seul fichier, qui s'afficha sans même qu'il ait à le télécharger.

Un frisson glacial traversa le dos de Julo. Il découvrit, hypnotisé, une scène d'horreur. Un enfant fixait l'objectif, les yeux exorbités, terrifié par la lame d'un couteau pointé sur son cou. Son tortionnaire se tenait derrière lui, tout sourire.

Une mauvaise blague ? Julo essaya d'analyser chaque élément du cliché le plus rapidement possible. Il reconnaissait l'oranger derrière la fenêtre, les immeubles ocre en arrière-plan, la photographie avait donc été prise cité de l'Olympe, dans les quartiers nord de Rabat, là où ils avaient interpellé avant-hier Alpha Maal.

L'enfant de dix ans ne pouvait être que son petit frère... Tidiane.

Impossible par contre d'identifier l'homme qui tenait le poignard, mais il l'avait croisé, il y a quelques minutes, plus jeune, plus maigre, sans barbe, sur les plus vieilles photos, en compagnie de Yan Segalen et de Jourdain Blanc-Martin.

Au-dessus de la photo, Leyli Maal avait écrit six mots.

Il tient mon fils
Sauvez-le

– 73 –

10 h 26

Freddy avait pris le temps de coller un long morceau de sparadrap sur la bouche de papi et mamie, de leur attacher les mains et les pieds, puis d'enrouler la corde, serrée, au tuyau du radiateur. Il avait enfilé sa veste de cuir, glissé une main à l'intérieur, celle tenant toujours le couteau. Tidiane, assis sur une chaise du salon, massait sa cheville, mais c'était surtout une façon d'essayer de concentrer ses pensées sur le plus petit malheur possible. Freddy se pencha vers lui.

— On va se rendre au sous-sol. Si on rencontre quelqu'un dans l'immeuble et que tu parles, je le plante. Si tu tentes de filer dans l'escalier, petit malin, je remonte dans l'appartement et je m'occupe de tes grands-parents. Tu as bien compris ?

Ils redescendirent les deux étages du bâtiment Poséidon sans croiser personne. Parvenu sur le palier, Tidiane désigna de la main une porte en fer, blanche, aux gonds rouillés, sur laquelle un artiste urbain amateur avait tagué à la bombe rouge, dans toute la largeur : *Hell's door*.

Freddy sortit de sa poche le trousseau de clés qu'il avait décroché dans l'entrée de l'appartement de papi Moussa. Suivant les instructions de Tidiane, il introduisit la n° 29 dans la serrure et poussa la lourde porte.

— Passe devant.

Tidiane n'était jamais descendu dans l'enfer, papi le lui avait toujours interdit, c'était le repaire des trafiquants, des dealers, des drogués. Mais il se souvenait des dernières paroles de papi, quand ils s'étaient penchés devant la bouche noire pour chercher son ballon. *Des kilomètres de couloir, des caves, une pour chaque appartement, des places de parking aussi, des canalisations, des égouts.*

Il appuya sur la minuterie. Quelques ampoules, une tous les deux mètres, calcula Tidiane, éclairèrent un escalier raide et étroit. Il posa avec précaution un pied sur la première marche. Il avait toujours supposé que le trésor de maman était caché ici, quelque part dans l'enfer.

Le coffre de ce trésor était-il ce sac Adidas que Freddy cherchait ? Comment le trouver dans ces kilomètres de couloirs ? Il n'allait pas pouvoir balader Freddy bien longtemps. Et si par miracle il le découvrait, ce serait pire encore. Freddy n'aurait plus besoin de lui, lui planterait son couteau dans le cœur puis remonterait faire de même avec papi et mamie.

— Qu'est-ce que tu manigances ? grinça Freddy. Dépêche-toi.

Tidiane sentit la pointe du poignard dans son dos. Un chatouillis, une griffe de chat. Il essayait de rester calme, sans paniquer, comme le lui avait appris Alpha.

Avant de tirer un penalty. Faire le vide. Prendre le temps. Respirer lentement.

Papi lui avait parlé du trésor de son grand-père aussi, les jarres de coquillages qui ne valaient plus rien, est-ce que Freddy cherchait celui-ci aussi ? Papi lui avait raconté autre chose, quand Tidiane lui avait demandé si le trésor existait toujours, quelque chose qu'il n'avait pas compris. Quelque chose d'important, qu'il ne devait pas oublier. Qu'est-ce que c'était ?

— Avance, bordel.

Tidiane se contenta de descendre d'une marche.

Se déplacer tranquillement, lui avait enseigné Alpha. Prendre deux pas d'élan, pas plus. Regarder dans la mauvaise direction pour faire diversion.

— J'ai... j'ai la trouille, bafouilla Tidiane. Y a des rats, il paraît... Des seringues aussi, dit papi. Parfois, ils balancent des macchabées.

Pendant qu'il parlait, Tidiane avait fermé les yeux, pour s'habituer. Il descendit avec une infinie précaution, en aveugle, une nouvelle marche, alors que Freddy éclatait d'un rire qui résonna en écho dans la cage d'escalier de béton. Il restait une bonne dizaine de marches avant d'arriver au sous-sol. L'éclat de rire de Freddy s'acheva en toux rauque. Tidiane sentit à nouveau la pointe du poignard dans son dos.

— OK, petit malin, maintenant, accél...

La minuterie s'éteignit avant qu'il ne termine sa phrase. Dès que l'escalier fut plongé dans le noir, Tidiane avança, un pied, une marche, un autre pied, une autre marche, un mètre le séparait déjà de Freddy qui n'avait pas bougé. Ses jurons couvraient le bruit de ses pas.

Donne-moi ta force, maman, pria Tidiane dans sa tête. *Prête-moi tes yeux de chouette.* Un pied encore, une marche, s'éloigner de presque deux mètres.

Il entendit les pas lourds de Freddy remonter l'escalier à tâtons, se précipiter sur le petit voyant rouge de la minuterie.

Vite, Tidiane sortit le mouchoir dans sa poche, serra le poing à l'intérieur, visualisa une ombre un peu plus sombre le long du mur et frappa. Le tissu atténua la douleur provoquée par le verre brisé, alors que l'ampoule accrochée au mur explosait.

Avancer encore, s'ordonna Tidiane, briser les ampoules de chaque veilleuse qu'il croiserait. Il s'était entraîné. Il voyait dans le noir. Mieux que Freddy, au moins.

Il cassa l'ampoule suivante moins d'une seconde après que Freddy eut allumé la minuterie. Le monstre au couteau n'eut que le temps d'apercevoir sa silhouette en bas de l'escalier avant que les dernières marches soient plongées dans l'obscurité. Il poussa un hurlement de rage. Tidiane entendit la porte de l'enfer claquer.

D'abord, il eut peur pour papi et mamie. *Si tu tentes de filer, je m'occupe d'eux*, avait-il menacé. Sauf qu'il tenait trop à son trésor, paria Tidiane, à son sac Adidas, il était revenu pour ça et il était persuadé que Tidiane était coincé comme un rat dans ce labyrinthe. Il lui suffisait de remonter chercher de quoi s'éclairer, de redescendre, de le coincer.

Tidiane essaya de progresser le plus vite possible dans le couloir, à tâtons, posant sa main sur un mur froid, humide et gluant, suivant de la main le fin tube du fil électrique. Sa cheville le faisait souffrir. Il ressentait des picotements électriques au bout de ses doigts. Il devait continuer pourtant, marcher, marcher et briser toutes les ampoules qu'il croiserait.

Même s'il n'y avait pas davantage d'issue dans cette cave que dans une caverne creusée dans la pierre.

C'est ainsi que Freddy raisonnerait.

Il allait trouver de quoi s'éclairer, il allait redescendre, il allait le coincer.

10 h 31

— Faut que je vous parle, Petar.

Le commandant observa les flics de Rabat entourer Bamby Maal pendant qu'elle descendait de la passerelle de l'Airbus. Une escorte digne d'une star hollywoodienne, ou au moins d'une starlette marocaine des studios Atlas.

Ouarzazate. Et mourir...

— Dépêche-toi, répondit Velika. Dès que cette fille va poser les pieds dans cet aéroport, j'entre en jeu. J'aime pas trop être mis sur la touche par ces moustachus à casquette qui n'ont eu qu'à la cueillir après que la DCI a fait tout le boulot.

— Pas ici, patron. Seuls...

Petar observa, incrédule, le hall. Les premiers policiers se tenaient à plus d'une trentaine de mètres.

— S'il vous plaît, patron. Juste une minute. C'est... c'est une question de vie ou de mort.

Julo dirigea les yeux vers les toilettes, face à eux. Le hall B avait été neutralisé par la police des portes 10 à 16. Les sanitaires étaient forcément déserts. Petar laissa traîner un dernier regard sur les policiers et leur prisonnière, avant de concéder :

— OK, gamin, je te suis. Mais j'espère que ce n'est pas encore pour me plaider la cause de ton amoureuse. Cette fois, je crois que son cas est désespéré. Si tu veux la demander en mariage, faudra que t'attendes une bonne trentaine d'années.

Il le suivit malgré tout dans les toilettes. Alors que Julo refermait la porte derrière eux, Petar s'approcha des urinoirs.

— Après tout, maintenant que je suis là... Vas-y, qu'est-ce que tu as de si urgent à me raconter ?

Le commandant Velika commençait à se déboutonner, concentré sur sa braguette, se contentant d'accorder une oreille distraite à son adjoint.

— Eh ben, qu'est-ce que tu attends ? insista Petar.

Il tourna enfin la tête. Ses yeux se figèrent de stupéfaction pendant qu'instinctivement, ses deux mains qui dirigeaient son jet se levaient.

Sous la menace du Sig-Sauer que Julo braquait sur lui.

— Tu... tu fais quoi là ?

— Je suis désolé, patron. Je ne pense pas que vous soyez un salaud, je crois surtout que vous naviguez comme vous pouvez dans le bordel ambiant.

— Je comprends rien à ce que tu racontes, petit con. Baisse ton arme et...

— Je pense juste que vous ne voulez pas d'emmerdes, et qu'en échange d'une place au soleil vous n'allez pas regarder de trop près ces histoires de réfugiés.

Petar baissa les bras, referma sa braguette, risqua un pas déterminé vers le lieutenant.

— Ça suffit, tes conneries.

— Stop, patron. Stop, ou je vous nique un genou.

Le commandant Velika s'arrêta. Il lut la détermination dans le regard de son adjoint. Ce petit con croyait encore dur comme fer à ses convictions.

— Tu comptes faire quoi ?

— Improviser... Pour sauver ce qui peut encore l'être. Y a urgence, mais je ne peux pas vous faire confiance. Je vais essayer que la saga de la famille Maal ne se termine pas en tragédie. Je vais au moins tenter de sauver le plus innocent des enfants de la fratrie. Alors je vais prendre votre arme, une paire de menottes et vous attacher là à la tuyauterie, patron. Jouez pas les héros, ça vous ressemble pas trop. J'ai besoin de cinq minutes d'avance, après vous pourrez gueuler et vos petits copains de la police royale viendront vous délivrer.

— Tu vas te faire virer, gamin. Pourquoi... Pourquoi tu fais ça ?

Julo prit le temps de regarder son patron droit dans les yeux, puis de lui adresser une vérité définitive.

— Il faut savoir choisir son camp, parfois.

*
* *

Moins de trois minutes plus tard, Julo surgissait dans le hall B.

Désert.

Le lieutenant jeta un œil paniqué vers le tarmac.

Désert.

Il sprinta. Dévala quatre à quatre un Escalator, courut le long des tapis roulants de livraison de bagages, vides et immobiles. Un douanier en faction devant une première porte le regardait sans broncher, comme savourant le calme des lieux après une intense agitation.

— La fille, putain. La fille de l'Airbus de Beyrouth ?
Où est-elle ?

Le douanier haussa les épaules et répondit d'une
voix peu concernée.

— Ils l'ont embarquée. Ils étaient garés devant la
sortie 2, mais ils doivent déjà être partis à l'heure qu'il
est. Ils l'emmènent au commissariat central de Rabat.

Julo laissa le douanier sans un merci, courant en
direction de la sortie. Il galopa dans le hall, sauta par-
dessus le cordon de sécurité qui obligeait à des détours
inutiles puis, sans ralentir, glissa sur le carrelage ciré
pour prendre au plus serré le dernier virage. Il aperçut
derrière la porte vitrée de la sortie 2 des silhouettes de
policiers, des gyrophares qui tournaient, et plus loin
encore des bus et des taxis.

Courir avant qu'ils ne démarrent ! Il sprinta si vite
que la porte automatique ne s'ouvrit pas assez rapidement. Il dut freiner in extremis, manquant de la
percuter. Cette brève pause lui permit de reprendre
son souffle, alors que la chaleur étouffante de la rue,
contrastant avec l'air climatisé de l'aéroport, le submergea.

Un fourgon de police aux vitres fumées était garé
devant la sortie. Impossible de savoir si Bamby était
assise à l'intérieur. Julo se planta devant un jeune gradé
marocain à l'air arrogant, veste galonnée, casquette
vissée jusqu'aux sourcils et regard cherchant à passer
par-dessus la visière, façon girafe.

— Julo Flores, je suis l'ASIA de la DCI.

Le gradé de la police royale observa avec scepticisme ce jeune flic à la chemise ouverte et froissée,
couvert de sueur, cheveux en bataille, mais les autres

policiers marocains sur le trottoir confirmèrent. Ils le connaissaient.

— J'ai des consignes du ministère de l'Intérieur français, fit Julo avec assurance. Je dois interroger la suspecte.

D'un signe de main, le capitaine Girafe fit signe que le fourgon allait bientôt rouler, ce qui signifiait qu'il devait attendre son tour, que la France n'avait pas de privilège, qu'il représentait la loi dans ce pays, qu'on n'était plus au temps du protectorat. Mister Girafa parvenait à exprimer tout cela en ponctuant son mouvement de main d'une simple grimace de dédain.

— C'est le commandant Velika qui m'envoie…

Le nom de son patron suscita un début de tension. Merci, Petar. Il avait un tel talent pour les faire chier… Ils se méfiaient.

— Il… (Julo naviguait à vue, sans aucun plan en tête, ayant seulement conscience qu'il devait miser gros, très gros, s'il voulait avoir une chance.) Ils ont repéré des traces sur les réseaux sociaux… Un attentat, à Marseille… C'est… (Les mots s'enchaînaient tout seuls, crédibles.) C'est le premier jour du congrès de Frontex, vingt-huit ministres européens, autant d'africains… Putain de merde, ils l'inaugurent dans moins de huit heures et cette fille est l'une des clés.

Capitaine Girafe tordait le cou à s'en labourer les cervicales contre la couronne rigide de sa casquette. Il temporisa encore, mais Julo savait qu'il avait gagné. Il n'avait rien à perdre à le laisser parler quelques minutes avec cette fille. Par contre, s'il refusait…

Il ouvrit la portière du fourgon.

— Allez-y… Entrez.

Cette fois, c'est Julo qui adopta la posture du mépris. Merci encore, Petar ! Il toisa la dizaine de policiers marocains comme si tous dissimulaient un vague cousin islamiste, puis fixa Girafa dans les yeux.

— Ce qu'elle a à me dire est confidentiel, pas besoin de vous le préciser.

Il fit tourner autour de son index le porte-clés de la Renault Safrane de service garée cent mètres plus loin. Girafa hésita une dernière fois. Julo essaya de ne pas brusquer les choses, même s'il redoutait de voir apparaître Petar dans le hall de l'aéroport, ou n'importe quel douanier marocain l'ayant entendu appeler à l'aide. Capitaine Girafe finit par relever sa casquette du bout des doigts, en signe d'accord, puis fit signe à quatre policiers d'escorter la passagère du fourgon jusqu'à la Safrane de la DCI.

*
* *

— Vous êtes qui ?

— Lieutenant Julo Flores. Baissez les yeux, faites semblant d'hésiter quand je vous parle, répondez par des phrases courtes, ils nous regardent.

— Vous jouez à quoi ?

Bamby Maal était assise sur le fauteuil passager, sa veste saharienne entrouverte sur sa peau mate, ses longs cheveux décoiffés. Belle comme une sorcière. Ses yeux, secs et noirs comme de la lave froide, oscillaient entre rage et désespoir, maquillés d'un voile d'énergie tendu sur une infinie détresse.

Julo la trouvait plus jolie encore en vrai. Rien que pour ce tête-à-tête, il acceptait d'être renvoyé de la

502

police nationale, condamné par un tribunal d'exception et mené devant un peloton d'exécution.

— Votre petit frère est en danger. Cité de l'Olympe. Il faut m'aider.

Bamby accusa le coup. Ses yeux, au bord des larmes, continuaient pourtant de le fusiller. Discrètement, il verrouilla la porte et glissa la clé dans le contact de la Safrane.

— Vous allez prendre une voix tendre, genre GPS, et me guider jusqu'au quartier des Orangers, puis à l'appartement de vos grands-parents.

— Ils ne nous regardent plus, fit doucement Bamby. Démarrez, et au bout de la route, tout à droite !

La Safrane bondit avant qu'aucun des dix policiers sur le trottoir ne puisse réagir. Julo écrasa la pédale d'accélérateur. Bamby fut projetée en arrière, sa saharienne s'ouvrit.

— Restez concentré, bordel ! hurla Bamby.

Sa voix n'avait plus rien de tendre. Julo évita de penser qu'il était fou et que cette fille à ses côtés était une double meurtrière. Il braqua à droite.

— A gauche, puis encore à droite, c'est le plus court. Ils ne vous suivront pas par là.

Julo obéit. Même Petar, quand il conduisait, le traitait avec plus de respect.

— Et donnez-moi une arme !

— Quoi ?

Julo apercevait l'océan au bout de l'avenue Hassan-II. Ils seraient à la cité de l'Olympe dans moins de trois minutes. Il tourna violemment sur la droite et en profita pour admirer sa passagère guerrière un quart de seconde. Il était définitivement, maladivement dingue de cette fille.

Elle l'acheva.

— Moi aussi, monsieur le beau gosse, je peux mater sous votre chemise. Vous portez deux armes. Donnez-m'en une !

– 75 –

10 h 37

A l'aide de son poing enfilé avec précaution dans son mouchoir, Tidiane avait brisé les ampoules du couloir. Les unes après les autres, toutes les lumières des murs de l'enfer. Il s'était coupé, il saignait, mais il s'en fichait, il ne voyait pas assez dans le noir pour distinguer si le mouchoir blanc était taché de sombre, mais il sentait une humidité poisseuse imbiber le tissu.

Pas grave. Il ne ressentait aucune douleur. Il continuait d'avancer dans les couloirs obscurs, se fiant aux infimes nuances de gris. Ses yeux s'habituaient, il s'était tant entraîné. Il pouvait repérer l'encadrement des portes de caves, fermées, les intersections au bout des longues allées, plus claires. Il avançait de plus en plus vite. Pour rien.

Il tournait en rond.

Quelques secondes après que Freddy eut remonté l'escalier, eut refermé la porte derrière lui, Tidiane avait repéré son ballon Morocco CAN 2015. Il avait roulé au milieu du couloir. Tidiane l'avait laissé là, comme un repère, puis avait continué de marcher pour trouver une autre issue. Il avait suivi tous les couloirs, tourné, à droite, à gauche, essayant de ne négliger aucune allée… et était retombé sur son ballon.

Confirmation terrible de son intuition. Il tournait en rond ! Il n'y avait pas d'autre sortie.

Cette fois, il avait ramassé son doudou de cuir.

Il se trouvait tout au bout du premier long couloir, celui où descendait l'escalier, quand il aperçut la lumière.

Freddy !

Tidiane était collé au mur. Dans le noir complet, Freddy ne pouvait pas le voir, mais Tidiane distinguait parfaitement la torche du monstre au couteau, une de celles que papi Moussa laissait la nuit sur le balcon pour éloigner les moustiques. Les flammes dansaient à quelques centimètres de son visage, comme dans ces films du Moyen Age où les bourreaux viennent chercher des prisonniers dans les cachots avant de les torturer. Freddy marchait lentement, éclairant chaque recoin sur son passage. Il avait dû étudier un plan. Il savait qu'il n'y avait aucun endroit pour s'échapper. Que sa proie pourrait courir aussi vite qu'elle le pouvait, il finirait par l'attraper.

Avec ou sans le trésor.

Toutes les grilles de l'enfer étaient cadenassées. Tidiane avait déjà parcouru plusieurs fois chaque allée, tourné les poignées, poussé chaque porte sans qu'elle bouge.

Aucune trace du moindre sac !

Il se déplaça à pas de loup alors que la torche s'approchait. Il pouvait apercevoir de loin la flamme révélant la présence de Freddy, c'était sa chance, il pouvait toujours garder un couloir d'avance.

Pour combien de temps ? Avant que Freddy marche plus vite ? Avant qu'il tende l'oreille pour écouter le moindre son de pas ? Avant qu'il ne s'arrête, ne choisisse un autre chemin, qu'ils se croisent ? C'était perdu d'avance !

Tidiane serra son ballon entre ses bras. Sa seule arme. Qu'est-ce qu'il espérait faire avec ça ? Tidiane tourna dans un couloir à nouveau sombre, marcha, marcha, craignant à chaque pas de voir la torche surgir devant lui, une main se poser sur son épaule, veillant à faire le moins de bruit possible.

Un cri le fit sursauter. Il venait de l'intérieur du mur sur sa droite ; ou du plafond ? Un cri de chouette, Tidiane l'aurait juré.

Il avança, et soudain, de tout son long, tomba.

Pour ne pas écraser son visage par terre, il laissa au dernier moment filer le ballon qui roula quelques mètres. Tidiane n'avait pas crié. Le sol mou avait amorti sa chute. Il avait l'impression de s'être écroulé dans le silence le plus complet. Sa chaussure avait buté sur quelque chose, comme si on lui avait tendu un croche-pied. Accroupi, il dispersa la poussière, et comprit.

Une racine !

Il suivit la forme à tâtons, tout en analysant les informations envoyées par le bout de ses doigts. La racine continuait et rampait dans le couloir, avant de filer le long du mur, pour remonter au-dessus, vers le plafond. Tidiane se souvint du cri de chouette qu'il venait d'entendre.

L'oranger ! C'était forcément l'oranger ! L'enfer s'étendait sous la cour de la cité de l'Olympe, on avait dû construire les caves autour de l'arbre, mais avec le temps, ses racines en avaient défoncé quelques-unes. Tidiane connaissait par cœur la cour de l'Olympe, il savait qu'il n'existait aucune ouverture à la surface pour se glisser entre le tronc et le goudron, à part celles des caniveaux, bien trop petites. Mais peut-être que l'arbre avait creusé un trou en dessous, comme l'eau dans les grottes, un petit espace suffisant pour se cacher ?

Il continua à quatre pattes et se rendit compte qu'entre les racines, des briques étaient descellées, offrant une cache à la base du mur, quasi invisible du couloir, mais suffisamment grande pour s'y faufiler ! Tidiane rampa. Il n'apercevait aucune lueur de torche à l'une ou l'autre des extrémités du couloir, il rampa encore, jusqu'à être totalement entré dans la longue et étroite cachette. Il se recroquevilla. Pour la première fois il se sentait en sécurité. Son cœur, petit à petit, commençait à battre moins vite. Ses pensées semblaient mieux rangées, même si elles continuaient de voltiger comme les ailes d'un papillon affolé.

Peut-être que Freddy passerait à côté de la cachette sans la découvrir, comme lui l'aurait fait s'il n'avait pas buté sur la racine ? Peut-être qu'il parviendrait à lui échapper ? Peut-être que... La voix de papi Moussa explosa soudain au milieu de ses réflexions désordonnées, tel un vieux papier qu'on retrouve quand on fait du tri.

Chaque mot lui revenait maintenant, ce conseil de son grand-père qu'il ne devait jamais oublier :

Tu trouveras le trésor, le véritable trésor... là où sont nos racines.

Et si papi avait employé exprès ce mot ? *Racines.* Comme un secret trop lourd qu'il ne voulait pas faire porter à son petit-fils, une phrase à double sens qu'il ne comprendrait que le moment venu, pile quand il le fallait ?

Les mains de Tidiane fouillèrent dans le noir. Devant lui, le boyau se resserrait, ne laissant plus la place que pour y glisser un bras. Il tâta, poussa jusqu'à ce que ses épaules se déchirent au rebord des briques acérées. Son cœur fit soudain un bond, se cognant aux parois de sa poitrine aussi violemment que sa tête au plafond de la caverne.

Le bout de ses doigts avait senti un objet !

Froid. Mou. Un sac ! De cuir ou de plastique.

Le plus lentement et le plus silencieusement possible, il tenta de le tirer vers lui. Le sac était lourd, coincé, comme s'il était resté là sans bouger depuis des années. Millimètre après millimètre, Tidiane parvint à le déloger. Quand il réussit enfin à le saisir à deux mains, il se tourna comme il put sur le côté, s'égratignant le dos et les côtes, déchirant son tee-shirt Barrada sur les briques coupantes, pour le serrer contre son ventre, tel un chien protégeant un os volé.

Le sac était fermé.

Tidiane hésita longtemps, scruta le silence, replia encore les pieds pour qu'on ne puisse pas les apercevoir du couloir.

Aucun signe de Freddy...

Doucement, Tidiane appuya sur le petit bouton de la montre à son poignet. Une minuscule lumière éclaira sa planque. Il devait coller l'écran au sac pour voir quelque chose. Il déplaça sa veilleuse centimètre par centimètre pour enfin apercevoir trois petites feuilles bleues coupées par trois traits horizontaux. Bien entendu, il connaissait ce logo, il l'avait vu sur les maillots de l'OM : *Adidas !*

Rien qu'au poids, le sac pouvait bien contenir des centaines de pièces d'or.

Tidiane écouta encore le silence, pendant quelques secondes qui lui semblèrent durer une éternité, avant de tenter d'ouvrir la fermeture Éclair.

Elle céda sans problème. Sans émettre le moindre son, même s'il avait l'impression que les battements de son cœur résonnaient dans la grotte aussi bruyamment que ceux des bébés lors des échographies. Il suffisait de prendre son temps. Il tira avec minutie sur la fermeture jusqu'à ce que le sac soit complètement ouvert. Première étape, souffla Tidiane.

Il pencha la tête tout en introduisant la montre à l'intérieur du sac, pour passer le trésor au crible de son minilaser. Le faible halo n'éclairait que quelques centimètres, rendant impossible de découvrir en une fois tout ce que contenait le sac. Tidiane repoussa l'idée de plonger les mains pour soupeser l'intégralité du butin, comme les pirates qui déterrent un coffre et font pleuvoir les pièces entre leurs doigts. Trop risqué, trop bruyant. Il en mourait d'envie, pourtant.

Le minuscule filet de lumière éclaira tour à tour des colliers d'or, des bagues, des bracelets, des bijoux brillants de diamants et de pierres qui lui semblaient précieuses, des montres, des stylos d'argent, des porte-feuilles en cuir. La main de Tidiane puisa plus profond encore dans le magot étincelant. Sa microlampe éclaira des lunettes dorées, des boutons de veste, des petits objets d'ivoire qui ressemblaient à des gris-gris, des briquets, des objets plus petits encore.

Tidiane retint un haut-le-cœur. Des dents en or ! Il se souvenait de ce cours d'histoire que leur avait fait Mme Obadia, sur la dernière grande guerre, quand elle leur racontait qu'avant de gazer sous de fausses douches les Juifs, les Tsiganes et les handicapés, les nazis récupéraient sur eux tous les objets qui avaient de la valeur. En leur faisant croire qu'ils les leur rendraient après.

Tidiane observait le trésor, fasciné, dégoûté. Est-ce que tous ces objets appartenaient à des gens qu'on avait ensuite tués ? Est-ce pour cela que le trésor de maman était maudit ? Il aurait voulu y voir davantage dans son trou noir pour pouvoir mieux l'étudier.

Soudain, comme si son vœu avait été entendu quelque part dans les cieux, l'ensemble du trésor s'éclaira.

D'un coup, dans la grotte où Tidiane était recroquevillé, les centaines d'objets brillèrent du même éclat.

L'instant d'après, Tidiane sentit la chaleur derrière lui, une chaleur intense, comme un feu qu'on aurait allumé sous ses pieds. Comme si à l'entrée du four où il était coincé, toutes les flammes de l'enfer s'étaient allumées.

10 h 38

— Expliquez-moi, Velika.

Jourdain Blanc-Martin, sans même attendre les excuses de Petar, regretta que deux mille kilomètres le séparent du commandant de la DCI de Rabat. Il aurait éprouvé un grand plaisir à balancer son poing sur la gueule de ce flic, qui aurait encaissé le coup sans broncher, en se mordant les lèvres et s'excusant platement.

— Expliquez-moi un tel exploit, commandant. Yan Segalen piège la fille, je vous la livre sur un plateau, vous déployez trente flics sur le tarmac de l'aéroport de Rabat, et vous n'êtes pas capables de la coincer ?

— Je ne pouvais pas prévoir que mon adj…

— Ecoutez-moi bien, Velika, coupa Blanc-Martin. Je fais mon boulot, je respecte ma partie du contrat. Je régule mieux le marché des clandestins que Frontex ou le consulat. Je vous évite pas mal d'emmerdes, je crois, et en retour, je demande seulement qu'on me foute la paix ! OK ? N'oubliez pas que vous n'auriez jamais obtenu votre planque au soleil sans moi, Velika. Si vous tenez à la garder, retrouvez cette fille. Retrouvez-la vite, et par n'importe quel moyen. Qu'on en termine avec la famille Maal, vous comprenez ça ? Vous vous chargez des gosses pendant que je me charge de la mère, ce n'est pas si compliqué ? Ça l'est, commandant, ça l'est ?

— Non, admit Petar Velika.

Jourdain Blanc-Martin raccrocha. Il avait besoin de calme ce matin. De sérénité. Le symposium Frontex était inauguré ce soir. Il devait peaufiner son discours, se préparer à parler devant la cinquantaine de ministres et de chefs d'Etat. Il n'avait pas de temps à perdre avec des soucis d'intendance, pas davantage qu'avec cet Adil Zairi qui resurgissait du néant pour faire le ménage à sa place, ou cette poignée de Béninois noyés cette nuit dont tout le monde se foutait. Après tout, leur mort pourrait lui fournir une très émouvante introduction à son discours de ce soir. L'expérience lui avait appris que les cadavres bien frais sont l'ingrédient principal de la recette de la compassion humanitaire.

Il avança, pieds nus, sur les planches de teck déjà chaudes de la terrasse. Il aurait le temps d'y réfléchir pendant son kilomètre matinal de piscine mais, auparavant, il devait couper le Maal à la racine. Il fit un pas supplémentaire sur la terrasse et appela dans un interphone.

— Ibra et Bastoun, j'ai besoin de vous. Montez.

Les deux hommes de main attendirent à l'entrée de la verrière ensoleillée, entre la piscine et les transats, immobiles, bras croisés sur leur torse musclé, dans une attitude de maîtres-nageurs patients et vigilants. Blanc-Martin vérifia que Safietou ne se trouvait pas à proximité pour débarrasser le petit déjeuner, puis fit quelques pas vers eux. Il désigna du regard, par la porte-fenêtre de verre, les hautes tours qui s'élevaient face à la mer.

— Je vous autorise une petite promenade. Quelques minutes et vous revenez. Un nouveau saut aux Aigues Douces. Bâtiment H9, étage 7. Mais vous ne vous contentez pas de foutre le bordel, cette fois.

Devant le regard inexpressif d'Ibra et Bastoun, il fit un pas supplémentaire vers eux, rajusta la ceinture de son peignoir, vérifia une nouvelle fois qu'ils étaient seuls, puis siffla plus qu'il ne parla.

— Tuez-la !

– 77 –

10 h 41

Alpha ne croyait pas aux miracles, ni aux gris-gris, ni à toute cette superstition qui ne sert généralement qu'à exploiter la crédulité des abrutis. Ça ne l'empêchait pourtant pas de porter autour du cou son triangle d'ébène, de penser à Bamby, de le toucher parfois, comme si ce talisman pouvait le relier à sa sœur et qu'ils pouvaient ainsi unir leurs forces.

Ils attendaient depuis de longues minutes au carrefour de la rue Papin et de la rue Gambetta, sous l'abribus, guettant l'entrée de la villa la Lavéra.

Alpha ne croyait qu'à la force combinée à la ruse. Elles lui avaient permis de réaliser la première partie de son plan, au Maroc. Il en connaissait chaque lieu, contrôlait les habitudes de la police, des passeurs, des réseaux de clandestins, il avait pu maîtriser chaque étape. Mais ici, en France, il ne pouvait faire confiance qu'à son instinct.

Il avait imaginé sonner au portail de la villa la Lavéra, prendre les vigiles par surprise, les braquer, entrer. Une fois parvenu face à la villa, cela s'avérait infiniment plus compliqué. Savorgnan, Zahérine et les autres n'étaient pas armés, les alentours de la villa étaient truffés de caméras de surveillance et les gardiens ne se laisseraient pas surprendre. Toute tentative d'intrusion se terminerait par un fiasco. Toute cette cavale, toute cette traversée pour rien.

Et le miracle se produisit !

De leur observatoire à quelques mètres de la villa, Alpha vit le portail s'ouvrir... et rester ouvert ! Puis les deux vigiles sortir. Tranquillement, à pied, comme s'ils allaient acheter des cigarettes ou se vider une bière en terrasse. Il les suivit du regard jusqu'au tournant de la rue Gabriel-Péri, en direction des immeubles des Aigues Douces. Peut-être allaient-ils faire leur jogging le long de la mer ? Piquer une tête en Méditerranée ? Ou simplement à la rencontre d'un petit délinquant ?

Maintenant ! réagit Alpha. Il fit un signe de la main aux quatre Béninois, et tous se faufilèrent le long du mur, franchirent le portail, approchèrent à pas couverts de la porte d'entrée. Les caméras les avaient sûrement filmés, mais les vigiles n'étaient plus là pour les visionner. Alpha poussa en silence la porte de la villa. Dès qu'ils se glissèrent à l'intérieur, une femme surgit de la pièce d'en face, portant tablier, toque et torchon.

Alpha fut le plus rapide. Il se précipita, recouvrit la bouche de sa large main avant qu'elle ne pousse un cri, puis sans aucun geste de violence, lui murmura à l'oreille :

— Chut… Nous sommes des invités.

Safietou, terrorisée, roulait des yeux affolés en détaillant chacun des cinq intrus, calmes et muets, à la peau aussi noire que la sienne.

— Des amis, précisa Alpha. Des amis de longue date. Où est ton patron ?

Safietou ne répondit pas. Alpha répéta, en bambara :

— Min kɔrɔn i patɔrɔn ?

Elle parut étonnée, semblait toujours trop effrayée pour prononcer le moindre mot, mais leva les yeux vers les étages et la terrasse. Alpha desserra doucement sa main alors que Safietou baissait le regard en direction du pistolet coincé dans son ceinturon.

— On veut lui faire une surprise. Tu ne vas pas gâcher ce plaisir à Jourdain ?

Puis, silencieusement, les cinq hommes commencèrent à monter l'escalier.

— 78 —

10 h 44

Tidiane sentit d'abord l'étau se resserrer sur ses chevilles, puis son ventre racler le sol, ses bras, ses jambes se griffer aux briques descellées, à s'en déchirer la peau, à en hurler de douleur. Il tenta de se raccrocher au vide, à la poussière de la grotte, au lourd sac, mais il ne pouvait lutter contre la force qui le tirait de son trou. Il se retrouva éjecté sans ménagement sur le béton nu du couloir.

L'enfer semblait flamber ! Les flammes léchaient les parois grises et étiraient démesurément chaque ombre. Celle de Freddy surtout, il avait coincé la torche entre un tuyau et le mur. Le feu dansait sous le tunnel. La chaleur rendait l'air tiède, contrastant avec la fraîcheur du reste de la cave.

D'une main, Freddy repoussa Tidiane contre le mur, et de l'autre, lui arracha des mains le sac Adidas noir.

— T'es un sacré petit malin, Tidy. J'ai bien fait de te faire confiance.

Il observa un instant l'entrée de la cavité creusée dans le mur, sous la racine de l'oranger.

— Si tu n'avais pas oublié ton ballon, je crois que je ne me serais pas arrêté.

Le ballon Morocco 2015 avait roulé à quelques mètres d'eux, Tidiane l'observa avec terreur, puis leva à nouveau les yeux vers Freddy.

— Je ne suis pas un voleur, tu sais, je ne fais que récupérer ce que ta maman m'a emprunté. (Il soupesa le sac.) D'ailleurs, il est presque aussi lourd qu'avant, à croire qu'elle s'en est à peine servie.

Tidiane tentait de se redresser, mais d'un geste du pied contre son torse, Freddy le coinça contre la paroi.

— Je me doutais bien que ta maman dépenserait l'argent, mais ne toucherait pas aux objets. Ta maman a toujours été un peu superstitieuse. (Il ouvrit le sac et vérifia son contenu avec un sourire malfaisant.) Tu as regardé toi aussi, petit curieux ? Tu as compris alors, pourquoi je tenais à retrouver ce trésor ? Pas pour sa valeur, même s'il représente une jolie tirelire économisée pendant plusieurs années, mais pour les fantômes à qui ces objets appartenaient. Des invisibles disparus depuis longtemps, qui ne pourront jamais accuser qui que ce soit, dont les poussières ont été depuis longtemps balayées par le vent du désert. Mais tu apprendras, mon petit, qu'un objet est parfois plus bavard qu'un homme… Une bague, un collier, un bijou peut parler, des années plus tard, pour le mari qui l'a offert, la mère qui l'a porté. On ne peut pas tuer les objets, tu comprends ? On peut juste les cacher. Ou les vendre, très loin de l'endroit où on les a trouvés.

Freddy laissa tomber le sac sur le sol. Un bruit sourd résonna dans le couloir, alors que le choc soulevait un nuage de poussière étoilée. Il se tourna vers Tidiane. Dans sa main, le monstre serrait à nouveau le couteau.

— Mais toi aussi, Tidy, tu pourrais parler ? Et tu ne possèdes aucun objet de valeur que j'aimerais garder en souvenir, qui un jour pourrait raconter ton histoire.

Freddy avança son poignard dans le brouillard. Tidiane crut que le monstre allait frapper au hasard le nuage de poussière, comme un fou chasse les lucioles, mais il se pencha simplement pour percer d'un coup de lame le ballon Morocco 2015. Son porte-bonheur se dégonfla presque immédiatement, comme une baudruche crevée, dans un sifflement sinistre de serpent.

Une colère aussi soudaine qu'intense explosa en Tidiane. La force qui lui manquait. Il bondit d'un coup, il apercevait l'escalier au bout du couloir, il serait plus rapide, il s'en sortirait, il se vengerait.

Le bras de Freddy l'attrapa par la taille. Il avait anticipé sa réaction, l'avait stoppé aussi facilement qu'on attrape un nouveau-né qui commence à marcher.

Le bras lourd de Freddy remonta et lui serra le torse, le coinça contre sa poitrine, l'empêchant presque de respirer. Tidiane pouvait sentir le monstre souffler sur ses joues une odeur de sueur et d'alcool. Il vit briller le poignard, bloqué dans la main droite de Freddy.

— Je suis désolé, Tidy, je ne peux pas te laisser tout raconter. Et surtout, j'ai fait une promesse à ta mère, j'ai longtemps cherché comment faire pour qu'elle souffre autant que j'ai souffert. Lui voler sa vie n'aurait pas eu beaucoup d'intérêt, ni pour elle, ni pour moi… Mais lui voler celle de son fils…

Le poignard s'approcha encore de sa gorge, Tidiane ne se débattait plus, il avait compris que le monstre était trop fort. La flamme de la torche brillait sur la lame.

— Lâchez votre arme !

Le nuage de poussière s'était presque entièrement dissipé, une silhouette pointait un revolver sur Adil, au bout du couloir, en bas de l'escalier, seulement éclairée par la luminosité de la porte du palier de l'immeuble, restée ouverte.

Un flic, pensa Adil.

— Lâchez votre arme, répéta la silhouette.

Sa voix tremblait. Son bras tremblait. Un gamin de moins de trente ans qui n'avait jamais tiré, analysa Adil. Sa chance ?

Au lieu de desserrer ses doigts raidis sur le manche du poignard, Adil Zairi rapprocha davantage encore le couteau de la carotide de Tidiane, piquant la chair de la pointe de la lame.

— Si vous tirez, cria Adil, je le tue ! Alors c'est vous qui allez faire glisser votre arme jusqu'à moi.

Le flic hésitait… C'était gagné ! Il ne ferait rien qui puisse mettre en danger la vie du gamin. Un otage de dix ans, une assurance-vie.

— Je n'ai rien à perdre, insista Adil. Si vous ne m'envoyez pas votre flingue, je pointe ce gamin. Ce ne serait pas le premier que…

Adil esquissa un geste d'impatience, son visage se déforma en une grimace sadique que les flammes devaient rendre satanique.

— OK, OK, s'empressa de répondre le jeune flic.

Il se baissa, levant la main en signe de conciliation, puis lança le revolver sur le sol en direction d'Adil.

Pas assez fort.

L'arme s'arrêta à une quinzaine de mètres du policier, à une vingtaine de Zairi.

Bien joué, pensa Adil en crispant ses mains sur le couteau. Ce jeune flic voulait ruser ! Il pensait sans doute être le plus rapide si l'un des deux se précipitait pour récupérer le flingue, surtout encombré de ce gamin. Ce cow-boy inexpérimenté négligeait seulement un paramètre : les armes à feu ne sont pas les seules à pouvoir tirer plusieurs coups.

Adil avait pris sa décision, il ferait diversion puis frapperait par surprise, enfoncerait ce couteau dans la poitrine du gosse, et l'instant suivant, se servirait de la même lame ensanglantée pour planter ce flic qui ne manquerait pas de foncer sur lui. A quelques mètres, quasiment à bout portant, il ne pouvait pas le rater.

Adil respira profondément. Entre ses bras en étau, il sentit le gamin se raidir. En finir, ne pas davantage le faire souffrir.

Adil desserra son étreinte, comme s'il acceptait que Tidiane puisse s'échapper, le laissa faire un pas sur le côté tout en dissimulant le long de sa cuisse le manche du poignard serré ; puis soudainement, Adil pivota du bassin, releva le bras à une vitesse foudroyante et fendit l'air brûlant pour frapper en plein cœur.

La détonation explosa dans le couloir. Se répandit en écho entre les parois de l'enfer.

La dernière réflexion d'Adil, à l'instant même où l'impact de la balle traversait son poumon, fut d'observer le revolver par terre et de se demander par quelle magie il avait pu tirer. Tout en s'effondrant dans la poussière, il remarqua une seconde ombre en retrait derrière le policier. Une ombre fine. Féminine. Si froide, implacable et déterminée qu'il crut avoir été tué par son propre reflet.

*

*   *

— Tidy !
— Bamby !
Alors que le jeune garçon se précipitait dans les bras de sa sœur, le lieutenant Julo Flores s'était assis sur la première marche de l'escalier. Perdu. Rassuré. Fier. Dépassé. Incapable de faire le tri dans ce mélange étrange de sentiments. Il serait sans aucun doute révoqué de la police. Il venait de sauver la vie d'un gosse de dix ans. Il était complice d'un meurtre, le troisième commis en trois jours par cette fille. Une fille qu'il devait désormais livrer à la justice.

Il attrapa le téléphone dans sa poche.

— Commissariat de Rabat ? Passez-moi un policier, n'importe lequel.

Bamby Maal se retourna vers lui. Il ne lut aucun reproche dans ses yeux enlarmés, aucune peur, aucun remords. Au contraire, il y lut la réponse à ce qui l'avait fasciné depuis le jour où il avait croisé ce regard, capturé par une caméra de surveillance. Ce regard de défi.

Il y lut un simple merci.

Bamby Maal s'avança vers lui, après avoir posé un long baiser sur le front de Tidiane et l'avoir assis avec précaution sur une autre marche de l'escalier. Des flics parlaient en arabe, Julo éloigna le téléphone de son oreille.

— S'il vous plaît, fit Bamby. Je vous suivrai. Je vous promets que je vous suivrai. Mais je vous en prie, laissez-moi quelques minutes.

Elle laissa passer un long silence, avant de préciser :

— Six minutes très exactement.

10 h 50

Tuez-la, avait dit le patron. Au moins, cette fois, la consigne était claire.

Ibra et Bastoun s'arrêtèrent quelques secondes à l'angle de la rue pour fumer une cigarette et observer les alentours du quartier des Aigues Douces. Quelques rares habitants filaient silencieux, tête baissée. Pas de caméra de surveillance entre les tours, pas de digicode dans les halls d'entrée, pas de témoins, pas même de dealers ou de guetteurs dans les cages d'escalier. Uniquement des commerces aux rideaux de fer baissés, des parkings où les voitures semblaient abandonnées, des balcons vides dont on pouvait sauter sans importuner les voisins. Un quartier ouvert et désert, où l'on pouvait entrer, tuer, repartir, en toute impunité.

Ibra alluma la cigarette de Bastoun à la sienne. Ils firent converger leurs regards vers le bâtiment H9 et n'eurent même pas à chercher. Sur la soixantaine de balcons de la façade, encombrés de tables et de chaises, de vélos et de planches, de draps et de plantes, un seul abritait une présence humaine. Celui de Leyli Maal. Elle fixait la mer au-dessus du parapet comme un prisonnier regarde le ciel à travers les barreaux.

Comme un prisonnier attend son bourreau, aima imaginer Ibra. Leyli Maal était accompagnée d'un type étrange coiffé d'un chapeau. Un vieux. Grand et maigre, aux allures de pasteur-confesseur, genre exécuteur des dernières volontés. Tant pis pour lui.

Ibra et Bastoun tirèrent à peine trois ou quatre bouffées avant d'écraser leurs deux mégots sous leur pied et d'avancer d'un même pas vers le bâtiment H9.

Comme eux, Leyli Maal fumait.

Une dernière cigarette. Celle de la condamnée.

10 h 51

Jourdain Blanc-Martin ne les avait pas entendus arriver.

Alpha, Savorgnan, Zahérine, Whisley et Darius avaient grimpé en silence les étages de la villa la Lavéra, méfiants même si Safietou leur avait confirmé que son patron était seul, comme chaque matin, au cinquième étage, sur la terrasse dominant la ville. Personne pour le déranger.

Lorsqu'ils avaient fait coulisser la porte de verre, Jourdain Blanc-Martin ne les avait pas davantage entendus. Dans la véranda ouverte sur la grande terrasse de teck, le seul son qu'on percevait provenait des bulles d'eau du jacuzzi, à côté de la grande piscine. Celle où Blanc-Martin nageait.

Le président enchaînait les allers-retours dans un crawl parfait.

Les cinq hommes avancèrent, Blanc-Martin ne pouvait pas les ignorer cette fois, il termina pourtant sa traversée avant de s'appuyer contre le bord et de relever ses lunettes de plongée. Il masqua admirablement sa surprise.

— Alpha Maal ? Moi qui vous croyais encore au Maroc. Bien joué. Admirablement joué. Traverser la Méditerranée dans mon dos, sur le *Sébastopol* je suppose, un yacht loué qui plus est avec mon argent, alors que votre sœur occupe toutes mes pensées. Chapeau, je ne pensais pas que vous auriez ce cran.

Puis, comme si ce seul compliment suffisait, Blanc-Martin baissa à nouveau ses lunettes et nagea dans la direction opposée. La main de Savorgnan se posa sur l'épaule d'Alpha.

— Reste en retrait, mon frère.

Sans prononcer le moindre mot, les quatre Béninois se déployèrent, chacun marchant en silence et prenant position, debout, devant l'un des quatre côtés de la piscine. Blanc-Martin allait atteindre l'échelle de fer qui seule permettait de sortir du bassin, pour enfiler son peignoir posé sur un transat. Dès qu'il toucha le barreau pour se hisser hors de l'eau, Savorgnan, sans un mot, lui écrasa la main. Blanc-Martin hurla.

— Vous êtes malade. Vous espérez quoi ?

Son regard fit un tour complet. Les quatre hautes silhouettes noires se tenaient raides, formant un losange parfait contrôlant le rectangle d'eau dans lequel Blanc-Martin n'avait pas pied. Le président nagea vers la ligne opposée. Dès qu'il approcha les mains pour les poser, l'Africain, un type chaussé de vieilles baskets trouées, l'observa avec mépris, et souleva sa semelle, prêt à la rabaisser sur ses phalanges.

Ridicule ! pensa Blanc-Martin. Il nageait une demi-heure chaque matin, ils se lasseraient avant lui de ce petit jeu. Il flotta un peu sur place, puis à nouveau se dirigea vers une autre direction, celle gardée par le type le plus jeune, un frisé au regard rêveur, genre artiste aux yeux tristes. Pas plus que les deux autres il ne laissa poser les mains sur le rebord.

Inconsciemment, même si Blanc-Martin s'efforçait de ne pas le laisser paraître, il s'interrogeait. Combien de temps mettraient Ibra et Bastoun à revenir ? Il refusait de s'abaisser à supplier ces types, à quémander une main que, d'ailleurs, jamais ils ne lui tendraient. Ses bras, ses jambes commençaient à fatiguer. Il s'apercevait que, d'ordinaire, il prenait appui contre le mur à chaque nouvelle traversée, demeurait toujours en mouvement, n'était pas contraint à un quasi-surplace.

Combien de temps pouvait-on rester ainsi dans l'eau avant de couler ? Une heure ? Deux heures ? Beaucoup moins ? Il nageait depuis une vingtaine de minutes et ressentait déjà le besoin de s'accrocher, de poser un pied, une main. Il fixa tour à tour les quatre Africains, puis le gamin, Alpha, qu'ils avaient laissé à l'écart, comme s'il était trop jeune pour participer à son meurtre. Cette nouvelle déduction l'inquiéta. Blanc-Martin s'arrêta à nouveau de nager, maintenant difficilement sa tête hors de l'eau au moment de s'exprimer.

— Que voulez-vous, à la fin ?

Il n'obtint aucune réponse. D'ailleurs, les quatre Africains ne le regardaient quasiment pas, sauf lorsque Blanc-Martin s'approchait d'un des côtés de la piscine. Ils se contentaient de fixer la Méditerranée par la terrasse, comme s'ils y recherchaient un fantôme.

— Si ça vous amuse, siffla Blanc-Martin.

Finalement, le mutisme des cinq intrus le rassurait. Ils n'avaient pas l'intention d'utiliser une arme contre lui, ils se contenteraient d'attendre. D'attendre quoi ? Dès qu'il commencerait à trop ressentir la fatigue, Blanc-Martin disposait d'une planche de salut. Au milieu de la piscine flottait la grande île gonflable utilisée par les enfants il y a trois jours pour l'anniversaire de ses petits-fils. L'île au trésor des minipirates !

Jourdain n'allait d'ailleurs pas attendre davantage, conserver son équilibre sans aucun appui devenait de plus en plus difficile. Il lança un sourire de mépris aux quatre maîtres-nageurs noirs puis, en quelques brasses, rejoignit le rivage, celui de cette île de plastique où il pourrait tranquillement attendre des heures que ces hommes se lassent... et qu'Ibra et Bastoun viennent les abattre !

Les mains de Blanc-Martin se refermèrent sur le vide. L'île n'était qu'une illusion. Une rive inatteignable, un rêve crevé. Les gosses lors de l'anniversaire, il s'en souvenait seulement maintenant, avaient manié les brochettes de bonbons comme autant de harpons, les animateurs avaient dû évacuer tous les gamins au bout de vingt minutes de chasse au trésor aquatique qui tournait au carnage.

Blanc-Martin persévéra. Il espéra qu'il reste tout de même assez d'air pour reprendre son souffle. Puisque l'île flottait en surface, c'est donc que cette terre existait, qu'elle pourrait l'accueillir, le soutenir, le temps d'une courte escale. Il ne lui en demandait pas davantage.

L'île sombra sous son poids sans lui accorder le moindre soutien. Les mains de Jourdain insistèrent pourtant, tentèrent de s'agripper aux cocotiers dégonflés, aux plages molles, se refermèrent sur quelques objets brillants coincés dans les replis de la bâche plastique, s'y accrochèrent une seconde, avant qu'il n'ouvre la paume. Les pièces d'or de l'île au trésor, oubliées par les pirates de six ans, s'étaient dissoutes en une traînée de boue dégoulinant entre ses doigts, un excrément collant et puant.

Jourdain Blanc-Martin tint encore de longues minutes. Puis la notion du temps lui devint étrangère. Seul comptait son équilibre. Seule comptait la ligne d'eau mortelle qui tranchait son cou, au-dessus de laquelle il devait tenir. Qui tranchait son menton, de plus en plus souvent ses lèvres.

Il tenta des dizaines de fois de se rapprocher du bord, quand ses forces furent presque épuisées, quand l'hypothermie commença à ankyloser ses mouvements, mais chaque fois, un pied, une semelle, lui broya les doigts.

Il cria, hurla, supplia, il attendit le retour de Bastoun et Ibra, que Safietou monte, que son téléphone sonne, que Geoffrey ou l'un de ses autres fils passe. Il repensa aux Aigues Douces – qu'est-ce que Bastoun et Ibra fichaient ? –, il repensa à son enfance au bord de la Méditerranée, aux défilés sur la Canebière au bras de sa maman, à ce congrès de Frontex, ce soir, que jamais il n'inaugurerait, il attendit qu'au moins un de ces cinq types parle, l'insulte, le maudisse, ou le remercie pourquoi pas, grâce à lui, des milliers d'Africains vivaient en Europe, y feraient des gosses, des petits Européens de couleur, toute une descendance métissée qui sans lui n'aurait pas existé.

Une dernière fois, il se hissa autant qu'il le pouvait hors de l'eau, à la force des cuisses et des reins, tira le cou pour apercevoir plus loin que la terrasse un coin de Méditerranée. Jourdain se convainquit qu'il vivait une belle mort. Les véritables conquérants, les repeupleurs des nouveaux continents, les Magellan, finissent tous noyés.

Ce fut sa dernière pensée.

Apaisée.

Epuisé, il se laissa couler.

10 h 53

Quatre minutes s'étaient écoulées.

Bamby attendait, la tête appuyée contre l'épaule de ce jeune flic. Il avait passé une main sur sa taille, sous sa saharienne, à même sa peau. Elle l'avait laissé faire, elle savait que ce serait le seul contact affectueux auquel elle s'abandonnerait avant des années, avant qu'elle soit vieille, avant qu'elle ne sorte un jour de prison, dans une éternité, quand ce corps sur lequel les hommes fantasmaient aujourd'hui serait dévasté.

Ils étaient seuls, assis sur la dernière marche de l'escalier de l'enfer. Tidiane était remonté libérer papi Moussa et mamie Marème. Se faire câliner lui aussi. Bamby l'avait poussé à ne pas rester ici, le cadavre d'Adil baignant dans son sang n'était pas la meilleure des compagnies.

Cinq minutes.

L'instant était doux. Parfait. Ce flic était tendre. Elle aurait pu l'aimer. Peut-être qu'il viendrait la voir de temps en temps, avant qu'une fille sympa et libre ne l'attrape dans ses filets. Les doigts de Julo étaient chauds, ses caresses semblaient capables de se caler sur les battements de son cœur, de les anticiper, de les calmer. Elle aurait pu s'endormir ainsi, blottie, rassurée.

Six minutes.

Sans changer de position, sans même lever la tête, dans un geste las, dénué de toute impatience, Bamby tendit le bras et observa les résultats du Blood Typing Kit, ce bout de coton hydrophile qu'elle avait trempé dans la flaque de sang coulant de la poitrine d'Adil Zairi, puis apposé sur les pastilles d'un carton-test.

AB+.

9 chances sur 10.

Il y avait donc neuf chances sur dix que l'homme mort devant elle soit son père.

Cet homme qu'elle venait de tuer.

Elle se serra plus fort encore contre Julo. Sa chaleur l'enveloppa. Elle se sentait vide. Vierge. Libérée.

Sa quête était terminée.

– 82 –

10 h 57

Un peu en retrait du bâtiment des Aigues Douces, coincés entre les voitures du parking, Ibra et Bastoun fixaient le troisième balcon du septième étage, celui de Leyli Maal. Vide. Seulement encombré de quelques habits éparpillés.

Ils avaient fait leur boulot, on ne pourrait rien leur reprocher. Ils avaient appliqué la consigne.

Tuez-la.

Sans se poser de questions, en soldats bien disciplinés.

Bastoun mordait ses lèvres au sang. Ibra shootait nerveusement sur les graviers du parking. Sans échanger un mot entre eux.

Etait-ce leur faute si, une fois entrés dans le bâtiment H9, la cage d'escalier était truffée de flics ?

Ils s'étaient fait cueillir en flagrant délit, Sig-Sauer au poing. Le patron serait furieux quand il l'apprendrait, mais quelle solution possédaient-ils une fois cernés, à part jeter leurs armes par terre, lever les mains, tendre le poignet pour se laisser menotter, et surtout, la fermer ?

Avant de monter dans la fourgonnette de police, Ibra et Bastoun jetèrent un regard discret au-dessus du port Renaissance, en direction de la villa la Lavéra. Le patron pourrait au moins leur accorder un crédit : ils n'avaient rien dit !

Tous les deux étaient persuadés que plus que d'avoir échoué, leur patron leur en aurait voulu d'avoir tout déballé… et que les flics débarquent chez lui.

*
* *

Le commandant Tòni Frediani laissa démarrer le véhicule de police vers le commissariat de Port-de-Bouc, puis attrapa son téléphone.

L'appel mit moins de trois secondes à traverser la Méditerranée. Petar, deux secondes supplémentaires pour décrocher.

— Velika ? C'est Frediani. Merci, camarade. La cavalerie est arrivée à temps ! Mais la prochaine fois, tu nous laisses un poil plus de marge ?

— Vous plaignez pas. Déjà, j'ai sacrément hésité à vous appeler.

Tòni Frediani éclata de rire.

— Je me doute, Petar. Je ne t'ai vu qu'une fois, mais je t'aurais rangé plutôt du côté des chasseurs que des oiseaux migrateurs. Qu'est-ce qui t'a fait changer d'avis, l'ami ?

Petar ne répondit pas. Tòni Frediani passa devant ses yeux le film de leur rencontre, la veille, au commissariat de Port-de-Bouc ; le bref interrogatoire de Leyli Maal. Ce sacré bout de femme, cette boule d'énergie sexy aux antipodes des cagoles du Vieux-Port.

— Peut-être les beaux yeux de Leyli ? suggéra Tòni.

— Même pas ! Tu vois, je suis encore plus con que mon adjoint.

Le commandant Frediani rit encore franchement, mais reprit rapidement son sérieux.

— Tu risques gros, camarade. Pour me convaincre de faire charger toute la brigade, tu m'as dit que tu tenais direct l'info de Jourdain Blanc-Martin. L'IGPN va te demander comment tu as obtenu ce tuyau. Des années qu'on cherche à coincer ce salaud !

A l'autre bout du monde, quelque part sous le soleil du Maroc, Petar Velika mit longtemps à répondre. Il revoyait ce jeune fou de Julo filer en courant après l'avoir menotté dans les chiottes. Sprinter dans

531

l'aéroport pour enlever la plus belle fille de la terre et sauver son petit frère. Putain ce qu'il aurait adoré faire ça ! Ses pensées s'envolèrent vers Nadège, sa coiffeuse aux cheveux neige. Ce soir, il l'emmènerait chez Wa Tanjia, le meilleur tajine de Rabat. Il lui raconterait tout et il lirait de l'admiration dans ses yeux. Pour une fois.

— T'es toujours là, Petar ? Alors, qu'est-ce qui t'a décidé à sauver cette poupée ?

Un silence. Avant que le commandant n'assène une vérité définitive.

— Il faut savoir choisir son camp, parfois.

19 h 30

Quelques soirs plus tard

Leyli dînait seule devant l'écran noir lorsque l'alerte le colora d'un rectangle bleu clignotant.

Vous avez un nouveau message.

Etonnée, elle cliqua.

patrick-pellegrin@yahoo.fr

Elle fronça les sourcils, plus intriguée encore, elle ignorait tout de l'expéditeur ! Elle ne connaissait aucun Patrick… Une erreur ? Elle ouvrit machinalement le message, comme on déchire, sans lire l'adresse, l'enveloppe d'un courrier qui ne vous est pas destiné.

Chère Leyli,

Je vous écris de ma messagerie personnelle, je ne voulais pas attendre demain matin pour vous annoncer la bonne nouvelle. J'ai gagné ! Je me suis battu, je ne vous raconte pas les péripéties, mais votre dossier est arrivé premier.

Votre demande de nouveau logement est acceptée !
Aux Aigues Douces, bâtiment D7, un F5, 78 mètres
carrés, vue mer, mais au troisième, vous allez perdre
un peu de panorama, je suis désolé. Il est libre de suite.
J'ai vérifié sur le plan, pour déménager, ça vous fait
très exactement 250 mètres à franchir, sept étages à
descendre et trois à grimper.

Je suis heureux pour vous, Leyli. Heureux pour
votre grande famille. Je vous envoie le courrier offi-
ciel demain matin, de la FOS-IMMO.

Je vous embrasse bien sincèrement.

Patrick

La cruelle ironie de la coïncidence arracha à Leyli
un sourire.

Libre de suite.

Ça pouvait attendre encore un peu, Patrick.

D'après son avocat, Bamby risquait entre vingt ans
de prison et la perpétuité. Si on pouvait plaider la légi-
time défense pour le meurtre d'Adil Zairi, la préméditation était difficilement contestable pour les deux
premiers assassinats.

Alpha serait sorti avant, même si l'accusation de
meurtre de Jourdain Blanc-Martin avait été retenue
contre lui. Le scandale Vogelzug faisait la une de
La Provence depuis une semaine, déclenchant une
bataille entre avocats d'affaires et des droits de
l'homme, mais ça n'empêcherait pas Alpha de ne
connaître de la France que le goudron des Baumettes,
avant d'être extradé.

Tidiane avait été placé en foyer, à Mohammedia,
à soixante-dix kilomètres de Rabat. Papi Moussa et

mamie Marème ne savaient pas quand ils pourraient le récupérer. Tout allait bien, ils avaient pu lui parler même si les contacts par les réseaux sociaux étaient interdits. Les médecins voulaient prolonger les examens psychiatriques, et surtout, refusaient catégoriquement que l'enfant quitte le Maroc. La procédure administrative de regroupement familial était bloquée tant que cet écheveau d'affaires ne serait pas tranché par la justice marocaine et française. Cela pourrait prendre des mois. Des années, avait même pronostiqué Ruben, d'ordinaire pourtant optimiste.

Ruben lui téléphonait, parfois. Il avait donné sa démission de l'Ibis de Port-de-Bouc quelques heures avant que sa lettre de renvoi ne soit signée par le directeur général du groupe Accor. Ruben se trouvait quelque part sur la mer d'Andaman, sur une des îles Nicobar, un archipel indien au large de la Thaïlande, un pays où les gens vivent nus, pas même le droit de nouer un portable en bandoulière.

Devant Leyli, l'écran redevint noir.

Elle attendrait, dînerait seule, le temps qu'il faudrait. Elle allait se resservir une tasse de thé lorsqu'un message clignota à nouveau.

patrick-pellegrin@yahoo.fr

Encore lui...

Chère Leyli,

Vous allez me trouver insistant, indécent peut-être, mais l'idée m'est venue après vous avoir envoyé mon premier message.

Enfin, pour être tout à fait honnête, j'avais déjà l'idée, depuis longtemps, mais je n'ai pas osé vous en

parler. Voilà, j'ai rassemblé mon courage et je me jette
à l'eau. Seriez-vous disponible, Leyli, pour fêter cette
bonne nouvelle ? Disons... ce soir ? Je vous inviterais
volontiers à dîner. Ou simplement à boire un verre ?

Leyli relut plusieurs fois les mots timides de l'agent de la FOS-IMMO. Ils avaient l'air sincères, autant que Patrick avait l'air gentil, honnête, réellement séduit et peut-être même vraiment célibataire. Elle se leva pour réfléchir, prendre le temps d'allumer une nouvelle cigarette face à la mer. Les vagues venaient lécher la digue jusqu'au pied des immeubles. Des gamins se baignaient là où c'est interdit, au-dessus du pipeline Méditerranée-Rhône. Des bateaux s'éloignaient. Au loin, la courbe des nuages s'amusait à imiter des montagnes.

Leyli resta longtemps appuyée au balcon. A cet instant, elle pensait stupidement ce que pensent tous les hommes au bord d'un rivage. Ce que depuis toujours pensent les hommes, et que toujours ils penseront.

Aucune mer n'est impossible à franchir.

La plus sournoise des illusions !

Leyli termina sa cigarette, puis retourna à sa table. Elle s'assit devant son assiette, son verre, sa serviette. Seule. Elle fixa encore l'écran vide, et enfin se décida à répondre.

Cher Patrick,
Je vous remercie, mais je ne suis pas libre. Ni ce soir, ni les autres soirs. Je dîne avec mes enfants. Ils ont besoin de moi, je sais que vous comprenez. Le peu

d'amour qui me reste, je dois l'économiser. Pour leur
donner.

   Je vous embrasse bien tendrement.
   Leyli

   Elle cliqua sur la touche *Envoyer*. Le message
s'envola quelque part dans un univers parallèle sans
frontières. Puis l'écran devant elle redevint noir.

Remerciements

Un grand merci à Pierre Perret pour sa sublime chanson *Lily*, qui a inspiré le titre de ce roman et le prénom de mon héroïne.

Composition et mise en pages
Nord Compo à Villeneuve-d'Ascq

Imprimé en France par

MAURY IMPRIMEUR
à Malesherbes (Loiret)
en septembre 2018

...ssion : 230142
...529/01